CRÔNICA DA RUA 513.2

VOZES DA ÁFRICA

João Paulo Borges Coelho

CRÔNICA DA RUA 513.2

kapulana

São Paulo
2020

Copyright © 2006 Editorial Caminho e João Paulo Borges Coelho.
Copyright © 2006 João Paulo Borges Coelho.
Copyright © 2019 Editora Kapulana.

A Editora optou por adaptar o texto para a grafia da língua portuguesa de expressão brasileira.

Direção editorial: Rosana Morais Weg
Projeto gráfico: Daniela Miwa Taira
Capa: Mariana Fujisawa

Dados Internacionais de Catalogação na Publicação (CIP)
(Câmara Brasileira do Livro, SP, Brasil)

Coelho, João Paulo Borges
 Crônica da Rua 513.2/ João Paulo Borges Coelho. -- São Paulo: Kapulana, 2020. -- (Série Vozes da África)

 ISBN 978-65-990121-1-2

 1. Ficção moçambicana (Português) I. Título. II. Série.

20-34236   CDD-869.3

Índices para catálogo sistemático:
1. Ficção: Literatura moçambicana em português   M869.3

Cibele Maria Dias - Bibliotecária - CRB-8/9427

2020

Reprodução proibida (Lei 9.610/98).
Todos os direitos desta edição reservados à Editora Kapulana Ltda.
editora@kapulana.com.br – www.kapulana.com.br

O pó e a fissura, os muros e a sombra… Quantos tempos cabem na rua?
Nazir Ahmed Can 07

1. Prólogo: sobre os nomes e a rua 13
2. Tempos conturbados 25
3. Um caderno de capas negras 36
4. A casa armadilhada 49
5. Uma mão lava a outra 63
6. O perfume e o tabaco 74
7. O abrigo 88
8. Uma pequena fogueira 103
9. Os cheiros e as cores 116
10. Sons de domingo 130
11. O comício 139
12. Unidade, trabalho e vigilância 156
13. A sala dos retratos 168
14. Mbeve, o benfeitor 182
15. Cegonha Lda. 195
16. Lojas vazias 208
17. Duas mulheres diferentes 221
18. A justiça dos pequenos privilégios 231
19. O tilintar das garrafas 245
20. A grande viagem de Tito Nharreluga 258
21. Amor e dissidências econômicas 273
22. O *Nguluvi* 290
23. Epílogo: muros altos 303

Glossário 312

Vida e obra do autor 314

O pó e a fissura, os muros e a sombra... Quantos tempos cabem na rua? [1]

Nazir Ahmed Can
Universidade Federal do Rio de Janeiro

Publicado pela primeira vez em 2006, mais de três décadas depois da independência moçambicana, *Crônica da Rua 513.2* reconstrói esse período com a distância suficiente para se demarcar da justificada euforia e incidir na contradição que qualquer temporalidade transitória abriga. Sem apresentar um herói, que iria contra o tom antiépico deste romance, e ambientado em Maputo, cenário raramente percorrido pela prosa moçambicana, João Paulo Borges Coelho avalia o modo como uma rua (simples e complexa) vive o tempo (belo e conturbado) da passeata revolucionária. O título, de resto, sintetiza o programa da obra: aliar o pequeno espaço (da rua) ao imenso tempo perdido (da crônica).

Também no "Prólogo: sobre os nomes e a rua" é possível notar o relevo dado a três elementos decisivos para a formação da identidade: o tempo, o nome e o espaço. Após sublinhar os tons da segregação racial, que hierarquizou pessoas, lugares e culturas no período colonial, bem como a herança armadilhada deixada pelo imaginário que nesse tempo se instalou, o narrador reflete sobre o processo de renomeação das ruas e avenidas retomado pela nova ordem. À valorização de indivíduos que lutaram pela libertação (Samora

---

[1] Elaborado entre 2019 e 2020, este texto contou com o apoio da Fundação Carlos Chagas Filho de Amparo à Pesquisa do Estado do Rio de Janeiro – FAPERJ (Programa Jovem Cientista do Nosso Estado, processo nº E-26/203.025/2018), do Conselho Nacional de Desenvolvimento Científico e Tecnológico – CNPq (Bolsa de Produtividade em Pesquisa, Nível 2, processo nº 307217/2018-3) e da Coordenação de Aperfeiçoamento de Pessoal de Nível Superior – Brasil (CAPES/PrINT) – Finance Code 001, Projeto 88887.364731/2019-00.

Machel, Eduardo Mondlane ou Josina Machel), de alguns modelos estrangeiros que com ela tiveram uma vinculação ideológica (Marx, Lenine, Kim Il Sung, Siad Barre) e de algumas datas históricas (25 de Setembro ou 25 de Junho) associa-se o desejo de apagamento das referências do passado. As exceções a essa lógica são os espaços numerados, como a rua 513.2, que se manteve como estava. Vale referir que, neste caso, ao invés do esperado 2.513 (fórmula mais próxima do que podemos encontrar hoje em algumas ruas de Maputo), temos o número 2, da dualidade, colocado no fim. Se seguirmos o sutil convite do narrador para não "desprezar a aritmética" e dividirmos estes números (513 por 2), teremos o seguinte resultado: 256.5. Ou inclusive uma data velada, 25-6-75, dia da independência do país. Tanto no título quanto no prólogo, portanto, se articulam algumas das principais estratégias da obra: a metonímia, a seleção onomástica, o jogo de inversões simbólicas e a sobredeterminação das coordenadas de existência tempo e espaço.

Seguindo a lógica da exceção, os nomes de várias personagens, como Josefate, Basílio, Valgy, Tito, Judite, Filimone ou Santiago, anunciam o propósito narrativo de se apropriar do texto bíblico. De maneira lúdica, (e) com efeito, o romance problematiza alguns dos postulados do período pós-independência através da imbricação de enunciados que aproximam o discurso socialista da revolução a uma visão teológica do mundo. Assim, depois de anunciar o desejo de transformação de estatuto no ambiente histórico representado (a *doxa*), o narrador, com base no mesmo material (o nome), sugere a ambivalência forçada que provam as personagens (o paradoxo). Com a partida de uns (portugueses, em sua maioria), a chegada de outros (moçambicanos dos subúrbios, mas não só) e a permanência de um pequeno e hesitante grupo (como o branco Costa e o indiano Valgy) sucedem-se os encontros e os mal-entendidos engendrados no interior de uma experiência coletiva intensa. Procurando desconstruir modelos de ortodoxia através da sátira, o autor investe ainda na criação dos "resquícios do passado", espectros dos antigos habitantes da rua que, após a revolução, se esconden nas casas com a cumplicidade dos atuais moradores. O antigo PIDE Monteiro (rivalizando a poltrona da sala com o Secretário do Partido, Filimone Tembe), a prostituta branca Arminda (que, sentada na borda da cama, aconselha a nova moradora Antonieta), o mecânico Marques (cúmplice de garagem e de interesses de Ferraz) entre outros, auxiliam João Paulo Borges Coelho a construir os seus já característicos e insólitos limiares simbólicos. Significando tanto um resto (do espaço) como uma fissura (do tempo), o termo "resquício" sugere a contiguidade como traço constitutivo da jovem nação. Além de representarem a dificuldade de controle da heterodoxia popular, todas estas personagens indiciam, devido a sua natureza especular, que a linha que separa a transição da transação é porosa. Em suma, mais do que "pós-colonial", conceito que nos remeteria a uma ideia romantizada de corte com o passado, estamos diante de uma sociedade ficcional que partilha os seus espaços com o pó colonial.

Com aquela mordacidade que humaniza, embora nem sempre redima, João Paulo Borges Coelho lê as dinâmicas de um tempo que, a sua maneira, também selou a descoincidência entre a austeridade do discurso público e a fluidez dos gestos privados. Entre a euforia de uns, a hesitação de outros, a improvisação de muitos e a melancolia de todos, espelhada nos muros que se agigantam na reta final da narrativa, anunciando possivelmente a voracidade neoliberal dos dias que correm, as relações entre as personagens dão a medida de uma época vivida sob os signos da solidariedade e do sobressalto. Por via de uma cuidadosa escolha lexical, capaz de enlaçar ritmo, imagem e sentido, além da ironia, que assume aqui plenamente as funções pragmática (por acionar a antífrase e a paródia) e estética (favorecendo a conversão do segredo em indício), o autor devolve à ficção aquela virtualidade poética que constrange qualquer afã de linearidade. Talvez por isso, e tal como a árvore da Rua 513.2 que se mantém firme após tantas intempéries, oferecendo sua sombra ao cortejo de indivíduos comuns que por ali circula, este romance resistirá aos humores do tempo.

Que siga a leitura, pois. E que se façam as contas depois.

Rio de Janeiro / Salamanca, 19 de fevereiro de 2020.

Crônica da Rua 513.2

A atividade muscular de um burguês que segue tranquilamente o seu caminho durante um dia inteiro é consideravelmente superior à de um atleta que levanta uma vez por dia um enorme peso; este fato foi confirmado pela fisiologia; sendo assim, até os pequenos atos da vida quotidiana, na sua soma social e pela faculdade que têm de poderem ser somados, produzem infinitamente mais energia do que os atos heroicos; a atividade heroica acaba mesmo por parecer absolutamente irrisória, um grão de areia colocado no topo de uma montanha com a ilusão do extraordinário.

Robert Musil. *O homem sem qualidades.*

1
Prólogo: sobre os nomes e a rua

A Rua 513.2 tem um nome aritmético. Como se resultasse de uma conta precisa: 513,2 metros de comprimento desde o mato até ao mar, ou 5,132 metros de largura caso deixemos dançar a vírgula. Como se tivesse uma cota de partida de 0,5132 metros acima do nível do mar, ou fosse a quinquagésima primeira rua, vírgula trinta e dois, contada a partir de um misterioso centro, de uma secreta rua zero estabelecida por anônimo mas poderoso planejador.

Não nos espantaria se tivesse o nome de um qualquer capitão de mar e guerra de bigodes farfalhudos, daqueles que combateram o Gungunhana com uma valentia agora posta em causa. Afinal, foi uma rua colonial habitada por comerciantes e polícias, despachantes e doutores, e servida por mainatos de pés descalços e aventais engomados. Também não seria descabido um nome mais inócuo – Rua da Boavista, por exemplo – não só por trazer à lembrança outros lugares mais setentrionais e chegados à nostalgia dos seus velhos habitantes mas, também, por ser magnífico o panorama que dali se pode desfrutar. Corre perpendicular ao mar, nascendo num mato algo elevado e descendo suavemente até morrer no areal da praia. À luz crua de Verão, enche-se esse mar como se pretendesse ocupar todo o espaço em volta, a linha do horizonte sobe e dissolve-se no céu, e todo aquele azul penetra pelas janelas, embora enviesadamente no caso das casas mais recuadas. Neste aspecto, pode dizer-se que é uma rua democrática, em que as casas têm todas boa vista para o mar. Basta chegar à janela, esticar talvez um pouco o pescoço, e lá está esse mar sereno e alegre distribuindo-se por todos, sustentando barcos de pescadores com as suas velas coloridas como se fossem miçangas espalhadas ao acaso sobre uma líquida capulana azul-celeste. Rua da Boavista, também, porque as casas estão tão próximas – com as suas janelas rasgadas e os seus muros baixos de 0,5132 metros de altura – que os vizinhos se veem sempre uns aos outros nas suas intimidades ou em mais públicas posturas, quando se entregam aos rituais privados do amor ou discussão, ou então quando regam os jardins e dão lustro aos automóveis. Vista aprazível em certos casos, comprometedora noutros, mas vendo-se sempre tudo bem.

Rua das Buganvílias. Por que não Rua das Buganvílias? Até porque crescem em todos os quintais como o capim no mato, polvilham de roxo, laranja e branco a casa que ainda é do senhor Basílio Costa, despachante, mais rebeldes porque livres da tesoura de poda da esposa do dito, agora que ela se foi mais os contentores dos seus haveres, deixando o marido para trás nestes calores, agitado com o presente e preocupado com o futuro, escudando-se na mulher para lhe resolver *lá* o problema da reforma ('Vai na frente enquanto eu faço aqui mais *algum*!'); com uma vida mais austera e solitária desde então, provisória. Porque não Rua das Buganvílias, até porque invadem por cima do muro as colunas da casa que foi do Doutor Pestana, professor universitário, como foliáceos desenhos que enrolassem, embelezando-a, a perna da letra P – P de Pestana – na gravura de um dos seus velhos dicionários? E agora que este também se foi, crescendo tresloucadas, abafando essa letra P toda inteirinha. Buganvílias por toda a parte, tão comuns e recorrentes que se arriscam a perder o encanto que as faz prezadas noutros lugares onde brotam com muito mais recato e parcimônia. Mas alguém se esqueceu de que este nome seria justo e bem aplicado, de forma que se perdeu, não conseguindo, belo como uma borboleta que agora soa, passar da crisálida de uma hipótese levantada após o fato, quando já se sabe que esse nome não terá.

Boavista e buganvílias, nomes. Um pouco mais tarde nacionalizar-se-iam as pessoas, as coisas e os lugares, por razões de justiça e também de dignidade. Incluindo-se, obviamente, os nomes. Onde já se viu o despautério de chamar Salazar a uma vila que o velho ditador nunca sequer visitou? Despautério de lhe dar o nome de quem nunca por ela se interessou a não ser talvez fugazmente, quando um funcionário zeloso lhe disse: 'Excelência, demos o seu nome a tal longínquo local.' E ele, modesto, na sua voz de falsete:

Crônica da Rua 513.2

'Não era preciso tanto, não era preciso tanto mas está bem: o que está feito está feito, não vamos agora voltar atrás que é sinal de titubeação.' Uma vila tão bela e feia quanto as demais, mas olha-se para ela e salta à vista que só podia ser Matola, nunca Salazar. E quem diz esta, diz outras: Porto Amélia (que é porto é porto, mas que nos diz agora a tal rainha dona Amélia?); Vila Cabral de um Cabral desconhecido de todos os lichinguenses; Vila Gouveia de um anônimo Gouveia; e tantas mais. Vila Luísa, até, a não ser que se encontre outra Luísa bela e viçosa que substitua aquela que se terá passeado pela marginal serena de onde se vê correr o rio Incomáti já no final, e que também se foi.

E dentro destas cidades e vilas, as casas e as ruas: Vila Algarve, uma casa cujo nome apela cinicamente ao sol quando devia ter-se chamado casa da Pide, das torturas e das sombras, casa da morte e da maldade; rua Brito Camacho, glorificando o herói de uns, menos herói de outros. Ambiguidades, enfim, de que a revolução não podia compadecer-se. E passou uma esponja bem molhada sobre essas inscrições, mesmo quando era estranha a alternativa de uma Cambulatsise de difícil pronúncia, só desculpável pela urgência em substituir Caldas Xavier, ubíquo oficial que fez presente a sua equestre figura em inúmeros lugares, e que portanto foi preciso apear várias vezes, cada uma delas com um particular empenho e um específico significado.

Trouxeram-se nomes sonantes (Eduardo Mondlane, Josina Machel), esqueceram-se outros mais obscuros mas nem por isso menos importantes para a vitória conquistada, como Evenia Seven ou Belina Pita Framenga, ditas *Toyotas* da guerra porque foram mulheres como elas que transportaram a comida e os obuses para cima e para baixo, nos meandros do mato; mulheres que se apagaram para que os combatentes pudessem acender-se, tudo isso permitindo que a guerra crescesse até engolir a paz podre que nos cercava. Mas enfim, figuraram os nomes principais porque a ordem nova faz-se – dizia-se – com ideias claras e não com o apelo a confusos pormenores.

Esgotados os nomes, trouxeram-se as datas. Mas as datas são limitadas, apenas trezentas e sessenta e cinco por ano, descontando os anos bissextos e, para dar conta da profundidade da mudança, houve que voltar novamente ao início, ficando assim explicado o mistério de haver inúmeros 25 de Setembro, incontáveis 3 de Fevereiro ou repetidos 25 de Junho. Por essa mesma razão surgiram também os mesmos nomes para lugares tão diferentes (tantos Eduardos Mondlanes grandes e pequenos! Tantas Josinas Machéis largas e compridas!). E, inclusivamente, em momentos de fraqueza só justificáveis por onomástica exaustão, batizaram-se bairros e ruas com nomes que mais valia não tivessem vindo à lembrança, como um tal Kim Il Sung que ficou com uma rua que devia ter-se chamado das Acácias, ou um certo Siad Barre do qual pouco se sabe, e ainda bem.

Partiram uns nomes, chegaram outros. Houve também casos, muitos, em que velhos nomes se foram deixando ficar até que alguém os descobrisse e pusesse fora, para que outros novos e mais adaptados tivessem também direito a ser reconhecidos e lembrados. Houve até nomes, embora raros, que era para terem partido há muito mas foram adiando essa partida, acabando nós, benevolentes, por lhes ganhar afeição.

Mas com os números o caso é diferente. Os números permanecem iguais desde o dia da sua invenção, na alvorada dos tempos; iguais e idênticos nos dois lados da barricada: não há quatros revolucionários nem cincos coloniais, de forma que o enigmático número da Rua 513.2 permaneceu como estava. Tirá-lo de nome da rua seria como que desprezar a aritmética na altura em que ela era mais necessária, para dividir por todos a riqueza que esteve inacessível no tempo colonial. Seria renegá-la quando ela mais devia estar presente, para fazer as contas do futuro e descobrir como se soma e multiplica o desenvolvimento. Por mais que a revolução quisesse destruir o passado para inventar novo futuro, não se atreveria a tanto. E por isso a rua ficou como estava, com aquele número com um misterioso ponto no meio, ponto esse trespassado pelo prego que prende a tabuleta onde o pintaram ao poste curto de madeira, em frente à casa do louco Valgy.

* * *

'Valgy *a xiphunta*! Valgy *a xiphunta*!', cantam as crianças, mantendo prudente distância da porta número 3, sabendo que o monhé acabará por sair de punho em riste e lançando impropérios, tudo menos assustador na sua extraordinária magreza. E elas riem e fogem em cambalhotas delirantes pela areia branca da praia como se tudo aquilo fosse um jogo, voltando à carga até se cansarem. E o pobre Valgy, concluindo no seu raciocínio que de nada lhe vale persegui-las, reentra em casa murmurando enigmáticos monossílabos em urdu.

Houve tempos em que as coisas corriam para Valgy de modo bem diferente. Foi quando comprou esta casa onde habita – a primeira do lado esquerdo, para quem olha o mar – no recuado ano de 1972. Vendeu-lha alguém que, num golpe premonitório, achou por bem partir antes dos agitados acontecimentos que se seguiriam. Valgy mudou-se para lá com a esposa, uma sul-africana vistosa e muito loira, de fartos peitos e ancas largas, uma cinturinha de vespa a meio, mantida assim por um cinto grosso e apertado. Que fazia casada com um comerciante indiano uma sul-africana daquelas – que deixava no ar, quando passava, um dulcíssimo aroma a flores do campo – foi questão que os antigos moradores se colocaram, pela inverossimilhança da conjugação. Mas Valgy dizia-se educado em Oxford, tendo a comprová-lo o fato de falar um inglês muito mais elaborado que o da florida e apertada esposa; e embora o francês fosse inegavelmente a língua de eleição da massa culta lusitana (e, na Rua 513.2, sobretudo do Doutor Pestana), um inglês assim exprimido terá deixado a sua impressão.

Contudo, estava escrito no destino deste comerciante que aquele triunfo não duraria muito tempo. Adivinhando os tempos difíceis que vinham na frente, a sul-africana escapou-se antes que chegasse a revolução, deixando para trás um Valgy inconsolável, degradando-se a olhos vistos. Por vezes ainda se vestia a rigor, de fato e gravata, o cabelo meticulosamente oleado, e partia para a cidade com ares de quem tinha negócios importantes a tratar. Mas eram suspensões fugazes de um processo de rápida degenerescência, uma vez que na maior parte dos dias ia mas é pondo de lado pequenos hábitos domésticos como o lavar dos dentes ou o sentar-se à mesa das refeições. Os criados, pressentindo naqueles preparos o que estava para vir, foram partindo também eles em busca de outras soluções para as respectivas vidas. E Valgy, o agora *a xiphunta* das crianças, vagueia pela ampla casa em silêncio e falando sozinho.

Esta profunda mudança escapava aos seus coloniais vizinhos, distraídos que estavam a embalar as suas coisas em contentores para as expedir para outras paragens. Excetuavam-se os Costas por ser a casa deles a mais próxima, enviando a esposa do senhor Costa pelos criados, condoída daquela inversão, ocasionais pratos de comida que iam alimentando Valgy. Mas com a partida dela mudaram-se também os hábitos na casa dos Costas, passou a ser uma casa menos atenta ao que a cercava, mais virada para dentro e indiferente; sem disponibilidade, portanto, para benemerências e atenções nos curtos momentos em que o patrão ali estava, uma casa vazia nos restantes.

* * *

Voltando outra vez ao que importa, a rua. Arenosa e poeirenta no tempo seco (Rua do Sahara, porque não Rua do Sahara nestes tempos de internacionalismo e africanidade?), por mais que a varram e penteiem com o ancinho os criados volta sempre a crescer areia fofa e quente no seu dorso. De tal forma que, quando abranda essa diligente atividade cresce tanta areia outra vez que impede primeiro a passagem das bicicletas, depois quase a dos automóveis, e não fosse voltarem os ancinhos em preocupado frenesi acabariam soterradas as casas todas com os seus habitantes lá dentro. Pelo contrário, quando chega o tempo das chuvas e o chão desiste de absorver a água toda que cai, enche-se a rua de riachos que se juntam para formar grandes rios com deltas majestosos que desaguam em lagos onde coaxam sapos gordos desavindos uns com os outros, barafustando por tudo e por nada. E os lagos, por sua vez, ligam-se entre si para formar um grande mar à porta de Valgy, no número 3, a zona mais baixa da Rua 513.2. Sem o saber, ou sabendo-o sem ligar a tal, Valgy é o açambarcador de toda a água daquele chão e a sua casa, por esses dias, uma orgulhosa ilha solitária.

Deserto inóspito ou mar revolto, a Rua 513.2 oscila assim de um extremo ao outro sem encontrar serenidade, e se fosse tirada uma média desses seus dois estados e esta fosse imposta ao quotidiano, não passaria ela de uma rua normalíssima.

* * *

A Rua 513.2 está interposta entre o mar e o bairro do povo, numa inversão da ordem natural das coisas em que quem chegou depois afastou os que lá estavam primeiro, dizendo: 'Cheguem-se para trás que nós queremos ficar aqui a ver o mar'. E, justificando: 'Sois um povo de interiores, virado para o mato e amigo das sombras do canhoeiro e da mangueira, interessado nas pegadas do leão e nas pedras e espíritos da montanha. Nós não! Nós viemos do mar trazendo estranha sede e nostalgia só aplacáveis pela permanente visão desse caminho que deixamos para trás, por onde singraram as nossas caravelas'. Rua da Boavista (marinha, e desculpem a insistência). E o povo aceitava, porque é da sua natureza aceitar e porque os outros tinham meios de lha lembrar. Há também outra versão, interligada, a daqueles que se mostravam cegos a tudo quanto existiu antes do seu tempo: 'Chegamos aqui a este espaço onde nada existia, desenhamos um projeto com perspectiva e vista (boa), riscamos a rua a teodolito, régua e compasso, plantamos sombras, fomo-la concretizando. Vocês vieram depois, cercando-nos para ocupar os postos de trabalho que entretanto se iam criando'.

São pois mais do que uma as versões desta geográfica disposição, inúmeras, mas falta a versão do bairro popular, emaranhado escondido atrás das casas de cimento, espreitando o mar em bicos de pés por cima do ombro delas. Um bairro que confiava na tradição e não sabia escrever, que não sabia sequer que era preciso deixar a sua versão antes que chegasse outra qualquer para se sobrepor a ela.

* * *

Pela Rua 513.2 passa agora o povo com as falas dessa esquecida versão. Misturado e rebelde, surge como um falso mar galgando a rua em direção ao mar verdadeiro que aguarda sereno, adiante. Um falso mar avançando com as várias vagas que o compõem, cada qual com a sua mensagem, cada qual com o seu marulho.

Não mais o complexo sistema de fardas que cada um era obrigado a usar em público para que publicamente se soubesse em que escalão servia, diz a primeira vaga ao passar. Não mais as identificações minuciosas como inteiros dicionários, A de aldrabão, B de burro, C de camponês e de chibalo e de conspirador, D de dissimulado, E de estúpido, e por aí fora até ao P de preto e preguiçoso. Não mais extensos números para identificar cidadãos como se estes fossem prisioneiros, em cadernetas com tal densidade de texto que acabavam inevitavelmente por se contradizer, e a contradição levava à suspeita, e a suspeita à prisão. Não mais andarmos de noite cosidos aos muros brancos de luar, culpadas sombras tropeçando em fardas negras e fálicos chambocos, excitando cães escuros e peludos de olhos brilhantes como holofotes e dentes que feriam como navalhas. Pedindo desculpas, gaguejando enredos limpos e inocentes para esconder uma realidade as mais das vezes inocente ela também, esforços inúteis porque aos olhos dos algozes, desconfiados e farejando, realidade e enredo se dissolviam numa só versão, perversa e má, a versão do crime por cometer que era já um crime cometido. Não mais a punição sem texto, apenas malévola citação. Não mais a umidade e o calor das celas, as minúsculas janelas por onde não entrava a luz, os fungos fervilhando nos cantos escuros e o cheiro do mijo furando-nos as narinas e chegando-nos ao cérebro, a animalidade crescendo em nós porque era impossível ser-se humano no buraco onde nos metiam como animais. Não mais, não mais. Não mais o piscar dos olhos feridos de luz à saída da prisão, a minúscula trouxa numa das mãos, a outra vazia como também ia vazia a cabeça de esperanças, e tudo parecendo enorme e contrário à exiguidade da cela que havia sido o nosso mundo durante tanto tempo, um mundo partilhado com outros não-cidadãos, outros não-homens que nos esforçávamos agora por esquecer para poder enfim reinventar a miragem de uma nova humanidade, um palimpsesto da velha inocência já perdida e que, na verdade, não mais se acharia. Não mais entrar na velha casa de madeira-e-zinco de Xinhambanine e desconhecer-lhe o léxico e a sequência, a mesa que antes estava ali e já mudou, limpa de migalhas porque não chegava a sobrar comida, a mulher que entretanto fez novos percursos carregando um fardo duplo, e que se mostrava agora tão cortês, tão demasiado cortês na sondagem que nos fazia que acabava por se tornar distante, com outro cheiro e outro sabor que era preciso redescobrir quanto antes para que não se perdessem para sempre. Não mais não saber se ela queria ser reencontrada e, se sim, se a sua atitude era de cedência piedosa ou se de fato valia a pena a reconquista. Não mais os filhos terem deixado de ser filhos e serem já homens e mulheres sem que esse temerário salto levasse a marca de nós mesmos. Não mais sair de volta ao inferno pedindo desculpas quando desculpas nos eram devidas!

Os moradores ouvem em silêncio e com algum pudor, por detrás das janelas e das varandas. É que há alguma verdade em tudo aquilo, uma verdade que eles agora não podem ignorar. E quando, aliviados, pensam estar o cortejo chegando ao fim, eis que surge uma segunda vaga, também rugindo.

Falando dos pesados fardos que se carregaram às costas, das pesadas travessas que se colocaram paralelas no caminho dos comboios, interminável, para que estes pudessem, partindo do mar, subir e descer montanhas, encolher-se nos desfiladeiros e escorregar pelas encostas que vão dar aos vales, perfurar florestas e sobreviver aos desertos até chegarem, com o seu asmático arfar, a um interior tão longínquo que já não era mais a nossa terra. Não mais. Nem as grutas escuras que escavávamos até perder as unhas, tão fundas eram que lá nos perdíamos nós próprios também e ficávamos esperando e cuspindo sangue, cuspindo e esperando sangue. Não mais. Nem o dia inteiro descascando infinitas amêndoas de caju, todas iguais, cantando monótonas canções que nos ajudavam a descascá-las para, no fim da vida, na esteira seca e dura da agonia, nos virem dizer que era preciso recomeçar, que era preciso que nossas filhas, por nós, aprendessem a descascar também. Não mais!

Chega por fim a terceira vaga, cabisbaixa, desconfiada da impunidade com que as outras duas falaram e passaram. E o seu marulhar é sereno, quase um queixume.

Também nós podemos testemunhar da importância do momento, diz ela ao passar. Fazemo-lo apresentando aqui os dois livros que trazemos marcados no corpo, nós que não sabemos ler. Nas costas, um texto minucioso escrito em letra miudinha com a ponta da chibata. E são várias e diversas as histórias que o livro conta. Esta aqui, mesmo junto à omoplata, fala-nos da semente de algodão que o colono quis que plantássemos, de como a tomamos de suas mãos e, de noite, em vésperas do plantio aprazado, a cozemos em água quente para que perdesse o vigor, incapazes que estávamos – e já sem fôlego – de fazermos os trabalhos necessários ao seu crescimento. De modo que, quando o capataz ufano pensava estar assistindo ao nascer do futuro da indústria portuguesa, assistia de fato ao funeral da semente já cozida que nós enterrávamos com mil cuidados para que de lá não voltasse a sair. E ele, colérico, escreveu-nos a história nas costas para que todos ficassem a saber do quanto os camponeses são preguiçosos e dissimulados. A história que trazemos na frente, nas barrigas e no peito, é mais mansa e não sabemos a quem culpar da sua escrita. É a música lenta da fome, um adágio monótono e triste em que fusas e colcheias foram perdendo a vitalidade, transformadas nas lentas breves que trazemos penduradas nas linhas paralelas das costelas. A primeira nota conta como nos morreram as plantas, a segunda os animais. É uma história só nossa, particular, pois que enquanto os da cidade descobrem a seca no pingar avaro das torneiras nós vemo-la cair do céu como uma oca imagem negativa daquilo que devia estar acontecendo. A terceira nota fala da partida dos velhos e das crianças para nunca mais voltarem. A quarta, e última, é a nota do silêncio, eterna e repetida. Por isso se diz que os camponeses são bibliotecas vivas, e para o comprovar eis-nos aqui circulando também nós neste mar da Independência. Com licença, caros camaradas, será que podemos ver a cidade e as suas luzes, será que podemos participar?

E os restantes, benevolentes: 'Metam-se aí atrás e gritem como os demais, camaradas, que hoje a festa é de todos!'

* * *

E este novo mar avança com todas as suas vagas e os jornalistas à ilharga, reportando para quem está longe e não tem como certificar-se. Avança e vai batizando as ruas por onde passa.

– E esta, que rua será ela, camaradas? – pergunta quem vai na frente.

– Rua do Milho! Rua do Feijão! – respondem os camponeses, pensando já na abundância que se vai seguir. Mas é baixa a sua voz, ensinados que foram a respeitar.

E logo outras vozes se sobrepõem, entusiásticas:

– Não! Antes rua de tal data ou de tal nome, para que umas sejam celebradas e outros não sejam esquecidos!

– Que seja! – diz quem decide. – Ruas de datas e de nomes!

Uma atrás da outra, foram as ruas ganhando novas caras, novos nomes, até que chegaram a esta, como vimos, e foi geral a hesitação. Debateu-se durante um tempo ('Rua dos Girassóis! Rua, até, do Algodão!', iam dizendo os camponeses lá atrás sem serem ouvidos, esquecidos já do algodoeiro pesadelo do passado).

Espreitando das janelas, os moradores aguardam em suspenso pela decisão que mudará para sempre o nome da sua rua e, acham, das suas vidas.

– Não se ouve aqui na frente – torna quem manda. – Que rua vai ser esta, camaradas? Quem vamos exonerar da direção desta rua? Que herói de outras eras vamos apear para que caiba um dos nossos?

Dizem-no aproximando-se da placa que abana levemente ao sabor do vento, em frente à casa do louco Valgy. Valgy assusta-se, atrás do reposteiro. Pensa que é com ele o problema. Logo ele, que fez voto de poucas falas desde que a sul-africana se foi, e portanto quase não tem voz para se defender!

Mas hoje é dia de festa e o povo não é mesquinho: não é com pessoas que quer ajustar contas, é apenas com a história e com os nomes que ela pôs à geografia.

– Então camaradas? – dizem mais hesitantes, defronte do enigmático número.

Mas como culpar um número dos hediondos crimes do passado se ele não tem ideologia nem historial de crimes feitos? Um número não passa de um número, e por isso a maré seguiu adiante sem decidir, Valgy tranquilizou-se e a rua ficou como estava. Como estava não é bem, pois que, por cima do mesmo nome-número uma rua nova ia nascer.

2
Tempos conturbados

Soam ainda uns tiros dispersos, isolados. A Francisco Filimone Tembe, o Secretário do Partido, parecem umas vezes perto, outras mais distantes, difíceis de localizar. Os tiros são assim, cegos e volúveis. Poderá ser do vento, que os afasta ou aproxima conforme sopra ou não de feição. Mas quem se lembra do vento no meio de tanta preocupação? Por vezes estão tão perto que soam como pancadas na porta e Filimone acha que chegou a sua hora, que são tiros dados por quem o vem buscar. Outras, são disparos mais tênues de quem procura alvos diferentes, longe dali. Se estão perto, Filimone deixa-se tomar pelo medo e acha que não valeu a pena tanto protagonismo, que não valeram a pena, por exemplo, as ameaças imprecisas que dirigiu ao vizinho Pestana. Mas estando os tiros mais longe e parecendo-lhe que não são com ele, que não são para ele, volta-lhe a sobranceria de sempre e Filimone cai em si, é outra vez o Secretário, a costumeira autoridade procurando em volta a quem meter na ordem nova.

– Elisa, já te avisei que não espreites lá para fora! – diz para a mulher.

– Estava só a olhar – responde Elisa.

Elisa tem duas preocupações: a da certeza de que anda maldade à solta e a da desconfiança de que, se essa maldade ali chegar será para ajustar contas com o seu marido Filimone. Que contas, Elisa desconhece. E vira-se, respondona:

– Se eu fosse a ti preocupava-me com o que vem de fora, não com o que vem de dentro!

– O que queres dizer com isso, mulher? Sai mas é de perto da janela que isto não é assunto de mulheres!

Elisa afasta-se da janela, sacudindo os ombros e dando estalidos com a língua, amuada e preocupada. O luar entra pelas janelas retalhado pelas persianas, lambe as paredes de cima para baixo, deixando ali, como de resto pelo corpo de Elisa, as suas linhas oblíquas, escuras e luminosas. Filimone varre a rua de areia para cima e para baixo com o seu olhar atentíssimo. Não se vê vivalma. As luzes dos vizinhos estão apagadas, embora por detrás das janelas adormecidas haja, na certa, olhos espreitando. Passa o vulto apressado de um cão vadio procurando mais segura posição. Do outro lado da rua, junto ao muro do Doutor Pestana, um gala-gala, trepando pela acácia, tem as suas cores vistosas sujas pela escuridão. Revoadas de morcegos agourentos agitam a noite (é a hora deles). E novamente as sacudidelas daqueles disparos malditos que vão e vêm, quase monótonos não fosse o medo que despertam. Outra vez o olhar de Filimone como um farol, saindo pela janela à procura de respostas. Outra vez Elisa, curiosa.

– Que estará acontecendo, porra?! – diz Filimone, preocupado. – Já te disse, Elisa, que saias daqui!

Notou a sombra da mulher, não quer que ela note o seu medo. Mas Elisa conhece bem Filimone, sabe que é o medo dele falando. Por isso se cala e se encolhe ainda mais no seu canto.

– És muito valente com as mulheres, ó Tembe! – diz uma terceira voz, metálica, falando no escuro da sala. – Quero ver se serás tão valente assim quando os meus amigos entrarem por essa porta para te vir buscar!

Filimone sobressalta-se com tão ameaçadoras palavras. E quando se vira é para deparar com a silhueta atarracada do Inspetor Monteiro recortada no umbral. Resignado, nem se dá ao trabalho de lhe perguntar como entrou, sabe que o maldito acha sempre maneira de atravessar portas fechadas e se fazer presente onde não é chamado.

Desde que vieram morar para esta casa que os Tembes convivem (uma maneira de dizer) com este Inspetor do passado que entra e sai a seu bel-prazer, parecendo ali habitar também. Um resquício do passado que é também um segredo privativo do casal. 'Não dizes a ninguém que temos um reacionário cá em casa, mulher', disse Filimone a Elisa quando o Inspetor lhes surgiu em casa pela primeira vez. 'Nem sei o que iriam pensar, logo em casa do Secretário!'

– Você não tem mais nada que fazer? Não lhe ensinaram que não se deve escutar a conversa íntima dos casais? Vocês têm a mania da educação mas são os primeiros a ser mal-educados!

– Deixa-te de tretas, ó Tembe. Já te disse que me vou rir quando os meus amigos entrarem por essa porta para te vir buscar! E tu, Elisa, não te ponhas aos gritos nem a chorar lágrimas de crocodilo. Afinal, é um favor que eles te irão fazer, livrar-te desta peste! – diz Monteiro, o eterno semeador de intrigas. Interpondo-se entre Elisa e o marido, procurando intercalar suspeitas.

Elisa não responde porque, pensando bem, o branco Monteiro não deixa de ter razão. De um valente susto é que Filimone está a precisar para moderar as suas impaciências e as ameaças que lhe faz.

Lá fora, outra vez os tiros. Umas vezes esporádicos, outras em rajada de redobrado vigor, acompanhados pela risada escarninha do Inspetor. E Filimone pergunta-se se o maldito terá capacidade de avisar os seus correligionários, de lhes indicar um caminho de vingança que desemboque ali em casa. E estremece, desconfortado.

* * *

O Inspetor Monteiro é covarde e tem a consciência pesada. Vivia neste mesmo número 8 com a esposa Gertrudes, doméstica, na altura dos grandes acontecimentos, quando chegou a notícia de que ocorrera um golpe de Estado em Lisboa, e que a velha ordem, a única que ele reconhecia e ajudara a preservar, estava agora posta em causa. A sua reação foi deitar a mão à arma para levar na frente quantos fosse capaz.

– Mulher, vai buscar a caixa das balas ao armário que hoje vamos vender cara a vida!

E dona Gertrudes:

– Não sejas estúpido, homem. Espera mas é para ver o que acontece.

Dona Gertrudes já indagara, já falara com dona Aurora Pestana e outras vizinhas. Podia ser que viesse coisa má mas não era para já.

Os dias giravam agitados, os moradores da Rua 513.2 pareciam baratas tontas saídas do buraco morno do seu passado, presos ao mesmo e exíguo espaço. Cada um fazia os seus cálculos privados, decidindo sobre qual o melhor caminho e sugerindo a decisão aos mais chegados, de modo que todos influenciavam e se deixavam influenciar. Os homens traziam notícias da rua, fragmentos, e passavam as noites em doméstico recolhimento tentando tricotá-las para que fizessem sentido enquanto as esposas os ouviam fazendo tricô de verdade. Por vezes, juntavam-se no muro em frente às casas como se fossem adolescentes, segredando coisas uns aos outros e fumando cigarros que brilhavam no escuro como pirilampos. E a Rua 513.2, até então um caleidoscópio de pequenas vidas, deixava-se reduzir a uma história só, a história da preocupação dos seus moradores que ignoravam o que se passava lá fora e não sabiam o que fazer para participar na transformação que os jornais anunciavam.

Inevitavelmente, formaram-se dois grupos. De um lado os amigos do senhor Costa do número 5, que achavam que a única solução era fazer as malas e abalar para a Metrópole enquanto as circunstâncias o permitissem, pois o que estava ali a passar-se lembrava um machimbombo desarvorado, superlotado de muito povo e no qual já não havia assentos vagos para os colonos. Do lado oposto, o grupo do Inspetor Monteiro, que defendia convictamente que a roda da história ainda podia girar para trás. Confundia a realidade com um filme que se pudesse, premindo um botão, rebobinar. De forma que nesse filme, enquanto uns viam um definitivo *"The End"* seguido de pequenos e incertos grãos a bailar no fundo branco da película, e depois a escuridão, outros esperavam ainda por um regresso às letras iniciais – realizador tal, e tal beldade no papel principal – ao título e, finalmente, ainda mais atrás, ao plano de um argumento que pudesse ser reescrito, totalmente diferente e mais conforme com os anseios que traziam.

E como o mundo está cheio de coincidências, habitavam quase todos os do primeiro grupo num dos lados da rua, os segundos no oposto. De modo que nasceu ali uma nova fronteira de 5,132 metros de largura, uma linha divisória sobre a qual se multiplicaram os mal-entendidos e as suspeitas, as ameaças veladas e as acusações. Monteiro, pelo passado e pelo feitio, assumiu naturalmente a liderança. Afinal, era polícia, com formação militar, e uma guerra era o que estava a ser preciso para o problema ficar resolvido. Anunciava contatos e planos com outros bairros, outras ruas como aquela espalhadas pela cidade.

– Embora parecendo que não, as coisas correm de feição – assegurava. – Conheço um tipo que foi meu colega de curso e que é primo da mulher do chefe de gabinete do Spínola, e as coisas não são como parecem.

Os seguidores curvavam-se perante esta ligação quase familiar entre o vizinho Monteiro e a augusta personagem do monóculo, uma ligação que era de certo modo uma garantia. Além disso, Monteiro conhecia outros Monteiros como ele, dispersos mas reorganizando-se, capazes de transformar o medo em raiva, a raiva em desespero e o desespero em ação. Sabia como fazê-lo. Atravessou a rua e foi bater à porta do Marques, no número 11, mecânico de dia, rádio amador nas horas vagas que eram as horas das noites quentes do passado, quando o tempo ainda transcorria devagar.

– Ó Marques, sei que você não se quer meter nisto, que até bebe copos aos sábados à tarde com o Costa e essa cáfila de pacifistas e vende-pátrias – disse-lhe, entre o intimidativo e o conciliador. – Mas esta você não ma pode recusar. Preciso do seu rádio para assegurar o contato com outros grupos de patriotas dispostos a resistir ao comunismo, a coordenação é um elemento fundamental da vitória, você percebe.

Mas o gordo Marques percebia mal, relutava. Imaginava já o Inspetor Monteiro invadindo-lhe o rádio com a sua voz metálica: 'Corvo! Corvo! Confirme chegada Valquíria!', e outras enigmáticas frases, Valquíria querendo sem dúvida dizer a morte e Corvo a ave agourenta que a anunciava. Que, do além, respondia: 'Inspetor Leopardo! Inspetor Leopardo! Confirmado para hoje à noite!'. E Monteiro, quebrando as regras para precisar: 'Ó cretino, já viu algum Leopardo Inspetor? Chame-me uma coisa ou a outra, nunca as duas juntas!', e o Corvo do lado de lá do rádio encolhendo as penas, e tudo isto soando a problemas alheios desabando em cima do pobre Marques, que tremia todo por dentro.

O aparelho servia propósitos mais inocentes, argumentara ele, hesitante. Começara e desenvolvera-se como uma brincadeira que lhe alimentasse o sonho, que de dia estiolava nos fumos e óleos da sua garagem e de noite sentia ânsia de se soltar para o levar em viagem para terras distantes. Ao Marques agradava-lhe sobretudo o Brasil, pois que a língua era a mesma embora mais ciciada e cheia de carinhos; e ainda Goa e a Índia em geral, por razões mais privadas que adiante se descobrirão.

– É que me traçam num instante e eu ainda cá tenho a Eulália e tudo o mais – dizia, procurando ganhar tempo. – Não é que eu tenha medo, ó Inspector, mas eles traçam-me num instante e ainda me fazem mal à mulher, coitada.

Em suma, o Marques quedava-se na dúvida, ou melhor, com uma certeza interior que se fingia duvidosa quando saía cá para fora a fim de não indispor o vizinho Monteiro. Apegava-se ainda a hierarquias antigas, do tempo em que se tinha medo da polícia. Em privado, a esposa Eulália reforçava:

– Ó Manel, tu nunca foste disso. Quem dá tiros, tiros leva. Deixa-o falar. Olha, desmonta mas é o rádio para acabar de vez com a conversa. E Deus que nos ajude!

E não é que a Providência ajudou mesmo, enviando-lhes um tal Zeca Ferraz com uma mala cheia de dinheiro para lhes comprar a casa e permitindo-lhes assim fugir da rua, do país e daquele aperto?! Antes que o Inspector Monteiro, sempre informado de tudo, o percebesse, ocupado que estava a misturar falsas simpatias com pressões e ameaças veladas ('Ele vai ceder, eu sei que ele vai ceder...'), puseram-se os Marques fora dali, deixando o partido do senhor Costa mais fraco mas, em contrapartida, impossibilitando os Monteiristas de reforçar as suas comunicações via rádio.

O vizinho do número 7, o Doutor Pestana, foi também incapaz de tomar partido. Acontece quase sempre assim com os académicos quando as posições se extremam e a ação se torna imperiosa. Pesava os prós e os contras como um ourives atentíssimo aos seus miligramas, não se coibindo contudo de falar para qualquer das partes do alto da sua catedrática autoridade: 'É preciso ver bem a coisa, há que analisar as circunstâncias!'

Por um curto momento, Costas e Monteiros pareceram interessados em ganhá-lo para as respectivas hostes: Pestana oferecia garantias de cientificidade ou pelo menos de bom-senso, pois é analisando-se duas e mais vezes o mesmo problema antes de se pronunciarem vereditos, como ele fazia, que se descobrem aspectos que podem vir mais tarde a revelar-se fundamentais. Em Pestana procuravam os Costas esse bom-senso, essa capacidade de combater a cegueira que faz frutificar o ódio.

– Ó Doutor, diga ao menos ao Inspetor que não se meta conosco, que não nos comprometa que nós só queremos fazer pela nossa vidinha. Olhe que ele a si ouve-o – dizia o Costa, exasperado.

– Está bem, está bem – respondia-lhe o Pestana. E, sempre cauteloso: – Só estou à espera de uma oportunidade para o fazer. Não pode ser assim de chofre que o homem é nervoso. Você sabe como ele é quando se irrita. Estou só à espera de uma oportunidade. Calma e paciência é o que é preciso!

Aos Monteiros interessava-lhes antes a validação do ódio, que Pestana de alguma maneira poderia trazer. Colecionavam partidários no sentido da qualidade já que maiorias era coisa que a história se mostrava avara em lhes proporcionar. 'Já temos o médico fulano mais o desembargador sicrano do nosso lado', iam dizendo, como se enfiassem contas preciosas no rosário intricado dos seus planos e isso fosse garantia de vitória. Faltava-lhes ainda o Pestana e afadigavam-se para lá também o enfiar. Mas o Doutor era pendular, e, ao invés de utilizar a dúvida para despoletar a ação deixava que esta última se perdesse nos caminhos labirínticos da primeira. De modo que quando deixou de haver tempo para reflctir antcs dc agir, quando causas e efeitos começaram a surgir sem qualquer concatenação, perdeu o Pestana toda a relevância, reduzido ao mero morador do número 7 que afinal nunca deixara de ser. Com tantas dúvidas como os restantes.

Durante algumas semanas viveu a Rua 513.2 esta agitação. Vinham homens de outras ruas enfiar-se em casa do Inspetor Monteiro a conspirar enquanto dona Gertrudes lhes servia cafés ou cerveja gelada, e resmungava com o marido ('Quem paga estas mordomias, és tu? Isto não me cheira nada bem!'). E do que falavam era de um novo país do passado que mantinha a incongruência de pôr em paredes-meias beleza e serenidade com injustiça e maldade. E o resultado era essa ilha escura vogando no espaço da imaginação do grupo, cada qual procurando acrescentar-lhe um pormenor e ela cada vez mais peluda e mais sinistra.

Entretanto, do outro lado da rua enfraquecia o partido dos Costas. Primeiro, foi a própria esposa do dito dando o exemplo, como se viu; depois, os Marques mais os seus contentores de haveres, excluindo um rádio desmantelado que não chegou a servir maléficos propósitos nem serviria mais para alimentar os sonhos do dono. Saíam silenciosos e cabisbaixos, no íntimo um misto de revolta e de vergonha. Acenavam despedidas vagas, evitavam um último olhar aos Monteiros que, mesmo em hora tão penosa e decisiva, não deixavam de os invectivar:

– Lá se vai mais um covarde com o rabo entre as pernas! Depois, quando resolvermos isto, cá estarão eles outra vez contando histórias, inventando justificações!

Mas, apesar das invectivas, por cada baixa nas suas hostes mais se reforçava o partido dos Costas, fazendo prevalecer o ponto de vista segundo o qual a saída para o problema estava em resolver o problema da saída.

Um dia, desatou-se inesperadamente este nó cego. O Inspetor Monteiro, numa evidente dificuldade em digerir tantas informações, e tão contraditórias, achou que chegara o seu dia, que vinham para o apanhar. Entrou em casa de rompante, a testa que tão complexos planos gizara agora vazia e perlada de suor, e arrastou dona Gertrudes e os seus protestos para dentro do carro sem uma explicação, abalando velozmente para a África do Sul. Levava apenas a roupa do corpo e a conhecida raiva roendo-o por dentro. Deixava para trás a casa intacta.

– Ainda acho que exorbitas – dizia-lhe a mulher no caminho.

— Cala-te, que não entendes destes assuntos! – respondia-lhe o Inspetor, não querendo entrar em detalhes e usando do expediente dos sofisticados mistérios dos homens, tão diferentes da simplicidade feminina, para cortar por ali a conversa.

— Ou então os teus medos têm razão de ser e andas a esconder-me alguma coisa – insistia ela. Dona Gertrudes tinha, a espaços, estes acessos de argúcia rebelde com que desafiava o marido. Com um pouco mais de tempo talvez tivesse conseguido moderar no Inspetor a sua ânsia de protagonismo. Mas tempo era coisa que não existia nesta altura, em que os acontecimentos corriam velozes em direção ao seu desfecho. E o casal lá se foi lesto por Boane, a caminho da fronteira, escapando-se às barreiras rodoviárias e chiando os pneus nas curvas, com mais vergonha que os Costas todos juntos. Monteiro com as mãos fincadas ao volante e murmurando as suas juras de vingança, dona Gertrudes de óculos escuros para esconder o constrangimento. O Inspetor, humilhado por gesto tão miserável a tão poucos dias da prova final, desapareceu pois em confins onde não pudesse ser achado, sem dúvida conspirando sempre mas fazendo-o já no mundo longínquo das suas memórias, gastando ali inutilmente a sua raiva. Com dona Gertrudes atrás, lançando para o céu olhares de paciência e de comiseração.

A saída abrupta de Monteiro trouxe sorrisos amargos às faces dos Costas ('Cá se fazem, cá se pagam!') e lançou a confusão nas hostes reacionárias. Desprovidos da sua cabeça articuladora, os Monteiristas da Rua 513.2 perderam a veleidade de um maior protagonismo nestes dias da tentativa de contragolpe que agora se sucedem, em que Monteiros de outras ruas tentam a sua sorte.

* * *

Uma tentativa que se traduz nestes tiros que agora soam e assustam Filimone. 'Quem estará a dispará-los?', pergunta-se o Secretário, enquanto lança um soslaio à sinistra gabardina cor de leite do Inspetor, postado a um canto da sala.

É legítimo este temor de Filimone, muito maior que a sua culpa. Afinal, quando o Partido aqui chegou procurando gente empenhada em quem pudesse confiar, ele, modestamente, morando mesmo ali atrás no bairro popular, foi o primeiro a dar um passo para se voluntariar. Não tinha passado – como poderia tê-lo sem que isso implicasse algum comprometimento, nos tempos maniqueístas do colonialismo? – não tinha também grande presente. Mas tinha vontade de servir e foi isso que manifestou, entusiasmado com a mudança. Foi também isso que nele os outros viram. A princípio, serviu nas pequenas tarefas levando informações à sede do Partido na sua trêmula caligrafia, e trazendo de lá diretivas claras em papel timbrado. Depois, em parte por escassez de candidatos em rua tão renitente, em parte pela constância da sua dedicação, foi subindo rápido na escala da lealdade e confiança. Um dia veio alguém importante e, na reunião que se seguiu, nomearam-no Secretário do Partido para a Rua 513.2. Um posto que envolvia mais trabalho que benesses, mais riscos que reconhecimento. Era tempo de semear, não de colher.

A prova disso está neste momento atual em que os tiros soam e ele pressente que é a si que procuram, que são os restos esfarrapados do partido dos Monteiristas relutando em reconhecer o fato consumado. Filimone faz-se surdo às interpelações do Inspetor ('Ó Tembe, olha que te vêm matar!') e atravessa furtivamente a rua em direção à porta do camarada Basílio Costa para lhe perguntar, em voz insegura, se desconfia do que possam ser os tiros. Basílio Costa, cauteloso, diz que não faz ideia, embora também suspeite saber quem dispara. E ficam assim os dois homens num silêncio receoso, unidos pelo partilhar de um risco idêntico, embora de sinal contrário. Chamando-se um ao outro de camarada. É enorme a distância que trazem do passado, e por isso quando o Secretário Filimone chama a Basílio Costa de camarada quer dizer-lhe que agora brancos e pretos são iguais, queiram ou não os primeiros. Neste momento particular é mais ainda, que estão os dois juntos a ponto de terem de dividir todos os segredos, incluindo o da razão daqueles disparos. Quanto a Basílio Costa, o uso que faz da palavra camarada é mais defensivo, quer com ele dar a indicação de que reconhece a nova autoridade e as suas regras, que não quer problemas nem desafios, que vive um período cinzento que é melhor que seja sem história antes de poder também ele enfim partir. Infelizmente, nada sabe sobre os disparos e portanto não pode esclarecer o camarada Secretário. Está até tão assustado quanto ele.

Durante dois dias o desfecho foi incerto. Por vezes parecia que o partido dos Monteiristas – embora já sem Monteiro – acabaria por vencer, invertendo assim as coisas. Outras, era o contrário, e o esforço dos reacionários surgia fútil e sem sentido. Como acontece agora, que os disparos são tão dispersos que já não lembram uma guerra mas apenas o seu eco. Filimone, mais confiante, deixa de descarregar os seus medos em cima da pobre Elisa e volta a olhar lá para fora. Ocupou aquela casa com os odores de Monteiro ainda a pairar no ar. Foi esta, a de receber uma casa, a sua única benesse, se é que assim se pode chamar--lhe, pois ele vê-a antes como um posto de trabalho avançado metido em cunha numa frente reacionária que é preciso transformar. Mas ainda se pergunta se não devia ter esperado um pouco mais, uns meses só, até que a situação serenasse.

Agora é tarde. Filimone não só ocupou a casa como se tornou visível em toda a rua, tão visível quanto o havia sido o Inspetor Monteiro no seu tempo.

3
Um caderno de capas negras

Enviou a Providência um emissário para salvar o gordo Marques, mais a esposa dona Eulália, das garras do Inspetor Monteiro. Chamava-se Zeca Ferraz, esse emissário, e entrou para a Rua 513.2 numa manhã soalheira, passando pelas restantes casas sem sequer olhar para elas e parando em frente ao número 11 como se uma força invisível ali o atraísse. Bateu ao portão e, enquanto esperava que o Marques viesse abrir desconfiado, olhou com satisfação aquilo que de fora conseguia ver: um jardim cuidado cercando uma casa com as paredes pintadas de fresco, as janelas com os vidros inteiros e um telhado alinhadíssimo. Bom sinal.
— Bons dias — cumprimentou Ferraz. E, frontal: — Algo me diz que o senhor está de partida.
O Marques sobressaltou-se. Os tempos andavam conturbados, já se viu, e o pobre homem olhava o interlocutor sem se decidir se seria ainda uma manobra de Monteiro visando obrigá-lo a retratar-se, se já um emissário das novas autoridades sondando quem partia e quem ficava.
— Pode ser que sim, pode ser que não — arriscou evasivo, os nervos em franja. E olhava Ferraz como se lhe confessasse que, apesar de corpulento era um homem vulnerável, incapaz de se defender. Debaixo dos automóveis onde passava os dias, custava-lhe muito entender o que acontecia à sua volta. Trazia ainda o medo antigo.
Zeca Ferraz notou-lhe nos olhos esse temor. Era do seu interesse que ele se diluísse.
— Não sou desses, não pense — disse mansamente. — Quero simplesmente comprar-lhe a casa, se é que está à venda.
Não era Monteiro nem as novas autoridades que o enviavam, era mesmo a Providência! Mas o Marques hesitava, desconfiado

de tanta fartura, pensando ser daquelas propostas que se ficam pelas palavras, procurando tirar vantagem da pressa que tinham os que partiam. Não era só de uma casa mas também das suas memórias que se desligava. Havia ainda o rádio, embora já não houvesse, pois foi dali que o Marques comunicou com o mundo anos a fio, no tempo em que as noites demoravam a passar. E, finalmente, havia uma garagem onde vivera uma vida inteira trabalhando, e as marcas do trabalho são, como se sabe, aquelas de que mais custa libertarmo-nos.

– O preço é alto – disse, pensando em tudo isso. – É que além da casa há ainda uma garagem equipada. Eu sou... eu fui mecânico.

– Também eu sou mecânico – disse o Zeca Ferraz, estendendo a mão para o cumprimentar.

Dois mecânicos frente a frente. O semblante do Marques abriu-se num amplo sorriso e a partir daí correram as coisas muito melhor. Zeca Ferraz, homem sério, mencionou logo um pagamento a pronto desde que o Marques fosse razoável na determinação do preço, de modo que em meia hora estava o assunto resolvido: o Zeca com um bom negócio porque entrou para a rua 513.2 pagando o preço da chuva, o Marques satisfeito porque se libertava das ameaças do Inspetor Monteiro e de quem mais viesse. Quantos houve como ele, também de saída, querendo vender a qualquer preço e sem ter a quem! Por outro lado, Ferrazes com dinheiro na mão e dispostos a gastá-lo havia poucos.

* * *

O segredo do relativo bem-estar de Zeca Ferraz assentava em dois princípios essenciais – trabalho e organização – que ele aprendeu no tempo de Salazar. Só que enquanto o misantropo ditador os pregou publicamente para enganar os outros, tanto que talvez tenha chegado a enganar-se a si próprio, Ferraz adotou-os privadamente, despindo-os do sabor do engano e propaganda. Trabalhava muito, de manhã à noite, sempre com boa disposição e muita energia, e em resultado disso acumulou algum dinheiro. Quando a Independência se avizinhava, e com ela a mania coletivista, Zeca Ferraz compreendeu que não era altura de ter dinheiro até porque não havia onde guardá-lo: em casa, era arriscado; fora, não havia instituição imune à crise que abalava os fundamentos da ordem velha. Assim, resolveu comprar a casa ao senhor Marques, convicto de que o coletivismo não era eterno e chegaria o dia em que as separações e as definições voltariam a verificar-se da mesma maneira de sempre – entre os que têm e os que não têm. E, à cautela, Ferraz ia fazendo por ter, não tanto por uma vontade abstrata de ser rico ou superior aos demais mas antes para não ser pobre, para manter uma margem de manobra que lhe permitisse ficar longe de onde viera.

Zeca Ferraz veio da Vila Trigo de Morais, hoje Chókwè (ainda os nomes e a mudança que deu neles!), onde nasceu e se fez rapaz, e onde o pai tinha fama de mecânico milagreiro, capaz de reanimar grandes máquinas agrícolas já dadas como mortas. Zeca herdou esses dotes e, embora não fosse tão bom na mecânica de grande escala quanto o velho Ferraz-pai (há coisas que não se podem transmitir, nascem ou não nascem conosco), revelava contudo uma queda especial para o diagnóstico e para o labor cirúrgico de ajustar vedantes, afinar válvulas ou descobrir o misterioso ponto exato do ralenti. Assim, ao contrário do progenitor que, munido de grandes maços de ferro e chaves inglesas de inaudita envergadura, se deixou ficar naquele ambiente rural combatendo monstros de metal agonizantes, tanto que acabou por agonizar com eles, Zeca sentia-se atraído pela cidade e pelas máquinas mais urbanas e pequenas. De modo que casou com Guilhermina, também mulata, pegou na sua pequena caixa de ferramentas e abalou para Lourenço Marques onde trabalhou como ajudante de mecânico de um português, implementando os dois princípios atrás referidos – trabalho e organização. Dona Guilhermina, ao lado, corroborava: enquanto o marido produzia a doméstica riqueza ela fazia por esticá-la, fritando chamussas e pastéis para fora, cortando vestidos e cosendo batas da criadagem dos outros. Estavam assim os dois, mais a filha Beatriz, quando, na agitação da Independência, fizeram o negócio do número 11.

Aquela transferência de propriedade não foi um episódio

normal, já se disse. Normal seria o senhor Marques querer vender a casa sem ter a quem, e Zeca Ferraz, embora com vontade de ali morar, não ter com que pagá-la. Tratou-se assim de uma exceção à regra porque, mal se trocaram olhares no portão da entrada, os dois homens sentiram que podiam ter sido amigos, não fosse o tempo e a história terem-nos desencontrado dessa possibilidade. Saíram pois uns e entraram outros, em harmonia com o andamento mais geral do tempo. Os Ferrazes, trazendo hábitos austeros, levaram uns meses a maravilhar-se com a nova casa. Dona Guilhermina, obcecada com a limpeza, esfregava a torto e a direito (tendo os desconhecidos uns hábitos suspeitos, queremos sempre apagar o seu mundo de cheiros e sombras para no seu lugar instalar o nosso); Beatriz fechava-se no seu quarto novo, inteirinho só para si e para as suas quase adolescentes fantasias. Mas grande descoberta foi a de Zeca Ferraz, e fê-la fora de casa, na garagem adjacente.

* * *

Era desarrumada e suja como o são quase todas as garagens, cheia de velhas e amolgadas latas de óleo e enigmáticas peças metálicas espalhadas pelo chão. Além disso, perdera já o aspecto reluzente que o óleo confere às coisas uma vez que descera um manto de pó que coagulava aquele e as tornava a elas pardas. Aqui e além existiam, é certo, sinais de um esforço para controlar aquele espaço rebelde e tornar o trabalho eficiente: parafusos classificados pelos seus tamanhos, porcas arrumadas segundo os respectivos calibres. Mas, mais adiante voltavam os inquietantes traços de desalinho nas juntas espalhadas fora das caixas, nas ferramentas deixadas ao acaso pelo chão. 'Das duas uma', pensou Zeca Ferraz enquanto remexia em tudo aquilo: 'ou o senhor Marques se desleixou nos últimos tempos ou então deixava muito a desejar como mecânico'. E inclinava-se mais para esta segunda possibilidade, não resistindo ao estabelecimento de uma comparação entre si e o mecânico já rival, uma comparação entre o presente e um passado ainda tão próximo.

Imerso nestes pensamentos, levantava objetos pousados desde há muito, e estes, ao serem retirados dos seus lugares revelavam sob si espaços limpos da poeira que parecia cobrir tudo o resto, espaços que ficavam como que sombras brilhantes desses mesmos objetos. Esta alteração de uma ordem que, embora arbitrária havia sido legitimada pelo tempo, provocava surdas agitações que se traduziam na fuga atabalhoada das baratas pelos cantos num ligeiro restolhar vagamente localizável, no movimento sinistro dos ratos apenas adivinhado quando as suas sombras fugazes escorregavam pelas paredes. 'Isto precisa de uma grande limpeza', pensou o Zeca virando-se na direção de onde vinham os sons. E foi num desses movimentos que os seus olhos tropeçaram num caderno de capas negras e grossas, esquecido a um canto e coberto de poeira. Que fazia um caderno assim numa garagem daquelas?

Retirou-o do seu lugar, sacudiu-o, levantando uma pequena nuvem de pó que o fez tossicar, e pôs-se a folheá-lo lentamente. As páginas de papel pautado, com apertadas linhas azuis à antiga, estavam cheias até às margens de letrinhas negras algo clareadas pelo tempo, acotovelando-se, como se quem as escrevera tivesse querido poupar papel. Lendo aqui e além, saltando páginas numeradas, Zeca Ferraz passeava-se por quase enredos que não chegavam a sê-lo por ele se contentar ainda com os fragmentos que ia respigando. "3 de Março de 1958: Mudar os óleos ao *Studebaker* do sr. Soromenho". E mais adiante, à página 47, "6 de Outubro de 1959: Verificar o ruído na suspensão traseira do *Vauxhall* de mister White".

À medida que progredia naquele apontamento de outras eras, Zeca Ferraz descobria uma vida metódica cheia de problemas convenientemente anotados à chegada, e de soluções cuja saída era também registrada com minúcia. Como se aquela escrita tivesse saído de jato toda no mesmo dia, como se não fosse o registro de uma vida inteira. E tanta organização e método, tanta eficiência, contrastavam agudamente com a desordem daquela garagem o que, embora não chegasse propriamente a constituir um enigma, dava que pensar. Zeca Ferraz imaginou o motorista do senhor Soromenho chegando com o enorme *Studebaker* negro, encontrando ao portão o gordo Marques de fato-macaco para lhe receber as chaves; ou este último trocando impressões com mister White sobre os ruídos da suspensão traseira, cada qual tateando a língua do interlocutor, o britânico lamentando-se e debitando um historial de arreliadoras impressões, subjetivas e mal pronunciadas, o português imaginando pacientemente como objetivá-las para as poder resolver.

Abanou a cabeça, um vago sorriso aflorando-lhe aos lábios, e continuou a compulsar o grosso caderno procurando seguir o rastro de algumas daquelas histórias, desinteressando-se de outras. O *Vauxhall* retornou sempre, anos a fio, o problema da suspensão teimando em ressurgir com arreliadora monotonia. Quantas horas terá passado o senhor Marques agachado com dificuldade nas traseiras da renitente viatura, arfando e praguejando sem dar com o caso! Quanto tempo gastamos de nossas vidas sem proveito algum! Depois, a viatura de mister White desapareceu dos registros. Antes surgia sempre às terças-feiras, talvez por ser um dia da semana mais desafogado no emprego de mister White, mas a partir de 1962 as terças-feiras apareciam povoadas de outros nomes e outras viaturas, sem traço do velho *Vauxhall*. E Ferraz concluiu que, ou mister White procurou outro mecânico, desiludido com a ineficiência do Marques, ou então desfez-se simplesmente daquele traste velho e sem solução. Sorriu novamente, quase desejando que lhe chegasse às mãos o desafio.

À medida que se aproximava do final, Ferraz notou que as páginas do caderno se modificavam. As letras tendiam a aumentar, perdiam a serenidade anterior, ganhavam um aspecto anguloso, cuneiforme. Crispavam-se, como se quem as escreveu se tivesse tornado mais impaciente ou com menos tempo para lançar os seus registros. Por vezes eram tão furiosas – sobretudo nas pintas dos is e nos pontos finais – que chegavam a ferir o papel grosso. Ferraz fechava os olhos e passava os dedos pelo texto, sentindo os pequenos relevos, procurando através deles descobrir onde terminava abruptamente cada episódio. Abria-os depois novamente para se certificar se a sua suposição estava certa. Foi assim que notou que à impaciência do gesto da escrita correspondia uma mesma impaciência do conteúdo. Agora as mensagens surgiam como que amputadas de alguns dos seus elementos, quase poderia dizer que cifradas, se fosse desconfiado. "Dia 17: Verificar problema carro branco" (dia 17 de que mês e de que ano? Que problema? Que carro?). E, mais adiante, já só palavras e frases soltas, ainda acoteveladas mas aparentemente despidas de qualquer relação de vizinhança entre si: "Travões", "Ver velas", "Carburador". Dispostas em bandeira, quase pareciam poemas se em vez de olharmos frases e palavras olhássemos a mancha da página toda inteira. Umas vezes em verso branco, outras até rimando, afastavam-se as anotações da mera temática mecânica para realizar incursões em campos mais vagos e imprecisos, produzindo resultados que no Marques talvez fossem involuntários, em Ferraz surpreendentes.

Após leitura tão intensa já solidário com o autor daquele caderno, Zeca Ferraz concluía agora que não era justo julgar todo um percurso apenas por este trecho final, prenunciador de uma grande mudança. Como se pequenos interesses como o de cuidar de uma modesta oficina tivessem soçobrado ante a ideia fixa que se apossara do senhor Marques, a ideia de partir urgentemente para outro lugar.

Voltou atrás algumas páginas, sondando vagamente o ano de 1961. Entre pequenos casos vulgares, um lançamento despertou-lhe a atenção: "*Fiat 600*: substituição de um pneu furado". E, encavalitada por cima, a enigmática frase "BB pela primeira vez!". Ferraz pôs-se a pensar, intrigado com o fato do Marques, um profissional, se ter dado a trabalho tão trivial como o de substituir um pneu. Depois, aquela frase intrometendo-se por cima: "BB pela primeira vez!".

Pousou o caderno onde o achara e regressou ao trabalho. 'Que disparate', pensou, 'perder o meu tempo com uma coisa destas, um velho caderno de que o pobre homem se esqueceu, quando há tanta coisa para fazer.'

Mas, enquanto afinava as balatas do *Ford Capri* do senhor Costa, aquela frase não lhe saía da cabeça. "BB pela primeira vez!". E veio-lhe uma ideia que o fez regressar ao caderno, sorrindo. BB pela primeira vez. BB de Brigitte Bardot, por que não? BB talvez passando curtas e clandestinas férias em Moçambique não registradas para a história, nos jornais; BB à procura de uma praia; BB na caçada ao leão. BB conduzindo um *Fiat 600* louro como ela, atravessando a Rua 513.2 com vagar e turístico desprendimento, BB pisando inadvertidamente uma pedra aguçada mesmo em frente à porta número 11, a porta do Marques. Incrível coincidência! BB saindo do carro, olhando contrariada o pneu – *Merde!* – dando-lhe leves pontapés com a sandália minúscula que mal tapava um pé delicadíssimo, enquanto com os punhos, os frágeis punhos, dava repetidas pancadinhas no tejadilho. Depois, sondava em volta num mudo e vago pedido de socorro, impaciente, e o velho Marques, então muito mais jovem, seguramente muito mais magro, ouvia esse apelo e saía de ferramentas na mão para resolver facilmente aquela bendita contrariedade. BB, aliviada, fazia um gesto em direção à bolsa, o jovem Marques que não era nada, que tinha sido um prazer (oh, quanto tinha!), surpreso e agradecido ele próprio do favor que fazia, observando para dentro como é estranha a vida, que nos reserva surpresas como esta estejamos nós onde estivermos, mesmo que seja neste canto perdido da África Oriental Portuguesa, nesta remota Rua 513.2. BB, nesse caso, lançava então um beijo inocente com a ponta dos seus dedos finos, um beijo só, e esse beijo atravessava os ares com elegância para pousar na bochecha do Marques, deixando ali a sua marca vermelha, o seu rastro de *bâton* ensanguentado que queimava como fogo. E o Marques cambaleava, atingido por esse tiro certeiro, recuando um pouco para se apoiar no portão até lhe passar a vertigem, desejando que no chão da rua se multiplicassem pedras pontiagudas para furar mais, muito mais pneus, um pneu em cada dia.

    Zeca Ferraz virou algumas folhas com gestos já febris. Queria encontrar mais frases soltas encavalitadas no texto principal, frases paralelas que confirmassem a história que já construía como se fosse ele a comandar as coisas (quantas vezes disciplinamos um passado vago para que ele possa caber nas conveniências do nosso presente!). "Cabelos da cor do carro", encontrou ele a dado passo, e sorriu agradado porque ao carro já o adivinhara louro sem saber porquê. Pensou em BB voltando ainda uma vez com fúteis pretextos, o Marques deslumbrado, transpirando por todos os poros. Ela distante e próxima, flertando pelo prazer de flertar, apenas para garantir algum alimento ao louro ego neste curto interregno longe dos flashes e das parangonas das revistas, o Marques dispondo-se a um modesto papel secundário que tal permitisse. Dona Eulália, lá dentro na cozinha, convencia-se de que falavam de mecânica, de problemas, quando de fato sopravam insinuações e frases meias, as dele de um sôfrego carnívoro rondando a presa, as dela de uma gazela elegante e divertida que se deixava rondar.

– Mecânico malandro – disse Ferraz a meia-voz.

Até que um negro dia BB diria: "*Merci monsieur Marquéss*, é hoje que me vou, *au revoir monsieur Marquéss*", e ele de ferramentas na mão, sem saber como prolongar esse momento. Para ela o fim de um curto e divertido interregno, para ele o reinício de uma mecânica solidão.

Zeca Ferraz estava tão preso à sua lucubração que nem deu pela sombra que se aproximou por trás, uma onda silenciosa e negra galgando as peças e as caixas espalhadas pelo chão, avançando na sua direção. E só quando essa onda lhe chegou aos olhos, escurecendo um pouco mais a já escura garagem, é que teve a sensação de uma presença e desviou a atenção do caderno para a pousar à entrada. Recortado em contraluz, com uma aura de minúsculas partículas de pó e luz em suspensão, o volumoso senhor Marques encarava-o fixamente.

Zeca Ferraz sobressaltou-se com a extraordinária visão. Quase o cumprimentou, não fosse a surpresa; quase se envergonhou de invadir assim aquela garagem como uma presença intrusa, esquecido já da transação que haviam feito, que lhe conferia o pleno direito de ali estar; quase se desculpou do indesculpável, da inqualificável atitude que era estar vasculhando as intimidades do colega e quase amigo, não fosse a história e o tempo, já o dissemos, terem-nos desencontrado dessa possibilidade. Em vez de tudo isso Ferraz piscou os olhos, procurando dar tempo a que a imagem se esfumasse. E quando se preparava para os abrir novamente, quase conformado com a situação e a vergonha que ela lhe trazia, sobressaltou-se de novo, desta feita com a voz aguda de dona Guilhermina, vinda de onde antes parecia estar o outro.

– Zeca, há que tempos que estou a chamar-te. O jantar está pronto e vai ficar frio. – E, olhando em redor: – Esta garagem está mesmo a precisar de uma grande arrumação!

– Vou já, mulher – respondeu, fechando o caderno negro e pondo-o cuidadosamente onde o achara.

* * *

Lavou-se, jantou com o pensamento fora do prato, deitou-se e passou a noite quase em claro procurando afastar aquela história sem sentido, ela teimando em regressar. Dona Guilhermina, atentíssima, sentia o marido às voltas na cama e não sabia o que pensar.

– Passa-se alguma coisa, Zeca? Estamos com problemas de dinheiro?

– Não, Guilhermina, está tudo bem. Dorme.

No dia seguinte, bem cedo, voltou ao caderno. Folheou febrilmente. Numa nova página, novo fragmento, inquietante. Retocar a tinta negra o arranhão que o carro traz na sobrancelha, por cima do farolim direito, era ali dito por outras palavras. O negro da noite escurecendo o louro flamejante, escurecendo a história. Escondidas, talvez palavras de circunstância entre cliente e mecânico sem o arranhar dos erres de uma francesa tentando falar noutra língua; palavras talvez mesmo trocadas num português normalíssimo.

Ferraz suspirou. Desabava de repente a construção! Todavia, tão rápido como caíra, voltou a erguer-se com a frase seguinte, a referência a uma tez cor de azeitona nervosamente sobreposta ao texto principal; o cabelo, novamente o cabelo mas desta vez de um negro asa de corvo disparando os seus reflexos azulados. Depois, um nome, Buba, BB também, que surgiu como uma estocada final, a evidência que destruía de uma vez por todas a já inverossímil Brigitte Bardot, tão promissora antes e afinal tão descabida, que afinal nunca terá feito uma viagem clandestina, nunca uma caçada ao leão, nunca sequer uma secreta visita à Rua 513.2 em que os jornais não tivessem reparado.

Novo enredo, nova e difícil caminhada. A mesma pedra aguçada, o mesmo pneu furado, os mesmos diálogos de circunstância. Depois, Buba regressando com pretextos fúteis, entabulando silêncios cheios de significado com os olhos postos no chão. Ferraz impaciente, sem saber o que o Marques terá feito nessa altura. Imaginando, prático como o são todos os mecânicos, um desfecho mais carnal e consumado. O pneu lá fora esperando incólume, e dentro, na escuridão, manchado já do óleo das manápulas do Marques, o sari de Buba escorregando diáfano até pousar no chão. Uma coreografia entrecortada de subentendidos convites e gaguejados pudores, de urgências e atrapalhações.

Ferraz interrompeu a leitura para procurar pelos cantos, em redor, um sinal que lhe dissesse onde foi e como foi, uma desarrumação diferente das outras desarrumações que fosse um traço, uma perene evidência que o descuido tivesse esquecido assim mesmo como agora estaria, sobrevivendo à grande mudança da revolução e da partida para se apresentar ali à disposição do presente e fora do contexto. Regressou ao caderno, procurando conter-se para não perder o fio à meada, para não se perder. Entrou frenético no ano de 1962 sem conseguir voltar a achar Buba, a não ser nas omissões nervosas e angustiadas do gordo mecânico-escritor. Finalmente, mais para o meio do ano, um golpe inesperado: "Dia 15 de Junho de 1962: Buba veio despedir-se. Salazar quere-os fora daqui porque eles nos puseram a nós fora de Goa". Buba invadindo à traição, o Marques retirando cabisbaixo como um vassalo, e Salazar velando. Olho por Marques, dente por Buba. Salazar chegando para proteger o Marques, compensando-o daquela maneira de ter sido expulso das Índias. E, por outro lado, castigando Buba pelo seu atrevimento. Salazar infatigável, preservando a honra e semeando a justiça, castigando a torto e a direito; e, para proteger, magoando.

* * *

Crónica da Rua 513.2

Um dia chuvoso como este em que Ferraz deambula pelos segredos da garagem, colhendo e fabricando novidades velhas de muitos anos. Cinzento e triste. Quase que os vê chegar ao cais: os homens arrastando caixas e malas cabisbaixos, as mulheres com os seus finos saris encharcados e fumegantes, transparentes, colados aos corpos roliços e quase as atraiçoando. Sobem agarrados à balaustrada de corda da escada que vai dar ao navio e que balança, fazem-no em fila lenta e duplamente indiana – dupla humilhação – por ser indiana a fila que os obrigam a fazer e por os obrigarem a ser indianos outra vez, nunca portugueses. Sobem vigiados por uma alcateia de pides baixos e gordos de bigode e gabardina, inspetores Monteiros mal contendo a vontade de morder; por cães polícias – olhos como holofotes, dentes que ferem como navalhas – ladrando alto para sublinhar a ameaça e deixar clara a punição. Sobem enquanto a chuva corta o eco e dá aos sons uma crueza desmedida. Os trabalhadores da estiva, desde há muito habituados a serem eles os miseráveis, riem agora, de longe, dessa inédita miséria dos outros, prova concreta de que desta vez não é miséria sua. Buba, no meio da fila, esconde o ouro dos anéis e das pulseiras junto às intimidades do corpo como as restantes mulheres, tirando proveito do pudor inesperado do velho ditador, que só em último caso mandaria os seus cães de fila sondar as intimidades femininas. Buba desejando que em vez de ouro fossem derradeiras carícias do seu mecânico amante que ali levava, para as poder guardar num armário com portas de vidro lá para onde quer que vá ou que a levem, para as ter assim sempre ao dispor quando estiver ao balcão suspirando. Dando talvez a mão a um irmão mais novo para que não caia ao mar quieto e escuro do porto de Lourenço Marques, parando para olhar para trás uma última vez (dizendo a esse irmão que suba na frente), um curto relance sobre a ponte-cais onde está o Marques de cabeça baixa, as mãos fincadas no volante do automóvel que talvez seja de um cliente, talvez o *Vauxhall* de mister White cuja suspensão traseira oficialmente esteja testando, na verdade tomado de empréstimo para este particular fim. Mãos fincadas no volante e olhar perdido, movendo-se de vez em quando apenas para limpar os vidros do vapor que os embacia e lhe impede de ver com nitidez a amiga que sobe aquela escada e irrevogavelmente parte. Enquanto ela sobe, aprendendo ele a descer e a regressar ao vazio da casa e da garagem, ao vazio de dona Eulália, um vazio idêntico ao do império quando Goa se deixou ir.

A partir dali, nem mais uma referência no caderno. Caso encerrado. Encerrado também para Ferraz, que olha as últimas folhas do papel pautado, agora vazias, e não sabe que o Marques substituiu as palavras escritas por apelos sussurrados para um aparelho de rádio que desde então sondou o mundo numa desesperada e hertziana procura, até que chegou o Inspetor Monteiro para o calar de vez. Ferraz olha em volta, procurando tênues vestígios, restos talvez do velho *Fiat 600*, um pedal que tenha ficado como a lembrança de um sapato que com ele lidou, uma vela do motor que simbolize a faísca que incendiou aquele caso clandestino. Nada!

E não ousa perguntar ao gordo Marques, sentado a um canto e com as mãos na cabeça, embaraçado por aquela intrusão nas suas nostálgicas memórias.

4
A casa armadilhada

Abafada a rebelião dos partidários do retrocesso, reposta a nova ordem, começou outra revolta mais privada e mais secreta, a revolta do Doutor Pestana do número 7. Pestana enfurecia-se com as pequenas interferências do Secretário Filimone, entretanto já seu vizinho da frente como o fora Monteiro. Já, também, mais seguro e confiante.

Recuperado do susto, o Secretário afadigava-se para não voltar a ter outro igual. Corria a rua para cima e para baixo, atento às casas e aos seus interiores. 'A cobra mata-se no ovo', ordenava o Presidente Samora Machel, e Filimone fazia por seguir à risca esse princípio, inspecionando onde Monteiro pudesse ter deixado ninhos já que em casa, quando o visitava, o Inspetor se recusava a dar-lhe indicações. Limitava-se às risadinhas cínicas e às evasivas.

Filimone incidia particularmente em Pestana. Atravessava a rua nos seus passinhos apressados, sempre atarefado, para lhe bater à porta:

– Vizinho, vai para a cidade? Preciso de boleia – dizia num tom vago, como se dissesse que se não fosse também daí não vinha nenhum mal acrescido, nós os do povo temos uma paciência infinita para esperar pelo machimbombo que tanto pode vir como não vir, nestes tempos de alguma desorganização ainda; temos uma energia inesgotável para galgar toda a distância à torreira do sol. Como não tê-la, se foi assim que atravessamos o longo c pcnoso passado, se foi assim que sobrevivemos e nos fortalecemos ao ponto de conseguir esta vitória que está à vista do mundo?

E Pestana, cauteloso:

– Bom, camarada Secretário, eu ir não ia. Talvez mais tarde, daqui a uma hora ou duas. Mando avisá-lo lá a casa quando estiver para partir.

— Eu espero aqui mesmo à porta — volvia Filimone. E a sua voz soava como se dissesse que esperava lá fora para não incomodar o Doutor, que esperaria o tempo necessário. Porque foi sempre assim no passado, nós à espera que nos fosse indicado o caminho. Por vós, os poderosos, os proprietários dos automóveis que nos podem levar ou não. Vós, os donos das antigas decisões.

Fazia-o com falsa modéstia, como se não tivesse dado conta — logo ele! — que as coisas haviam mudado. Ou, se o sabia, como se não tivesse sido ele quem forçara tal mudança. Naquele momento, parecia que lavava dela as mãos.

E Pestana agastava-se. Não queria ir à cidade, não precisava de ir à cidade mas também não lhe convinha negar aquele favor porque o fato lhe afetava uma reputação que, em si, era já frágil. Voltava para dentro, andava pela casa em círculos, barafustava com dona Aurora ('Vou? Não vou! Vou? Não vou!'), e ela dizia-lhe 'Ó homem, não compliques, diz-lhe que não que ele compreende, vais ver ele pretende apenas ir à cidade; ou então, se achas que sim, leva-o logo de uma vez!'. E ele respondia que não era assim tão simples, que ela não entendia o que estava ali em jogo. Dizendo isso e espreitando lá para fora pela nesga do cortinado, e lá fora o Secretário aguardando sob a sombra parda da acácia, imóvel, ostentando aos olhos de Pestana uma falsa paciência, uma falsa humildade.

— Ele quer é um pretexto — ruminava. — Ronda em círculos, está à procura de uma forma de me apanhar!

— Ó homem, não sejas assim. Não me vais dizer que é por isso, por uma comezinha boleia que ele vai agora prender-te — tornava dona Aurora, descrendo das mirabolantes conclusões do marido.

Não. O Secretário não o iria prender por isso nem sequer tinha poderes para tal. Mas acumulava. Juntava estes pequenos nãos de todos os dias e quando os tivesse encadeados para formar um sentido feito de um só grande não, então sim, desferiria o golpe. Era esta a suspeita de Pestana. Dona Aurora, mais simples e presa às pequenas coisas de todos os dias, não conseguia chegar tão longe e continuava duvidando. Duvidando mas sofrendo com as angústias do marido.

Com o correr do tempo as coisas pioraram. Filimone convocava Pestana para reuniões políticas aos domingos de manhã alegando pretextos fúteis, talvez despeitado com a dificuldade das boleias. Batia-lhe à porta com perguntas descabidas ('O camarada Doutor não terá, digamos, livros contrarrevolucionários cá em casa?'), sem dúvida fazendo um esforço para que os pergaminhos do outro não sobrevivessem incólumes à mudança revolucionária. Depois de muito rondar, procurava dar agora a estocada final, dirigida aos livros do Doutor, aquilo que ele tinha de mais precioso. Como se dissesse que foram esses objetos, que te embelezavam a estante, que marcaram a nossa diferença no passado. Tu lias e não me deixavas aprender a ler também. Os enredos que se teciam nessas folhas só tu os podias destrinçar. Eu, pelo meu lado só os podia saber da tua boca, traduzidos, simplificados. Não tinha acesso a eles tal como eram fabricados, o mais a que podia aspirar era à tua versão. Ah, mas agora não! Agora é tarde. Agora que talvez possa, é muito tarde. Não os quero conhecer. E mais: quero também que tu os esqueças. Não compreendes. Não quero a tua condição. Quero antes preservar a minha e quero-a também para ti, nesta nova igualdade. Se houver livros na presente situação, então serás tu a ler os meus, já é demasiado tarde para que me interesse pelos teus.

Pelo menos era esta a interpretação que Pestana fazia da atitude de Filimone, do apetite do Secretário pelos seus livros, que sem dúvida pretendia para destruir. E o agitado sono do acadêmico – isto é, quando conseguia dormir – era ultimamente preenchido por um pesadelo recorrente.

* * *

Estava no jardim, preso às buganvílias da esposa do vizinho Costa cujos espinhos lhe perfuravam a pele aqui e ali, deixando-a marcada e ensanguentada. Na sua frente, um feroz Filimone de doutoral vara na mão, uns óculos de lentes grossíssimas, uma toga negra e um barrete de catedrático bordados com as estrelas vermelhas do comunismo, dando ordens a um disciplinado rebanho de cabritos. Ao lado, uma montanha feita com os seus livros retirados das estantes e empilhados no chão. Filimone abria um ao acaso, folheava-o com gestos lentos e dizia: 'Hegel, filósofo idealista: não!', e um destacamento de vorazes cabritos avançava para devorar num ápice aquelas páginas. 'Não!... Não!...', soluçava o Doutor, a voz embargada custando a fazer-se ouvir. Desta maneira se foram Platão e os clássicos em geral, que o algoz nomeava um a um e os cabritos prontamente devoravam. Atravessaram a escura Idade Média, escrutinaram o Renascimento e a Reforma – Erasmo, Lutero, Giordano Bruno, mesmo Maquiavel que tanto jeito faria à nova governação mas nem por isso era poupado – sem que Pestana se conseguisse soltar das buganvílias da esposa do senhor Costa para o impedir. Rousseau, que Filimone não chegou a conhecer e de quem talvez viesse a gostar, também se foi com a promessa de um mundo novo. Espinosa, Leibniz e outros insuspeitos adeptos da ciência e da luz não escaparam à voragem, para não falar dos mais modernos e de outros que, sendo já contemporâneos pareciam velhos como se antigos fossem, fechando-se assim o círculo. 'Não!... Não!...', ia repetindo o Doutor, num protesto que pouco mais era que um queixume. Até que entravam nos reservados da sua razoável biblioteca doméstica, fechados a sete chaves para escapar ao faro apurado do Inspetor Monteiro, no outro tempo. 'A estes ele vai poupar', pensava Pestana, vendo que Filimone folheava Marx e Engels com um ar circunspecto. No meio da destruição, até eram estes os espinhos que menos lhe doíam, positivistas menores com uma ideia toda assente na combinação da aritmética dos números com a barbárie revoltada das multidões. Mas lá vinha o gesto seco do Secretário, e os incansáveis cabritos avançavam para devorar os *Grundrisse*, a *Sagrada Família*, a *Ideologia Alemã*. No fim, apenas um era poupado – Heidegger – que Filimone virava e revirava, intrigado. 'Que terá ele visto neste que eu não vi?', perguntava-se o Doutor, também estranhando e algo despeitado, como se tivesse tido em casa um tesouro todos aqueles anos sem o saber. E era no momento em que fazia este esforço de descobrir que despertava banhado em suor, com dona Aurora a seu lado, preocupada.

– É preciso dizer aos Costas que podem as buganvílias, mulher – resmungava ele já desperto, apalpando o corpo dorido. – Já passam por cima do muro e invadem o nosso quintal!

E dona Aurora não entendia.

Pestana passava os dias seguintes mais pálido, mais ensimesmado. Vinha para fora e os vizinhos estranhavam-lhe o aspecto. Mal Filimone largava a presa, no final dos curtos mas tensos diálogos, no pesadelo ou fora dele, esses vizinhos aproximavam-se de mansinho, como quem não quer a coisa.

– Ó Doutor – perguntava o Teles Nhantumbo, recém-chegado ao número 4, quase em frente – mais problemas?

– Agora quer-me os livros – respondia. – Este homem é insaciável!

– Tem de compreender, Doutor. Tem de dar o desconto que estas coisas não ficam assim para sempre. Foram muitos anos a apanhar (sem querer com isto dizer que foi você quem bateu, longe de mim!). Vai ver ele amolece com o tempo. O Doutor colabore e vai ver que as coisas melhoram.

Mas o Pestana, desenquadrado das novas sensibilidades, não sabia como colaborar. Ficava-se apenas pelas frases raivosas, pelas ameaças vagas a que não sabia como dar seguimento.

Quanto ao vizinho Costa, também ele lhe dizia que relevasse, que aquilo não passava de um complexo passageiro. Que entrasse no jogo ('Que jogo?', exasperava-se Pestana), cedendo aqui e ali sempre que se afigurasse necessário. O Secretário acabaria por se acalmar.

Mas o Doutor suportava mal estes encontrões quase diários, e ignorava os conselhos dos vizinhos.

– 'Não ligue! Não ligue!' – exclamava ele para a esposa. – Isso é fácil de dizer. Um dia destes ainda ensino umas coisas a esse secretariozeco de merda!

Descarregava nela na falta de poder descarregar no Secretário. Pestana ligava e também ele acumulava. E como a frontalidade não lhe estava na natureza, ruminava ameaças que não era capaz de enunciar e que, por conseguinte, Filimone não chegava a conhecer. A Filimone, por sua vez, movia-o também um lamentável equívoco. Considerava que Pestana fora a face intelectual do movimento do Inspetor Monteiro. Tempos atrás, quando Monteiro atravessava a rua para tentar convencer o indeciso Doutor, o Secretário, preso às aparentes evidências, interpretava estas idas e vindas como um aprofundar dos detalhes, um refinar do maléfico plano para destruir uma revolução que ensaiava ainda os primeiros passos. Filimone Tembe cumpria portanto com o dever que lhe cabia. Atacava a cobra no ovo.

Por seu turno, o Inspetor Monteiro, já desaparecido mas ainda canalha, mantinha um sabujo silêncio quando lhe teria bastado meia frase para acabar com o equívoco. 'Chateia-o, ó Tembe, que esse Doutor de meia-tigela não vai alinhar por vós como não foi capaz de alinhar por mim!', podia ter deixado escapar casualmente, e talvez esta simples observação tivesse apaziguado o espírito de Filimone, levando-o a compreender que o Doutor nada mais era que o pobre diabo que sempre fora. Teria a rua sido poupada a inúmeros dissabores. Mas não. O Inspetor assistia calado ao adensar do equívoco, sorrindo intimamente o seu sorrisinho cínico que nada deixava transparecer. Esclareceria as coisas mais tarde, quando o mal feito fosse irreparável. Vingava-se dos dois.

* * *

Durante algumas semanas as coisas correram desta maneira, Filimone investindo infatigável e Pestana ripostando como podia. Poderiam elas de alguma forma ter-se suavizado, uma vez que dona Aurora Pestana e Elisa Tembe se trocavam olhares de alguma simpatia, adubando e regando a fortíssima planta da cumplicidade feminina. Pediam-se um pouco de sal uma à outra, um limão, mais para entabular intimidades do que propriamente por precisão. Mas Elisa podia pouco, e de cada vez que procurava intervir junto do marido ('Deixa os vizinhos em paz,

Filimone, que eles não te fizeram mal nenhum'), este reagia mal, dizendo-lhe que se calasse, que não percebia nada de política, que não se metesse onde não era chamada.

Até que uma noite, talvez por estar cansado, o Doutor Pestana dormiu até mais tarde e pôde assim chegar ao fim do pesadelo.

Filimone, dentro dele, virava e revirava Heidegger como sempre, como sempre com o cenho intrigado. O prisioneiro das espinhosas buganvílias aguardava em suspenso e com a repetida mistura de ansiedade e despeito ('Que terá ele visto neste que eu não vi?'). Finalmente, o Secretário dizia: 'Não tenhas ideias, camarada Doutor, que a este vou apagar também. Mas antes quero que me digas, se é que sabes, porque é que o nome dele se escreve com dois gês quando um gê só bastaria?!'

Pestana não pôde mais. Despachou com a ajuda do vizinho Costa uns poucos caixotes com os seus livros, comprou dois bilhetes de avião para Lisboa e saiu de casa e da rua quase sem se despedir. Partiu, mas não sem que na última noite se tivesse dedicado a uma fútil vingança, insensível aos apelos de dona Aurora ('Olha que nos desgraças, homem!'). Metodicamente, remexeu no quadro elétrico plantando curtos-circuitos pela casa fora, estabelecendo novos e ilegais caminhos para aqueles fios de todas as cores. 'Tal como nesta realidade em que vivemos, em que as cores não se combinam', dizia de si para si a meia voz, 'também aqui vou pôr castanho com branco, vermelho com azul, o verde sem ir dar a parte alguma, solitário, e ver-se-á o que acontece!'. Definia os caminhos da lógica não para que vigorassem mas apenas para os dispor ao contrário, ao sabor da sua raiva arbitrária. Em seguida, dedicou algum tempo à canalização com base nos mesmos e desvairados critérios. Batia nas paredes, furava os canos com olhos brilhantes e fúria assassina, na falta de poder fazer o mesmo a Filimone. Dona Aurora seguia colada à sua ilharga, repetindo um 'Ai que nos desgraças, homem!', sem saber ler um fato atrás do outro, olhando a cozinha e pensando no trabalho que lhes daria repará-la, sem entender que, no que dizia respeito ao marido aquela destruição era uma destruição definitiva.

Quanto aos vizinhos, tomaram a barulheira por uma quezília doméstica, fruto dos nervos que a rua inteira tinha à flor da pele. Era o Pestana fora de si, descarregando em dona Aurora. Mas o Doutor estava cego era de vingança, culpando a rua, o povo e o país novo que aí vinha da ação de um homem só, e as lamúrias da mulher só redobravam o ímpeto com que se dedicava a tão pouco acadêmica tarefa.

De madrugada, numa altura em que dona Aurora, já esgotada, dormitava e rezava o terço alternadamente, o Doutor Pestana, empoleirado no telhado, desmontava ainda algumas telhas, falando baixo para si numa atitude que no vizinho Valgy teria tido algum cabimento (Valgy costumava falar à lua lá de cima) mas que nele era deveras descabida. Diz-se que a vingança se serve fria mas isso é contrário à verdade. Ela precisa é de se consumar em ato quanto antes, de outro modo cresce, cresce até explodir em desvario. E foi isso que o Doutor fez, correndo aquele risco para não explodir.

Esse dia, cometido o ato, passou-o ele sabendo que não havia retorno. E dona Aurora atrás, seguindo-o como uma sombra e persignando-se.

– Não te despedes de ninguém, ouviste mulher? – dizia ele, fora de si. – Se falas a alguém nem sei o que te faço!

– Acalma-te, homem – respondia ela. – Não é fazendo-me ameaças que tornas as coisas mais fáceis.

Pestana nunca fora disso, nunca ameaçara a mulher. Ela, vendo-o naquele estado lastimável, dava o desconto e persignava-se.

Aproximaram-se do Costa nessa hora complicada. Este, que ficaria para trás quando todos os outros se fossem, temia que por causa da intimidade o achassem envolvido.

– Não é por nada, Doutor. Somos vizinhos e amigos há muito tempo, mas é que se vos encontram aqui pensam que estou metido nessa loucura. E depois sobra para mim.

O pobre do Basílio Costa via já Filimone transferindo a sua ira para a casa do lado, dizendo um 'Camarada Costa, nunca esperei isto de si, colaborar na destruição do patrimônio nacional. Não sei se o posso safar desta, quando cá vier a polícia investigar'. E

ele, cabisbaixo, respondia um 'Juro que não sabia de nada, camarada Secretário', e o outro duvidava. Um aperto.
— Que quer dizer com isso? — volvia o Pestana, intratável. — Quer trair-me você também, ó vizinho?
— Cala-te, homem! — intervinha dona Aurora num sussurro. — Cala-te que ele tem razão!

E o Pestana saía desarvorado, amuado e mudo, e dona Aurora seguia-o como uma sombra, apanhando os cacos que ele deixava para trás ('Não ligue, vizinho Costa, não ligue que o meu homem não está em si'). E o Costa descontava. E ela persignava-se.

Partiram finalmente, como quem vai à cidade fazer qualquer coisa para voltar logo depois. 'Até logo!', diziam para a rua em voz alta, algo insegura a de Pestana pela culpa que sentia, de um crime já feito embora por descobrir; soando a de dona Aurora como a sombra da do marido (o medo de dona Aurora vinha-lhe de saber desse crime, que era e não era seu). Enquanto isso, o Costa acenava-lhes um intranquilo adeus, desejando que se fossem de uma vez por todas para que se acabasse a sua agonia.

Percorreram artérias confusas que já haviam perdido os nomes que tinham sem que se soubesse que novos nomes ou datas lhes caberiam. E, dentro delas, passaram por barreiras vigilantes. 'Quem és? De onde vens? Que fazes aqui a esta hora? Para onde vais?', perguntavam-lhes. E Pestana respondia: 'Sou o Doutor Pestana, venho de uma casa que já quase não existe, e esta hora é tão boa como outra qualquer para ir atrás do meu destino. E esta, a meu lado, é a minha esposa Aurora, e o que fez toda a vida foi regar e podar uma acácia já crescida que agora fica órfã.'

* * *

O aeroporto. A polícia sondando a fila, à ilharga desse réptil lento, quase imóvel. Aguçando os olhos para dentro dos sacos e dos embrulhos: 'Camarada (sei que não és camarada porque te vais, nos desprezas, mas enquanto aqui estiveres és camarada, queiras ou não), que levas nesse caixote?'. E as respostas, num fio de voz debitadas: 'São só roupas, coisa pouca, o resumo de uma vida irrelevante, tudo isso acompanhado dos respectivos papéis, tudo isso legalizado por eles'. O Doutor Pestana avança os seus para cima do balcão. Há-os de todas as cores, azuis, brancos, cor-de-rosa, duplicados e triplicados convenientemente carimbados e assinados. Tudo legal menos eu, camarada, que trago um crime de lesa-patrimônio às costas mas não o posso revelar. Esperem mais um pouco, tenham paciência, não me levem a mal que não o cometi a pensar em vós. É só uma coisa entre mim e Filimone, não sei se conhecem, um secretariozeco empertigado que resolveu tomar-me de ponta. Logo a mim, que tenho um passado limpo. Está bem, até concedo que assisti a uma coisa ou duas, algumas situações em que talvez pudesse ter tomado partido e não o fiz. Mas o que está feito, está feito. Ou melhor, o que não fiz, feito está. E de resto, não sou diferente de tantos outros que, na mesma situação reagiram como eu ou talvez até pior. Porque foi o Secretário tropeçar logo em mim?

E dona Aurora confirmava.

Filimone. Filimone por toda a parte. Pestana olha por cima do ombro, estica-se na ponta dos seus pés frios por cima da fila que é um réptil demorado e lento, e tem a impressão de o ver. Entrando apressado, esperando chegar a tempo. 'Prendam esse homem!', dirá em voz alta. 'Não o deixem sair!'

– Não é ele – tranquiliza-o dona Aurora. – Não é o Secretário.

É só um homem parecido: o mesmo andar, talvez mesmo o mesmo olhar, mas não é ele. Ainda não é ele. E Pestana procura já um Filimone seguinte, inventando Filimones para se castigar do seu crime. E uma voz cansada anuncia no altifalante:

– Senhores passageiros do voo TP 164 com destino a Lisboa (e às respectivas infâncias, aos respectivos vazios que serão os vossos futuros no tempo que vai seguir-se), é favor dirigirem-se à sala de embarque.

E a fila já desfeita, transformada na mole revolta e desgrenhada daqueles que possivelmente não terão lugar no avião nem nos seus futuros privados, que deixaram também de ter lugar no passado que se foi, neste presente coletivo que já é. E que, por isso, desesperam no purgatório que é este aeroporto, sem saber para que lado é o céu, para que lado o inferno. Os aeroportos têm sempre o cheiro dos cosméticos, o fulgor do cosmopolitismo. Este, hoje, não. A luz que tem é amarela do medo e da vigilância, e um cheiro a ódio e a mal-entendidos. 'Veja bem na sua lista, menina, é impossível que os nossos nomes não constem. Garantiram-nos vezes sem conta, tenho aqui os papéis todos!'. E a menina, de olhar perdido, presente aqui e ali, atarefada, voando sobre os problemas como uma libelinha, procurando o que sabe que não vai encontrar, risca listas e escreve nomes em letras gordas, nervosas e cansadas, mandando aguardar quem já espera, prolongando fios de esperança que esticam, esticam até que rompem quando os portões se começam a fechar com um eco metálico e definitivo.

O Doutor Pestana e dona Aurora caminham apoiados um no outro, olhando para trás por cima do ombro. Ele de olhos fixos no avião, ela rezando a meia voz. 'É comigo que fala, senhora? Em que posso ser-lhe útil?', diz alguém que lhe ouviu a reza. E ela: 'Não, esta minha ladainha é com Deus e comigo mesma, com mais ninguém; esconjuro uma possível presença de última hora do Secretário Filimone, não sei se conhece, um indivíduo baixo e muito, muito perseverante'. E o outro: 'Não, por acaso não conheço'. E ela: 'Ainda bem, porque se não teria de ter tanto medo de si quanto tenho medo dele'.

– Faz um ar natural, mulher, que ainda desconfiam! – diz-lhe o Doutor entredentes, apertando-lhe o cotovelo para lhe estugar o passo.

Mas dona Aurora só tem aquele ar que Deus lhe deu e as circunstâncias acentuam, e nenhum outro.

A aeronave aquece os motores, ultimam-se os preparativos. As hospedeiras anunciam os procedimentos de segurança: 'Apertem e desapertem o cinto para ver como ele funciona, cheguem os saquinhos de plástico à boca se eles caírem lá de cima e ficarem pendurados, escorreguem pela escada de borracha se a porta se abrir e ela se insuflar, sinal de que estão mesmo de volta à terra que querem e não querem deixar'. E os passageiros ensaiam mentalmente os gestos para o caso de virem a ser necessários.

A aeronave arrasta-se lentamente para a pista enquanto um último e roufenho diálogo é mantido com a torre: 'Adeus torre, para a semana cá estarei de novo a buscar outra carrada.'

Talvez Filimone, sempre às voltas com o problema das boleias, tenha tido dificuldades em chegar aqui a tempo. Talvez ainda venha a caminho. Talvez a voz do Secretário ainda se intrometa no meio daquele diálogo de despedida entre aeronave e torre, pedindo que se calem os motores só um tempinho, o tempo necessário para que seja anunciada a retirada de dois passageiros, coisa pouca, um alto e ossudo, úmido do seu suor, outra baixa e preocupada, rezando muito. Os restantes poderão então seguir viagem de regresso a um passado mais longínquo do que aquele que aqui fizeram. À infância.

Mas não. Um estalido seco e cala-se a torre, rompe-se esta última ponte, este derradeiro e frágil cordão umbilical. Não se acendem as luzes de emergência, não caem sacos de plástico, não se abre a porta para que se desdobrem os degraus de borracha do retorno. A aeronave empertiga-se e ruge, sacudindo o seu imenso corpo de metal; ainda iniciando a viagem e já cansada do peso que leva, uma multidão de pessoas mais as respectivas tralhas e problemas. Traga pista e todos se concentram na dúvida se acaba o caminho que ainda falta antes que ela possa enfim, com todo o peso que leva, voar. Tudo corre bem, porém, e ela já sobe a íngreme ladeira que vai dar ao céu, gemendo e bufando, encolhendo as rodas, diminuindo de tamanho até se tornar num ponto no horizonte, uma minúscula mosca, um salpico na brancura fofa das nuvens.

* * *

Da mesma maneira diminui o mundo cá de baixo àqueles já minúsculos olhos, a Rua 513.2 não passa agora de um finíssimo risco que em breve desaparecerá, como já desapareceu um Filimone distraído nos seus mil e um pequenos afazeres. Entre eles, um a que o Secretário deu prioridade. Alertado pela sua aguda intuição, Filimone soube-o logo antes de saber, embora esse

conhecimento não lhe tivesse batido forte ao ponto de o levar ao aeroporto. Atravessou a rua e entrou pela porta da frente do número 7, que encontrou apenas encostada. Levava um sorriso de triunfo nos lábios ('Eu bem disse que ele fugia!') e seguia-o uma Elisa receosa e simples por natureza, não conseguindo evitar deixar os chinelos à porta e entrar descalça, embora já não houvesse a quem mostrar o antigo respeito, a antiga educação.
— E se eles voltam, Filimone?
— Está calada, mulher!
Filimone passeou-se pelos compartimentos com ares já de proprietário, olhando em volta, abanando a cabeça de aprovação aqui, de censura além. Estranhos hábitos, os destes que nos deixaram covardemente. Entrou na cozinha e abriu distraidamente uma torneira. Nada. Abriu uma segunda, e também nada.
— Ó Elisa, será que ainda não veio água hoje?
— Veio desde manhãzinha.
Franziu o sobrolho, vagamente inquieto. Mas tranquilizou-se quando reparou que a torneira mestra estava fechada.
— Cuidadoso, este Doutor — disse. — Com a mente já no outro lado mas ainda preso aos pormenores que há neste.
Tentou novamente abrir uma torneira e um som cavo, vindo do além, começou a crescer na sua direção. A Filimone, que já fizera dois contratos de trabalho nas minas da África do Sul, pareceu-lhe o ranger dos pequenos vagões que transportam o minério desde as profundezas. Para Elisa, que estava logo atrás espreitando por cima do ombro do marido, era uma trovoada que se aproximava, ou então um grande feitiço. O que quer que fosse esse som cavo, acabou por desembocar ali mesmo perto deles, subitamente transformado em silvo agudíssimo, assobiando pelos furos feitos por Pestana que logo se transformaram em buracos que se abriram na parede para a água poder jorrar do labirinto de canos, cantante, como que alegre por voltar a ver a luz do dia. Aquáticas cobras contorcendo-se, celebrando a liberdade!
Filimone, completamente encharcado, conseguiu ainda assim chegar à torneira mestra, fechando-a precipitadamente.

O silêncio voltou a imperar. Mais pesado, só prejudicado pelo arfar do Secretário e pelo lamento baixo de Elisa. Os dois pingando.
— Vamos embora, marido. Vamos embora que aqui não há coisa boa — sussurrou ela atrás do seu ombro, receosa.
— Cala-te, mulher. Não percebes nada disto. É preciso investigar!
E Filimone prosseguiu pingando água pelos corredores, a curiosidade ainda mais desperta. Investigava e resmungava inúteis ameaças. Entrou num escuro corredor e deitou a mão a um interruptor para que a luz elétrica, na falta da do sol, lhe iluminasse o que queria ver. Ao gesto consumado sucedeu-se uma terrível explosão: era a guerra do Doutor Pestana, privada e diferida, atingindo a fase culminante, os fios desentendendo-se uns com os outros dentro das paredes!
Filimone saltou para trás, assustado, procurando apoio na mulher. Mas Elisa há muito que partira porta fora com os chinelos na mão, procurando distância daquele problema, jurando para si que ali não voltaria a entrar. E a Filimone só restou segui-la, apavorado também e pingando sempre. Ruminando incomensurável, ainda que inconsumável vingança. Molhado lá dentro, atravessou a rua evitando à justa ser molhado também cá fora pelas grossas gotas que anunciavam a chuvada que Elisa tão acertadamente previra.
Em breve a chuva caía, grossa e vertical, formando rios no telhado, ou melhor, no destelhado de Pestana, que mais parecia uma boca escancarada a que faltassem muitos dentes. Sorrindo como Pestana devia estar sorrindo dentro do avião para engolir a amargura e mitigar o incontornável fato da sua derrota. Rios que, ao infiltrar-se, se transformariam em breve em pequenas cascatas que não tardariam a escorrer pelas paredes da casa que já foi do Doutor Pestana e não chegará a ser do Secretário Filimone Tembe.

5
Uma mão lava a outra

Passado o atribulado período em que servira de face visível dos que desafiavam Monteiro, Basílio Costa tentava comportar-se nestes tempos revolucionários da mesma maneira como se comportara antes. Achava que, mantendo o mais possível os velhos hábitos conseguiria atenuar o desconforto que a mudança lhe trazia. Procurava até descobrir aspectos positivos na nova realidade, soltando suspiros de contentamento se o dia estava particularmente quente e úmido, obrigando-o a transpirar. Pensava então que, se *lá* estivesse, junto da esposa, andaria cheio de casacos e a tiritar de frio, mergulhado no cheiro azedo e bafiento que os invernos europeus não deixam de exalar, fugindo da chuva gelada que encharca os ossos e do ambiente triste e soturno que ela cria, que encharca a alma. Safa! Deixara-se transformar por décadas de doce e rotineira vida africana, não se via a trocar *isto* por nada deste mundo, muito menos pela incerteza cinzenta de uma vida de retornado. Talvez chegasse o dia em que o poriam fora dali. 'Já não precisamos de si, camarada Costa', diriam, 'já temos um camarada dos nossos para preencher o seu lugar'. E ele seria forçado a partir. Mas antes disso queria aproveitar este prolongamento de um tempo já ido mas que, para ele era como se ainda acontecesse. Por vezes forçava mesmo a nota, de um lado e do outro dos seus dois estados de espírito predominantes. Achava então que as coisas se comporiam assim que passassem os naturais exageros do momento; por outro lado, sentia-se obrigado a reconhecer que houve um passado cheio de injustiças que ele na altura não conseguia vislumbrar. 'Mais um pouco e torno-me revolucionário', concluía, ironizando amargamente de si próprio.

De modo que quando disse à mulher que fosse na frente, que logo lá iria ter assim que fizesse mais *algum*, estava na verdade a despedir-se. Ambos o entenderam assim sem que fossem necessárias mais palavras. Mentiam-se mutuamente com ternura, ele porque estava disposto a ceder, a descer o degrau que essa separação representava, ela porque se dispunha ao novo estatuto de viúva provisória, preferindo viver na Metrópole, das remessas de um marido ausente, a prolongar a agonia de uma viagem anunciada que via os que a cercavam empreender. Embora rotineiro, nutriam-se um amor forte, capaz de sobreviver à provação das respectivas ausências, achavam.

Basílio Costa levantava-se cedo como sempre fizera, não tinha amantes nem vícios, agia dentro de casa como se tudo não tivesse mudado. O criado ordenava a mesa do pequeno-almoço (do mata-bicho, frisava o Costa) exatamente como a senhora havia indicado antes de partir e porque o Costa assim o exigia, na mesma lógica de prolongamento do antigo modo de viver. Mudara o que tivera de mudar, ficava igual o que era possível que ficasse. Partia pontualmente para a cidade no seu velho *Ford Capri*, gozando cada metro do percurso que o levava ao porto, onde trabalhava. Inspirando fundo com ruído ou cantarolando bem-disposto, mesmo se tropeçava com as inevitáveis barreiras de jovens milicianos, camponeses transferidos para a cidade, ávidos de tudo saber e por isso parando toda a gente para perguntar. Por vezes era parado na esquina por um Valgy trajando um fato impecável de três peças – de *Bond Street*, como ele dizia – agitando muito os braços para lhe pedir uma boleia. O Costa deixava-o entrar, até porque gostava das conversas matinais do delirante vizinho do número 3.

– Então, vizinho Valgy, como vai o seu negócio? – perguntava-lhe.

Valgy empertigava-se no assento, passava a mão pelo cabelo bem penteado e oleado, ajeitava o nó da gravata e respondia:

– Vai indo muito bem. – E, em voz baixa: – Apesar das tentativas de sabotagem que sofro quase todos os dias.

– Sabotagem?

E Valgy confidenciava: andavam uns espiões do governo sul-africano a rondar-lhe a loja, sem dúvida que a mando da sua

antiga e perfumada esposa, tentando envenená-lo.
– Por isso nunca como nada fora de casa. E mesmo em casa, só com muito cuidado.
– E por que não conta o caso às autoridades? – queria saber o Costa, divertido.
– *Useless, my friend* – respondia ele com um ar desalentado e uma impecável pronúncia. – Eles estão infiltrados em toda a parte e as autoridades têm uma competência muitíssimo relativa. – E olhava o Costa pelo canto do olho, sopesando a hipótese daquele ex-colono poder também ser um deles, fazer parte delas.

E o Costa ria-se.

Outras vezes era o próprio Costa que parava para oferecer uma boleia a Valgy, mas este vinha em dia não, ostentando a sua espaventosa *djelaba*, sinal de que não estava em maré de conversa com portugueses, de que aprofundava a sua dissidência cultural. E recusava a boleia com modos desabridos. *A xiphunta* dos diabos!

Chegado ao serviço, o Costa deparava com um trabalho mais exigente do que nunca. O movimento redobrara, era preciso dar vazão aos contentores amontoados dos muitos milhares que partiam. Dedicava toda a manhã a essa desgastante tarefa, irritando-se um pouco com as constantes interferências políticas da célula do Partido, sempre curiosa de ver o que ia em cada caixa, se não era exportação ilegal de bens nacionais; sempre desconfiando não só de quem partia mas também do próprio despachante, que era suposto fazer cumprir a lei, e o fazia. A meio da manhã, exausto de dar andamento às coisas, incomodado de negar pedidos de compatriotas (com algum sentimento de culpa, era obrigado a reconhecer), cheio ainda de responder às contínuas suspeitas partidárias, 'sempre a verem mouro *no* Costa', com costumava dizer por brincadeira, escapulia-se para o Continental a tomar um café. A essa hora o local enchia-se de mesas exaltadas que comentavam a situação por cima de cafés e de cigarros, restos esfarrapados de Monteiristas desperdiçando manhãs que poderiam gozar com muito mais proveito a inspirar o ar daqueles dias luminosos que – sabiam-no agora com mais certeza – não seriam eternos.

Uma vez por semana, metodicamente, o Costa deixava esse agitado grupo e atravessava a Rua 25 de Setembro (sempre, se não os nomes, as datas!) para ir aos Correios, mesmo ao lado, buscar a correspondência da mulher e remeter-lhe a sua. Mantinham os dois este curioso sistema de enviar a carta semanal sem primeiro ler aquela que recebiam. Evitavam assim obter respostas apressadas e previsíveis às perguntas que faziam. Ou, visto de outro modo, ganhavam uma semana para amadurecer o que escreviam. Respondiam às perguntas quando elas eram já velhas de uma semana, deixando por responder as que chegavam de fresco até que estas também envelhecessem. O sistema, obviamente, não era perfeito. Mas é sabido que a correspondência é sempre imperfeita, no melhor dos casos atenuando as carências da ausência, nunca as satisfazendo por completo.

Com o tempo, passou o Costa a evitar esses cafés a meio da manhã. É que o ambiente se tornava cada vez mais tenso, mais pesado. Estalavam acesas discussões por dá cá aquela palha, quando os circunstantes queriam decidir ali mesmo, à mesa do café, questões políticas já há muito decididas nos círculos apropriados. Perdiam a lucidez, injuriavam a ordem nova ou insultavam-se uns aos outros, e várias vezes tinha de vir o gerente ameaçá-los com a polícia. O Costa via mais longe, não queria aquilo. Não se imaginava expulso, chegando a Portugal de mãos vazias, a mulher recebendo-o como se recebesse uma carta súbita, sem saber como responder-lhe, sem o tempo de deixar envelhecer uma semana essa surpresa. Não. Ficaria enquanto o deixassem ficar, mesmo que para tal fosse preciso evitar aquelas mesas de irascíveis sobreviventes de outras eras. Acenava-lhes de longe ou nem isso, quando os via insultando o governo português de traidor e o Partido Frelimo de comunista.

– Covarde! – rosnavam eles, tal como o Inspetor Monteiro o fizera tempos antes.

Mas não quer isso dizer que o Costa fosse um covarde. Era só a raiva deles falando, vituperando um homem que era apenas mediano: sem grandes qualidades mas, também, sem grandes defeitos. E prudente como o são os homens medianos.

***

A comprová-lo está uma quarta-feira recente em que, como em todas as quartas-feiras, o Costa foi aos Correios enviar e receber correspondência. Regressou apressado pela esquina do Prédio Pott, evitando o Continental para não ter de ouvir o rosnar dos costumeiros insultos. Chegado ao escritório, aguardava-o a surpresa de um homem que, visto de perto, reconheceu ser o Doutor Capristano, famoso e altivo causídico que no tempo do velho regime costumava circular pelos cafés (era um hábito vindo de longe no tempo, este do café a meio da manhã), mastigando um *puro* cubano, trovejando opiniões acabadas e contundentes para um séquito permanente de vagos artistas ou escrevinhadores de crônicas, todos mais ou menos críticos da situação. Nem queria acreditar! O famoso Doutor Capristano ali sentado à sua espera! Cabisbaixo, com as mãos sobre os joelhos muito juntos, ostentava metade do peso que nos velhos tempos tinha, metade portanto do volume, metade da imponência ou nem isso. Uma barba rala e branca desmazelava-se-lhe pelas bochechas macilentas, revelando claramente já não ser ele quem a aparava. A seu lado, uma talvez esposa crispada, também ela envelhecida.

Reverente, o Costa convidou a que passassem à sua exígua sala com janelas abertas para a plataforma do cais, empoleirada num velho armazém de zinco, invadida de pilhas de papéis de várias cores, duplicados, triplicados, espremidos em pastas *Leitz* ou rebeldes e soltos, trepando pelas paredes e espalhados pelo chão. Empurrou alguns para o lado para que o casal se pudesse sentar, com gestos largos afastou outros de cima da secretária como se fosse precisar daquela área para anotar – e não esquecer – ao que vinham. Era mesmo ele, o Doutor Capristano? O verdadeiro? Que honra tê-los ali (estendia o cumprimento à senhora Capristano, que não conhecia, por mera delicadeza). Que honra conhecer finalmente aquela figura que era quase uma lenda! E que tantas dores de cabeça deu ao regime deposto, acrescentou, piscando um olho cúmplice, não querendo deixar de dar a entender de que lado estava. Mas o único eco que o seu espirituoso comentário produziu foi uma careta tensa da esposa – eivada de uma espécie de ceticismo com que parecia interpretar o mundo atual – e uma anuência apática e apatetada do dito Doutor Capristano, reforçando no Costa a impressão de que ele não devia estar nos seus melhores dias. Não estava nos seus dias nem talvez voltasse a está-lo, a deduzir das explicações que a senhora Capristano deu em voz alta sem se preocupar em escondê-las do marido. O seu Capristano sofrera um ataque que lhe paralisara o lado esquerdo, e o Doutor Costa só se poderia aperceber verdadeiramente da dimensão da tragédia, dizia ela, se o visse percorrer grandes distâncias arrastando uma perna, uma mão segurando a outra, metade do rosto deixando transparecer o infortúnio, a outra metade sempre rindo sem saber de quê numa rigidez a que custava habituarmo-nos. Felizmente que sobrevivera, que apresentava até sinais de alguma melhoria embora estivesse ainda incapaz de tratar das coisas da família, como se via. Logo agora, nestes tempos em que era tão necessário que alguém estivesse. De forma que era ela, coitada, quem tinha de tratar de tudo. E alguém, dos poucos amigos que ainda lhes sobravam, referira o Doutor Costa como a pessoa certa para os ajudar. Tratava o Costa por doutor, por inércia antiga e porque se viviam tempos em que o poder era tão fluido e diluído que passava por ser doutor quem detivesse uma parte dele, por mais ínfima que fosse. O Costa relevava e, intimamente, até se regozijava. Entretanto, o Doutor Capristano anuía sem ficar claro se era mesmo uma anuência, se apenas os seus novos tiques funcionando.

    A senhora Capristano não estava ali para pedir ilegalidades, longe dela o querer que o Doutor Costa se expusesse, correndo riscos para os ajudar. Nada disso. Queria apenas que ele os esclarecesse quanto a certos procedimentos, que lhes explicasse como agilizar certas etapas do processo pois que, como haveria de compreender, se o marido não tinha saúde ela não tinha influência, não podendo os dois passar um tempo já de si escasso em longas filas que pareciam andar mas não andavam. Nem tampouco tinham condição de ouvir as pilhérias e provocações que os usuais ocupantes dessas filas normalmente dirigiam a quem lhes parecesse ter tido um passado democrático. Era a forma que achavam de se ressarcir, compreendia, mas não se sentia na obrigação de se sujeitar a isso.

O Costa evidentemente que entendia, e dizia-o diretamente ao absorto advogado, passando por cima da esposa que era quem até ali tinha feito as despesas da conversa. Gerava-se assim uma curiosa corrente em que a senhora perguntava ao Costa e o Costa respondia a Capristano – à lenda viva – contribuindo deste modo para manter o pobre homem integrado na conversa e ajudando assim, de alguma forma, à sua recuperação. A esposa não parecia levar a mal.

Tratou-lhes do caso. Foi inclusivamente a casa deles vistoriar-lhes o contentor, tomando café com bolinhos na sala dos Capristanos enquanto os seus funcionários davam uma olhadela rápida às coisas que o casal já tinha em caixas, prontas a despachar. Ordenou aos seus homens que não fossem exigentes, que resumissem o procedimento a uma quase formalidade, e eles acataram. Custava-lhe, é certo, pedir estas coisas aos subalternos, embora estes invariavelmente aquiescessem numa relação que era quase a mesma de antigamente, apesar do contexto tão diverso. É que nos últimos tempos se multiplicavam os casos de funcionários denunciando os seus superiores, tomados de um igualitarismo tão em voga e de um certo espírito de vingança que os fazia perder não só o sentido da hierarquia mas, também, da humanidade. Reconhecia porém que quanto aos seus nunca tivera razões de queixa. Além disso, era um risco que de alguma maneira o fazia sentir-se mais útil, uma prova de que não era destituído de coragem. De que fazia parte daqueles que se guiavam por valores solidários e princípios de justiça que infelizmente se iam tornando raros nos dias que corriam. Era neste sentido que o Costa – o Doutor Costa dos Capristanos – se achava longe de ser covarde.

Resolveram-se as coisas a contento de todos. Os Capristanos – com alívio a esposa, com quase indiferença o advogado – assistiram ao largar do navio que levava as suas coisas para fora das águas territoriais moçambicanas e, portanto, da jurisdição revolucionária; os trabalhadores do Costa receberam os saguates de praxe, mais modestos até do que era o usual em casos idênticos; e o Costa, ele próprio, sentiu-se recompensado por ter ajudado gente que admirava e se encontrava em apuros. Recusou até, dias mais tarde – e sem ter nunca chegado a conhecer-lhe o conteúdo – o envelope que a senhora Capristano lhe quis entregar em mão, voltando a deslocar-se ao seu escritório expressamente para tal fim. Fê-lo para frisar que o seu gesto tinha mais a ver com a satisfação desinteressada de necessidades que lhe eram próprias, vindas de dentro, do que com a procura interesseira de tirar partido do infortúnio dos outros.

Chegando a esta conclusão sobre si próprio, o despachante inspirava com satisfação e ruído, ao mesmo tempo que olhava a plataforma do cais, aquela mesma por onde um dia partiu a secreta e indiana amiga de um ex-vizinho seu.

* * *

Mas Basílio Costa não vivia só destas relações já velhas, estabelecidas quando na verdade deveriam estar terminando. Deve dizer-se que fazia um esforço para conhecer nova gente, combatendo uma natureza que desde sempre fora solitária. 'Não te feches em casa, Basílio', dizia-lhe a esposa nas cartas semanais, preocupada. 'Sai, conversa com os vizinhos se não ficas triste e acabas doente. Eu conheço-te, sei como és'. Ao ler aquelas linhas, o Costa era invadido de uma amarga ternura. Sentia o empenho da esposa em manter uma velha cumplicidade, agora morta e ressequida. Ou, pelo menos, transformada muito profundamente para poder sobreviver à distância de quase metade do mundo que entre eles se cavara. E sorria. Sorria e esforçava-se por seguir aqueles conselhos.

A prova disso é a relação recente de quase amizade que estabeleceu com Teles Nhantumbo, o seu vizinho da frente. Aos bons-dias e boas-tardes da praxe, trocados de passagem desde que aquele veio para ali morar, foram-se acrescentando diálogos com mais substância, embora forçosamente ainda curtos devido à desconfiança que existe sempre entre pessoas de origem tão diferente antes que se conheçam bem. O Costa notara, contudo, como o vizinho Nhantumbo procurara animar o Pestana nos dias complicados que antecederam a partida do coitado do Doutor. Por isso e por outros pequenos pormenores, parecia-lhe o Nhantumbo uma pessoa de bem. Por vezes ficavam encostados ao muro, ao fim da tarde, trocando palavras amáveis enquanto a noite descia. O Costa relutava em entrar e ficar só (ainda o conselho repetido da esposa, que lhe chegava nas cartas semanais), Nhantumbo também tinha por hábito apanhar fresco, como dizia, antes de entrar para jantar. Foi numa destas conversas que o Costa soube que o vizinho era bancário. E que lhe disse, retribuindo, que era despachante no porto.

– Um despachante assoberbado, ó vizinho, nestes tempos em que meio mundo se quer ir embora levando tudo consigo – dizia, exagerando. – Nem imagina os problemas que tenho tido!

Nhantumbo até imaginava.

– E sabe porque imagino, vizinho Costa? Porque também nós, lá no banco, não temos descanso. Esse meio mundo de que fala não nos larga os balcões querendo levar todo o dinheiro que temos! – exagerava também. – Dizem que o dinheiro não vale nada, que é só papel, mas mesmo assim não o querem cá deixar. E se fossemos permitir, ficávamos sem nada, voltávamos ao tempo dos antepassados em que a troca era direta! – E ria-se.

Mesmo brincando, não estava muito longe da verdade porque aos poucos foram os dois trocando-se favores em espécie – troca direta – como de resto fazia toda a gente nos tempos que corriam. 'É a nova cultura nacional!', rematava o Teles Nhantumbo. E o Costa concordava.

Cada um dava o que tinha. O Teles trazia-lhe extratos da sua conta bancária, levantava-lhe até dinheiro que entregava cuidadosamente arrumado dentro de um envelope.

– Entrega ao domicílio – dizia, sempre brincalhão. – Quem diz que a nossa banca não funciona?

Fazia-o sem esperar qualquer contrapartida, apenas para poupar ao Costa, sempre tão assoberbado no porto, improdutivas manhãs passadas na fila do banco, agitando papéis no ar para despertar a atenção de atarefados funcionários.

— Obrigado, vizinho — respondia-lhe o Costa. — E sempre que precisar é só dizer. Uma mão lava a outra.

Um dia o Teles precisou. A bem dizer, nem era para ele. Tratava-se de um amigo que estava de partida, um português. Chamava-se César Gomes, boa pessoa, proprietário de um pequeno negócio de pesca, dois ou três barcos, não mais. Mas nestes tempos difíceis estava tudo naufragando: barcos, empresa e o que mais houvesse.

— O pobre homem está destroçado — dizia o Teles. — Ajudo-o só porque me mete pena. Está a desfazer-se de tudo, só lhe falta enviar algumas coisas para poder enfim partir. Diz que vai tentar outra coisa, noutro lugar.

E o Costa prontificou-se.

— Passe-me os papéis dele que eu trato do resto — disse. — Traga-mos cá que eu meto a tralha no barco ao seu amigo. Serviço, também, ao domicílio.

E assim foi feito.

* * *

Filimone Tembe também cabia nestas novas relações de Basílio Costa. Entre as idas e vindas do serviço, a despachar legalmente em quase todos os casos, mais humanitariamente nos casos do Doutor Capristano e do amigo de Teles Nhantumbo de quem já se esquecera até do nome, ainda sobrava ao atarefadíssimo despachante a atenção suficiente para descobrir o Secretário à sombra de uma casuarina com a pasta dos papéis debaixo do braço, aguardando uma boleia. O Costa metia travões a fundo, abria a porta do seu velho *Ford Capri* e perguntava:

— Camarada Secretário, vai para a cidade?

— Vou sim, camarada Costa.

— Então entre que eu levo-o.

Filimone entrava e lá seguiam os dois pela brisa fresca da manhã, em animada cavaqueira. Se com Valgy aproveitava o Costa para se rir um bocado nestas viagens matinais, com Filimone tentava consolidar a sua provisória posição.

— De quantas declarações atestando o bom-nome e a idoneidade precisamos hoje em dia, santo Deus! –suspirava. – E quem atesta é o nosso bairro, a nossa rua, os dois na figura do Secretário, que é quem assina. O senhor, camarada Secretário, deve ter uma trabalheira dos diabos. Não lha invejo! – exclamava, tentando assim entreabrir uma porta para o caso de vir a surgir-lhe alguma necessidade.
 — É verdade, camarada Costa. É verdade.
 Por outro lado, há que dizer que Filimone não se aproximava do Costa por causa das boleias. Sabemo-lo capaz de calcorrear a pé qualquer distância. No Costa, Filimone via antes uma variante mais positiva do irascível e escorregadio Pestana, felizmente já ausente; uma versão muito mais observante das novas regras. Um quase camarada.
 Se Filimone passava atestados ao Costa, este, por sua vez, era uma espécie de atestado de que o Secretário não se dedicava apenas a ódios mesquinhos, sendo também capaz de cultivar a boa vizinhança e quase amizade com gente outrora tão distante.
 — Se todos os ex-colonos fossem como o vizinho Costa não teríamos problemas – dizia ele para a mulher mais tarde, em casa.
 Elisa encolhia os ombros, a sua aguda intuição duvidando de tanta sinceridade de parte a parte.

6
O perfume e o tabaco

Tal como o Doutor Pestana quando o acossavam Costas e Monteiros, também Arminda de Sousa não tomou partido. Ficou-lhe na natureza, de quando estava no ativo, o agradar a gregos e troianos. Acompanhou os acontecimentos recentes com a ironia amarga com que passou a encarar os homens desde que os seus dotes caducaram: duvidando dos velhos Monteiros, que queriam deixar as coisas como estavam, como sempre duvidou das bazófias masculinas; distanciando-se dos novos Filimones da mesma forma como reluta em reassumir um comportamento virtuoso que há muito abandonou. Impregna-a o desdém de quem, por não impressionar também não quer ser impressionada. Arminda de Sousa, velha prostituta branca reformada, e mesmo que o não fosse no desemprego estaria agora de igual modo porque os tempos se inclinam pouco para o amor. Goza os últimos dias daquela casa tal como os vizinhos que partem gozam os últimos dias da ordem velha. Desinteressando-se de um amanhã que sabem de antemão ser desfavorável. Passeia-se para cá e para lá na varanda da frente (de noite só se vê o brilho da ponta do cigarro voando no escuro), remexe no baú das memórias escolhendo as que lhe são mais caras para as revisitar ainda uma vez naquele contexto. Sabe que, ao contrário dos restantes, vai perdê-las para sempre quando se for. O futuro que tem é vazio. O dinheiro já só o conta por moedas mais pequenas, para comprar o café e os cigarros, ela que de nada mais precisa, que contato com o álcool só o teve através do bafo imundo dos seus ocasionais clientes e por isso desconhece as delícias dos vapores que dele exalam.

O criado foi já despedido há dias, com voz rouca e definitiva, antes que deixasse de ter com que lhe pagar. O rapaz ainda tentou argumentar: não se importava de ficar uns meses sem salário que de certeza melhores tempos viriam. Mas Arminda mostrara-se inamovível, apesar dos modos brandos. Não sabia a que melhores tempos o pobre rapaz se referia. Ele era jovem e tinha os dentes todos, bem fortes por sinal, capazes de morder esse futuro de que falava. Que fosse por isso em busca dele e a deixasse em paz que o futuro que era dela não o queria partilhar com ninguém. Mas o rapaz habituara-se ao desconforto daquela segurança que misturava insultos e gritaria com um salário fixo, que confundia humilhações ocasionais com um catre à disposição, ao abrigo da chuva.

– Eu sei que quando a senhora grita não faz por mal – arengava, esperançado.

E como os criados estão sempre mais atentos do que os patrões, eu sei que quando a senhora me grita está mas é gritando consigo própria e eu não passo de um espelho, do negativo silencioso da sua imagem: velha e novo, branca e negro, mulher e homem, patroa e criado. E, aliás, nem me passa pela cabeça ir contar a terceiros o que tem acontecido nesta casa dissoluta que, no que me diz respeito poderá muito bem continuar a acontecer. Era esse o sentido do seu mudo apelo, diferente contudo do sentido que conseguia dar às palavras que proferia. Atrapalhava-se, na ânsia de ser compreendido, sabia bem que a sua senhora já perdera os dotes, que cessara a atividade, e quando falava assim queria simplesmente dizer 'Confie em mim! Confie em mim!'.

Medo. Medo têm os que querem um futuro igual ao presente que possuem, por mais pequeno que seja. Não Arminda, que já perdeu o seu presente.

– Queres meter-me medo, rapaz? Queres que eu, com a minha idade, tenha medo de terceiros? Quem são eles, que desconheço? Que também tu, ingênuo, não conheces? – perguntava sem se alterar, imune à ameaça. – Também já tive os meus terceiros e desses tive medo. Mas agora já não mordem, os miseráveis. Viu-se bem como o Inspetor Monteiro se foi com o rabo entre as pernas, o filho da puta. Os novos terceiros que aí vêm são só teus, rapaz. Ganha mas é juízo e põe-te a andar antes que eu perca a paciência e me chateie de verdade!

E o rapaz olhava lá para fora, engolindo em seco, e não via essa alvura que os outros mencionavam convictos e a patroa referia com desdém. Para ele tudo era cinzento e desfocado, habituado a que decidissem por si. Arminda tampouco sabia como decidir, embora não o desse a entender.

O número 6 é pois uma casa que destila desdém, solidão e pouco mais. Uma casa onde, com a partida relutante do rapaz, um monólogo silencioso substituiu o diálogo desigual que antes vigorava. E enquanto os vizinhos se vão – dois hoje, um amanhã – vai partir também Arminda, mas para um destino diferente num qualquer oposto subúrbio desta desnorteada capital.

– No avião não me querem que sou uma puta, cheiro mal – dizia ela à saída. – E ainda bem, pois eu também acho que eles não cheiram por aí além, cagados como vão!

E por isso partia, mas ficava.

O destino que coube a Arminda ninguém pode afirmar com certeza. O seu rastro perdeu-se naquele complicado tráfego em que ninguém permanecia no lugar. Todos se moviam, todos partiam: para fora do país, do campo para a cidade, de uns bairros para outros, mudando até de rua e de casa (fê-lo Filimone, e quase tornou a fazê-lo não fosse a casa do Doutor Pestana estar metendo chuva e ruminando estranhas explosões). De forma que o percurso daquela estrela cadente passou despercebido. Terá riscado o ar por um fugaz momento, iluminando-o – pois fazia um caminho diferente dos demais – mas logo se dissolveu no anonimato.

* * *

Arminda de Sousa já foi uma bela e autônoma mulher, na altura em que trabalhava numa delegação bancária da Polana operada só por mulheres. Tempos recuados, quando ela era uma quarentona de pôr os olhos em bico ainda usando minissaia, e se esquecia do cigarro pendendo do canto da boca em vez de o colocar naqueles grandes cinzeiros que os bancos têm. Cruzava as pernas vestidas de meias de vidro que iam bem com a minissaia e as faziam ainda mais enxutas, e não ficava claro porque subia ligeiramente a comissura dos lábios, num leve sorriso. Talvez fosse um esgar provocado pelo fumo do tabaco, diria quem visse de fora o que ocorria naquele gabinete com portas de vidro; talvez antes a sugestão silenciosa de um convite dirigido ao cliente sentado à sua frente, com a boca seca e alargando o nó da gravata. Arminda de Sousa ordenava então ao servente que trouxesse café e água, muita água, num gesto que fazia parte da terceira versão que era a dela, a de que aquilo era afinal um sorriso de vitória de quem, expondo o belo corpo que lhe fora dado por Deus tirava vantagem do desnorte dos clientes. E quando Arminda, na sua voz rouca, dava o encontro por encerrado era porque já vencera: o outro saía com a cabeça cheia de sonhos e ela, sempre quase sorrindo, fechava a pasta de cartão relativa àquele processo e guardava-a no arquivador.

Também não ficou claro porque caiu em desgraça. Talvez por se ter revoltado contra o fato de ser o banco o beneficiário exclusivo do seu sucesso. Ou porque os clientes saíssem de lá, afinal, com algo mais que sonhos e isso fosse contrário à moral da instituição. Talvez. Certo é que Arminda de Sousa, depois de demitida se fechou em casa durante uns tempos para ressurgir mais tarde completamente transformada, dedicada a nova e mais autônoma profissão.

* * *

O rastro de desdém que Arminda deixou quando partiu traduz-se nestas portas e janelas que batem ao sabor do vento. Antes, o caso teria dado falatório. Mas quem se interessa hoje com o que acontece nas casas dos outros? Antes, o senhorio tê-la-ia perseguido com ameaças ('Ó Arminda, com quem pensa que está a lidar?'), mas hoje está ele próprio demasiado ocupado com os seus problemas para se preocupar com portas e janelas que batem com o vento, ainda que sejam suas, e para reparar na chuva que penetra enviesada, encharca a velha alcatifa cor de salmão e levanta o *parquet* que lhe está por baixo.

Ficou a casa cheia de sinais. Desde logo nos cheiros do ar que, resumidos, são dois e impregnados. Um, o do tabaco, dos vários tabacos que por ali passaram. O *Favel* de calibre grosso, fortíssimo, adocicado e sem filtro, que era o cigarro de Arminda, fiel companheiro de todos os dias desde os velhos tempos do banco, neblina que lhe envolvia os sonhos. Por cima deste cheiro de fundo surgiam, aqui e ali, cheiros de cigarros de outras marcas, e até de ocasionais charutos caros testemunhando velhas glórias do rosário da mulher. De entre elas a maior, o velho Doutor Capristano, advogado, que os fumava cubanos, para uns por mero bom gosto e também possibilidade, para outros revelando já ali a sua inclinação subversiva e comunista. Mesmo assim ele os fumava atirando o fumo para o ar em finos rolos delicados, saídos de uma boca formando bico para melhor os modelar. Velho Capristano matreiro que contestava o regime para melhor se sentar nele! O único a quem Arminda concedeu a primazia, nas palavras porque se calava para que ele pudesse perorar, nos gestos porque se deixava conduzir, fazendo como ele gostava, mexendo quando ele pedia, hierática quando devia. E embora lhe detestasse as unhas amarelas, as perninhas finas que cresciam por baixo do tronco maciço e imponente, era tal a sintonia que Arminda sentia a senhora Capristano quase como uma irmã e os filhos deles já seus sobrinhos, numa família que construíra dentro da ideia como se fosse convencional. Cada doença das crianças, cada aniversário, embora implicando ausências do seu falso homem não deixavam de ser por Arminda condignamente assinalados. Chegou até a tentar enviar pequenas lembranças que comprovassem esse seu empenhamento, gestos só gorados porque surgia sempre, à última hora, a capristana reserva:

– Ó Minda, estás maluca? Que disparate! Como é que eu ia justificar?

E acabava por ser ela quem comia os chocolates destinados aos miúdos, que lhe sabiam ao sal de um capricho por concretizar; ou quem vestia o *baby doll* cor-de-rosa comprado para enviar à outra para que também ela pudesse despertar em Capristano telúricos abalos de prazer, mais legais que os clandestinos que ele aqui vinha buscar. De modo que se construiu uma ligação paralela e desigual: para eles era Arminda transparente, quando muito uma suspeita; para a velha prostituta, a família Capristano era um motivo de conversa nas visitas do amante, uma roupagem com que ela o envolvia já que o causídico tinha por hábito, desde que chegava até que partia, andar pela casa sempre despido, ostentando uma ainda considerável, achava ele, virilidade.

Voltando aos cheiros. Se o do tabaco era o mais forte, sem dúvida que o mais persistente era o da colónia com que Arminda atravessou a maior parte da sua vida. Sempre a mesma, rondando a sua figura, de tal forma entranhada nela que para muitos ficou conhecida por ser a colónia de Arminda muito mais que pelo nome que ostentava no seu rótulo. Quantos frascos foram gastos entre as quatro paredes do número 6 através dos anos! E não fosse essas paredes e a alcatifa cor de salmão deixarem-se impregnar como esponjas, teria voado o cheiro solto, subindo no ar e chegando às nuvens, espalhando pelo mundo atómicas parcelas desta anónima Arminda.

Enquanto o cheiro do tabaco foi ficando, avivado pelos fundos tragos de fumo de cigarro que ela não dispensava, o cheiro da colónia, ao contrário, foi-se dissipando quando Arminda se reformou. Foi também ele envelhecendo. Arminda reformou-se devagar, à medida que se apagava a chama que trazia dentro de si e que durante tantos anos incendiou e enlouqueceu os homens. Enfraqueceu a chama a tal ponto que também por fora lhe começou o corpo a arrefecer, acabando quase congelado. Na sua pele foram-se desenhando profundas gretas, emaranhadas como raízes de árvores. Foi então que os homens que a visitavam começaram a rarear, até que deixaram de todo de aparecer: sentiam-se incapazes de descobrir o caminho do paraíso por entre aquela complexa e sinuosa rede de montanhas e desfiladeiros. Arminda, é bem verdade, também se desgostava dessa sua orografia, de modo que se fechou em casa. O advogado Capristano, é justo reconhecê-lo, foi o último a partir. Enquanto os outros o faziam, reforçava ele ainda as garantias:

– Não te preocupes, Minda, que eu não sou como eles. Não sou de comer a carne e deixar os ossos. Até calha bem que se vão porque eu estava a pensar pedir-te, como direi, direitos de exclusividade.

Passava despercebida a ofensa a Capristano ('Ossos são os da tua mãe, meu sacana!'), mas Arminda relevava, anichada no grisalho peito, recolhendo como preciosidades aquelas serôdias e desajeitadas migalhas de ternura.

Um dia até Capristano deixou de vir. Deu-lhe uma trombose, esteve às portas da morte, e quando voltou ao mundo vinha tão frágil que não estava capaz de enfrentar os calores da sua amiga sem que isso implicasse novos riscos. Mesmo se o que Arminda estivesse agora capaz de oferecer não fossem já propriamente calores mas antes mornidões quase frias.

De qualquer maneira, a situação era nova. Arminda ainda tentou telefonar para que o velho amante tomasse conhecimento do quanto se preocupava. Talvez ele a quisesse levar consigo para a Metrópole, talvez como criada de servir, e então voltariam a ser todos uma mesma e só família. Mas atendia-lhe a senhora Capristano já aos comandos da casa, uma senhora Capristano que quando percebeu que aqueles telefônicos silêncios, debruados de estalidos e reticências, queriam dizer algo mais do que aquilo que aparentavam, começou a disparar insultos, mostrando saber mais do que aquilo que parecia.

– O que é que queres, sua puta? Não te chega o mal que nos fizeste? – dizia, do outro lado do fio.

'Puta é a senhora', pensava Arminda, arrependida já dos gestos generosos do passado, dos *baby dolls* cor-de-rosa que quase lhe oferecera. Mas não era capaz de lhe responder, pelo resto de respeito que ainda nutria pelo advogado e por uma boa educação que trazia desde pequena. E como tinha a sua dignidade, como não lhe estava na natureza receber insultos sem dar o troco, acabou por deixar de telefonar. Nunca mais soube do seu Capristano.

* * *

Odores velhos de tabaco, rastros tênues de perfume, sinais quase imperceptíveis que não chegam a desaparecer de todo, soterrados pela poeira e pelo tempo, porque um dia toda aquela decadência foi perturbada pela entrada de rompante da numerosa família Mbeve. Josefate Mbeve, o chefe, imenso e bonacheirão, reconhecendo o terreno nas periferias da casa: o quintal, os vizinhos, a rua em geral; Antonieta, a esposa, tão imensa quanto ele, mais atenta aos interiores. É ela quem franze o nariz e dá logo com os cheiros – o perfume velho, o tabaco entranhado – abrindo portas e janelas para que a casa possa respirar; é ela quem inspeciona a velha alcatifa cor de salmão para ver se se aproveita, quem decide enfim que a velha cama, arena de memoráveis combates entre Arminda e Capristano, se vai passar a vergar com o peso destes novos inquilinos.

Antonieta toma decisões e movimenta-se com grande entusiasmo. Que diferença entre esta e a velha casa de madeira-e-zinco de Xinhambanine! A velha casa de onde vieram, cercada por um charco imundo onde pululavam os mosquitos!

Dentro, não havia espaço para nada. Numa das divisões dormia o casal com quatro dos filhos, na outra a avó com os três restantes mais a sobrinha. E como acontece sempre que não há espaço, sucediam-se os desentendimentos e as discussões. Josefate, com novas responsabilidades na Fábrica de Cerveja, exigia as suas balalaicas bem lavadas e engomadas, e isso só podia ser feito fora, no quintal. Era quase um ritual. Depois de lavadas, as balalaicas eram postas a secar num arame alto, com mil cuidados, mil redobradas ameaças às crianças para que não passassem perto. Uma vez secas e coradas, eram levadas para a varanda para que Antonieta – só ela e mais ninguém –as engomasse com o pesado ferro a carvão, bufando e transpirando, soprando as brasas para as manter vivas. Depois, já lisas como espelhos e duras como tábuas, as balalaicas eram transportadas para o quarto e penduradas noutro arame, onde ficavam a ocupar o espaço de várias pessoas enquanto Josefate não viesse, com gestos cerimoniosos, escolher uma delas para vestir. De vez em quando, uma criança descuidada tropeçava e desabava tudo no chão, descontinuando-se o complicado processo. Amarrotavam-se então as balalaicas mais a cara do menino com a correspondente bofetada. 'Queres que despeçam o teu pai lá no emprego, queres?', e ele, esfregando a bochecha dorida e limpando as lágrimas, dizia que não. Mas normalmente acabava tudo em bem, e daquela desordem lá saía um Josefate engomadíssimo, parecendo o fenômeno quase um milagre.

Josefate gostava genuinamente da sua Antonieta, apesar, ou talvez por ela ser tão generosa de carnes quanto de feitio. Vê-la dedicar-se com tanto afinco e sem um queixume ao trabalho das balalaicas despertava nele uma vaga sensação de culpa. Sensação que o fato de Antonieta estar sempre a bufar e transpirar, enrolada numa velha e enrugada capulana, acentuava. Uma capulana tão contrária ao aspecto impecável das suas próprias balalaicas!

– Tens de comprar um vestido novo, mulher. Pentear o cabelo, ficar mais bonita. Olha que se continuas assim ainda te despacho! – dizia, brincalhão.

– Não há espaço para vestidos novos cá em casa – resmungava ela, maldisposta. – Aquele que existe está todo ocupado pelas tuas balalaicas.

Que aliás não eram muitas, não mais que duas ou três, o que dá bem ideia do aperto em que viviam.

Tomar banho era outro problema. Faziam-no no quintal, entre quatro paliçadas de caniço com metro e pouco de altura, tirando água do balde e lançando-a sobre o corpo. No fundo, Josefate habituara-se já à situação, agradava-lhe tomar banho apreciando ao mesmo tempo o movimento do bairro, as mulheres a caminho do mercado, as crianças arrastando-se para a escola ainda ensonadas. Mas para Antonieta o banho era coisa mais complicada. Tinha de agachar-se para que os seus volumes não fossem vistos do exterior, e mesmo o fato de o não serem não impedia que fossem adivinhados. A situação não era portanto a melhor para a dignidade dos Mbeves. As suas cabeças emergiam molhadas atrás da paliçada de caniço, denunciando gestos que são sempre íntimos qualquer que seja a cultura, a circunstância e a condição. 'Lá está um dos Mbeves tomando banho! Ah, gente sem descrição!', diziam os transeuntes. Depois, sair do banho era outra preocupação. O chão encharcava-se de águas estagnadas, sobretudo se chovia, águas que levavam uma eternidade a escoar-se para as profundezas da terra, nunca secando por completo, ficando sempre uma lama imunda e pestilenta. Um caminho de pedras soltas ligava a paliçada à casa, e lá iam os Mbeves saltitando de pedra em pedra para não sujar os pés, limpos e lavados de fresco, a escorrer água, mas parecendo assaltantes seminus realizando os seus furtivos gestos.

– Quantos anos durou o martírio de Antonieta! – relembra agora Josefate com um sorriso, sentado no seu novo quintal, seco e espaçoso.

Saltitava de pedra em pedra com as crianças ao colo, para as levar ou trazer do banho. Uma vez até caiu, torceu um braço, andou a casa numa balbúrdia por uns tempos, Antonieta sem mão para nada uma vez que a tinha enfaixada junto ao volumoso peito.

Comer fora outro quotidiano martírio. Faziam-no na minúscula varanda, e à vez porque não cabiam todos. Josefate primeiro com os filhos mais velhos, a avó e os mais pequenos no fim. Antonieta das duas vezes, comendo sempre enquanto servia uns e outros para poder aplacar o seu enorme apetite.

De amor então nem se fala, os dois enormes amantes movendo-se com mil cuidados, Antonieta descontrolando-se, Josefate arregalando os olhos em surda admoestação, tapando-lhe a boca para que não acordasse as crianças que, a sono solto, dormiam naquele compasso, para cima e para baixo, para cima e para baixo. Por isso muitas vezes se amavam a desoras, quando as crianças estavam na escola ou lá fora a brincar. Josefate faltava ao serviço se sentia alguma urgência, ficavam então à vontade, em pleno dia, a sábia avó na varanda, vigilante como um feroz cão de guarda, o rádio sobrepondo ao resto as canções roucas de Dilon Djingi, música da terra.

Volta o sorriso saudoso a Josefate, do alto da superioridade que lhe confere o quintal novo.

Mas o pior era a chuva, essa chuva feroz que martelava o zinco, um barulho ensurdecedor que obrigava as pessoas a gritar umas com as outras fazendo com que parecessem mais desentendidas do que já estavam. E o espaço emagrecia porque a velha cobertura tinha tão grandes buracos que por eles entravam morcegos de noite, passarada diversa de dia, quanto mais a chuva que, como é sabido, encontra sempre um caminho. E dado que a água entrava era preciso espalhar latas pelos cantos. E a partir daí a chuva matraqueava com voz grossa o zinco do telhado como quem pergunta, e os pingos batiam com voz fina nas latas, respondendo; e esse diálogo intenso obrigava finalmente a que todos se calassem, derrotados. Encolhiam-se nos poucos espaços secos que sobravam, dormiam uns por cima dos outros, as balalaicas engomadas de Josefate perdendo a sua imponência, já pingadas e ainda afastadas para aqui e para ali, fugindo aos caprichos da chuva. As crianças espirravam e fungavam do nariz anunciando futuras constipações, coitadas, e Antonieta lamuriava-se:

– Quem me dera uma casa nova!

Foi numa dessas noites de chuvada, deitado com um filho de cada lado sem se poder mexer, Antonieta a seguir ressonando copiosamente (toda salpicada, coitada!), que Josefate resolveu:

– Isto não pode continuar!

Afinal, a Independência Nacional era um fato consumado, o salário dele não era dos piores, nada justificava que continuassem a viver naquela situação. E como costuma ser de noite, na luta falhada contra a insônia, que somos assaltados por momentos ímpares de meridiana lucidez, Josefate congeminou minucioso plano. De madrugada, já a chuva cessara e podiam mesmo ver-se, por uma fresta do telhado, algumas estrelas brilhando no alto, a decisão estava tomada, o plano pronto. Josefate pôde enfim adormecer, imune ao incômodo presente porque antevia um futuro tão límpido quanto o era aquele céu estrelado que furava o zinco. Clareando para receber o dia.

*＊＊

Nesse dia, bem cedo, escolheu a melhor das suas balalaicas, vestiu-se e saiu aprumado como de costume. Só que em vez de se dirigir ao serviço (mais tarde daria parte de doente – e não era aquela vida provisória uma espécie de doença?), foi antes procurar um primo que não via há tempos, um Mbeve como ele, funcionário superior do Ministério das Obras Públicas e Habitação.

Subiu os andares necessários, sentou-se onde lhe indicaram e esperou o tempo que foi preciso até ser levado à sua presença.

Josefate, sentado no novo quintal, lembra aquele encontro como se fosse hoje. O primo, já diretor, avançando de braços abertos, afastando algum receio que ele pudesse trazer consigo:

– Primo Josefate, há quanto tempo!

– Antoninho! Estás igual!

– Igual mas para melhor – respondeu o Diretor, piscando o olho e indicando o espaço em volta, o escritório amplo, as janelas rasgadas que deixavam ver a baía e, do outro lado, a linha tranquila da Catembe esfumando-se na direção do Machangulo.

Antoninho não se podia queixar: tinha um *Lada* novo, de quatro portas e mil e trezentos de cilindrada, uma casa boa com quatro quartos ('Também era o que faltava, se eu, que passo o dia a gerir e distribuir casas, não tivesse uma só para mim!').

– Somos quatro em casa, estás a ver? Uma quarto para cada um, uma porta de carro para cada qual. É assim. E nada de mais filhos por causa desta vida moderna. Mais filhos, mais despesas, mais problemas.

Josefate estava a ver.

O trabalho era muito, a responsabilidade também. Mas sim, não se podia queixar da situação.

– E tu, Josefate, como é que estás?

Josefate não estava mal. Mas tampouco se podia dizer que estivesse bem. Passara a noite em claro fugindo à chuva, aturando as lamúrias da Antonieta, coitada ('Ainda te lembras dela, não lembras?'), sonhando com uma casa nova onde não chovesse.

Antoninho, competente diretor, mudou logo o rumo da conversa; sagaz, intuía os problemas. Afastou-se das casas do presente, passou a falar do passado, das brincadeiras de criança em Marraquene ('Vila Luísa, lembras-te?'), nos matos por trás do Jafar, quando os dois deixavam fugir os cabritos para a estrada, apanhando por causa disso monumentais sovas dos pais.

Josefate acompanhou estas divagações animando-se a espaços, chegando por vezes a esquecer-se do que o levara ali. Mas logo lhe veio o pretexto quando o Diretor Antoninho emergiu

finalmente do passado para deixar que se abrisse uma brecha na couraça da sua prudência.
— Tu usas balalaica, Josefate? A mim agrada-me mais o casaco e gravata, acho mais distinto.
E Josefate, aproveitando a deixa:
— Concordo contigo, Antoninho. Também eu acho. Se pudesse andava com um, cor de vinho.
— E então, as coisas estão assim tão mal? — inquiriu o Diretor, pensando que com um pequeno empréstimo tudo afinal se resolveria.
— Não, não é isso. Como posso usar casaco se me chove na casa toda? Já a balalaica é um problema, a pobre da Antonieta sempre com ela para um lado e para o outro. Se eu aparecesse com um casaco ela matava-me!
Era a tentativa de voltar ao assunto da casa.
Fez-se a pausa que sempre acontece quando as conversas chegam a uma encruzilhada. Antoninho, ao deixar que se alongasse esse silêncio, baixou ainda mais a guarda. E foi então que Josefate decidiu atacar, jogando com as armas que tinha. 'É agora ou nunca', pensou.
— No meio de tantas desgraças, ao menos não me falta a cerveja. Bebo-a até me fartar, gelada, sempre que me apetece — disse. E notou um brilhozinho de interesse no olhar de Antoninho, um pigarrear leve da garganta ressequida.
Despediram-se pouco depois ('Aparece lá em casa e traz a família', dizia-lhe o Antoninho, à porta do elevador). Apesar de nada levar nas mãos, Josefate sentia-se melhor. Tinha lançado o isco.
E de fato, alguns dias depois era o Antoninho a telefonar-lhe: que tinha uma festa, coisa com gente importante, mas a cerveja estava dificílima de achar ('Nem no mercado negro, primo!'), e Josefate não queria que o seu primo Antoninho fizesse fraca figura deixando mal os Mbeves. Ou queria?
Claro que não. E Josefate foi adiantando uma caixa, depois mais duas, até que aqueles favores se tornaram quase rotineiros. Estava no caminho certo, embora Antonieta achasse o contrário:

– Foste lá para pedinchar e afinal é ele o pedinchão! Tu não tens remédio, homem!
De cada vez que seguiam duas caixas de cerveja, Josefate avivava a memória ao seu primo ('Não te esqueças do meu pedido, Antoninho!'). Simulava constipações devido às correntes de ar da maldita casa onde morava, queixava-se de que Antonieta estava a ficar insuportável. Até que um dia o primo Antoninho o chamou. Estivera atento, como convém naquela profissão, e notara o percurso de Arminda de Sousa abandonando a casa onde alguns prazeres colhera e muitos mais proporcionara. Segundo a lei, três meses após o abandono a casa reverteria a favor do Estado. O que era quase dizer, do Diretor Antoninho.
– Chegou a tua hora, Josefate – anunciou. – Pega na tua tralha e na tua gente que oportunidades destas estão já a ficar raras.
E foi assim que a família Mbeve chegou ao número 6 da Rua 513.2. Atabalhoada e em grande número, o cabide das balalaicas numa mão, a caixa de um velho saxofone na outra, deixando para trás apenas a avó, desconfiada daqueles movimentos ('Esse Antoninho é malandro desde pequeno, não é agora que vai mudar!'), recusando-se a largar a velha casa de madeira-e-zinco de Xinhambanine.
Josefate torna a sorrir. Foi preciso lembrar-se de todo este difícil passado para poder acreditar que ele ficou mesmo enterrado. As crianças já se espalham por ali, procurando novos amigos e explorando as vizinhanças. Josefate levanta-se do banco de madeira do quintal e chama por Antonieta, sem que lhe venha resposta. Volta a chamar. Silêncio. Entra então em casa, procurando saber o que raio estará a mulher a fazer tão entretida. Sobe as escadas e vai dar com ela no quarto, sentada na borda da cama, conversando animadamente com Arminda de Sousa.
As duas mulheres gostaram uma da outra à primeira vista.

7
O abrigo

– Ora aí está um plano que jamais conseguirás pôr em prática! – diz o Inspetor Monteiro.
Está sentado na velha poltrona do canto. Uma poltrona que já foi sua, um pouco mais puída nos braços mas ainda assim proporcionando um conforto que nunca mais voltou a encontrar lá por onde andou, depois que fugiu daqui. Por isso, mesquinho que é, procura ser sempre o primeiro a chegar e, uma vez ali sentado não se torna a levantar com medo que alguém, Elisa ou Filimone, lhe roube o lugar. Já só faltava pretender que Elisa lhe servisse uma bebida!
– Como? – diz o Secretário Filimone.
– Pensas que fazer um abrigo é só escavar o chão?
Filimone nem lhe responde, voltando a concentrar-se no desenho que tem em cima da mesa, e cujos mistérios procura desvendar.
Foi o Comandante Santiago Muianga, morador do número 10, que o trouxe. Uma grande folha de papel *Ozalid* cheia de riscos complicados. Em cima, um título em gordas letras vermelhas: *Luftschutzbunker*. Depois, um emaranhado de traços representando alçados à esquerda, plantas à direita. E setas, muitas setas: setas viradas para baixo, para o interior da terra que é a direção para onde se deverá escavar; setas vindas de cima, mais ameaçadoras (talvez por isso também marcadas a vermelho), assinalando de onde virão as bombas do inimigo quando nos caírem em cima; e setas referentes a respiradouros, percursos de entrada e saída, e outros fins que Filimone não consegue descortinar; finalmente, a um canto, uma seta só, parecendo vir de lado nenhum e apontando numa também enigmática direção, fora da folha. Para onde será?
– Essa é fácil – diz Monteiro – indica o Norte.

Filimone dirige-lhe uma mirada rancorosa.
— Você pensa que eu sou analfabeto ou quê?! Esquece-se de que fiz dois contratos nas minas da África do Sul, no antigamente? Sei muito bem o que é o Norte. E sei também o que é um abrigo. Um abrigo não passa de uma espécie de mina mais pequena. Andei em minas, lá nas profundezas onde as pedras são fabricadas. — E, sonhador, perdido nas suas recordações: — Aquilo era mesmo a sério, com comboios a entrar e a sair, elevadores e essa coisa toda. Quase como uma cidade escondida embaixo da terra.
— Conversa fiada — diz Monteiro.
— Para quem, como eu, trabalhou nas minas do Rand, isto não passa de um pequeno problema. Só recebemos a orientação de construir um abrigo, não uma cidade inteira.
Monteiro cala-se. Deixa escapar apenas aquele riso escarninho que tanto irrita o Secretário. Este volta a concentrar-se no desenho e quase se esquece da inimizade que os une; por um momento quase se convence de que Monteiro pode ajudar. Mas logo cai em si e afasta a ideia: afinal, as legendas que clarificam as setas e explicam os procedimentos estão num alemão comunista, incompatível com o extinto universo do Inspetor. Aproveita a circunstância:
— Você, que sabe sempre tudo, por que não traduz o que aqui vem escrito?
— Porque não me apetece ajudar-te.
— Não traduz sei eu bem o porquê. Porque não conhece!
Monteiro é obrigado a calar-se, por ser verdade. Que será que está escrito naquelas letras gordas? Na certa, uma palavra de ordem comunista. Se fosse nos bons velhos tempos saberia bem o que fazer com aquele desenho e com todos aqueles que estivessem a tentar interpretá-lo!
E continuam os dois fazendo esforços, um enunciando em voz alta o que lhe parece ser, o outro duvidando.
Elisa sai e entra, fingindo fazer coisas; no fundo, cheia de um certo despeito por aquele assunto masculino. Não vê porque outro motivo se escavaria o chão a não ser para lá pôr uma semente.

* * *

O Comandante Santiago deixou aquele desenho a Filimone certa vez que veio a casa, entre as idas e vindas da frente de combate. Onde ele o arranjou, Filimone não faz ideia. É coisa de militares, o que só lhe redobra o valor e a garantia de eficácia. Além disso, aquilo é mais que um desenho, é um símbolo do armistício que pôs termo ao clima de concorrência instalado entre o Secretário do Partido e o Comandante. Uma concorrência acentuada desde que chegou à rua a diretiva partidária para a construção de um abrigo que protegesse os moradores das prováveis agressões rodesianas.

A diretiva era clara: "Camaradas! O inimigo multiplica as suas ações hostis visando impedir a consolidação da nossa revolução. Insatisfeito com os fracos resultados que obteve até à data – devido à estreita unidade entre o povo e o Partido, devido à vigilância popular – incapaz de nos bater em terra, o inimigo está agora planejando traiçoeiros ataques pelo ar. Pelo que se determina a imediata construção de abrigos antiaéreos nos locais de trabalho e residência. Cerremos as fileiras em torno do Partido! A luta continua! Viva a Revolução Moçambicana!"

Claríssimo. Como agia o inimigo e por que, como deveríamos responder e tudo o mais. A Rua 513.2 era um local de residência, portanto estava abrangida. Contudo, ficou lançada a confusão porque não vinha escrito com clareza quem deveria liderar o processo. Segundo uns, o Comandante Santiago por ser soldado e a construção do abrigo ser claramente um assunto militar; segundo outros, o Secretário Filimone Tembe que era quem representava o Partido a nível local e, portanto, quem dirigia os trabalhos coletivos e tinha o dever de pôr em prática as orientações políticas que ali chegavam.

Filimone, a quem agradavam as situações claras, ainda dirigira uma nota à sede do Partido a fim de que a dúvida ficasse esclarecida. "Recebemos a vossa diretiva número tal, com a data tal, que agradecemos, e a que os moradores desta rua aderiram com entusiasmo. Estamos prontos a seguir a orientação. Mas uma questão se coloca, camaradas: quem deve fazer o trabalho?". Mas, ou porque o seu próprio texto não fosse claro ou porque quem o leu não estivesse suficientemente atento à natureza da pergunta, a resposta pouco adiantou. "O trabalho é coletivo", rezava ela. "Uma vez que a vossa rua é um local de residência, devem fazer o trabalho todos os moradores de ambos os sexos com mais de dezoito anos, assim como os idosos e os menores que se voluntariarem, cabendo a este segundo grupo a parte menos pesada". Datado e assinado com rubrica ilegível, sobre a qual se abatia o carimbo conhecido da enxada e da kalash.

Filimone mirara e remirara o documento. Nada que adiantasse relativamente à natureza da liderança, se política ou militar. Se ele próprio ou o Comandante Santiago.

A ambiguidade não era nova. Pouco tempo antes também se manifestara, quando da organização dos grupos de moradores que deviam fazer as rondas da vigilância noturna. Uns achando que era o Comandante quem devia liderar o processo, Filimone achando que ficaria melhor se fosse ele próprio. Durante semanas vivera a rua o alvoroço desta indefinição, tirando alguns proveito dela, como os Mbeves, preguiçosos e ladinos que só eles.

Assim que soube da chegada destes novos moradores, o Secretário, como lhe competia, comunicou-lhes a obrigação que tinham de integrar as rondas para garantir a segurança da rua contra as ações inimigas. Era justa essa obrigação uma vez que os novos moradores beneficiariam da tranquilidade e segurança que por esta forma lhes era proporcionada. Mas Josefate Mbeve, além de pesadão era também esperto e preguiçoso. O caso de Antonieta nem se punha, fora logo dizendo ao Secretário: a sua esposa sofria de um mal que a punha sempre a dormir, noite e dia e onde quer que estivesse, e portanto não via como ela poderia passar a noite em claro com um pau na mão, perscrutando arbustos e sombras para ver se de lá de dentro saía um inimigo. 'Escusado', concluíra Josefate, procurando convencer o Secretário: nem que viessem os inimigos todos – a sua tropa completa – ela o notaria pois o mais certo seria estar deitada atrás de um arbusto, ressonando. E quanto a ele?, perguntara o Secretário Filimone, já desconfiado. Também dormia? Quanto a ele o problema era diferente, embora também complicado. Vontade não lhe faltava, compreendia até os benefícios da vigilância popular (era preciso estarmos atentos às manobras do inimigo!), achava que todos deviam participar e coisa e tal. Mas o problema é que tinha obrigações lá na origem de onde viera, em Xinhambanine: sendo a sua mãe demasiado velha para fazer as rondas da vigilância, coitada, era ele quem tinha de lá ir uma vez por semana para as fazer por ela. E Josefate tinha a certeza de que o Secretário Filimone acharia injusto, não só que a velha ficasse sem proteção mas também que Josefate fizesse a ronda em dois bairros diferentes e tão distantes entre si, o dobro dos deveres e das obrigações numa pessoa só, o dobro da canseira. Filimone, apanhado de surpresa, afirmara compreender, embora nada pudesse decidir a respeito. Comprometera-se a perguntar ao Partido, por escrito, como se resolviam estes casos. Entretanto, Josefate devia continuar fazendo um esforço, participando nas rondas cá e lá sempre que lhe calhasse a vez. Mas Josefate Mbeve, já se disse, era ladino, e antes mesmo que viesse a resposta do Partido, lento a responder por ter milhentos outros casos a que atender, conseguira uma isenção especial emitida pelo Comandante Santiago que, como se viu, também tinha responsabilidades na vigilância popular, embora repartidas com Filimone.

Mais do que a exceção que os Mbeves ameaçavam ser, dando um mau exemplo aos restantes moradores, era precisamente esta competição com o Comandante Santiago que mais incomodava Filimone.

* * *

Voltando à diretiva do Partido, Filimone, perseverante, procurara ainda assim reforçar a sua posição, argumentando que, como dizia a palavra de ordem, a política estava no posto de comando. À política portanto se deviam submeter as restantes questões, incluindo as militares. E a política, ali, modestamente, era ele próprio, o Secretário Filimone Tembe. Modestamente mas sem que essa modéstia lhe permitisse fugir das suas responsabilidades.

Não convencera contudo a toda a gente. E estava-se neste

impasse, entre ser um ou ser outro, político ou militar, Filimone ou Santiago, quando o Comandante passou à porta do Secretário para lhe deixar a germânica planta em papel *Ozalid*. Um gesto de abdicação, pensara o Secretário a princípio, embora agora, lutando com as obscuras legendas, não esteja assim tão seguro. Sobretudo depois que o Inspetor Monteiro, intriguista, observou que 'Esse comandante de meia-tigela passou-te foi um grande problema. Vais ver, está a gozar contigo'. Estaria? Não, não estava, estava mesmo era a tentar ajudar. E ainda bem pois que, para Filimone não se trata apenas de uma questão de mandar. Há mais na importância que dá ao abrigo.

Na véspera da chegada da diretiva partidária, Filimone sonhara com o assunto. Não um sonho elaborado como o sonho do Doutor Pestana, embora também virado para o lado do pesadelo. Antes uma massa de acontecimentos e pessoas, tudo indistinto. O inimigo investia com as suas armas mortíferas, de braço dado com o Inspetor Monteiro; os moradores recuavam num grande atabalhoamento, Filimone sem os conseguir proteger. Fumo e fogo por toda a parte, sirenes varando o ar com o seu arrastado lamento, as casas cuspindo telhas como um pugilista que recebe socos cospe dentes. Por fim, quando assentava a poeira e a Rua 513.2 não passava já de um escombro contínuo, salpicado pelos gritos dispersos dos feridos e pelo silêncio dos mortos, descobria-se que afinal não era o inimigo, nem sequer Monteiro, mas sim o feroz Doutor Pestana quem, de riso desvairado, desfazia ainda mais aquilo que já estava desfeito. O Doutor Pestana vingando-se de um Heidegger com dois presunçosos gês, vingando-se dos cabritos, vingando-se do Secretário e da rua inteira.

Acordara mal disposto, com um resíduo salgado na boca como se fosse de uma febre; sem saber ao certo se o mal-estar lhe vinha afinal do passado ou do futuro. Partira para o escritório sem sequer se despedir de Elisa. Chegado lá, dera de caras com o envelope que trazia a diretiva partidária. Extraordinária coincidência! Mais que isso, um evidente sinal. Lamentara não ter comentado o sonho com alguém antes da chegada da carta, ao menos com Elisa, pois que assim teriam ficado provados os poderes, digamos que particulares, que tinha.

* * *

– De nada vos vai servir esse buraco que pretendes cavar! – é o mesquinho Monteiro novamente, não perdendo a oportunidade de diminuir o esforço dos outros. Chamando buraco ao abrigo.
– Este assunto é nosso, não lhe diz respeito – resmunga Filimone.
– Nem calculas o poder das bombas que eles têm. Vai o buraco, vai a gente, vai a rua toda inteira! – torna o Inspetor, agourento.

Filimone, pensando no que o outro diz, é percorrido por um calafrio. Olha lá para fora, para a rua, e a imagem dela desaparecendo envolta numa nuvem de fumo e fogo só reforça nele a urgência. É preciso dar início aos trabalhos quanto antes. Volta pois à planta e às legendas alemãs com redobrado afinco.

Seguindo à risca a diretiva, define o local onde escavar, que tem de ser amplo para nele caber a rua inteira, e perto para que esta lá se enfie de imediato, assim que chegue a tal urgência. Escolhe o terreno baldio entre a casa de Zeca Ferraz e os escombros que foram do Doutor Pestana, onde por qualquer razão nenhuma casa chegou a ser construída. Suficientemente amplo e perto, e onde só existe um ralo capim, areia e pedras. Pudesse Filimone saber o que o futuro lhe reserva e pensaria duas vezes antes de escolher este local onde as árvores relutam em crescer. Estranho fenômeno a que não dá atenção, mas deveria.

Sabe que não pode construir um abrigo indestrutível: o cimento é caro, ferro não existe. Por isso, a grande arma do filimônico abrigo será a dissimulação. Sorri, orgulhoso desta sua conclusão. Estrutura leve, as laca-lacas suportando terras e folhagem, mais próxima da nossa maneira popular de construir, mais condicente com a nossa cultura ancestral da qual não estamos dispostos a abdicar por dá cá aquele capim. Uma vez tudo pronto, crescerão novamente as ervas e os arbustos por cima, de tal forma que o inimigo, sobrevoando aquele espaço à procura de vítimas que lhe justifiquem a iniciativa, não verá mais que simples mato e passará adiante, à procura do tal abrigo mais formal que, como sabemos, não encontrará. É essa a ideia, a razão do seu orgulho. Ideia contudo assente em errado pressuposto, como o futuro mostrará.

* * *

O primeiro dia de trabalhos é um sucesso. Em parte pelo temor que o sinistro futuro antecipado pela diretiva partidária provoca nos moradores – com a consequente urgência em ter-se a obra feita – em parte pelo método direto e eficaz que Filimone tem de convencer: quem participar, será encaixado no espaço do abrigo mal chegue a tal urgência; quem não, que se arranje como puder no dia da chegada do ataque. Tão simples quanto isso!

Começamos cedo neste domingo, nós, os moradores. O cacimbo ainda no ar, relutando em desfazer-se, prolongando os temores levantados pela noite. À luz da aurora somos ainda vultos cinzentos inchados da água que o sono acumulou, e que só aos poucos, com o calor da tarefa, se vai evaporando. Cavamos entoando arrastadas canções, fazemo-lo por novas e fortes razões, esquecidos da razão principal que vigorou no passado, manifestada na ponta da chibata colonial. Agora que a chibata se foi, procuramos uma resposta ainda mais antiga, no nossa antiquíssima origem. Cavamos para dentro da terra – que o mesmo é dizer, para dentro de nós mesmos – fechamo-nos como a amêijoa se fecha para se proteger. Aguardamos a qualquer momento os aviões do inimigo, pássaros ferozes à procura de um ninho onde possam desfazer-se dos seus ovos cegos e mortíferos. E nós, os moradores, estremecemos ante a visão do pesadelo, confusos com o som da sirene que chama agora ao trabalho e à concentração, mais tarde à fuga e à dispersão, assim esse inimigo chegue. O camarada Secretário faz-nos ver o caminho, dando como fato consumado aquilo que ainda só aconteceu dentro da diretiva partidária e do seu privado pesadelo. Caminha de grupo em grupo agitando na mão o texto da diretiva, prova oficial e concreta da ameaça, do perigo que nos ronda. E grita: 'Virão voando baixo, sem um som, às horas mais disparatadas. Quando cada um estiver ocupado com o seu respectivo afazer, as mulheres cozinhando, as crianças brincando, os homens indo ou vindo do trabalho ou bebendo uma cerveja e rindo para preencher lazer que é normal intercalar entre duas produções. De repente, estarão cá semeando a sua maldade (volta-lhe o aviso escarninho de Monteiro – vai o buraco, vai a gente, vai a rua toda inteira! – e estremece). É preciso muita atenção, camaradas! É preciso cavar sem esmorecimento, sem vacilação!' E cavamos mais rápido, mais fundo, nesta corrida em que somos nós a acabar o abrigo antes que o inimigo chegue, ou então o inverso e a tragédia.

Nas janelas das nossas casas, das antigas casas deles, aqueles que temos conosco e não podemos denunciar; aqueles que nem que quisessem poderiam participar. Arminda à varanda dos Mbeves, fumando um *Favel* atrás do outro, temendo pelos seus gordos hospedeiros; o Doutor Pestana e dona Aurora na penumbra de uns escombros, ela com ambas as mãos tapando a boca, nos olhos uma preocupação e nos lábios a costumeira reza; o gordo Marques espreitando da garagem, anotando freneticamente num certo caderno o perigo que nos cerca e a resposta que se busca neste afã, para que mais tarde essas novidades sinistras sigam para a Índia montadas em longas ondas hertzianas, e alguém se possa preocupar também. E o Inspetor Monteiro, por uma vez duvidando de todas as suas certezas. É que mal começamos e o buraco já vai fundo, concreto testemunho da nossa convicção. 'Tivessem os meus homens este empenho e teria sido outro o desfecho', diz-se o maldito, incapaz de se desprender do passado, de o deixar onde ele pertence.

Cavamos nós, camponeses que quase ainda somos todos – recém-chegados à cidade, ou entrando e saindo dela – quase todos regando a nossa couve, quase todos tendo uma enxada no canto do quintal para o que der e vier, como isto que deu e veio agora. É com essa enxada de cada um que cavamos, embora o cavar do chão não assente tão bem no homem como assenta na mulher. Elas, olhando-nos de soslaio, cavam com gestos mais naturais e riem do nosso esforço para cavar assim também. Riem-se as casadas do empenho dos maridos, riem-se as solteiras e viúvas lembrando pais e falecidos, e a figura que fariam se também aqui estivessem. E nós, vergados como se fôssemos mulheres, cavamos num enorme uníssono, abrindo um grande buraco para nele plantar a semente de onde crescerá a viçosa planta do nosso coletivismo.

'Tivessem os meus sido assim!', repete Monteiro, o invejoso, da varanda da casa do Secretário.

Basílio Costa, afogueado, parece um qualquer membro do povo, as calças enroladas deixando à mostra umas pernas muito brancas, cavando como cavam os outros embora com menos jeito, como também sem jeito tenta entoar as canções de trabalho numa língua que desconhece ('Olha-me para aquilo, Aurora! Como é possível descer tão baixo?!', diz o Doutor Pestana dos restos da sua antiga varanda, quem sabe se por despeito, por não poder ele próprio cantar também no meio do povo). E o povo vê o Costa, ri e aplaude: o mulungo quase parece um dos nossos, não fossem a cor e o gesto atrapalhado que tem! Ferraz também se empenha, embora sem cantar. Para ele, que cresceu quase no campo, não há ali novidade. Sabe ser como um de nós quando chega a hora própria: basta lembrar-se de como era no passado, no tempo em que seu pai remexia nas entranhas dos monstros de metal, levando o filho para que pudesse aprender a remexer nelas também. Dona Guilhermina, a esposa, mostra mais dotes na organização que na enxada, e por isso foi a ela quem o Secretário escolheu para o coadjuvar. Onde Filimone não pode estar incentivando (não pode estar em toda a parte), está ela. Trabalhando neste dia estão até os pesados Mbeves, Josefate e Antonieta, protestando muito devido ao calor, passando mais tempo a recuperar do cansaço do que propriamente a cansar-se, mas mesmo assim fazendo um esforço. E, finalmente, o *a xiphunta* Valgy, equipado a rigor como se tudo aquilo fosse um desporto: sapatos e meias brancas, calças tufadas, camisa alvíssima com estranhos emblemas ao peito, muito diferentes dos nossos ('Oxford University', esclarece ele a quem pergunta, e nós sem saber que lugar longínquo será esse), e até um vistoso boné, branco também, com uma grande pala para lhe proteger os olhos do sol. Uma mancha de brancura brilhando no nosso seio – sujos e cansados que estamos – como brilha um sol. Mais preocupado com vincos e nódoas que com a parte do buraco que lhe compete aprofundar, Valgy pega na enxada com a elegância com que empunharia o bastão desse desporto para nós desconhecido. E, ah!, deitasse o inimigo agora a bomba e Valgy a devolveria com uma magistral tacada do seu improvisado bastão, com o merecido aplauso da rua inteira! *Home Run*!

Faltam apenas o Teles Nhantumbo, retido no banco onde trabalha, e sua esposa Alice, que corrige as provas dos alunos. Faltas em que o olho agudo de dona Guilhermina reparou e que o Secretário Filimone minuciosamente anotou.

* * *

O segundo dia não corre tão bem. Os Nhantumbos continuam sem aparecer, o mesmo acontecendo com os Mbeves, esfalfados com a primeira experiência e sem vontade de a repetir. Antonieta ressona em casa, como Josefate tão acertadamente previu, sem que haja força conhecida capaz de a acordar. Quanto a ele, partiu apressado para Xinhambanine a fim de saber se lá também cavam um abrigo que exija a participação da sua velha mãe, caso em que achará uma razão para não se fazer presente nos trabalhos do abrigo de Filimone. Valgy, indignado com uns salpicos de terra com que alguém lhe sujou a farpela da vez anterior, também se recusa a comparecer, não havendo neste caso argumento capaz de o convencer. Valgy é como todos sabem que é, a sua presença ou ausência não carecem de justificações.

De modo que os que restam, que são poucos, não conseguem dar conta do trabalho: cava-se pouco, muito pouco mesmo, passa-se o tempo a murmurar descontentamentos. Aprofundam-se as razões dos que não estão e a punição que lhes caberá, muito mais do que se aprofunda o abrigo. De tal forma que quem não os veja trabalhando dificilmente dirá depois que de fato trabalharam. Fitam o buraco meio aberto, o buraco meio aberto fita-os a eles, e não passam disto.

É então que dona Guilhermina Ferraz, com a intuição natural que tem para organizar, sugere ao Secretário que se estabeleça nova regra.

– Que regra? – quer saber ele.

– É simples: quem não cava, além de perder o direito a esconder-se no abrigo quando a hora chegar, perde igualmente o direito de comprar comida na loja do bairro. Olho por olho, dente por dente! – conclui, nervosa.

Filimone acha a ideia brilhante e apressa-se a anunciar a nova regra. Prudente, alega ser do Partido que é emanada, e com o único propósito de se acelerarem os trabalhos uma vez que se estão adensando os sinais de iminência do tão falado ataque inimigo. O Secretário e dona Guilhermina não olham a meios para que se possam cavar os fins!

Protestam muito os moradores e por isso fica a questão em suspenso. Mas, sendo o princípio achado inflexível, voltam quase todos aos trabalhos, cavando devagar e resmungando as canções revolucionárias em vez de as cantar. E é nesta altura que começam a notar que a terra que tiram, em vez de seca como devia, quase areia, vai surgindo um pouco úmida e, logo a seguir, francamente já molhada.

– Deve ser por ser terra das profundezas, onde não bate o sol – acha Filimone, ordenando que continuem a cavar.

Embora duvidando, os moradores acatam. Mas, passado um tempo e um pouco mais de profundidade, o que sai é já muito mais água do que terra, água que enxadas e pás não conseguem retirar. Põem-se de parte as pás e as enxadas, pedem-se baldes, mas a partir daqui o trabalho parece andar mais para trás que para diante. O obstáculo é sério. É forçoso parar para analisar.

As opiniões são diversas. O senhor Costa, empenhado em ajudar, acha que o problema é grande de mais para ser resolvido ao nosso nível e sugere que se chamem as autoridades. Pouco politizado, desconhece que o futuro está nas mãos do povo, como

diz a palavra de ordem, e que portanto cabe a este resolver os problemas que impedem que para lá se caminhe. Os Mbeves, claro, falam logo em interromper os trabalhos para descansar. Zeca Ferraz, com o espírito prático dos mecânicos, cala os restantes com a promissora solução técnica que traz.
Solução técnica? Que solução técnica?
Há, segundo ele, poderosas motobombas capazes de sugar a água que está à vista mais aquela que vier.
Josefate, perturbado com a perspectiva da retoma dos trabalhos, quer saber para onde irá, nesse caso, a água que se sugar. Ferraz encolhe os ombros e alguém sugere que se pode despejar em frente à casa de Valgy. O louco não está ali para protestar e, mesmo que estivesse não é certo que o fizesse. Além do mais, não é lá que a natureza acumula a água da chuva quando chove? Água de cima ou água de baixo, que diferença faz?
Concordam.
Filimone, responsável, pergunta a Ferraz quanto custaria uma motobomba dessas que refere. Ferraz responde que não sabe mas que deve ser um preço elevadíssimo. Acham todos que o melhor que o Secretário tem a fazer é enviar uma carta ao Partido, mencionando o problema e solicitando financiamento para essa máquina de que Ferraz fala. Se o Partido quer que se salvem, então que lhes dê os meios. Mas Filimone, experiente, acha que não vale a pena. De lá responderiam apelando para o princípio de que cada rua, cada local de residência deve contar com as próprias forças ('O camarada já imaginou se todas as ruas nos pedissem motobombas? Onde iríamos nós buscar os recursos?'). Filimone conhece-os.
É nesta altura, em que todos reflectem, que o Secretário penetra no buraco para ver o problema mais de perto, pensando que uma pormenorizada observação talvez ajude ao surgimento de alguma inspiração. Baixa-se, mexe na água que já se acumulou formando um escuro lago, e leva o dedo à boca. Fá-lo distraído, sem saber o porquê.
É salgada.
– Salgada? – surpreendem-se todos.

— Sim, salgada — confirma o Secretário, depois de a voltar a provar.

O caso muda de figura.

Basílio Costa opina que, se é salgada então é porque se trata de água do mar; que entra por algum canal subterrâneo e vem desde a praia até ali, por baixo das casas.

Afinal a rua está toda em cima de água!, admiram-se os moradores. Como um comprido e estreito barco — com 513,2 metros de comprimento e 5,132 de largura — navegando sem que se saiba como e sem sair do mesmo lugar!

Mas há mais, e mais grave, como explica Ferraz: sendo do mar a água, não haverá motobomba suficientemente possante para desempenhar a tarefa que previram, que equivale agora a esgotar a água toda da baía. Tarefa impossível.

Entreolham-se.

— Além disso — observa Zeca Ferraz com ar sombrio — se é água do mar e água salgada, nada posso garantir: sal e motores nunca se deram bem. Já ouviram falar em corrosão?

Poucos ouviram. Feia palavra. E por isso aquilo soa como um final veredito, uma sentença de morte do abrigo de Filimone.

Nada a fazer. Um a um começam os moradores a retirar. Alguns, como Josefate Mbeve, achando que perdem um abrigo mas ganham um resto de domingo. Outros, mais solidários, que além de perder um abrigo o Secretário Filimone ganha um formidável problema, coitado.

E Filimone fica sozinho, olhando a cratera que escurece com o findar do dia. Sinistras cores, sinistro problema.

Que fazer?

Olha o problema, a água salgada que rapidamente se estagna, e abana a cabeça. Será que podem desenvolver-se ali mosquitos para o comprometer? Mosquitos são malária, malária um identificado inimigo quase tão insidioso quanto o inimigo verdadeiro. Atrás da situação virá uma inspeção para o acusar de fazer perigar, com as suas iniciativas, a saúde da comunidade que está à sua guarda. Filimone abrindo as portas à infiltração do palúdico inimigo, a Rua 513.2 morrendo em massa devido à terrível doença.

Preocupações. Equívocos. Injustiças.

– Não tarda essa cova fica cheia de mosquitos! – é a voz rouca de Monteiro, agourando da varanda. – Quero ver o que os teus chefes vão dizer!

Filimone ignora-o.

Talvez se taparem o buraco para voltar a esconder a maldita água do mar; e se arranjarem maneira de plantar alguma coisa por cima, que resista ao sal. Talvez isso.

Sente uma mão pousando-lhe no ombro. É Elisa.

– Vamos embora, marido. Pensas nesse assunto amanhã.

E Filimone segue-a docilmente, enquanto lá em cima o Inspetor Monteiro sorri satisfeito.

8
Uma pequena fogueira

O breu toma conta dos quintais da Rua 513.2 nestes dias de lua nova. No número 7, aquele que um dia o Secretário Filimone quis mas não logrou ocupar, é escassa a luz dos vizinhos cujas franjas se pudessem aproveitar: do lado esquerdo, a casa do senhor Costa, quase sempre vazia desde que a esposa do dito partiu; do lado direito – antes terreno baldio onde crescia o mato, hoje ex-projeto de abrigo, buraco fundo e alagado que alimenta os pesadelos do Secretário Filimone – mais escuridão. Desta maneira, dependem ali inteiramente da luz que a pequenina fogueira das traseiras consegue espalhar. E é apenas uma pontual claridade que ilumina o queixo, o lábio superior, as narinas e as sobrancelhas de Judite, trazendo um ar fantasmagórico ao seu silêncio. À sua quase imobilidade.

Está agachada, os joelhos no chão, os chinelos de borracha ali por perto cada qual para seu lado, e remexe com um pau a panela da *uswa* com gestos lentos e maquinais. Em que pensa Judite enquanto perfaz mais um desses movimentos circulares que ajudam a cozinhar a massa? O que quer que seja, não parece definitivo porque findo um logo inicia o movimento seguinte, em tudo igual, num silêncio só perturbado pelo piar ocasional de um mocho, pela invisível passagem dos morcegos que partem para as suas deambulações noturnas, pelo borbulhar cavo da massa que ferve na panela. De vez em quando, plop!, rebenta mais uma bolha que solta no ar o cheiro que guardava e deixa na superfície da massa buracos circulares, como se fossem da pele da lua que hoje falta. O cheiro que se desprende desta maneira é forte e acre, convidativo para quem a ele se habituou e afeiçoou, desagradável para o casal Pestana que observa a cena da escuridão da varanda, lá em cima.

Mas é dos primeiros que falamos, da família para quem se destinam os trabalhos de Judite.

– Maninho, chama o papá e a Cindinha. Vamos comer –diz a mulher.

Maninho, esfomeado, desaparece na sua corrida feita de passinhos curtos, penetrando nos escuros labirintos dos escombros lá de dentro. O pai e a irmã não podem estar longe. Há o escuro leve que aprendemos a conhecer por nele penetrarmos com frequência, e o escuro mais profundo que não exploramos, por medo ou outra razão qualquer. É no primeiro que Maninho entra sem hesitar, apoiando-se nas mãos para descobrir a parte do caminho que os olhos não conseguem ver. Fá-lo com a segurança que a repetição confere.

A casa, enorme, sobretudo para eles que vêm de onde vêm, é afinal pequena por serem também pequenos os caminhos frequentados, os espaços que utilizam. Os outros não lhes interessam, são caprichos de quem a construiu e habitou antes, sobre os quais nem sequer lhes ocorre conjecturar. Além disso, caprichos destruídos pela ira de um Doutor Pestana que não chegaram a conhecer.

Cindinha emerge logo do escuro, respondendo ao chamado de Maninho para que os quatro se juntem em volta da panela. Tito Nharreluga vem mais devagar, enquanto a mulher e os filhos esperam, pacientes, que o jantar possa começar. Vem com gestos lânguidos de quase ainda adolescente, tão quase ainda que Judite, nas sombras movediças daquele diálogo entre a fogueira e a noite escura, mais facilmente passaria por sua mãe que pela esposa que realmente é. Evitando olhá-lo nos olhos, Judite abre espaço ao andar gingão do seu marido; fá-lo porque sabe da inimizade entre Tito e a fogueira. A fogueira que Judite sopra todos os dias, inclinada, procurando avivar os pequenos galhos que se contorcem debaixo da panela enrugada e fuliginosa, e só dá tréguas a esse afã quando o fogo irrompe em pequeníssimas línguas laboriosas.

Nharreluga evita esses momentos porque o incomoda a onipresente fogueira. Perseguiu-o durante toda a vida, esteve sempre no centro dela. 'Tito, vai buscar lenha!', disse-lhe a mãe desde que ele aprendeu a andar e a entender. E passou a dizê-lo sempre, em todos os dias da sua meninice. 'Tito, vai buscar lenha!', e quantas vezes ele já estava de partida quando ela ainda se preparava para o dizer. Quando deixou a casa dos pais, a caminho da cidade, achou que além de se libertar do resto também se libertava dessa frase, daquela maldita fogueira – talvez tenha sido mesmo essa a razão da sua urgência em partir. E todavia, aqui está ela de novo todos os dias, obrigando aos mesmos gestos. Insaciável.

Quantas árvores, quantas florestas consome a pequena fogueira de cada um no decorrer da nossa existência! Quantas sombras ela desfaz, sombras concretas e frescas que transforma em cinza fina e fria. Passando a noite numa suspensão morna da sua voracidade para se avivar de manhã, soltando um caracol de fumo, empertigando-se e recomeçando o pequeno ciclo de todos os dias. Pequeno bicho maldito, voraz e dissimulado! Pequeno bicho maldito que lhe atormenta a existência, lhe faz ver que a sua vida não sai do mesmo lugar. Prometendo tanto para depois se transformar no vazio daquela cinza!

Judite sabe dessa aversão do marido desde o tempo em que ainda sorriam das pequenas impressões de cada um, e por isso nunca lhe pede que traga lenha para a fogueira. Busca-a ela às vezes, mas sobretudo pede a Maninho que o faça. E a criança parte correndo pela praia, sem idade ainda para se enfadar com as repetições. Esgaravata debaixo das casuarinas, afastando os corvos com gestos sacudidos, rindo-se da indignação rouca das aves. Junta os pauzinhos que as suas pequeníssimas mãos podem transportar e, quando o minúsculo fardo está amontoado, gigantesco para o seu corpo que mal acaba de começar a crescer, arrasta-o diligente pela rua fora, deixando nesta um traço que é o registro de todo aquele esforço feito de curvas e hesitações que dizem bem do quanto lhe custou encontrar o norte de sua casa. Um registro que vai desaparecendo quando a aragem ligeira da tarde o começa a apagar para que, na página deitada que é a Rua 513.2, outros registros possam ser escritos, desde as marcas dos pés dos trabalhadores que regressam dos seus afazeres aos rodados dos pneus dos automóveis que passam.

* * *

Apoiado no parapeito da varanda, o Doutor Pestana contém a custo a indignação. Vendo aquela família no quintal que já foi seu – ainda que seja ali e não na sala – estremece, e uma ira fina sobe-lhe à cabeça.
– Usurpadores! – resmunga.
Dona Aurora, a esposa, é mais comedida. Também se impressiona com a cena, é certo, mas mistura essa impressão com uma certa pena, sobretudo das crianças que sabe esfomeadas já há horas sem que ousem um queixume. Só aquele ar sério, aqueles olhos bem abertos de quem segue os preparativos culinários com toda a atenção. Aquela disponibilidade de ir lá dentro a correr buscar uma mãozinha de criança de sal, se tal lhes for pedido, de vir a correr com cuidado para que não caia nenhum grão pelo caminho. Tudo isto a entristece mas sabe que não pode dizê-lo ao marido assim de chofre: há trinta e tal anos que lhe conhece o temperamento. Procura por isso apaziguá-lo, distraindo-lhe a atenção para outras direções.
– Olha o quintal! Ali onde eu tinha as roseiras já só se vê capim e terra nua! Ao menos as buganvílias dos Costas estão viçosas.
– Sim – diz Pestana, recordando um onírico passado em que atravessava noites encarcerado numa prisão de buganvílias – Embora a precisar de uma poda valente.
E depois, caindo em si:
– Quero lá saber de roseiras e buganvílias, mulher! Olha mas é para a sala, ali onde eu tinha as estantes com os livros (se é que consegues ver alguma coisa nesta escuridão). Desapareceu tudo!
– Mas não os podes culpar a eles – contemporiza dona Aurora de mansinho. – Sabes bem que quando aqui entraram já pouco restava daquilo que deixamos. Em grande parte por culpa tua, por culpa daquela loucura que te deu!
Novamente as lembranças castigando o Doutor Pestana. Desta feita, lembranças de um dia em que toda a racionalidade que ele vinha construindo havia anos se desfez, perturbada por uma momentânea loucura cuja menção ainda hoje o ruborizaria não fosse esta noite de lua nova.
É obrigado a calar-se, mastigando alguma culpa. O remorso

que sente não é um remorso geral; é mais concreto, ligado àquelas novas e particulares vítimas que ainda o não eram quando cometeu a louca ação. Como se devesse tê-las avisado. Agora que se cavou certa distância, quase se envergonha do que fez. É certo que quando pensa em Filimone ainda lhe vem uma justificação plausível, avermelha-se, indigna-se. Mas cada vez mais lhe parece sem sentido esse crime do passado. Cala-se portanto, pedindo à mulher que se cale também para que o desconforto que sente se dilua.
– Lá vens tu com isso outra vez. Já passou! – diz.
Entretanto, dona Aurora quase se descai, quase intervém quando vê Judite servir primeiro o prato de Nharreluga e este começar a comer com gestos lentos, em silêncio; as crianças ainda aguardando. Para ela não é justa esta prioridade, os adultos na frente e as crianças no final. Não está certa aquela paciência nas crianças. Acalma-se porém um pouco quando Nharreluga retira um pedaço de peixe do prato, com as mãos, e o põe na boca de Maninho num fugaz gesto de ternura. E desiste de todo de intervir quando sente a mão do Doutor pousando-lhe no ombro para que se aquiete.

* * *

A tranquilidade com que Nharreluga mastiga o jantar não é obra do acaso nem fruto do seu temperamento. Pelo contrário, prepara-a todas as tardes sentado na duna da praia, à sombra de uma casuarina. Chega lá quase sempre fervendo por dentro, sem saber o porquê. Talvez por ser grande e complicada a distância que vai desde si até aos seus projetos. Talvez porque em vez de a conseguir vencer, a sua desmedida imaginação esteja sempre a urdir novos detalhes dos seus sonhos, aumentando assim essa distância. Nharreluga impacienta-se com o afastar das metas cada vez mais para longe. E é aqui, neste lugar, que se distrai. Olhando os corvos que escorregam pelas ladeiras do vento, ouvindo os berros roucos que eles emitem nas suas disputas furiosas.

Quando o sol estava no pino, noutra praia mais distante, uma imensa tranquilidade pairava no ar. Não havia sombras, não havia sons e o mundo parecia imóvel tal a imensidão do espaço em volta. Alguns vultos dispersos esgaravatavam aqui e além com gestos recatados, seguindo interessados a atividade laboriosa de um minúsculo bicharoco marinho, uma pequena amêijoa que, afadigada, deitava a língua amarela de fora escavando com ela um buraco onde se esconder. Atento, o pequeno Tito Nharreluga observava a bolha de ar que ficava para trás, enfiava o dedo e retirava do esconderijo inútil aquela presa que se ia juntar a outras, chocalhando no pequeno saco que trazia à cintura. Depois, vinha a onda larga já no seu final, já quase espuma imaterial e muito branca, e espraiava-se como uma ampla borracha apagando os riscos que toda aquela atividade havia deixado na areia. Ficava esta impecavelmente lisa para que, sobre a sua superfície tudo pudesse ser reescrito.

Incansável vaivém entre o acontecer e o recomeçar!

Foi nesta cadência previsível de marés cheias e vazias, de dias sucedendo-se – tão previsível que conferia suprema tranquilidade – que o pequeno Tito foi crescendo e amadurecendo, feliz enquanto permaneceu indissociável a ligação entre os deveres filiais e a brincadeira curiosa, o sonho. Buscar lenha para a fogueira era ainda um trabalho confundido com a descoberta dos ninhos aéreos das aves ou das tocas subterrâneas dos caranguejos, com a mecânica do funcionamento das coisas e o espanto novo que ela de cada vez provocava. Presentear a mãe com um par de xaréus pintalgados era tarefa que não se distinguia do prazer de os ver cortar a onda transparente, de lhes seguir o rastro, de estar um pequeno passo à sua frente, passo ainda assim suficiente para os poder surpreender.

Mas Tito cresceu e a voz começou a mudar na sua garganta, como se outro Tito coexistisse dentro do seu peito e, a espaços, aproveitasse desatenções para também ele emitir sons e opiniões. Várias vezes, iniciada uma frase que lhe saía diferente, era o rapaz obrigado a clarear a garganta para apagar o já dito, recomeçando depois desde o princípio. 'Está a crescer, a voz já não é a mesma', dizia a mãe com alguma tristeza, enchendo de orgulho o velho Nharreluga. Mas essa segunda e nova voz exprimia já um pensamento intruso. Quando ela prevalecia, a Tito já não interessava tanto aquela praia, aqueles pequeninos seres que todos os dias o chamavam para as silenciosas brincadeiras. Tudo lhe parecia agora menos imenso, mais apertado, e foi então que dentro dele começou a ser chocado o ovo da partida. Que a distância entre o querer e o ter começou a crescer de tal forma que hoje são estados que já não se reconhecem.

Partiu. Caminhou para a cidade grande na mesma altura em que a Independência caminhava também para Sul. Venceu as distâncias com ela porque a Independência, à medida que avançava ia derrubando as barreiras de sipais fardados postados na estrada para o impedir de passar. Não tropeçou pois nos fálicos chambocos dos homens de fardas negras que exigiam identificações minuciosas como inteiros dicionários, nem viu os seus cães peludos de olhos brilhantes como holofotes e dentes que feriam como navalhas. Passou por Xai-Xai e pela Manhiça, chegou aos subúrbios de Maputo onde encontrou Judite como se ela estivesse desde há muito à sua espera. Mulher bastante mais velha, com dois filhos, Cindinha e Maninho, e que lhe ensinou os segredos da cidade grande. Nharreluga, rural e ingênuo, vinha à procura de se perder em Lourenço Marques. Judite ensinou-lhe que aqui era Maputo e que ele precisava antes de se encontrar. Nharreluga aprendeu, e por isso se amaram e juntaram. Mas o ter e o querer continuavam dois estados inimigos, distantes um do outro. Daí que procure hoje, nesta nova praia, o segredo da antiga coexistência que, na outra, trazia paz à sua alma. Nunca a encontra de todo, é certo, mas os vislumbres que estes entardeceres lhe permitem são suficiente motivo para o fazer regressar todos os dias. São eles a razão de um noturno mastigar que é mais tranquilo.

As crianças também podem enfim comer. Afastam as espinhas com os dedos, chupam neles o molho com avidez comedida. Tudo em silêncio, como se fossem habitantes clandestinos daquela casa.

* * *

E quase o são. Tempos atrás, Judite escolheu esta rua para vender as suas bagias notando que por ela passavam os trabalhadores do bairro em volta. Chegava ali a horas certas com a bacia à anca, um pequeno lenço por cima que servia, à uma, para esconder aquelas delícias da curiosidade das moscas e para aguçar a curiosidade dos homens.
– Bagias! Quem quer bagias? Bagias!
Sentava-se à sombra da acácia de dona Aurora, em frente à casa abandonada do Doutor Pestana, e ia-as vendendo uma a uma, à medida que os homens passavam.
– Bagias! Quem quer bagias? Bagias!
Assim se tornou popular.
A princípio, Filimone não gostou. Ao Secretário parecia mal a desarrumação que as vendedeiras traziam à rua. Queria tudo limpo e organizado, as pessoas comprando na loja como deviam, a rua servindo apenas como caminho de passagem. Mas as bagias de Judite eram ímpares, estaladiças por fora e fofas por dentro, pintalgadas sabiamente pelo verde intenso da salsa e deixando na boca, depois de dissolvidas, a vontade de comer mais uma, e outra ainda. 'Prove uma que é por minha conta, camarada Secretário', disse-lhe ela nessa altura, segura de que atrás da oferta estava escondido o investimento: ninguém que tivesse provado a primeira resistia a comprar a segunda, a terceira, e a levar mais um par delas para casa. E aquela simpatia da mulher, mais a arte que ficava demonstrada, foram amolecendo o Secretário a tal ponto que ele passou a sentir falta se por algum motivo Judite não se fazia presente com o seu produto.

Mastigando e conversando, Filimone foi sabendo das dificuldades por que passavam os Nharrelugas, sem casa onde morar, habitando provisoriamente um pouco por toda a parte. E concluiu que eram família boa, pronta a colaborar só que não tendo ainda conseguido libertar-se das dificuldades que o passado colonial lhes trouxera. Olhando Judite, via o retrato de uma competente cozinheira com a casa destruída dos Pestanas por cenário. Uma cozinheira que dava alegria àqueles escombros por cujas paredes escorria água, quando a havia nos

canos; escombros que escureciam quando chegava a noite.
— Queres esta casa para ti, Judite? — perguntou-lhe um dia de rompante, enquanto mastigava.

Elisa, a sua mulher, tratara de espalhar a notícia de que era uma casa sem solução, povoada pela ira esfarrapada mas perene dos antigos proprietários. ('Elisa, esse teu obscurantismo ainda dá cabo de nós', disse-lhe Filimone na altura, temendo que o racionalismo revolucionário fosse descobrir logo ali, em sua casa, um sinal da antiga e perigosa tradição). E eis que o Secretário achava agora um préstimo para aquela enorme mancha no seu currículo. Por que não?

E antes que Judite soubesse o que pensar, apanhada de surpresa, prosseguiu:
— Chama a tua família, saltem o muro lá para dentro e logo veremos até quando podem ficar.

Era, claro, um favor provisório que lhes fazia, sem papéis que o tornassem irrevogável. De qualquer maneira dava para resolver o problema dos Nharrelugas por uns tempos. E concluiu, brincando:
— A única recompensa que quero por este favor que te faço é que estejas à porta todos os dias com o tabuleiro das bagias, para eu poder comer quantas quiser!

Judite, não cabendo em si de contente, disse-lhe logo que sim. Mas em seguida duvidou, passando-lhe pela ideia que o Secretário poderia mais tarde cobrar-lhe o favor de outras e mais vis maneiras. Habituara-se a não esperar dos outros se não exigências difíceis de cumprir.

Imaginou-o chegando um dia como de costume, provando demoradamente uma bagia, olhando em volta para ver quem estava e podia reparar. E como não estivesse ninguém àquela hora, mastigava com a boca aberta e dizia ao mesmo tempo um 'Sabias que és muito bonita?'. Depois, punha a manápula suja de óleo da bagia na sua coxa, tornando-a ainda mais reluzente. Judite, parada na bifurcação, não sabia qual de dois caminhos escolher. Optando pelo primeiro, atirava-lhe à cara o tabuleiro das bagias provocando alguma agitação na pacatez da rua e da tarde. Os moradores chegavam-se à janela para ver o que era aquilo, murmuravam juízos negativos, Judite corria ofegante. Filimone, ajeitando a roupa embaraçado, guardava para mais tarde a resposta ao atrevimento.

O segundo caminho era diferente. Judite sentia ainda aquela mão deslizando-lhe pela coxa como uma barata oleosa. Deixava-a escorregar livremente, como se o seu próprio corpo já não fosse apenas seu. Depois, acalorado, Filimone ordenava-lhe que o seguisse para as traseiras do escombro dos Pestanas que não chegara a ser dos Tembes e estava quase a ser dos Nharrelugas, assim ela colaborasse. O Secretário, arfando uma bronquite crônica que foi buscar às minas, mastigava ruídos surdos como se dentro dele habitassem outros e desconhecidos Filimones. Judite entregava-se às urgências dele sem participar, ansiando apenas por vê-las terminadas. Mas eis que Tito Nharreluga irrompia do nada nos arredores da acácia de dona Aurora, farejando curioso o tabuleiro abandonado, olhando em volta e estremecendo, assaltado por dolorosa dúvida. Perigosa dúvida. Pulava o muro numa urgência diferente, como um silencioso gato, e surpreendia a parelha clandestina em pleno e miserável ato atrás das buganvílias da esposa do senhor Costa. Tito Nharreluga perdia o juízo, nascia-lhe uma navalha na mão e golpeava com ela um e outro alternadamente, irreparavelmente. Filimone, com as calças pelos joelhos, o sangue escuro e espesso escorrendo-lhe pela barriga, abria a boca oleosa espumando uma surpresa que era também uma desculpa e uma despedida. E ensaiava uma dança grotesca antes de cair de borco e para sempre. Judite, ao lado, estava também espantada e ferida, os olhos arregalados e as mãos na boca escancarada, sem conseguir fazer um gesto nem dar uma explicação.

– Que dizes, mulher? Queres ou não queres a casa? – perguntou Filimone, ainda mastigando. Intrigado com a expressão da vendedeira das bagias.

– Obrigado, camarada Secretário – acabou ela enfim por responder, mais reservada. – Vou-me já embora conversar com o meu marido.

– Vai, vai. Mas deixa-me mais uma bagia.

— Pode ficar com elas todas — disse, enrolando as que sobravam num pedaço de jornal, antes de pegar nas suas coisas e partir apressada pela rua fora.

* * *

Algures, na escuridão, um grilo arenga monotonamente. O jantar acabou e Maninho, encolhido, já dorme. Nharreluga, a quem a digestão torna mais expansivo, resume o esforço do dia. Tentou hoje ser motorista de machimbombo (sempre gostou de fardas), mas lá disseram-lhe que era preciso carta de condução, que levava muito tempo a tirar e custava muito caro.
— Por que não cobrador? — diz Judite.
Procura ajudar. Os cobradores também vestem farda.
— Talvez — Nharreluga não se lembrara de perguntar.
Judite quer que o diálogo continue acontecendo. E sugere-lhe coisa diferente, que vem pensando e amadurecendo. Ela tem o segredo das bagias e sabe que quanto mais for o trabalho (e vai ser muito, para se poder concluir a revolução), mais os trabalhadores terão fome, fome de bagias. Judite já se vê obrigada a aumentar a produção, transformando a casa que foi de Pestana numa fábrica, com algumas ajudantes cozinhando sob a sua orientação para se poder dar conta do recado. E além de produzir, é também necessário vender. Não só à sombra da acácia de dona Aurora — que ela nunca abandonará, pois foi ali que encontrou a sorte — mas em muitos outros lugares. Entre eles, um posto de venda em frente à Presidência da República Popular de Moçambique. Vê-se já ali sentada, os *Mercedes* e *Volvos* passando velozes, uivando as suas sirenes. De repente, o *Mercedes* mais comprido estaca com um chiar de pneus em frente ao seu tabuleiro. No ar, um cheiro acre de borracha e gasolina perdendo no confronto com o aroma incomparável das bagias. O camarada Presidente sentira um súbito aperto no estômago, toda aquela trabalheira de pôr o país a andar fazendo com que se tivesse esquecido de almoçar. 'O que tens aí, mulher?', 'São bagias, camarada Presidente'. 'Dá cá uma para provar!' Judite

oferece prontamente uma bagia com um enigmático sorriso nos lábios, sabendo com certeza que ele pedirá mais uma e outra ainda, sem se conseguir conter. Depois, de estômago aquietado e indicador em riste, ao camarada Presidente volta aquela sua vontade de discursar, e diz: 'Vejam este exemplo, camaradas ministros! Moçambicanas e moçambicanos, olhem este exemplo! É aqui, neste simples tabuleiro, que está a nossa criatividade, a garantia do sucesso da revolução moçambicana! Abaixo a dependência dos produtos importados! Contemos com as nossas próprias forças! Viva a revolução moçambicana!', e todos: 'Viva! Viva!' Em seguida, o Presidente ordena ao Ministro das Finanças que regule as contas das bagias que comeu, que a República Popular de Moçambique nunca fica a dever nada a ninguém. E Judite, satisfeita, amarra os lucros na ponta da capulana.

– Tudo isso é muito bonito – resmunga Nharreluga, dividido. Quanto mais bonito é, maior a sua humilhação. – E eu? Qual será o meu papel?

Tito seria o superintendente das vendas, prosseguiu ela, sábia no apaziguamento. Um superintendente com uma farda toda nova mandada fazer na cooperativa das costureiras do bairro.

Tito Nharreluga rumina essa possibilidade durante um momento, em silêncio. Sabemos que ninguém gosta mais do que ele de sonhar. Ainda há pouco, quando Judite falava com o camarada Presidente, este mastigando-lhe as bagias, já Tito ia mais adiante, sonhando o resto da conversa.

'Têm filhos?', perguntava o Presidente. 'Temos dois, Maninho e Cindinha', respondia ele. 'Ministra da Educação, cadernos e lápis para estas crianças!'. E Tito agradecia, pelos pais e pelas crianças.

Não! Nharreluga não se sente bem com esta perspectiva. Parece-lhe mal que seja a mulher a abrir os horizontes, o homem atrás seguindo-lhe os passos. Devia ser o contrário.

– Sonhas demasiado, mulher – diz. – Nada disso pode dar certo. Amanhã vou continuar a procurar emprego.

Judite fica em silêncio. Abdica do sonho para não indispor o marido: são-lhe mais caros aqueles momentos de serenidade que o resto, por mais que esse resto lhe seja caro também.

Levanta-se, empurra Cindinha com a voz e leva Maninho ao colo para dentro. Passado um pouco, volta a ocupar o seu lugar perto da fogueira, atenta ao que o marido possa precisar. Com um pau agita as brasas, dispersando assim o que sobrou do sonho.

E ficam os dois calados, os olhos perdidos no fogo, vermelhos do seu reflexo. Judite disponível para qualquer rumo que a conversa possa tomar, se a houver; Tito roendo o remorso vago do silêncio que provocou.

— Mulher, vem sentar-te ao pé de mim que quero fazer-te um carinho — acaba ele por dizer.

Judite, obediente, levanta-se e chega perto dele.

Tito passeia as mãos por ela enquanto a fogueira se vai apagando.

— Aurora, vamos para dentro que se faz tarde. — É o Doutor Pestana embaraçado, fazendo menção de se retirar da varanda.

Cá fora, os dois amam-se na esteira em silêncio. O fogo de Nharreluga vem das dúvidas que lhe ocuparam o dia, das frustrações. A mulher obedece-lhe mas está distante. Talvez ainda presa ao sonho como um balão cujo fio Nharreluga rompeu com a sua impaciência, deixando-o solto no ar.

Notando-o, Tito tenta por isso um último gesto de apaziguamento:

— Agora, para dormir bem, só me faltava uma das tuas bagias. Será que restou alguma?

Judite, aquietada, levanta-se e vai lá dentro buscar a bagia ao tabuleiro.

9
Os cheiros e as cores

O mais provável seria terem prendido, humilhado e deportado Valgy como fizeram com a misteriosa Buba do senhor Marques e tantos outros, após o fatídico ano de 1961. Afinal, Valgy era oriundo de Zanzibar e a sua família tinha ramificações obscuras no voraz subcontinente que engoliu Goa. Mas Salazar teve destes mistérios: Valgy escapou às redes do solitário ditador como um peixe que, já preso e subindo, voltasse no derradeiro momento a cair na água. Terá sido por algo que disse? Por algo que calou? Nas exceções se encontram os mistérios do salazarismo para quem os quiser encontrar.

Perdoado daquela vez, não quer dizer que ficasse perdoado para sempre. Valgy atravessou contido todos esses anos até ao fim do império, calado e cheio de medo. 'Um dia virão buscar-me a casa, tirar-me-ão a loja e tudo o mais. Sei que o farão'. E talvez tenha sido essa contenção, aliada à partida da sul-africana loira e perfumada, que o levou a perder o tino daquela maneira. Uns perdiam-se de raiva nesses tempos conturbados, como o Inspetor Monteiro e os seus sequazes; a outros – de fato a quase todos – foi a alegria da liberdade que os motivou; quanto a Valgy, eram essas outras as razões do seu delírio, de se ter transformado no *a xiphunta* das crianças.

Valgy tinha fraca formação política. Não fazia a necessária distinção – como então se dizia – entre o colonialismo e o povo português: culpava-os a todos, excetuando talvez os Costas, vizinhos do lado, sobretudo na época em que a esposa do dito lhe enviava o almoço pelos criados, apiedada da sua condição. Por isso, quando saía vestido com um irrepreensível fato de três peças apesar de ser Verão, fazia questão de dizer que tudo na indumentária era britânico – fazenda cortada em *Saville Row*, gravata

Dunhill, sapatos de puro couro inglês – enfim, nada que viesse de Lisboa. Por outro lado, nos dias em que saía de casa envergando a longa e alvíssima *djelaba*, na cabeça um cofió bordado com intricados desenhos, umas sandálias de tiras finas nos pés enormes, toda a gente ficava a saber ainda melhor da distância que ele queria assim cavar. Era um monhé rico que ia tratar de negócios na cidade sem para tal precisar das boleias do velho *Ford Capri* do senhor Costa.

Esses negócios resumiam-se a uma pequena loja – um quartinho, não mais, embora com um pé-direito de fazer inveja a muitas catedrais – numa ruela estreita dos arredores do bazar. Valgy percorria essa ruela com porte altivo, soberba *djelaba* enfunada como uma vela recebendo vento de través, aspirando com fragor o ar da manhã quando passava à porta da mesquita, antes de chegar por fim à sua loja.

– Aqui é zona libertada onde nunca entra o português! – gostava ele de dizer, enquanto empunhava a chave que trazia presa à cintura, por baixo da fralda, para abrir as duas portas.

Porque havia duas portas, uma para entrar e outra para sair, embora os ignaros visitantes as usassem sem critério: turistas abelhudos esmiuçando tudo lá dentro, pedintes miseráveis sussurrando um insistente 'kombela patrão', simples passantes distraídos a caminho de ir fazer alguma coisa. E, portanto, servissem as duas, melhor do que uma serviria, para trazer um pouco mais de luz àquele interior sombrio e algo misterioso. Quantas vezes, mesmo assim, obrigou Valgy um daqueles infelizes a voltar a sair para reentrar pela porta apropriada, para que o negócio pudesse prosseguir sem as obscuras interferências do além.

– Porta de entrar e porta de sair, não vê?! Cada coisa de sua vez, nunca se faz uma antes da outra! Será que a gente morre antes de nascer? Será?

Em frente às portas de madeira grossa e sem pintura, um tosco degrau de pedra onde Valgy gostava de se sentar nos dias em que vinha de branco, apanhando sol, coçando-se e protestando com o mundo em geral para certo embaraço do pobre Tito Nharreluga – ou Titosse, como Valgy chamava ao rapaz –

contratado há pouco tempo para lhe servir de ajudante.
— Não sou Titosse, patrão. Sou apenas Tito.
— Está calado, rapaz. Quem manda aqui? És Titosse sim senhor!
E o ajudante calava-se porque não podia dar-se ao luxo de deixar escapar aquela oportunidade. Dispunha-se a um emprego sem farda para que ao menos a distância entre o querer e o ter não aumentasse.

Foi o Secretário Filimone — a pedido de Judite, que o tinha preso pela boca com as suas bagias — quem intercedeu junto de Valgy, pedindo-lhe aquele favor. Que contratasse Nharreluga, moço sério e cheio de vontade de trabalhar. Valgy ainda pensou em recusar, não queria ladrões na loja, as coisas estavam bem como estavam. 'Qual ladrão, qual nada', volveu o Secretário na altura. Se Tito fosse ladrão ele próprio seria o primeiro a tomar conta do caso, não ia oferecê-lo a terceiros. E Valgy, pensando bem, concluiu que talvez não fosse má ideia atendendo ao movimento que a loja registrava. Além disso, não ficava bem recusar um favor ao Secretário. Afinal, havia dias em que Valgy não era tão louco como parecia!

Nharreluga foi contratado para servir ao balcão e fazia grande esforço para cumprir com as difíceis exigências do seu primeiro emprego a sério. A sério? A sério é uma maneira de dizer porque a maior parte do tempo passava-o ele sentado no degrau do patrão, esperando, cansando-se de dizer a potenciais clientes e pedintes que aguardassem um pouco mais que o senhor Valgy não tardaria a chegar. E ele que nunca mais chegava!

— Patrão Valgy — disse Tito um dia — por que não deixa as chaves comigo que eu abro a loja logo de manhãzinha? Tomo conta de tudo sem problema até o patrão chegar.

— Nada, Titosse — respondeu-lhe o monhé. — Você é boa pessoa, até é vizinho, amigo do Secretário e tudo o mais. Mas os pretos são como os portugueses: todos ladrões!

Nharreluga engoliu o insulto, descontou, e tentou novamente:
— Mas o patrão sabe onde eu moro, que é na sua rua, perto de sua casa. Como posso eu roubar se lhe basta avisar o Secretário Filimone para me irem lá buscar?

– Arre, Titosse! – impacientou-se o obstinado Valgy. – Você não ouviu? Eu sei como é. Você não rouba hoje, não rouba amanhã, mas um dia vai roubar e não volta para casa, foge para o mato. Vocês são como os portugueses que roubaram tudo e agora fogem daqui. Todos iguais! Todos ladrões!

Tito Nharreluga teve de aprender portanto a esperar. Sentava-se à porta sem saber quando o patrão chegava, olhava as lojas vizinhas com certa inveja, vendo portas e gelosias que se abriam, ouvindo os sons da atividade que despontava. E ele, nada! Ali sentado como um indigente afastando as moscas, um velho apanhando sol, um ladrão daqueles que pululam pelas cercanias do bazar estudando o ambiente e preparando o golpe. Só que não era nada disso, era apenas um empregado paciente esperando o seu patrão!

Umas vezes via o velho *Ford Capri* do senhor Costa a abrandar na esquina, a porta a abrir-se para deixar sair um impecável Valgy sacudindo o fato, enxotando os vincos e aproximando-se com passos firmes e distintos de estrangeiro. Tito enchia-se de um orgulho inexplicável – ali vinha ele, todo elegante, o seu patrão! – embora sabendo que iria ter uma manhã agitada de confirmação de *stocks* e auditoria à contabilidade.

– Como vai o movimento, camarada Nharreluga? – perguntava-lhe Valgy pomposamente, à laia de cumprimento.

– Só pode ir mal, patrão. São onze horas e a loja ainda está fechada.

Valgy irritava-se, confundia com irreverência esses excessos de franqueza e dedicação:

– Patrão o quê? Não sou patrão, rapaz! Sou chefe! Patrão era no tempo do colono e esse tempo já passou. Agora é o tempo dos chefes!

– Sim, camarada chefe.

– Isto é uma loja a sério, camarada Nharreluga, não é dessas cantinas que vocês têm lá no mato!

– Sim, camarada chefe.

– Diga lá, o que é que você roubou hoje?

– Não roubei nada, camarada chefe.

– Então vamos lá conferir, para ver se você fala verdade.
– Vamos, camarada chefe.

Quando, pelo contrário, Valgy surgia a pé ao fundo da rua de fralda branca e olhar ausente, Nharreluga preocupava-se. Ali vinha o seu patrão comportando-se a despropósito, cumprimentando crianças esfarrapadas com reverência, rosnando aos cães vadios, tirando a língua de fora aos lojistas do lado. Nharreluga ficava então a saber que a partir dali tudo podia acontecer. Podia ser que ele passasse sem sequer se dar conta de que era aquela a sua loja, prosseguindo pela rua fora para apreciar a concorrência. Mas o mais certo era parar em frente do empregado e dizer um 'Chega para lá, vadio, que estás sentado no meu degrau!', e Nharreluga levantava-se e ia sentar-se mais adiante, continuando a esperar. E riam muito todos os que por ali trabalhavam.

***

Teve aquela loja um curto período glorioso, de grande movimento, e foi também por isso que Valgy contratou um ajudante. E como o destino sabe ser irônico, foi quando os portugueses – esses mesmos de quem Valgy guardava a máxima distância – se preparavam para partir e pretendiam levar consigo, para o seu futuro incerto, tudo aquilo que lhes lembrasse o passado que aqui haviam tido. Irrompiam agitados pelas duas portas, piscando os olhos para se habituarem à escuridão do interior. Valgy, negociante, esperava-os na sua *djelaba* resplandecente, contendo-se e anunciando o que tinha para vender, o preço de cada produto, o desconto até onde estava disposto a ceder, a bem de todos.

Os panos era o que mais procuravam, aquilo que tornava a loja de Valgy verdadeiramente singular. Panos enrolados e dobrados nas estantes de madeira das paredes: cá em baixo, com as mais diversas e inesperadas cores; um pouco mais acima, pardos; e por fim negros, lá no alto, num território só habitado por aranhas, osgas grossas e alguma pomba municipal entrada por descaminho através de uma fresta do telhado, apavorada por se ver também tingida de luto e sem saber como sair dele.

O que distinguia a loja de Valgy, mais ainda que os panos, era a arte que o dono tinha, como ele dizia, de dar esses panos a provar (no seu português aproximado e delirante, considerava que pelo tato e pela vista se conseguia descobrir o sabor). Empunhava uma longa vara de madeira com um gancho na ponta, mergulhava-a na escuridão das alturas e, com um gesto seco sacudia um rolo até aí invisível que, ao soltar-se de onde estava pendurado principiava a descer lentamente, atravessando os ares. A princípio parecia uma mancha de tinta negra, uma fuligem sujando o ar, a asa de um morcego adejando devagar. A meio do voo ganhava tons cinzento-azulados aos olhos da pasmada clientela, virada para cima a tentar descobrir o que ali vinha. E por fim, uma lenta borboleta colorida brincando com a luz que lhe chegava antes de se desenrolar suavemente no balcão. E Valgy recebia nos braços, como quem recebe uma criança, uma cambraia finíssima de linho ou algodão a que fiapos de teias de aranha que trazia agarrados conferiam ainda maior leveza. Tão fina que não tinha cor, que não podia tê-la uma vez que a cor não teria matéria tangível a que se agarrar. Uma cambraia que se limitava por isso a refletir a cor das coisas em redor: o castanho-escuro das mãos de Valgy – que a afagavam para melhor fazer ressaltar o seu valor e qualidade – ou a própria cor do olhar das clientes, que a fitavam intrigadas. Quase, já, maravilhadas.

Quanto mais fina a cambraia, mais elevado o seu preço e menos se dispunha Valgy a negociá-lo.

– Cambraia hindu, *madame*. A *madame* não vai encontrar nada igual nas lojas desta cidade – e, com um gesto largo, um trejeito de desprezo, abrangia as redondezas. – Encontre outra igual e eu pago o que lhe for pedido por ela e por cima lhe dou esta de presente!

E a *madame*, perplexa, apalpava aquele pedaço de aragem que tinha a cor que a sua imaginação lhe quisesse dar, inclinada a acreditar nas palavras de Valgy. Uma cambraia tão transparente, tão imaterial que deixara já de ser pano, não servindo de certeza para a normal função de cobrir corpos. Um véu para fazer ressaltar a nudez, era o que aquilo era! Um véu que ou se desejava por isso mesmo, por ser impossível conter o desejo, ou então não chegava a servir para nada.

Se a quisesse, a *madame* teria de estar disposta a dar aquilo que Valgy achasse por bem pedir. Se não, o monhé afastava a cambraia de cima do balcão com um simples sopro, um suspiro, e aprestava-se a mostrar alternativas. Todas elas sem dúvida de igual valor.

– Sedas e cetins da Formosa, talvez – alvitrava ele.

Panos brilhantes e escorregadios como cobras vivas, a gente amachucando-os e eles deslizando para se porem outra vez como eram; preferindo antes espraiar-se em ondas largas, velame enfunado. E atentasse a *madame* na originalidade daquelas cores simples que ainda voltarão a ser moda: rosa pétala anos cinquenta, azul manhã inocente, amarelo girassol, verde de talo tenro, castanho bambu quase creme, branco pérola só ligeiramente sujo.

– Não?

E saris mais clássicos, desses que raramente se veem por aí, caligrafados a ouro? Tinha-os de Madras, Calecute e Oman; mesmo de Zanzibar, a sua terra.

– Também não? Tentemos então outra coisa, *madame*.

Por processos quase idênticos, desciam agora os panos de algodão mais grosso do Paquistão uma vez que *madame* devia estar partindo para os climas frios da Europa (não especificar que Europa era essa fazia ainda parte da tal distância a que Valgy se situava), ou austeros brocados indianos de uma cor só – azul quase negro de noite solitária e sem luar, vermelho quase sangue fresco de ferida recente, ou então mais escuro da dita já em crosta, púrpura triste da cor do vinho derramado sobre alvíssima toalha de linho (*Aallesverloren Tinta Barocca*, por exemplo, importado do inimigo mas isso fica entre nós, colheita do ano que quiser, com sopros de azul), castanho velho de tronco de figueira-da-índia sem idade e com as manchas arbitrárias dos fungos parasitas na madeira dura, verde fugidio das savanas filtrado pelo cacimbo cheiroso do nosso inverno ('também o temos, como a madame saberá') e, enfim, glória das glórias, branco alvíssimo das neves de Kashmir com floreados da mesma cor e textura, só inteligíveis para as mentes que já deixaram a racionalidade estreita do nosso mundo e operam noutros patamares – todos eles panos pesadíssimos, quiçá caríssimos, libertando um cheiro característico, vagamente canforado, vagamente almiscarado.

– Cheire, *madame* – dizia Valgy, o do olfato apurado, chegando os brocados ao nariz da estonteada cliente, como se os panos fossem para cheirar. – E se encontrar noutro lugar um cheiro que se assemelhe a este não só o pago eu como lhe ofereço o meu por cima, de presente.

Depois, se ainda assim *madame* não se decidisse, passavam às mais modestas capulanas estampadas de fabrico nacional, com estrelas e luas infantis, animais selvagens de ingênuas e congeladas expressões, dizeres revolucionários. Era um Valgy quase ausente quem as estendia, desinteressado já de um negócio que parecera tão promissor e afinal não passava da comezinha venda de uma capulana de algodão.

Não era na Ásia distante que havia estado, dizia timidamente a *madame*. Não lhe tocavam portanto os seus mistérios. Era aqui, e daqui queria levar o que houvesse que lhe permitisse lembrar esta vida que teve, que de certeza lhe irá parecer dentro em breve distante e irreal.

Valgy, o comerciante capaz de entender todos os pontos de vista, por uma vez não entendia.

Entre as dúvidas e as indecisões das clientes, e uma paciência ilimitada de Valgy, o negócio ia avançando. Ainda que à custa de transformar o balcão no campo de despojos de uma violenta batalha, para preocupação do pobre Tito Nharreluga. Como voltavam depois os panos lá para cima, para os ninhos altos de onde haviam despencado, era apenas mais um dos mistérios da loja do monhé.

* * *

Passavam depois aos temperos, como Valgy lhes chamava algo redutoramente, fazendo sobressair os cheiros e os sabores. Ignorava neste caso a cor e a textura, embora conhecesse ambas melhor do que ninguém. Fazia-o na convicção de que pelo estômago e pelo olfato capturaria melhor os clientes (deixara os olhos e o tato lá atrás, quando mostrava os panos). Temperos segundo Valgy, condimentos no dizer das clientes, especiarias nas palavras dos velhos dicionários. Drogas aromáticas com que se adubam os alimentos para fazer deles iguarias, o seu excesso trazendo perturbações gástricas e, mesmo, delírios mentais. Expostas em caixas de madeira encostadas às paredes, a toda a volta do compartimento; variadas, cada uma delas exalando o seu cheiro, irradiando a sua luz, cada qual destinada a um propósito diferente. Cominhos de um verde-seco, entre o pó e a palha cortada fina, fofos, os dedos do seu cheiro acre apalpando-nos o interior das narinas; discretos coentros em pó, apenas de muito perto se revelando; pimenta pintalgando a vegetação a que se encosta, verde e negra e branca conforme a idade dos pequeninos grãos enrugados; noz-moscada misteriosa, ovalada e desconcertante, frutificando em árvores altas e quietas; vagens estaladiças de tamarindo, as suas bagas de polpa avara repuxando-nos a base da língua e secando-nos as glândulas salivares; minúsculas sementes de sésamo trazendo em si todos os tons de castanho que há no universo; sementes de gergelim, pequeninos olhos mágicos e curiosos em ainda novos tons de castanho; sementes longas e aguçadas de cardamomo, as brancas abrindo o aroma ao chá, as verdes ao café, inertes, esperando apenas o calor dos líquidos para se soltarem e voarem; farinha de grão-de-bico cor de mel, secreta base das bagias de Judite enquanto ela a conseguir achar; cravinhos, pequeníssimas flores petrificadas que, se não forem colhidas a tempo se transformam em flores de verdade que deixam cair sementes gordas e luzidias como baratas.

– Sabia a *madame* que os roía a princesa Salme, uma das filhas do sultão Seyyid Said de Oman, enquanto escrevia em alemão (extraordinário feito para uma jovem da sua idade)? Sabia que (outro extraordinário feito!) ela fugiu com um alemão para aprofundar o conhecimento dessa língua estranha e também para escapar com vida à ignomínia de ter tido um filho com esse infiel, renegando o Islão?

Gengibre agressivo e picante, de formas irreverentes, pequenos tumores da madeira escondidos embaixo da terra, ou na forma de finíssima farinha da cor da areia da praia; folhinhas fragrantes de caripate, sensíveis também ao calor, companheiras indispensáveis de um arroz que se preze; enfim, o laranja deslumbrante do açafrão; a glória serena da canela.

– Sabia a *madame* que o sultão Barghash, o mesmo que construiu a Beit-al-Ajaib, a Casa das Maravilhas, e lhe introduziu eletricidade, água canalizada e um elevador, mandou edificar um palácio de Verão cercado por um jardim de canela? Tranquilizava-se passando as tardes imerso no cheiro amargo e doce da maresia e da canela, serenava perdendo-se nessa alternância.

Entravam na seção dos piripiris, outra glória da loja de Valgy, o grande importador, aquele que mais se opunha a que nos fechemos como a ensimesmada amêijoa. Piripiris sacanas ou minúsculas línguas-de-pássaro, bagas redondas de agressividade redobrada, tailandeses, indianos, jindungos angolanos, chilis mexicanos e outros menos agressivos, a raiar o sabor do pimento.

– Escolha os que quiser *madame* (aqueles que mais garantias derem de despertar ocultas perversidades na sua língua). Prove!

E a *madame* provava, desconfiada de que vinham todos, verdes e vermelhos, de muito mais perto; que vinham do quintal das traseiras do monhé!

Prosseguiam pelos chás, de inúmeras qualidades e também proveniências, verdes, vermelhos, amarelos e negros. Chás para despertar e chás para adormecer, conforme as circunstâncias em que nos encontrarmos e as necessidades que tivermos. Cacana, balacate ou príncipe, beijo de mulata e outros tantos para escolher. Chás de flores e cascas de frutos, de tudo o que se quiser. Pelos cafés, colombianos ou etíopes, quenianos, baga grande brasileira, minúscula da Costa Rica, clara do Ibo ou da Namaacha ou Inhambane, fazendo-se nestes últimos casos infusões inocentes e fragrantes para esconder a sua inesperada potência. Pelos tabacos, outro exercício de Valgy, o preciosista nostálgico: tabacos para narguilé ou de mascar; tabacos ingleses para cachimbo, doces como o couro e as madeiras do *club* ou rudes como a onda fustigando a amurada nos mares do norte;

cigarros turcos ovalados ou loiros da Virgínia 'e deste nosso vizinho do lado, mas não o revele a ninguém'; *daggas* de várias origens ('cale também este outro segredo!'), escondidas da incultura das autoridades e cuidadosamente catalogadas, prezando Valgy a *khota-khota* do Malawi acima de todas as outras pelas imaginações que consegue despertar, mas tendo também, para os mais chegados ao produto nacional, Gorongosa colheita deste ano ou de anos anteriores.

Madame não queria. A sua moral e bons costumes não o permitiam.

Passavam então aos molhados, o creme de coco rico e aveludado, sémen da natureza; *achares* com tantas cores quantas tem o arco-íris, amarelo o de manga, verde o de lima, acastanhado o de berinjela, alaranjado o de cenoura, cada qual com seu sabor particular; *chutneys* indecisos entre o doce e o amargo, cada qual com sua textura, sobressaindo o verde de coco e coentros, tão precioso pelo trabalho da pedra que requer seja pesado em escassos gramas como se fosse um metal raro; *balshões* luzindo pesados dentro dos seus boiões.

Madame metia o dedo e provava, pedindo uns gramas disto, um frasquinho daquilo, e Valgy, o solícito, atendia.

Chegavam finalmente às redes com frutas frescas. Carnudas e suculentas mangas (pequenas, cheias de fio e com um aroma a terebintina, ou grandes coração-de-boi, almiscaradas, o sabor lembrando as flores ou a madeira), goiabas e maracujás, papaias laranja ou vermelhas, bananas de todos os tipos – normal, maçã, macaco ou pão – ananases e abacaxis de Inhambane ou Quelimane, jacas gigantes de aspecto suspeito, massalas da Inhaca, lichis de Chimoio, canho e coco, carambolas, cajus chegados expressamente de Nampula, Macia ou Manjacaze, toranjas da branca e da vermelha. E esplendorosas tangerinas.

– São de Inhambane?

– Não, *madame* – respondia Valgy, o rigoroso – são de Cumbana. O poeta enganou-se, confundiu o todo com a parte.

* * *

Crônica da Rua 513.2

Da loja de Valgy soltava-se sempre um aroma indefinido e amplo, resultado da soma dos cheiros frescos e francos da fruta com os cheiros cultos e construídos dos condimentos, sobre uma discreta sugestão do cheiro dos panos. Esta fusão inebriante, prenhe de sutilezas, carregava o ar do estabelecimento e enchia de alegria o coração de Valgy. Era o cheiro geral da sua loja soltando-se pelas duas portas e inundando a rua inteira! E o monhé deixava-se transportar em verdadeiro êxtase, traduzido por palavrosa torrente que Titosse, respeitoso, não ousava interromper.

– Ó Unguja, minha terra, favo de mel entre Ras Nungwi e Kizimkazi, lança ardente, língua de fogo que queima os dedos a Dar-es-Salaam, joia do Índico, baleia branca protegendo os seus filhotes, Pungume, Uzi, Miwi e Chumbe, Murogo e Nyange, Tumbatu e Mnemba, ilhas de dia e vultos escuros de noite, quando a maré se escoa pelos ralos do mangal! Ó Unguja, minha terra, a dos caminhos de areia, a das áleas de mangueiras sem idade e imóveis como as rochas, onde a impiedosa umidade nos lambe e cola os panos aos corpos das mulheres escuras como tições, claras como o mel, cor de azeitona ou brancas como um dia de sol, estátuas ambulantes e furtivas prometendo tanto sob os negros véus, misteriosas como a floresta de Jozani, pudicas como a floresta de Kichwele, cheirosas como a fruta madura e tenras como ela, picantes como o tempero bom, os olhos junto do chão, os pés gordos pintados e cheios de ouro pisando delicadamente a pedra nas retorcidas vielas de Mkunazini e Shangani, sombras escondidas sob a sombra maior da Casa das Maravilhas e, Osh Allah esses pés pisassem assim em nossos peitos para renovar em nós a alegria de viver nessa íris aberta e fixa virada para Bagamoyo! Ó Zanzibar!

Por vezes sobressaía um cheiro só dentro da loja, inédito e novo, o de uma das frutas que se empertigou soltando o seu véu cheiroso como um tenor abrindo a voz, as restantes submetendo-se ou, quando muito, fazendo um discreto coro.

– Notaste hoje o cheiro das tangerinas, Titosse? – dizia ele, interrompendo subitamente a palavrosa torrente.

– Notei sim, patrão.

— Estão no ponto. Ontem estavam ainda verdes, amanhã estarão talvez já um pouco envelhecidas. É hoje o dia delas — dizia, vaticinando.

Havia dias, porém, em que estacava a meio de um gesto, franzindo e levantando o seu adunco nariz. Tito sobressaltava-se, adivinhando o que estava para vir.

— Senhor Nharreluga! — trovejava. — Há aqui uma fruta que já não está boa!

E ia de peça em peça farejando, até que chegava a uma que devia estar rija e afinal estava já flácida, que devia estar brilhando na pujança das suas cores e estava já macilenta; que devia soltar no ar o seu cheiro doce mas exalava antes uma nuvenzinha azulada, quase fétida.

— Onde temos nós a cabeça, senhor Nharreluga?
— Desculpe, patrão.
— Nunca ouviu dizer que basta uma peça podre para estragar um cesto inteiro? Que um só reacionário pode comprometer toda a revolução? — E, ameaçador: — Não ouve o seu Presidente? Não está vigilante?

Tito voltava a desculpar-se, cabisbaixo, apalpando a fruta.

Nos dias em que tudo corria bem, clientes entrando e saindo, a fruta viçosa e os panos cheirando, Valgy era um patrão alegre e mais humanitário. Punha de lado a sua autoritária vigilância e olhava com outros olhos o empregado, nessas alturas promovido a colaborador. Comentava um pormenor ridículo de quem passava em frente à porta, pedia até opinião sobre as muitas coisas que não entendia nesta nova ordem. Se estava num desses dias e conseguia prever a decadência da fruta, costumava até dar alguma ao empregado.

— Titosse — dizia — leva para casa essa fruta que está a estragar-se. Se não atrai bicho aqui para a loja.

Dando, não gostava contudo de dizer que dava. Tinha sempre de achar uma justificação que afastasse a sensação de que perdia alguma coisa. 'Leva-a para casa, Titosse, dá-a às crianças que assim atenuas-me as perdas', costumava dizer, algo enigmaticamente. Nharreluga obedecia, ficando sem saber se recebia um favor ou se era ele que o fazia.

Um dia foi um pequeno saco de cominhos que pareciam a Valgy estar ficando velhos e perdendo o cheiro, seu atributo principal.

– Vocês não sabem comer, Titosse – lá vinha a justificação. – Cozem o peixe em água, cozem a couve, fica tudo sem sabor, coitados! Quando a nossa comida é triste nós próprios acabamos também tristes. Põe este tempero logo ao jantar e vais ver como fica bom.

Será que Valgy, o vizinho do nariz aguçado, tinha inveja dos sucessos culinários de Judite? Nharreluga, também ele há muito que notara o cheiro bom dos cominhos, particular no meio dos outros cheiros, e encheu-se de satisfação. Agradeceu. E quando regressava a casa nessa tarde, veio-lhe uma ideia.

Chegou, tomou banho e ficou rondando Judite, que fritava as suas bagias no quintal.

– Mulher – disse-lhe. – Experimenta pôr um pouco deste pó na massa das tuas bagias. Vais ver que fica melhor.

Será que Tito gostava mesmo do cheiro dos cominhos? Ou procurava uma forma de conseguir parte no sucesso de Judite?

Ela abriu o saquinho, cheirou e franziu o nariz. Não era mau, podia ser até que desse certo. Mas não foi isso que deixou transparecer:

– Não sei se os clientes vão gostar – disse. – É que eles habituaram-se, conhecem o sabor das bagias da Judite. Se eu mudo, vão estranhar. E se estranham deixam de comprar.

10
Sons de domingo

Josefate Mbeve entrou em tronco nu na varanda do primeiro andar, expondo a sua barriga descomunal; assobiando baixinho como faz todos os domingos, por ser um dia em que não é obrigado a trabalhar. Por isso acorda sempre cedo e de bom humor, mais ainda depois que o abrigo de Filimone se inundou, devolvendo-lhe este dia sagrado. Sagrado por Deus, apesar da revolução.

A revolução! A revolução é coisa boa, sentimo-lo na carne. Josefate deve muito à revolução. Foi ela que lhe permitiu trocar a casa de madeira-e-zinco de Xinhambanine (ou Bairro Luís Cabral, como agora se diz – ainda e sempre os nomes!) por esta de cimento, casa grande onde cabe a família inteirinha. Onde caberia até a avó, não fosse ela tão desconfiada.

Josefate deixa a mente passear, mirar e remirar esta nossa revolução que é espaçosa e geral, onde cabe toda a gente. No meio dela o primo Antoninho, mais particular. 'Obrigado, primo Antoninho!', murmura com satisfação ao mesmo tempo que pousa cuidadosamente o seu velho saxofone no parapeito da varanda. Olha ainda uma vez para dentro, para o quarto onde a farta Antonieta ressona copiosamente. 'Tanto pior', pensa, 'isto já não são horas de dormir'.

Na rua, que o sol em breve começará a queimar, não se vê vivalma. É esta a altura em que as coisas se suspendem. Daqui a pouco as casas serão pequenas oficinas onde se fabrica a vida doméstica de todos os dias: a água cantando nos canos quando a há, o fogo aceso, as pessoas discutindo ou rindo conforme o humor com que acordaram. As crianças mais lestas a recomeçar, entrando ou saindo a correr desde cedo, num corrupio; os adultos mais lentos, pela responsabilidade maior que lhes pesa. Mais tarde ficará a rua invadida de acontecimentos, rotineiros uns, inesperados outros, e nós, transpirando com o calor, ver-nos-emos obrigados a responder a tudo aquilo que surge e do qual não podemos escapar, ou então criaremos nós próprios – com palavras e com gestos – os fios que prenderão outros nessa teia. Mais tarde, a Rua 513.2 será uma fita de areia branca sob o sol cru, onde ardem e se esgotam os humores e paciências, os pássaros e lagartos de língua de fora, os cães colados às sombras dos muros, os moradores às das árvores e das casas. Mas não ainda. Não ainda neste breve momento em que a noite se foi mas se veem ainda os seus traços na folhagem umedecida, no asmático respirar das rolas. Neste breve momento em que o sol é ainda apenas uma ameaça voando baixo, largando uma luz oblíqua que acaricia em vez de queimar.

Mbeve volta a pegar no saxofone para o observar com minúcia, para testar a elasticidade das válvulas que há muito começaram a dar de si, deixando escapar pelas juntas um ar que abastarda algumas notas e confere a outras inesperados volumes. Talvez seja da provecta idade do instrumento, talvez das difíceis condições em que foi mantido na velha casa de Xinhambanine, sempre a fugir à chuva para um canto e para o outro, na companhia das balalaicas. Seja como for, este fato entristece-o. Não que isso seja importante para o caso pois no bar do Hotel Africano, onde toca duas vezes por semana – às sextas e sábados, entre as nove e a meia-noite – a moda são agora os ritmos vincados em que a repetição, que faz vibrar os corpos por fora, conta mais que o sentimento, que os eriça por dentro. Onde se espera, portanto, que o saxofone martele mais que ondule, cicie ou sussurre. Mas Mbeve, já entrado nos cinquentas, não consegue libertar-se das velhas melodias em que a precisão das notas e a sutileza dos timbres contam tanto ou mais que esse alegre martelar. Em que há suspiros roucos, súbitas impaciências, variações que tanto trabalho dão a conseguir e só se conseguem se estiver cada coisa em seu lugar para que pareçam simples e naturais. 'Fazer mexer o corpo é muito fácil, basta ter dentro os tempos certos e estes instigarem', murmura. Já mexer com a alma é outra coisa, requer que se deixe no caminho o acessório para podermos chegar leves à simplicidade. 'Evoluir é descomplicar', conclui. Mas como chegar às elaboradas simplicidades de um Coltrane, lendo e reinventando os estados de alma do grande Monk, se as notas que sopra não vêm sozinhas, têm sempre a acompanhá-las outras notas clandestinas e rebeldes – algumas delas parecendo mesmo cansadas dos muitos anos, molhadas da muita umidade que o instrumento já leva no lombo? Mbeve volta a abanar a cabeça, desta vez para afastar o fugaz momento de desânimo que envolve estes seus pensamentos. De qualquer forma é este, não outro, o seu instrumento. Comprou-o aos poucos a um músico português que atuava no Polana e acabou por ir-se embora sem lhe cobrar as últimas prestações. Nem na imaginação mais delirante pode antever quando terá acesso a outro, nestes tempos de austeridade revolucionária.

A revolução é coisa boa, sentimo-lo na carne. Mas é também coisa fechada. Não lhe resta, assim, se não habituar-se a estes sons desencontrados, procurar mediar este conflito entre notas legítimas e infiltradas; e disfarçar, disfarçar muito para que aqueles que o ouvem não suspeitem desta intestina batalha. O que vale é que eles são pouco exigentes, mais ali para o engate e a cerveja – quando a há – que para dificultar a vida aos músicos. E ainda bem, pois de contrário cortar-lhe-iam no subsídio de que bem precisa para compor o salário e ser capaz de arcar com as despesas da nova vida, na nova casa.

Envolvido nestas e noutras dominicais considerações, Mbeve ajusta a palheta de bambu e leva o instrumento à boca. Em seguida, já novamente alegre, sopra com toda a força dos seus cinquentenários pulmões. Primeiro algumas escalas – para cima e para baixo, para aquecer e domar o arisco saxofone – depois as notas iniciais de um roufenho *'Round Midnight*, que se espalham rua fora em direção ao mar, tanto as legítimas como as outras. Empurradas pelo resto da brisa noturna que ficou.

Notas que são recebidas de muito má vontade pela generalidade dos moradores ainda meio adormecidos, a deduzir dos protestos que saem dispersos pelas janelas das casas.

– Pouco barulho!

Talvez queiram ainda o silêncio. Ou então é a distorção operada entre intenção e produto que lhes traz uma melodia desconhecida e duvidosa. 'Rua sem cultura musical!', resmunga Josefate despeitado, passando a língua pelos lábios e preparando-se para lhes conceder uma segunda oportunidade.

Reconheceu contudo a melodia a velha Arminda de Sousa que, da penumbra do quarto onde Antonieta Mbeve ressona, lhe lança lá para fora:

– Mais valia que estivesses calado, Josefate. Sabes lá o que é um *'Round Midnight* a sério!

Josefate, surpreendido por esta proximidade entre a megera e o grande Monk, cala-se. Reflete se deve ou não responder-lhe. Poderia argumentar, por exemplo, que o reconhecimento que ela fez da melodia é já em si uma comprovação de que ele de alguma forma a soube tocar. Mas não vale a pena discutir com Arminda, que ele sabe inamovível nas suas posições. E, de resto, os outros voltam a intrometer-se de longe, o crescendo de poucos barulhos continuando a avisar do generalizado e pouco positivo impacto das suas tentativas musicais.

O sol concluiu a sua rápida subida e, do seu poleiro, já castiga. Embaixo, as casas começam lentamente a funcionar. Gente que entra e sai, portas batendo. De modo que Josefate Mbeve se cala, arruma o velho instrumento na caixa e volta para dentro, até porque não quer despertar as atenções do Secretário Filimone, que mora mesmo ao lado e deve estar a sair para a interminável reunião de domingo, na sede local do Partido. Não vá ele convidá-lo a ir também.

* * *

Arminda espera-o sentada na borda da cama, sempre pronta aos seus diálogos.

– A culpa não é tua, Josefate. Nunca te ensinaram como deve ser. Havias de ter visto como era o bar onde agora tocas, nos bons velhos tempos. Quando essa espelunca ainda se chamava Hotel Lisboa. Aliás, fizeram bem em mudar-lhe o nome porque entre um e outro já nada há em comum a não ser a mesma rua e o mesmo lugar.

— Pois — responde Mbeve, despeitado — não posso ter visto o que se passava lá dentro. Nessa altura os pretos ficavam à porta, ou já te esqueceste como era? Mas ouvíamos outra música que a vós nem passava pela cabeça!

— Imagino — diz Arminda, ironizando — os batuques e tudo o mais.

Mbeve faz um esforço para se conter. Prometeu a si próprio que nada lhe estragaria o domingo e quer cumprir essa promessa. O que não é fácil pois Arminda abusa do estatuto que tem, deixando, enquanto se intromete com as suas ironias, que as saias subam e exponham as pernas escanzeladas, num desprendimento só aparentemente descuidado. Ali mesmo, a vinte centímetros da anafada Antonieta, que transpira e ressona sem cessar; essa sim, completamente desprendida.

Olhando as duas, Mbeve não consegue deixar de refletir nas desigualdades da natureza: como pode uma ser tão magra e a outra tão gorda? Uma tão clara e a outra tão escurinha? Uma tão cara ao seu sentimento e a outra tão seca e inoportuna? Perguntas que, todavia, não passam de subterfúgios para não ter de encarar o constrangimento que os gestos pretensamente sensuais de Arminda de Sousa lhe provocam.

— Nunca te ensinaram o que é o respeito, velha vadia? Por que não desapareces daqui de uma vez por todas? Esta casa já não é tua, o tempo do colono já se foi! — Mbeve quase se esquece da promessa e começa a ficar deveras irritado.

— Calma, Josefate — diz Arminda, contemporizando. — Estava só a meter-me contigo.

— És tu, Josefate? — Agora é Antonieta despertando, remexendo-se na cama com ruído. — Não sabes que os domingos são para descansar? Tu e essa mania de acordar cedo, de tocar corneta logo de manhã. Já não estás na tropa, marido, anda mas é dormir.

— Eu não disse que era melhor ficares calado, Josefate? — novamente Arminda, metediça, sempre a querer armar confusão.

Mbeve ainda tenta responder-lhes. A uma que se vá afogar

no mar ali em frente, à outra que um saxofone não é uma corneta, por mais precisado que o seu instrumento esteja de uma boa revisão. Mas o riso trocista da primeira e o desinteresse ensonado da segunda fazem-no desistir. Responder a qualquer delas seria enveredar por uma interminável discussão que lhe ocuparia toda a manhã. Definitivamente, não é isso que quer. De modo que encolhe os ombros, desinteressado daqueles enredos que tentam impor-lhe, e sai do quarto em busca de outro ambiente.

* * *

Cá embaixo, as crianças já brincam no quintal. Josefate senta o seu pesado corpo no banquinho de madeira, põe a filha mais nova ao colo e grita à sobrinha que lhe traga o chá e vá chamar os dois rapazes mais velhos, que ainda dormem. Talvez acabe por ir à praia com eles.

Mbeve é um artista. Não pelo simples fato de tocar saxofone (seria simplista a redução, pois há quem toque e não passe de um mero funcionário de sons), mas porque, embora o faça para complementar o salário, a música é para ele o principal. Passa o dia de trabalho na Fábrica de Cerveja em emprego de secretaria – às voltas com guias de remessa, papéis de importação de levedura, chatices com os conservantes – mas a sua cabeça foge quase sempre para o saxofone. Tremem-lhe as anafadas carnes só de pensar nele. O instrumento dá-lhe poder, não só pela música mas por tudo o que a envolve: as palmas regulares, os hurras e os gritos sempre que um solo mais livre, num dia em que as válvulas estejam efetivamente vedando, comprova a sua mestria. Embora por fora seja um amanuense que toca nas horas vagas, por dentro sente-se um incompreendido e moçambicano Coltrane disfarçado de funcionário. Ao contrário dos normais artistas, sempre confiantes de que a sua hora acabará por chegar um dia, Josefate conclui com tristeza que a dele lhe passou ao largo. Não só devido à idade, ao fato de ter começado tarde a descobrir que, por detrás dos sons que os padres lhe ensinavam havia outros mais próximos daquilo que sentia, mas também por causa da geografia: quem iria reparar que num canto perdido de África há um músico com imenso potencial à espera de ser descoberto? Além disso, os tempos que correm também não ajudam, cada vez mais a revolução tirando espaço às alegrias de cada um para poder espraiar uma alegria só, imensa e coletiva. Para que, tal como no resto, também em termos de alegrias não haja ricos nem pobres. Por isso é cada vez maior a desconfiança das influências estrangeiras que possam entrar pelas fronteiras, sem dúvida para vir conspurcar esta nossa alegria coletiva que tanto custou a conquistar. Claro que sempre pode abrilhantar as reuniões políticas de domingo com o seu velho instrumento, quando o bar do Hotel Africano acabar inevitavelmente por fechar, por falta de cerveja, de autorizações ou de outra coisa qualquer. Tocaria músicas revolucionárias acompanhando um coro de mamanas gordas como ele. Sem querer com isso diminuir as referidas canções, não é perspectiva que o satisfaça. Lembra-lhe demasiadamente os tempos da igreja, quando aprendeu a tocar e se esperava dele que debitasse fraseados tão diferentes mas, também, tão igualmente previsíveis.

Afaga levemente a cabeça da filha que tem ao colo e prova o chá que entretanto lhe chegou.

– Esses miúdos acordam ou não acordam?

Talvez se nessas reuniões políticas houvesse um espaço, antes ou depois, onde o povo pudesse ouvi-lo de verdade, tocando não o que as pessoas tão bem conhecem – e que por isso dificilmente despertaria nelas mais do que um automatismo físico e vocal – mas novas melodias, fazendo-lhes sentir o poder do velho Monk, a magia de Coltrane. Explicar-lhes-ia que também eles foram negros rejeitados, também eles combateram pela liberdade. A liberdade da música! Talvez que assim, aos poucos, os dirigentes viessem a reconhecer o erro e a conceder vistos de entrada a esse cortejo de gigantes, tão próximos de nós mas ao mesmo tempo tão desconhecidos.

Esta ideia, que é já quase um plano, provoca nele, no entanto, um grande cansaço. Imagina-se falando com o Secretário Filimone Tembe, dizendo-lhe: 'Camarada Secretário, vou apresentar-lhe

os sons de um velho amigo meu que não conhece, chamado Thelonious Monk'. E Filimone, desconfiado do nome estrangeiro, perguntando se esse nome se escrevia com dois ks e qual era a sua origem. 'Com um k só e é norte-americano, camarada Secretário', seria Josefate forçado a dizer um pouco a medo, prevendo já o desfecho. E Filimone: 'Logo vi! Com um nome desses não podia ser um camarada!'
É tudo tão difícil! Olha em volta, para o quintal que é um espaço onde colhe a sensação de plenitude e conseguimento. O limoeiro e a mangueira como se fossem já seus velhos conhecidos; os canteiros de flores de Antonieta; o muro que os separa do quintal do vizinho.

* * *

E é quando passeia os olhos por cima do muro, distraído, que dá com o vizinho Teles Nhantumbo espreitando do outro lado. Que lhe diz:
— Então, camarada Josefate, como vai isso?
A família Nhantumbo é uma família tranquila e organizada. Teles parte e chega todos os dias à hora certa, de balalaica sempre impecavelmente engomada, neste único ponto parecendo-se consigo. A sua esposa Alice não lhe fica atrás, o vestido ou a capulana de trazer por casa sempre parecendo novos, de cores brilhantes, tão diferentes das velhas e baças capulanas de Antonieta. Além de excelente dona de casa, dona Alice é também a professora da escola primária do bairro, controlando com grande mestria um irrequieto bando de crianças. É avara nas punições, embora recorra a elas com alguma firmeza sempre que se afiguram necessárias. Por outro lado, mostra-se pródiga a premiar, talvez um tudo-nada excessiva mesmo, segundo alguns pais. No final das contas feitas é uma professora da qual a rua se pode orgulhar. E os dois pequenos Nhantumbos são obedientes e atilados. 'Quem me dera que o Chiquinho e o Cosmito fossem estudiosos como eles!', suspira Josefate. Os Nhantumbos jantam na sala, contrariamente aos Mbeves que fazem das refeições sessões barulhentas e

confusas no quintal, com ordens de Antonieta dadas aos berros, panelas entornadas, cheiros emaranhados e filharada a correr e a brincar por cima de tudo isso. Recolhem cedo, os Nhantumbos, e às dez da noite o número 4 onde habitam mergulha numa escuridão serena, salvo por vezes o quarto do canto onde uma luzinha só indica que Teles Júnior, o filho mais velho, faz ainda os trabalhos escolares.

Josefate volta a suspirar, surdamente humilhado com estas mesquinhas comparações mas não conseguindo evitar concluir que se os Mbeves fossem como os Nhantumbos, assim tão organizados, talvez a sua hora tivesse mesmo chegado e ele fosse hoje um grande músico, um músico de que os moçambicanos se pudessem orgulhar.

– Camarada Josefate, está tudo bem? – insiste o vizinho Teles, do outro lado do muro. Estranhando aquele ar absorto.

– Está tudo bem, camarada Teles – responde, ainda ausente.

– Bem mesmo? É que parece preocupado...

E está. O domingo começou mal, apesar de todas as tentativas em contrário. Só lhe vêm pensamentos negativos. Alguns que pode contar como são, outros que são só para guardar.

Teles ouve calado os desabafos de Josefate. Diz-lhe que não se preocupe, que problemas tem toda a gente.

– Até eu, vizinho, até eu. Meti-me num negócio de pesca que me tem dado grandes dores de cabeça.

Josefate, intimamente, quase inveja as dores de cabeça do vizinho. Negócios de pesca só podem ser coisa boa, muito dinheiro. E continuam falando de pequenas coisas até que Teles Nhantumbo o interrompe serenamente, para dizer:

– Ouça, aquilo que estava a tocar há pouco na varanda não era o 'Round Midnight?

– Tentava ser, vizinho Teles. Tentava ser.

– Olhe que não estava nada mal. E posso dizê-lo porque conheço bem.

– Bondade sua – diz Josefate.

E sorri, enquanto Chiquinho e Cosmito chegam para ir à praia. Demorado, o seu alegre domingo acaba finalmente por chegar.

Crônica da Rua 513.2

11
O comício

Hoje as lojas e as repartições estão fechadas porque nenhuma atividade se pode sobrepor à alegria suprema que é recebermos no nosso seio o camarada máximo (a loja de Valgy por uma segunda razão, por calhar num dos dias em que vem atrasado e envergando a sua *djelaba*). Uma alegria que nos foi pedida como se pede uma tarefa; uma tarefa que cumpriremos custe o que custar porque somos assim, cumprimos com o que nos pedem. As nossas casas estão também fechadas porque é na rua que desempenhamos essa tarefa. As varandas dos prédios, em vez de roupa a secar têm hoje grandes faixas onde se lê "Bem-vindo Camarada!", e são lugares proibidos por um dia porque o camarada supremo não pode ser visto lá de cima. As estradas estão também desertas porque nenhum veículo pode competir com a limusine que transporta o venerando camarada.

Pelo contrário, os passeios devem estar cheios de gente acenando, as flores devem ser muitas para que o camarada maior, ao lançar em redor os potentes holofotes do seu olhar, encontre esta alegria muito nossa que hoje queremos alardear, esta disposição popular de acolher bem.

O representante central dos povos veio de longe. Apesar da sua provecta idade, dispôs-se a atravessar metade do mundo para nos vir cumprimentar assim de perto. Escrever não bastava porque podíamos não entender a sua língua, a sua letra estranha e miudinha; podíamos nem sequer saber ler. Era preciso que nos víssemos, nós e ele, cara a cara; que os nossos olhares se cruzassem. Mas o camarada com cê grande chegou de olhar ausente, um olhar que varre por cima das nossas cabeças, e nós, as varandas vazias, sem poder varrer o nosso olhar por cima dele nesta era de igualdade!

O grande camarada, visto assim de longe, parece ele próprio

longínquo. Compreende-se, se tivermos em conta a distância que teve de percorrer para nos vir visitar, que é tão imensa que se entranhou na sua pele e nos seus olhos e tornou a ambos distantes. Por um momento receamos pelo povo irmão. Será que no regresso, finda esta visita, conseguirá o camarada dirigente lavar-se dessa distância e voltar a parecer-lhes próximo? Ou será antes que a distância se entranhou nele de tal forma que já não há sabão milagreiro que a possa remover? Tememos por eles e por ele.

O querido camarada, assim de longe, é também muito branco, tão branco quanto o papel antes de sobre ele se escreverem os dizeres; antes de se firmar o acordo que sem dúvida nós e ele iremos estabelecer. Talvez seja assim porque na sua terra não cai sol, dizem uns; talvez porque o besuntaram com um creme especial para poder enfrentar o sol que temos, que é alegre e risonho mas também sabe ser cruel. Se chover a nossa chuva repentina, pesada e vertical – a chuva que tudo lava – tirar-se-ão a limpo essas possíveis verdades, ver-se-á de que cor é ele afinal.

Tem ainda, o maior dos camaradas, uma saudação que é leve, quase imperceptível. E repetida, para cima e para baixo, para cima e para baixo, quase maquinal. Que nos seja perdoado o atrevimento da comparação, como se de um boneco ao qual deram corda se tratasse. Um ursinho de peluche. Ou então como se quisesse cumprimentar os presentes um a um, 'Bom dia camarada, bom dia camarada, bom dia camarada...', até se completar o povo inteiro.

A seu lado, o Presidente Samora procura traduzir. Embaraçado com aquela enigmática expressão, multiplica as interpelações ao povo para que o outro lhe possa seguir o exemplo. Levanta o conhecido braço autoritário, o dedo em riste, e traça ali mesmo em andamento as diretivas, olhando de soslaio para ver se o outro faz na mesma. Mas o rei dos camaradas, nada! Continua com o seu gesto manso que afinal não é um cumprimento, para cima e para baixo, para cima e para baixo. Talvez até desaprove intimamente os excessos do nosso Presidente, talvez ache que com tanta proximidade o colega se arrisque a perder autoridade. E o povo vê a diferença, intrigado. Será que gostam assim na terra dele? Será que é o nosso que se excede?

Percorrem as artérias principais uma a uma, em ritmo lento e naquele contraste: um com o punho em cima, o outro de olhar em baixo. Um percurso que o nosso bem receber faz intricado para que o querido visitante, olhando-lhes os nomes, se possa sentir como se estivesse em sua casa: Avenida Karl Marx, Avenida Vladimir Lenine, Rua Frederich Engels, e ele *Spassiba! Spassiba!*, agradado. Samora ri também o seu riso público de dentes arejados, e quando ri parece querer dizer 'Fala camarada Nikolai Viktorovich, diz qualquer coisa ou os meus vão pensar que és de cera, que não passas de uma estátua'. De uma mecânica estátua.

Esgotadas as ruas com nomes revolucionários, é forçoso que passem às ruas das datas e, finalmente, às dos números; e que acabem por entrar na Rua 513.2 passando devagar, cumprimentando aqui e além. O recém-chegado camarada finalmente mais disposto a intervir.

* * *

À direita, um olhar reprovador para as gelosias cerradas de Valgy que, estando em dia não, resmunga não querer recebê-los. Estivesse em dia sim e talvez chegassem a negociar. É que as coisas estão difíceis, o *stock* da loja do comerciante começa finalmente a fraquejar: um determinado cetim que não chega e há muito é procurado, uma certa fruta que subitamente se faz rara. Se fosse antigamente, o camarada visitante levaria daqui café da Namaacha e tabacos da Gorongosa para o seu narguilé, e enviaria em troca os bonitos bordados que dizem haver na sua terra, para que ambos os negócios se espevitassem, cada um à sua maneira: Valgy afagando os tais bordados e apreciando-lhes o sabor, o camarada estrangeiro inspirando aromas e fumos para recuperar alguma cor. De qualquer maneira, que passe amanhã na loja e combine com Titosse, se for cedo e Valgy ainda não tiver chegado.

Em seguida, um ligeiro aceno para o senhor Costa, que não tem ar de ser de cá mas tampouco parece inimigo. 'Depois me dirão qualquer coisa sobre este', parece segredar o ilustre visitante para alguém que toma notas. E o Costa embasbacado, no íntimo igualmente anotando para que a mulher, com o atraso de uma semana, se possa embasbacar também.

À esquerda, 'Bom dia camarada Nhantumbo, que tal vai o banco popular? E, já agora, que tal vão os seus negócios mais privados? Tem pescado muito? (Não negue, sei-o de fonte segura, disseram-mo as minhas informações)'. E o Teles admirado, dizendo que não, que deve haver ali algum engano. Mas estão já no assunto seguinte: 'E diga à sua Alice que não descure os conteúdos lá na escola, que não se esqueça de que as mentalidades se preparam desde pequenas!'

Adiante.

– Bom dia camarada... como é mesmo o seu nome, que os meus não anotaram?

Nharreluga devolve-lhe um olhar perdido do meio dos escombros do Doutor Pestana, dirigido às vistosas fardas dos homens dos presidentes. Quase disse, 'Não sou de cá, cheguei aqui ao engano pensando que era outra coisa. Tenho ambições muito antigas mas um emprego que é ainda provisório, moro numa casa também ela provisória. Por mim, voltava para casa da minha mãe a fim de lhe acender uma fogueira que ela tem muito exigente, de lhe pescar os xaréus a que é muito apegada. Mas é que já tenho família, uma família só minha, e custa-me muito deixá-los. Nem sequer sei se gostam das bagias de Maputo lá na terra de onde venho, caso em que, levando a minha Judite, me decidiria'. Foi isso que quase disse, mas demora a responder, a cozinhar esta resposta, e é Judite que se apresta, mais hábil nos cozinhados, mais lesta no mundo real:

– O nome é Tito Nharreluga, excelências, e Judite sou eu mesma, mãe destas duas crianças, cozinheira de bagias.

Chegava finalmente a sua hora, agarrava-se a ela com unhas e dentes. Falou. Mas para o querido camarada foi como se tivesse ficado calada: desconhecia a nossa língua, eram outros os seus hábitos alimentares. Bagias? Que fruto exótico era esse? Seria um fruto exportável?

Samora, ao lado, abriu o seu amplo e presidencial sorriso. Curioso, quis saber que bagias eram essas. E Judite estremeceu: chegava mesmo a sua hora! Olhou o marido, a seu lado, e lamentou que lhes tivesse faltado a crença pois de outro modo Tito poderia muito bem estar usando a farda nova, a farda de general das bagias. Samora preparou-se para provar, enquanto Judite abria o seu enigmático sorriso. 'Prova uma, uma só, camarada Presidente, e o meu sonho será real!', pensava ela com toda a força de que era capaz, imaginando tabuleiros inteiros de bagias seguindo atrás de futuras e presidenciais requisições, transportados por severos funcionários fardados que as provavam às escondidas. Visitantes como este que nos visita agora, também provando, também eles ficando enredados no mistério das bagias, solicitando alguns pacotes para levar para casa a fim de que os respectivos povos pudessem provar também. E, com o aumento da exportação, aumentando também a fama internacional, e a economia desta nossa República Popular das Bagias! 'Uma só, camarada Presidente, uma só e o meu sonho será real!'

Samora, bom hospedeiro, pegou numa bagia e estendeu-a ao colega Presidente:

– Prove uma, meu irmão, conheça a nossa gastronomia, nesta que é mais uma forma de trocarmos experiências. Quando lá for, será a minha vez de provar o que quer que cozinhem na vossa terra, bagias de caviar ou coisa que o valha.

E aos presentes, atentos ao gesto, crescia-lhes a água na boca.

Porém, o camarada irmão, num gesto trêmulo e algo desconfiado, afastou para longe da sua boca a mão do nosso Presidente. Sabe-se lá o estrago que faria uma bagia dessas desfazendo-se nos seus venerandos interiores: o piripiri na delicada língua que é branca como o papel antes da fala a colorir; o nosso óleo clandestino no oficial intestino. E o Presidente Samora, bem-educado, não querendo ser ele o único a provar (ficando o outro apenas olhando e salivando indecisões), devolveu com certa pena a bagia ao tabuleiro. E Judite, desalentada, regressou à sua antiga condição. E o cortejo seguiu lentamente o seu caminho, com dona Aurora Pestana, da varanda, a abanar reprovadoramente a cabeça: 'Será que ninguém dá uma oportunidade à rapariga?'

Depois, são breves instantes à porta de um Josefate Mbeve hoje muito sorridente, o polidíssimo saxofone na mão, sábios arames apertando as válvulas para lhe esconder as mazelas, pronto a entabular uma melodia que assinale as boas-vindas que a rua apresenta a tão ilustres visitantes; isto é, se houver tempo e a música não os enfastiar. É isso que tenta, esperando no íntimo que o instrumento se comporte à altura do momento, que dele saia um *'Round Midnight* minimamente escorreito, pelo menos tão escorreito quanto aquele de que o Teles tanto gostou. Introduzirá o grande Monk ao ilustre camarada, o ilustre camarada ao grande Monk, e talvez que, contatando-se assim os dois diretamente, o mundo se componha. Mas é o próprio camarada visitante quem lhe interrompe o discurso que se prepara para fazer, em que as palavras seriam notas musicais, embora talvez desafinadas notas musicais. E que toma, desta feita, a iniciativa:

– Então, camarada Mbeve, que tal vai o seu trabalho? Operário da Fábrica de Cervejas, não é? Muito bem, disso é que é preciso! E já agora, que tal vai o saxofone? Maroto! Pensa que eu não sei das suas despropositadas divagações? Tocando músicas ocidentais, tomando as dores de outras melancolias, de outros protestos? Experimente a *Kalinka*, esse ritmo mais alegre e mais vincado, mais do interesse dos povos, e vai ver que passam os pequenos maus humores que lhe importunam os dias.

Mbeve sorri, embaraçado. Quer explicar ao camarada soviético que o instrumento é uma herança colonial, que já só debita sussurros, mais adequado portanto aos intimismos existenciais do que às marchas militares.

– Olhe, porque não tenta a balalaica, esse tão nobre instrumento musical, esse instrumento universal?

E Mbeve, timidamente:

– Tento-a todos os dias, excelência, engomada pela minha Antonieta – e, aprestando disponibilidade para alguma doação: – mas o que me fazia falta mesmo era tentar um casaco de fazenda como o do meu primo Antoninho, desses que se usam com gravata.

Equívocos que não se podem desfazer porque o tempo é escasso e o cortejo tem de prosseguir o seu caminho.

Passam à porta seguinte:

– Bom dia, meu querido camarada Tembe – e desta vez o estrangeiro dirigente é mais loquaz.

Filimone enche-se de alegria perante interpelação tão direta.

– Sou eu próprio, excelência, um militante de base ao seu dispor, que já arriscou a vida no tempo de um tal Inspetor Monteiro, o cabecilha dos reacionários. Não sei se chegou a ouvir falar. Ele acabou por ir-se embora (Filimone diz meia verdade), expulso como um cão tinhoso pelas massas populares. Quanto a nós, estamos presentemente afadigados a cavar a nova ordem, embora em alguns aspectos metendo água, mais precisamente água do mar (corajosamente, não omite o espeleológico delírio revolucionário que teve). E o povo desta rua é muito trabalhador, embora um pouco indisciplinado.

O ilustre camarada franze o sobrolho. Não lhe constava que houvesse problemas, pensava que estava tudo drenado, que a disciplina era um dado adquirido. Quer saber da natureza da indisciplina, se é só uma natural rebeldia derivada da tenra idade que a revolução ainda leva, ou se chega a haver mesmo dissidência. Mas o Presidente Samora, ao lado, faz sinal que sigam para a porta seguinte: interessam-lhe menos os militantes já conquistados, mais aqueles que é preciso conquistar.

Adiante.

– Bom dia camarada Ferraz (se é assim que você se chama e se é que é mesmo camarada).

Ferraz, atrapalhado, esfrega as mãos ao desperdício para a eventualidade dos presidentes quererem apertar-lhe a direita. Ao lado, dona Guilhermina, beata até mais não, olha o cortejo enlevada porque acha que será desta maneira, cheia de luzes e sons, que chegará um dia até Fátima para cumprir velha promessa. Se Deus assim o quiser.

O cortejo avança sem se deter no número 10, a casa do Comandante Santiago Muianga, que está quase sempre ausente na frente de combate. As motos abrindo o caminho com lamentos arrastados que angustiam os transeuntes, a limusine a meio, carros escuros e cheios de gente atrás. Por momentos pareceu essa agitada fila ficar indecisa entre o ir e o parar. Mas não faria sentido ir mais além até porque deixa de haver estrada digna de ser chamada assim, substituída por caminhos estreitos e sem nome ou número, caminhos que serpenteiam por entre as palhotas onde o cortejo correria o risco de se fragmentar, de perder a sua identidade de cortejo. Cada mota para seu lado, a limusine sozinha, os carros escuros perdidos numa ansiosa e cega indagação. Imagine-se o primeiro camarada sem a proteção do cortejo, desprovido daquela comprida aura, transformado em pessoa quase comum não fosse o aspecto que tem, avançando de porta em porta das palhotas – quando estas têm portas – procurando entabular os diálogos de há pouco. E os moradores, pouco letrados, confundindo tudo, achando estar na presença de um ilustre vendedor, dizendo lá de dentro que não, que não querem bíblias nem panfletos, que não querem abraçar uma nova religião. 'Mas, camaradas, são edições cuidadas as que tenho para vender, são da MIR (será que ouviram falar?), em vários tomos, capas grossas, bom papel, conteúdo ideologicamente seguro e muito, muitíssimo baratas'. O povo relutaria, fingindo indecisões para não parecer indelicado: 'Sabe como é, meu senhor, nós por nós até comprávamos, um livro serve para muita coisa, para a instrução como até para embrulhar o peixe e o pão (diz você que é bom papel), mas esse pouco de que fala para nós é muito, o barato é sempre caro quando não se tem quase nada. Desculpe-nos, não é por mal, experimente na porta seguinte, talvez haja lá quem precise'. E o camarada vendedor atarantado, de livros na mão, sem saber o que fazer-lhes. Suando este nosso calor.

Não, o cortejo não irá mais além, para não correr esses riscos e também porque é aqui, no início da Rua 513.2, que vai ter lugar o comício.

* * *

Esperamos nós – a maré com as suas vagas – de olhos brilhantes, como um corpo só. Há os que já não temem fardas nem cães nem chambocos, a vaga dos antigos prisioneiros; há as operárias do caju com suas filhas aprendizes, os magros camponeses com as notas musicais penduradas nas costelas, arquejando a seca.

Crônica da Rua 513.2

Esperamos todos nós cada qual com sua ideia, todas elas insondáveis vistas assim de longe, camaradas estrangeiros. Eu aqui, por exemplo, disseram-me que viesse com a roupa domingueira e segui à risca a diretiva. Por acaso roupa herdada de meu pai que não a gastou totalmente em vida, poupado que era. Eu aqui fermentando dentro da melhor fazenda colonial antiga, fazenda de cantina do mato, com toda esta umidade por dentro mas por fora elegantíssimo. Pelo menos assim acho, o remendo mal se nota. Aquele meu camarada ali tem uma roupa recente, mais moderna, mas em contrapartida de origem mais desconhecida. Sabe lá ele quem a vestiu no passado, o cheiro é estranho, muito diferente do cheiro do meu pai, embora ele hoje, a cheirar, cheirasse a falecido. Cansaram-se os prévios donos da roupa do meu camarada que ela os defendesse dos invernos escandinavos – ou cansaram-se mesmo desses invernos, quem sabe, e estarão cheirando ao cheiro que cheiraria o meu pai – e mandaram-na para cá a fim de que o novo dono tivesse com que se defender dos verões meridionais. Felpuda a despropósito, desajustada na forma, ingênua na cor. Fermentando eu? Esperem para o ver a ele daqui a pouco, embora o bem que lhe faz a ostentação seja maior que o desconforto que o calor lhe possa trazer. Mais além há um terceiro quase nu, os ombros brilhantes, os músculos retesados e os ossos estalando. Preparando-se para a dança da recepção aos presidentes. Dança-la-á quando lhe ordenarem que o faça. E há mais vinte ou trinta iguais, todos com as nossas capulanas com estampados animais ferozes de ingênua expressão, todos com um ar rebelde e violento sem que saiba o estrangeiro camarada se tal se deve à tensão da espera, se por assim obrigar a encenação, ou ainda por outra obscura razão. Desconhece-lhes o íntimo, teme-lhes a intenção. Vejam como os pés disformes batem no chão seguindo estranho sortilégio, em certíssimo compasso, com fragor, fazendo tremer a terra nas suas entranhas, levantando por cima uma nuvem vermelha de poeira que dá ao sol um tom ensanguentado. E o compasso aumenta a tensão da espera e a tensão acelera o compasso num encadeamento que parece não ter fim, um encadeamento feito de repetições, de urgências e de febres. Por isso, o agora tímido camarada assusta-se ligeiramente, neste contexto que lhe é desconhecido. Os tambores troam num uníssono que é só deles, e o compasso é cada vez mais apertado, como se montasse um cerco. Agitam-se os homens da segurança, tão perdidos quanto ele. 'Que misto de alegria e fúria é este?', interrogam para os rádios que zumbem, as suas antenas eriçadas como agulhas procurando alinhavar entre si uma resposta que cale aquele mar rebelde e ondulante, escuro e ameaçador. De umas antenas para as outras silvam estas mensagens nervosas em língua estrangeira: 'É preciso proteger o camarada Presidente!' Mas como fazê-lo se não conseguem distinguir o que daquilo é intenção e o que é genuíno entusiasmo e empenhamento? Afastam o povo com ríspidos modos, como se também eles dançassem ao som frenético dos tambores. O povo ri-se, pensa que é isso que eles tentam fazer embora sem a destreza dos que nasceram aqui, que trazem o compasso dissolvido no sangue. Ri-se e valoriza porque o que conta é a boa vontade, a intenção. Mas, ai deles!, que a intenção é aqui também muito diversa. E é quando os tambores estão possessos e o momento seguinte se afigura imprevisível – nós pensando uma coisa, eles outra – que se estabelece um súbito e sepulcral silêncio, que tudo se cala num movimento ensaiado que quisesse esticar os nervos até ao limite. Quase os engolimos com a nossa alegria, quase nos maltratam com suas erradas certezas. Eles pensando uma coisa, nós outra.

Tudo agora é atenção e expectativa.

**

O Presidente Samora avança: punhos nas ancas e cabeça levantada, a pala do boné virada para o céu. O sorriso aberto faiscando. Uma farda pingo-de-chuva engomadíssima, imitando aquela com que lutou; as calças com uns bolsos de lado que ainda virão a ser moda; as rutilantes botas militares. Pisa com elas o palco improvisado, aproxima-se do microfone, bate nele três vezes – Toc! Toc! Toc! – com aquele poderoso indicador que, à uma, admoesta e aponta o futuro, para verificar se está tudo em ordem e funcionando, se esse mesmo microfone está capaz de ampliar a poderosa gargalhada que agora vai soltar.

Solta-a. O povo ri também.

Começa com modos vagos, sondando detalhes e apreciando diferenças, rindo muito de um laçarote azul aqui, de um chapéu amarelo além. 'Povo colorido', pensa. 'Quem diz que o povo é cinzento não sabe do que fala'. Afaga com os olhos algumas crianças acocoradas na frente, põe-se a assobiar baixinho. Tão baixinho que quase só ele ouve esse assobio terno e cruel. Talvez uma toada infantil de quando ele próprio era criança, como se quisesse dizer que a mensagem que traz é para todas as crianças, virada para o potencial e para o futuro. Pelo menos é esta a suposição daqueles que estão sentados no palanque, ministros e governadores, dignitários estrangeiros.

Depois, Samora eleva ligeiramente o assobio e o povo descobre que a toada não é essa, é outra, talvez da ilha da Inhaca, de quando o Presidente era enfermeiro. O assobio com que esperava, nas insulares manhãs soalheiras, a camponesa de dedo esfolado pela pá da enxada, o pescador padecendo a dor silenciosa e curva do anzol espetado no pé. Uma toada que o povo inventa já, familiar, e se prepara para acompanhar. Mais um pouco, para que tenha a certeza, e fá-lo-á. Mas, tal como os dignitários se enganaram, também o povo se engana.

Samora assobia agora alto, surpreendendo o pequeno grupo que tem nas costas, admirando o mar de gente que inunda o espaço à sua frente. Porque o que assobia é o velho e esquecido hino da Mocidade Portuguesa: "Minhas botas velhas cardadas, palmilhando léguas sem fim...".

A surpresa é geral.

Fá-lo do princípio ao fim, vincando o crescendo do compasso militar com quase entusiasmo, provocando um limpar do suor das testas com os lenços, um alargar dos colarinhos, movimentos desconfortados nas cadeiras. Na frente, o mar expectante e colorido.

Depois, Samora interrompe-se subitamente e grita:

– Fascistas!
Fascistas? Uma onda de agitação percorre o povo. Não de culpa porque esta só atinge pessoas, nunca um mar de gente assim. É a agitação curiosa de quem espera para ver qual será, desta vez, a alegoria que ele vai edificar, e em cima de quem se irá ela abater.

Percorri esta mesma rua quando aqui cheguei, há muito tempo. Pisava o chão com cuidado, para que não me acusassem de nada.

Vem à lembrança do povo a identificação minuciosa como inteiros dicionários, extensos números, fórmulas herméticas que traduziam a culpa de cada um.

Era um tempo em que a soberba se espalhava pelas ruas, se sentia em toda a parte. Senhoras perfumadas gritando com os mainatos ('Traz-me isto! Faz-me aquilo!'), cavalheiros para quem esses mainatos eram quase transparentes, perdidos que estavam na sua rotina de vícios, de dinheiro e de amantes.

– Ouviram?
Ouvimos!

Certamente, o Presidente confundia a Rua 513.2, rua modesta, com uma luxuosa avenida de Sommerschield ou com as vistas serenas e largas do Miradouro. Exagerava. Mas não é o exagero – esse traço grosso – um suporte da metáfora? E não é a metáfora – essa louca ponte entre mundos diferentes, entre passado e presente, entre intenção e ação, entre sonho e padecimento até – uma forma sagaz de nos levar a desnudar o verdadeiro sentido das coisas?

Trabalhei aqui, nesta mesma rua, como moleque de fora. Fiz recados, podei buganvílias, escamei peixe, acendi o carvão do churrasco dos patrões, limpei o quintal, enfim, fui pau para todo o serviço.

Podou? Escamou? Acendeu? Limpou? Talvez sim, talvez não. É a metáfora funcionando, essa inédita construção crescendo e tomando a forma do real, poderosa alavanca que ele utiliza para poder chegar aonde quer, ponte eficaz para atravessar o rio de problemas que ele pensa que o povo tem. Para o povo é já a realidade, para os moradores da rua um embaraço, um grande constrangimento.

— Quem de vocês foi moleque como eu?
Atrás, que é para onde dirige a pergunta, faz-se silêncio. Achando que o passado está derrotado e enterrado, que é portanto para esquecer, incomoda-se o palanque.

Depois, cansei-me desta ordem falsa feita de coisas pretensamente arrumadas mas, na realidade, todas fora do lugar. Fui para longe, denunciei, organizei, combati. Os donos desta rua afadigavam-se tentando contrariar-nos. Mas não há dique que segure o mar furioso, não há vela que trave o sopro do vento. No íntimo, sempre soube que haveria de voltar a esta rua, a este lugar. E poderia ficar todo o dia a falar-vos desse esforço que fizemos para poder estar hoje aqui entre moçambicanos (descontava os convidados). Mas não, não é isso que eu quero.

Chega agora ao essencial. E para que o povo possa tomar fôlego antes de ouvir o que tem para dizer, faz uma pausa. Olha novamente em volta, certificando-se de que está tudo nos devidos lugares. O povo escutando com atenção. Acende o interesse popular para nele poder colher a sua própria inspiração. Os dignatários atrás, em receosa expectativa. O frágil convidado limpando o calor do pescoço com a mão trêmula e muito branca.

Prossegue, apoiando-se agora na botânica.

A nossa vida é como uma árvore. O futuro são os seus ramos que queremos frondosos, o passado as raízes. Só que, meus amigos, temos aqui um problema, um sério problema!

Faz uma pausa, para permitir que uma muda e coletiva interrogação se consolide. Que problema será esse?

Uma das raízes é boa, feita desse combate que travamos, e é essa raiz que temos de alimentar para que a árvore possa crescer. Mas há também uma raiz má, uma raiz que é necessário amputar antes que a árvore seque ou apodreça. É a raiz do passado de vergonha e de traição, o passado desta rua!

— Fascistas!

Novamente a acusação. Uma acusação que não se dirige a ninguém, que é atirada para o ar para que caia dentro da multidão e esta possa tomar conta dela.

— Como se chamava ele, camaradas?

Dispara a pergunta, da qual já tem a resposta. Mas fá-la mesmo assim, para que seja o povo a responder.
— Como se chamava o vosso Inspetor?
Monteiro é a resposta que está no pensamento do povo. Mas ninguém ousa abrir a boca, como se saber fosse aqui culpa. Será por vergonha desse passado que afinal ainda não está tão bem enterrado? Será pela recusa de assumir como um dos seus o Inspetor? Duvidam. Nosso Inspetor, camarada Presidente?
Samora vê as coisas de outra maneira. Sente que as massas ainda estão tensas, desconfiadas. Procura afagá-las como a brisa suave penteia o capinzal. Na falta de uma resposta, é ele que a traz:
— Aquele que castigou o povo chamava-se Monteiro, meus amigos. Chamava-se Monteiro, camaradas!
Amigos para os ganhar, camaradas para os pôr em movimento.
— Fixem bem este nome: Inspetor Monteiro! E era aqui da vossa rua. Fascista! Onde morava esse Inspetor?
O Secretário Filimone Tembe agita-se na cadeira do canto. Olha para trás, para onde está Elisa, sentada no chão com as outras mulheres. Olha-a e pensa que teria valido a pena terem-se mudado para a casa do Doutor Pestana, o escombro dos Nharrelugas. Com chuva, explosões elétricas e tudo.
— Onde morava esse Inspetor? Onde morava essa cobra peçonhenta? — é novamente o Presidente, olhando Filimone nos olhos, sabendo que ele conhece a resposta.
O povo também sabe onde morou o Inspetor. Sabe onde mora o Secretário, coitado. Elisa também procura Filimone com uma ponta de remorso. Tivesse ela sido mais ousada, menos temente dos feitiços da casa de dona Aurora, e estariam hoje lá morando, protegidos do incômodo que agora ronda o seu marido (Judite continuaria então vendendo as bagias onde calhasse, mas isso não vem agora ao caso).
'Morava onde agora moro eu, camarada Presidente, mas isso já todos sabemos', pensa Filimone com toda a força de que é capaz. 'Siga adiante no seu discurso, procure outros inimigos que esse já me deu dores de cabeça que cheguem. Poupe-me, vá, que eu já tenho de lidar com o maldito Inspetor todos os dias!'

É só isto que transmite o olhar de Filimone.

E não é que o Presidente o poupa mesmo, seguindo por outro caminho?! Não é culpados que busca desta vez, por agora basta-lhe semear intranquilidades para poder oferecer proteções.

– Disseram-me que até prostitutas aqui moraram nesta rua, meus amigos. Um antro de prostitutas finas! – Agora é Arminda de Sousa que o Presidente visa, desinteressado já de Monteiro. – Destruíam a nossa cultura para nos forçar a seguir a deles, que eles próprios, por sua vez, abandonavam. Pregavam a moralidade mas eram devassos. Para, no final, nós sermos um povo virtuoso e obediente. E eles, serem o quê?

Silêncio.

– Serem o quê?

Antonieta quase se levanta para esclarecer o mal-entendido. Arminda não é tudo isso que o Presidente diz. Também ela no início assim pensou, mas depois percebeu que era maneira de ser que ela tinha, que não havia ali maldade. 'Por ela quase ponho as mãos no fogo, camarada Presidente', diria Antonieta corajosamente, se lhe fosse perguntado; se Josefate não estivesse a seu lado e, por conhecê-la bem, não lhe tivesse posto a mão no braço para que permanecesse calada.

Mas o Presidente fez apenas uma menção leve, não quer aprofundar o assunto dado que o dia já vai avançado. Segue, pois, para as conclusões.

Inspetores da Pide, prostitutas, ladrões engravatados, exploradores do povo, tudo isso a vossa rua produziu profusamente, meus amigos. E eu aproveito estarmos aqui todos juntos para vos perguntar se esta é já uma rua transformada, se já deram cabo dessa corja.

– Deram ou não deram, camaradas?

Silêncio.

O povo acha que é uma dessas perguntas que são feitas para ficar assim mesmo, sem resposta.

– Deram ou não deram?

E eles calados, refletindo. Antonieta pensando nas novidades que tem para contar a Arminda. Filimone odiando Monteiro de maneira redobrada.

– Demos!
Em vista da resistência dos da rua, acabamos por ser nós a responder. Nós, o povo dos subúrbios, nós que vivemos em exíguas palhotas onde os únicos ruídos estranhos é a chuva que os faz martelando as chapas de zinco, quando cai; o sapo coaxando na poça da chuva que caiu; o cão latindo à lua quando a chuva já se foi e a noite volta a estar cheia de estrelas. Nós, em cujos sonhos magros nunca houve sequer lugar para estes agentes do passado.

Rapidamente, cumprido o seu propósito de levar o povo a comprometer-se com o futuro, o Presidente passa então a introduzir o ilustre visitante, que pouco diz, defasado que está destes nossos domésticos meandros ('De que estarão eles falando?', perguntava-se no seu idioma, enquanto tudo isto acontecia). Titubeia nessa língua imperceptível, faz promessas, agradece e despede-se. O passado dele é outro, mais longínquo, o que se compreende: é um homem de provecta idade. Quanto ao futuro que terá, embora esteja para breve e seja feio, ninguém ainda o adivinha.

Aplaudimos mesmo assim o camarada convidado. Tratamos bem os nossos hóspedes. De punho no ar e a plenos pulmões, somos generosos a dar os vivas que nos pedem, aqueles que forem necessários.

–Viva isto! Viva aquilo!

* * *

De regresso por onde veio, o cortejo vai agora mais veloz; atrasado que está o programa oficial. Nada de cumprimentos particulares porque quem se perfila à janela são desta feita aqueles que os presidentes não conseguem ver. A começar pelo gordo Marques com o seu caderno preto na mão, para anotar, ao lado do *Studebaker* do senhor Soromenho, um velho *Bentley* de luxo, propriedade da Presidência da República Popular de Moçambique, dando boleia ao excelentíssimo camarada Podgorni para que ele possa vir neste passeio. Marques, pouco dado à política e às divisões (um cliente é sempre um cliente!), rejubila com tamanha honraria, prepara-se para a eventualidade daquele carro se avariar à sua porta, pisar uma pedra e furar um pneu, descomandarem-se-lhe as válvulas ou outra maleita qualquer, e vai aprestando as ferramentas para que a intervenção seja sem mácula. 'Vou pô-lo a ronronar como um gatinho', assevera. Mas o carro prossegue incólume e ele é ignorado pelo cortejo.

Um pouco adiante, do outro lado, o Inspector Monteiro, com um despeito renovado pelos ecos do comício, gostaria de ter coragem para disparar a sua *Parabellum* de 9 milímetros contra a figura de cera que ali vai imóvel, assente sobre a motorizada peanha que o Marques ainda agora se responsabilizou por manter em andamento e ronronando. Mas Monteiro é, sempre foi e será um covarde. As suas balas são como eram as suas palavras: malévolas mas pequenas, tão pequenas que já não podem fazer mal a ninguém.

Logo a seguir, a rouca e caducada Arminda, devassa que só ela, grita descarada da varanda dos Mbeves um 'Chega-te aqui, avozinho estrangeiro, que ainda sou mulher para te ensinar uma coisa ou duas, ainda sou capaz de te pôr a sonhar sonhos diferentes daqueles que pareces ter!' Mas o velho camarada, tolhido pelo pudor, nem lhe responde. Ou então porque não entende o português.

Em frente, o Doutor Pestana estuda o caso com atenção, enquanto dona Aurora se persigna repetidamente (nunca tinha visto um comunista de verdade e foi logo calhar-lhe o principal!). Como dois bonecos de corda, o camarada acena e dona Aurora persigna-se, ele acena e ela persigna-se. E ficariam assim os dois neste secreto diálogo até a corda se acabar – o camarada com ar de quem viu o inimigo, dona Aurora com ar de quem viu o diabo – não fosse o cortejo ter de seguir em frente e romper-se assim esta particular ligação.

Emoções a mais para um velho coração revolucionário que começa a dar de si e, a um gesto quase imperceptível de quem tem por dever zelar por estas coisas, dispara o cortejo pela rua fora com outra velocidade, silvando e bufando, deixando atrás de si um torvelinho de pó e não se detendo sequer para que seja dirigido ao menos um último aceno ao louco Valgy, perdido do velho mundo e com um difícil lugar no novo.

12
Unidade, trabalho e vigilância

Em resultado do comício azedaram ainda mais as relações em casa dos Tembes. Se antes Filimone via em Monteiro uma má lembrança do passado, passou desde então a vê-lo como uma ameaça no presente, o inimigo interno que era preciso aniquilar. Isso compreende-se, se tivermos em conta o calafrio por que passou o pobre Secretário em resultado das presidenciais menções. Certa vez, no silêncio que se seguia às inevitáveis altercações sempre que visitava os Tembes, o Inspector Monteiro, sentado na costumeira poltrona, deixou escapar enigmaticamente:

– Queixas-te de mim, ó Tembe, mas nem sabes a sorte que tens. Os teus gordos vizinhos não se podem gabar do mesmo. – Referia-se aos Mbeves.

– Como assim? – perguntou Filimone.

– Ao menos tens um inimigo de corpo inteiro (uma maneira de pôr as coisas, bem sei), que te diz frontalmente o que pensa e só não te enfrenta a sério porque não pode. Sabes bem onde estarias, se eu pudesse.

Filimone encarou-o com rancor. O que lhe doía mais era a recíproca ser igualmente verdadeira. Quem lhe dera ter maneira de atingir o seu velho inimigo. Com confiança nas novas realidades, retorquiu:

– Um dia acharemos maneira de dar cabo de todos os reacionários que sobraram, tanto os presentes como aqueles que se infiltram na memória!

– Deixa-te de tretas, ó Tembe.

Elisa, a um canto, incomodava-se com a tensão provocada por estas visitas, cada vez mais frequentes. O Inspector entrava por ali adentro quando Filimone não estava – sabendo bem que dá mau aspecto haver visitas em casa quando não está o dono dela, apenas a esposa – acendia cigarros uns atrás dos outros espalhando a cinza pelo chão, vasculhava os papéis de Filimone como se ainda estivesse no ativo, falava com ela procurando criar intrigas e, por fim, quando Filimone chegava, pegavam-se invariavelmente os dois em acesas discussões. Sempre o mesmo!

– Por que é que vocês não conversam com mais calma? – sugeriu ela. – Com calma é que a gente se pode entender.

– Está calada, Elisa, não te metas – rosnou Monteiro sem olhar para ela.

– Está calada, mulher – ameaçou Filimone, por uma vez concordando com o opositor.

E Elisa foi forçada a calar-se e a ficar no seu canto.

Que quereria o Inspetor dizer com a referência aos vizinhos?

Conhecedor das reticências de Monteiro, Filimone sabia que de pouco lhe valia perguntar. Todavia, a curiosidade era o seu grande vício, e por isso perguntou:

– O que é que os Mbeves têm em casa que nós não temos?

– Não és tu e o teu Partido que descobrem sempre tudo? – disse Monteiro, à laia de resposta. Riu o seu riso escarninho e nada mais acrescentou para além dos três pontinhos, as costumeiras reticências.

Filimone fingiu-se desinteressado, fez mesmo um esforço para pensar noutras coisas ('Ele só quer intrigar-me, nada mais que isso'), mas, para grande irritação, não pôde deixar de passar a olhar os Mbeves de uma nova e desconfiada maneira. Afinal, eles haviam chegado à rua trazidos por terceiros (no caso o Diretor Antoninho, um camarada que ele nem sabia bem quem era), quando o normal seria terem falado primeiro com as autoridades locais – ou seja, com ele – solicitando autorização para ocupar aquela casa. Ainda por cima uma casa exatamente ao lado da sua! É certo que o Secretário não estava ali há muito tempo, talvez Josefate Mbeve tivesse mesmo conseguido o *arranjo* antes da sua chegada uma vez que estas coisas levam o seu tempo. De qualquer maneira, isso não dava aos Mbeves o direito de entrarem na rua com ares importantes, como se tudo fosse deles, instalando-se para morar e só depois informando as autoridades políticas. Ainda por cima fazendo-se difíceis quando convocados para o trabalho coletivo de domingo.

E vinham agora aquelas insinuações de Monteiro. Que esconderiam eles em casa? Pensando na sofisticação de que as manobras do inimigo se podem revestir, achou que era sua obrigação investigar.

Fez uma primeira tentativa de o saber com base nos recursos de que dispunha – não dizia o Presidente Samora que era preciso contarmos com as nossas próprias forças? – ou seja, pondo a mulher a funcionar.

– Elisa – disse-lhe – preciso de falar contigo muito a sério.

E explicou. Talvez se passasse algo de muito grave em casa dos novos vizinhos, algo que era preciso investigar.

– Lá estás tu com as investigações! – respondeu ela, pensando numa casa arruinada por cujas paredes escorria água. – Isso dá sempre problema. Deixa os Mbeves viverem a vida deles, são boas pessoas.

Filimone entristecia-se por vezes com o feitio da mulher. Gostava dela, era ajuizada, mas notava-lhe uma certa resistência, talvez porque lhe faltasse escolaridade ou então porque tivesse pouca consciência política, coitada. E, munido de uma grande paciência, tanto insistiu que Elisa, embora relutante, acabou por aceitar ajudá-lo na tarefa.

– Só por curiosidade, Filimone, só por isso.

Elisa era também muito curiosa.

***

A coisa correu mal logo de início uma vez que Antonieta Mbeve não tardou a desconfiar. A princípio apenas levemente, quando Elisa lhe bateu à porta da cozinha à procura de um pouco de sal, olhando para outros lados que não os olhos da interlocutora, tanto quando pediu como quando agradeceu. Antonieta não gostou porque é normalmente para os olhos que olhamos quando falamos com alguém. A rapariga não, pelo menos dessa vez. Olhava as escadas, o corredor atrás da porta entreaberta.

Até para baixo da mesa da cozinha Antonieta a surpreendeu a olhar, quando se virou para ir buscar o sal. E intrigou-se com esse gesto da jovem vizinha, esticando o pescoço como uma girafa. 'É curiosa, coitada', pensou, como se isso fosse uma doença de que Elisa padecesse. 'É curiosa e não sabe disfarçar. Há gente assim'.

Não disse nada, dessa vez. Mas, da vez seguinte em que a surpreendeu empoleirada no muro a espreitar, o pescoço de girafa retesado apontando na sua direção, Antonieta achou que era demais:

– Perdeste alguma coisa, vizinha? – disse-lhe, já carrancuda.

– Estava a ver se encontrava o meu pano do chão – respondeu Elisa, aflita.

Pano do chão? No alto dos muros?

Mais tarde, quando Josefate regressou do emprego Antonieta contou-lhe as suas desconfianças. 'Os Tembes querem alguma coisa aqui de casa', disse-lhe, embora não estivesse certa do que era.

Entretanto, Elisa, que não era parva, também notara as desconfianças da vizinha. E nesse mesmo dia comunicou a Filimone que, no que lhe dizia respeito a investigação terminara.

– Já chega, marido – disse. – Nem sequer sei do que estou à procura e eles já desconfiam de mim. Ou desistimos ou daqui para a frente o problema é só teu.

Filimone, que conhecia bem o feitio da mulher, foi obrigado a mudar a abordagem, procurando agora apoiar-se em recursos mais institucionais. Contatou o Ministério das Obras Públicas e Habitação, tentando obter informações sobre uma certa casa com o número 6, na Rua 513.2, em Maputo. Lamentavelmente, fez porém a pergunta errada pois que em vez de ir direito ao assunto, querendo saber quem lá morara no passado, perguntou antes em que condições tinha ela sido cedida aos Mbeves. Pergunta estranha, maliciosa mesmo, que só se faz quando se quer tramar alguém.

O Diretor Antoninho, avisado do caso, contra-atacou de imediato descendo à seção de atendimento ao público e exigindo credenciais a quem fazia semelhante pergunta. Filimone, que não se queria expor, começou com evasivas, meteu os pés pelas mãos e acabou por ir-se embora com o rabo entre as pernas.

Antoninho, embora vencedor naquela curta refrega não deixou por isso de sentir um desagradável calor. Seria a velha Arminda de Sousa tentando regressar de onde raio estava para lhe complicar a vida? Seria alguém interessado na casa? Seria finalmente, e no pior dos casos, alguma inspeção curiosa da maneira como o Diretor Antoninho distribuía as casas do Estado? Perguntou-se tudo isto alargando o nó da gravata e praguejando surdamente. 'Andam atrás de mim, deve ser isso!'

Tratou logo de telefonar a Josefate: 'Andam atrás de ti, deve ser isso!', disse, exagerando e pondo os Mbeves em alvoroço. 'Ou pelo menos da tua casa. Se aí forem avisa-me, mostra-lhes o contrato de arrendamento, aguenta-te!'.

Pela cabeça de Josefate passou então muita coisa: a velha casa de Xinhambanine com a mãe lá dentro ('Eu bem sabia que dava nisto! Esse Antoninho é assim desde pequeno, não é agora que vai mudar!'), a cerveja desperdiçada naquele negócio, as lamentações de Antonieta que não tardariam a voltar. Desarvorado, interpelou Arminda no quarto, querendo saber se aquilo era obra dela.

– Conheço o teu gênero – disse-lhe. – Metes-te aqui, ganhas intimidade com Antonieta para saber da nossa vida depois dás o golpe. Traidora!

– Estás maluco, Josefate? –respondeu ela, indignada. – Para que raio havia eu de querer a casa, vais dizer-me? Logo eu! – Lembrava-se da terrível solidão que ali vivera, os *Favel* fumados no escuro da varanda para ajudar a engolir a partida do que restava do Capristano mais a família, o futuro vazio na frente. Achava os tempos atuais muito melhores.

E Josefate não tinha como prosseguir.

* * *

Na casa ao lado, fracassada a segunda investida, o incansável Secretário tratou logo de seguir por novo caminho. Contatou o Serviço Nacional de Segurança Popular procurando informações sobre uns certos Mbeves. Nestes tempos em que a revolução dava ainda os primeiros passos todo o cuidado era pouco, justificava-se ele, politizando a questão. 'Camaradas, é necessário investigar esses Mbeves sem perda de tempo!'.

E os serviços investigaram. Investigaram em Xinhambanine onde antigos vizinhos disseram que os Mbeves, no seu tempo, ouviam rádio aos berros e a desoras, sabe-se lá por que motivos; tomavam banho no quintal, discutiam muito, e pouco mais. Visitaram mesmo a avó, que não se intimidou e lhes disse que se quisessem falar com o filho que fossem procurá-lo na nova casa ou então no serviço, não ali onde ele ia cada vez menos, o mal-agradecido. Investigaram em seguida na Fábrica de Cerveja, onde Josefate tinha fama de trabalhador mediano, folgazão, amigo da música e nada mais. E concluíram: talvez houvesse problemas com outros Mbeves (Mbeves há muitos), mas com aqueles não havia nada de estranho. Eram uns Mbeves normais.

Descontente com o Serviço Nacional de Segurança Popular, Filimone ainda tentou propor à própria sede do Partido, em carta timbrada, uma investigação mais específica sobre os resquícios do passado. A proposta foi contudo mal recebida: 'A revolução é marxista-leninista, camarada', disseram, 'e o marxismo-leninismo é materialista. Resquícios desses não existem nem de um lado nem do outro da barricada!'. Comentavam ainda que o pensamento do camarada Secretário Tembe andava confuso, que precisava de ler mais, de estudar melhor as orientações. E isso provocou-lhe um desagradável calafrio.

Mas enquanto dava este passo atrás, Filimone pensava já nos dois seguintes que daria para diante. Estava-lhe na natureza não desistir. Voltou a concentrar a atenção na rua. Meteria ele próprio a mão na massa, sem depender da incompetência de Elisa nem do desinteresse das instituições. E, na rua, descontando Valgy – que o que dizia tanto podia ser verdade como não – era o Costa quem oferecia mais garantias de ligação entre o que fora passado e o que era presente. De forma que aproveitou uma das usuais boleias no *Ford Capri* para lhe perguntar:

– Camarada Costa, lembra-se de quem vivia no número 6, no tempo antigo? Esse onde vivem hoje os Mbeves?

— Por que pergunta? — quis saber o Costa, curioso. — Isso já é passado, já é quase história. Não me diga que o camarada Secretário se interessa agora pela história!?

— Mais ou menos.

— Olhe, na casa que agora é sua morava esse facínora do Inspetor Monteiro.

Filimone mexeu-se na cadeira. Será que o Costa desconfiava de que Monteiro os visitava? O caso complicava-se.

Passou-lhe pela mente o pesadelo fugaz de um inquérito na sede do Partido, o cidadão Costa chamado a depor como testemunha, dizendo que sim, que sabia — por tê-lo visto entra e sair — das furtivas visitas do antigo Inspetor Monteiro a casa do Secretário Tembe, mas para fazer o quê desconhecia, e portanto nada podia dizer a respeito. Talvez para falarem do passado, a deduzir da inclinação recente que o camarada Secretário vinha revelando por esses assuntos. Certamente que com o fito de conhecer o inimigo para melhor o combater, como dizia a palavra de ordem. Acrescentaria isso com um brilho de falsidade cínica nos olhos, parecendo querer justificar e proteger Filimone mas, na verdade, ajudando a enterrá-lo. E a comissão de inquérito desconfiaria dessas visitas de Monteiro, desse súbito interesse do Secretário pela história, dessa sua disponibilidade para receber velhas carcaças do colonialismo em sua casa. Logo ele, que no passado tanto as havia repudiado! (O caso do Doutor Pestana não havia passado despercebido). Seria mesmo a história o tema das conversas com o reacionário Monteiro? Ou havia ali mais qualquer coisa?

— Que esse reacionário morava na casa onde hoje moro já eu sabia, camarada Costa — cortou Filimone secamente. — Quero é saber quem morava ao lado, na casa que é dos Mbeves.

— Na casa do lado? Nessa morava (deixe ver...), morava uma tal Arminda de Sousa. Mulher já entrada na idade mas com um passado obscuro, se é que me entende.

— Como assim? — Filimone não entendia. Passado obscuro tinham todos os colonos e ex-colonos, incluindo provavelmente o Costa.

— Recebia visitas em casa, homens importantes.

— Faziam reuniões políticas?
— Bem, não chamaria propriamente políticas às reuniões que faziam — disse o Costa com uma gargalhada.
Em suma, acabou ele por explicar, era uma espécie de prostituta fina.
— Ah! Percebo! — exclamou Filimone triunfante, lembrando-se das acusações levantadas pelo Presidente Samora durante o comício. Finalmente um resultado! Uma prostituta com clientes importantes, mas ainda assim uma prostituta!
— Será que o Inspetor Monteiro a visitava? — quis saber ainda Filimone.
— Não posso afirmá-lo, camarada Secretário, porque nunca vi nem tal me constou. Mas que interesse pode ter isso agora? São águas passadas.
— Tem razão, camarada Costa. Não interessa para nada.
Mas interessava. Os Mbeves albergavam uma prostituta, um resquício podre do tempo antigo que era preciso extirpar! E Filimone, agradecendo a boleia, saiu para a luz do dia que já havia ganho.

* * *

Entretanto, Antonieta Mbeve não ficara parada. Certa vez em que Elisa, do outro lado, lavava roupa no tanque e cantava a plenos pulmões, espreitou por cima do muro e disse:
— Elisa anda cá, preciso de falar contigo!
Havia qualquer coisa de autoritário naquela voz que tantas vezes punha Josefate em respeito. Naquele corpo imenso mas firme, que ocupava espaço e requeria muito alimento; e que nunca, mas mesmo nunca recuava. Por outro lado, Elisa era ainda muito nova, quase uma miúda, malandra mas habituada a obedecer. E tal como sempre se inclinara ao som da voz dos pais e de Filimone, também ao som daquela se inclinou. E prontamente largou o que estava a fazer, deu a volta e veio ver o que pretendia a vizinha Antonieta.
— Ouve lá — disse-lhe esta — Embora recentes, somos boas

vizinhas e tudo o mais. E é assim que eu quero que continue a ser. Precisas de sal, eu dou-te sal. Se amanhã for eu a precisar de piripiri (nós, os Mbeves, gostamos muito de piripiri), bato à tua porta para o pedir. Não temos problemas uma com a outra, pois não?
– É verdade, vizinha.
– Podes chamar-me Antonieta, que é como todos me chamam.
– Sim, vizinha.
– Então diz-me cá, porque é que andas sempre a espreitar-nos? O que é que eu tenho em casa que te interessa tanto?
– Nada, vizinha.

Antonieta, paciente, usou de muita argumentação, explicou de onde os Mbeves vinham, as dificuldades por que haviam passado em Xinhambanine (e de certeza não voltariam a passar, ameaçava ela vagamente), o quanto gostavam daquela rua e daquela casa, que não queriam perder nem por nada. Ao mesmo tempo segurava-lhe um braço e engrossava a voz.

Os argumentos foram sem dúvida convincentes, mas foi sobretudo a atitude de engrossar a voz, esse gesto de lhe segurar o braço, que convenceram finalmente Elisa. Que, num fio de voz, acabou por confessar:
– Está bem. Eu conto, vizinha.

E começou por dizer que por ela já há muito teria contado, que se calou para não zangar o marido, coitado, sofrendo com um problema que tinham em casa e que ele não queria ver nas bocas da rua; que a curiosidade dela fora só de saber se os vizinhos Mbeves tinham um problema idêntico, embora a curiosidade de Filimone fosse um pouco diferente, mais politizada, ligada à profissão que tinha.
– Profissão?

Sim, a difícil profissão de descobrir onde se escondia o inimigo e que planos andaria a tramar contra nós.

E como Elisa desse sinais de que ia desatar em pranto, Antonieta foi lá dentro buscar um copo de água. Deixou até amolecer um pouco a atitude sem contudo perder de vista o objetivo principal. Recomposta, Elisa prosseguiu.

Era grande o azar deles, coitados, terem logo calhado numa

casa com um resquício assim tão mau, não alguém simplesmente influenciado pelo inimigo e que pudesse arrepiar caminho mas antes o inimigo ele próprio, em pessoa. Por isso haviam tentado mudar-se para o outro lado da rua, para o número 7 ('aquele ali onde morou a dona Aurora da acácia, onde mora agora a Judite das bagias'), mas encontraram graves problemas lá também, talvez mesmo piores porque se o resquício que os atormentava odiava a revolução, o outro – que nem chegaram a conhecer bem, sem dúvida por culpa do temperamento do seu Filimone, e ela reconhecia-o por conhecer o marido melhor do que ninguém – o outro, dizia, trazia com ele todo o ódio da natureza e talvez grandes poderes. De forma que foram obrigados a retroceder, condenados a conviver com o problema que tinham; e o seu homem agitava-se, insultava, definhava, multiplicava os esforços, coitado, com medo de que os moradores e o Partido descobrissem logo ali em sua casa, que era o mesmo que dizer na residência do representante desse mesmo Partido, a ameaça de que ele próprio, esse mesmo representante, deveria proteger os moradores. Grande sinal de fraqueza, talvez até mais que isso, esse de contatar com o inimigo em pessoa. Quanto aos vizinhos Mbeves, rematava, reconhecia que lhes haviam feito mal: o marido fazendo fé nas palavras desse tal inimigo, ela cedendo à curiosidade, um vício que tem desde pequena e do qual, por mais que se esforçasse, não conseguia libertar-se. Até Filimone podia comprovar (se não estivesse no estado em que estava) que ela bem resistira, não quisera entrar naquilo e entrara para sair logo, quando realizara em que poderia resultar a investigação. Abandonara a vigilância a que antes se comprometera, e se ainda olhava para a casa dos Mbeves era por mera curiosidade, curiosidade inocente, não para descobrir coisas que fosse dizer ao marido e Secretário. Era só isso.

Antonieta ficou confusa com esta longa e lamurienta explicação.

– Elisa, estás a tentar dizer-me que também tens resquícios antigos lá em casa? – perguntou.

Tinham um, e dos piores. Talvez mesmo o pior. E fora ele quem originara o problema, denunciando os Mbeves.

Grande novidade, esta. Antonieta via já o pasmo estampado na cara de Josefate, quando lhe contasse! Despediu-se de Elisa, que tanto quisera saber mas acabara por apenas revelar sem nada colher em troca. Subiu ao quarto a contar a novidade a Arminda, que era afinal a causa de toda aquela embrulhada.

Arminda enfureceu-se. Então não é que o pulha do Monteiro, já caducado, continuava a querer persegui-la? Considerar-se frontal, logo ele que toda a vida agira pela calada! Se ele era frontal então o que seria ela que sempre recebeu os visitantes pela porta da frente sem se importar minimamente com o que pudessem pensar ou dizer os vizinhos?

– Puta sim, com muito orgulho! – rematava com a voz alterada.

E Antonieta, confundida, fazia tudo o que podia para a acalmar.

Passaram as duas o resto da tarde falando de Monteiro, uma contando e a outra ouvindo. Entretanto, chegou Josefate e passaram a ser dois a escutar.

Monteiro vivera metade da vida tomando de ponta o Capristano de Arminda. A pose do advogado, os charutos que fumava, o dinheiro que ganhava, as mulheres que andavam em volta dele como moscas atrás da fruta madura (nisso estando os dois – Arminda e Monteiro – remotamente de acordo, embora por razões diferentes: a dela mais perto do ciúme, a dele da inveja). Várias vezes o bufo tentou apanhá-lo, ao seu Capristano, mas apesar do aparato de polícias sabujos que tinha, que só atuavam de noite e à traição ('e vem agora falar-me e frontalidade!'), nunca conseguiu. Nunca se atreveu.

– Ouviram? Nunca se atreveu! – gritava.

E Antonieta, aflita, dizia-lhe que falasse baixo, que se acalmasse porque ainda lhe dava uma coisa, embora nem ela nem Josefate soubessem que coisa podia dar-lhe.

Arminda prosseguiu. Conhecia até um ou dois pormenores da vida doméstica do Inspetor, o assédio que fazia à empregada e tudo o mais ('Coitada de dona Gertrudes, a esposa!', dizia num aparte; 'Coitada da empregada!', pensava Antonieta). Sabia tudo isto de ouvir dizer e de ver por cima do muro do quintal, ou de uma janela para a outra, pois nunca em casa do maldito havia entrado, nem ele na sua.

— Fiquem descansados que ele nunca aqui entrou! — rematava, como se isso tranquilizasse Antonieta e Josefate.

Bem lhe fizera olhinhos quando ela viveu o seu auge, mas antes uma abstinência pobre e miserável que meter *aquilo* dentro de casa! E por aí fora até Antonieta e Josefate se cansarem.

* * *

À noite, depois do jantar, os Mbeves visitaram formalmente os vizinhos do lado. Embora Antonieta estivesse disposta a dizer de pé o que havia para dizer, e que os levara lá, recusando a poltrona que Elisa educadamente lhe ofereceu (a velha poltrona de Monteiro), Josefate pressionou o braço da mulher, forçando-a discretamente a sentar-se: estavam ali para pôr as coisas em pratos limpos, não para fazer inimigos.

Com a voz grossa que fazia sempre que se zangava, Antonieta contou diretamente ao Secretário Filimone aquilo que nos últimos tempos ele tanto se esforçara por saber. Que sim, que também tinham em casa um resquício permanente que não fora convidado. E que apesar desse resquício ter a reputação que tinha, eles, os Mbeves, sentiam-se com muito mais sorte que os Tembes, coitados, que tinham um resquício muito pior, pelo que lhes constava. Por isso, se o camarada Secretário precisasse de saber mais sobre o Inspetor, eles, Mbeves, estavam prontos a dar-lhe informações pois o resquício que tinham em casa as tinha que chegassem e sobrassem.

Filimone, metendo os pés pelas mãos, lá conseguiu agradecer a atenção dos vizinhos, pedir-lhes desculpa e rogar-lhes que fossem discretos em relação ao assunto. 'É que o Partido não acredita nestas coisas', rematou.

Passando mentalmente em revista a divisa que agora vigorava – unidade, trabalho e vigilância – o Secretário constatava que tentara ser o mais possível vigilante, trabalhara incansavelmente, mas falhara no entanto na busca da unidade.

E ficava-lhe a lição.

13
A sala dos retratos

Chiquinho e Cosmito Mbeve foram os primeiros a dar o sinal: na casa número 2 não se passava coisa boa. Souberam-no por lhe saltar o muro, nas suas explorações, e darem com uma casa fechada que, ao contrário das restantes não ia degenerando em escombro. Mantinha antes a grandeza distante de um palácio, mesmo se um palácio abandonado.

Espreitando através da janela do vetusto salão térreo, pela nesga de um pesado reposteiro que escurecia tudo lá dentro, conseguiram as crianças descobrir paredes cheias de retratos. Retratos de homens barbudos, um dos quais lhes piscou um olho na altura em que espreitavam. Ficaram sem saber se era por o ofuscar a luz vinda de fora ou se o que o retrato queria mesmo era meter conversa. De qualquer maneira, fugiram a sete pés sem lhe responder e sem grande vontade de lá voltar.

Ali não se passava coisa boa.

Essa casa fechada, a primeira do lado direito mesmo em frente à do louco Valgy, servira desde tempos recuados como residência do diretor da velha Companhia Colonial dos Citrinos. Nesses tempos em que os hábitos eram outros, iam os diretores morrendo um a um, da idade ou da malária, e, sempre que um se ia punham-lhe o retrato na parede e tratavam de mandar vir outro que o substituísse. De modo que ia já longa a fila de retratos quando chegou a revolução para a interromper.

Havia-os amarelos e antigos, encimados por capacetes de cortiça com um botão no cocuruto; havia-os também mais modernos, com chapéus de feltro à Salazar. Em comum, tinham as barbas e o olhar sisudo com que vigiavam, na penumbra, o salão. Aquele mesmo por cujas janelas Chiquinho e Cosmito espreitaram, quase se arrependendo de o ter feito.

Josefate Mbeve preocupou-se quando as crianças lhe contaram o sucedido. Retratos piscando o olho? Não era de fato coisa boa. E ainda não tinha tido tempo de decidir se duvidava das crianças ou acreditava nelas, se as castigava para que aprendessem a não mentir ou se admirava antes com a história os vizinhos mais chegados, quando um zambeziano jovem, escuro e esguio, entrou com algum aparato naquela mesma casa para lá morar. Chamava-se Alberto Pedrosa.

Pedrosa era o diretor provisório da nova CCC EE – a Companhia Colonial de Citrinos, Empresa Estatal – nome também provisório, e até contraditório, esperando apenas a decisão das autoridades competentes para passar a ser CNC, ou CMC, ou mesmo CRC – Nacional, Moçambicana ou Revolucionária, consoante a dita decisão – embora sempre EE, Empresa Estatal. Sendo quase diretor, Pedrosa era também quase colega dos barbudos dos retratos, para tal lhe bastando as três condições de ser nomeado diretor definitivo, deixar crescer as barbas e, evidentemente, morrer. E embora tivesse urgência na primeira pelas vantagens que trazia, e a barba já lhe estivesse crescendo, tinha toda a paciência do mundo para esperar pela terceira a deduzir da vivacidade que a sua figura deixava transparecer. Pedrosa entrou para a rua com grande à-vontade: dentro de casa tratando já os barbudos dos retratos com intimidade, fora dela cumprimentando afavelmente os vizinhos que passavam, desdobrando o seu sorriso de alvos dentes, certíssimos e sem mácula, como que roubado de um velho anúncio daqueles que antes circulavam espalmados no lombo dos machimbombos coloniais: "Use Pepsodent!"

'Bom dia vizinho novo', diziam os que passavam, a caminho do trabalho ou quando regressavam dele ao fim da tarde, já um pouco mais curvados. 'Bom dia também para si', respondia o Pedrosa. Mas o bom dia dele era um bom dia especial, sempre fresco e bem cheiroso, como se dissesse 'Use Gibbs como eu e vai ver que isso melhora'. Ou, se tinha uma camisa branca vestida, sempre impecável, que 'Omo lava mais branco, meu amigo, deixe-se desses sabões ordinários e vai ver como o mundo também deixa de ser cinzento. Use sempre do melhor'. Aos passantes, vivendo um período em que as importações eram tão raras, agradava aquele otimismo que lhes fazia ver as coisas boas da vida ali tão perto, mesmo à entrada da rua. Não eram rancorosos.

* * *

Deve dizer-se em abono da justiça que não foi o Secretário Filimone quem criou, desta vez, o problema. Chegando assim às claras e já quase diretor – embora sem Guia de Marcha que explicasse a sua origem – Pedrosa devia ser certamente um camarada. Mas Josefate Mbeve, muito apegado às crianças, não tardou a lançar as sementes da suspeita. Parecia-lhe mal que o novo vizinho tivesse assustado assim os filhos com o seu exército de homens pendurados. E estavam os dois – Josefate e Filimone – já conciliados e debatendo o problema à sombra da velha acácia de dona Aurora Pestana, quando o vizinho Pedrosa, ele próprio, os convidou pela janela para tomar uma cerveja. Pedrosa zelava pela imagem, queria criar simpatias.

Entraram para a sala fresca onde um ar condicionado – coisa rara – funcionava, e sentaram-se nos sofás. Os dois convidados secando o calor que traziam de fora, Pedrosa bem-cheiroso como sempre, com ar de que nove em cada dez diretores usam Lux, mesmo se diretores provisórios como ele ainda era. E enquanto ia lá dentro buscar as tais cervejas, os dois, mãos nos joelhos e postura rígida, percorriam o compartimento com olhares curiosos: Josefate procurando evidências que incriminassem o anfitrião, Filimone sinais que reforçassem a imagem que já tinha dele, de um camarada.

– Veja, camarada Secretário: não acha algo de estranho nestas paredes? – perguntou Josefate em voz baixa.

Filimone olhou em redor, com atenção. Eram retratos, quase todos encarando os visitantes com ares sisudos.

– Não vejo onde quer chegar, camarada Josefate – acabou por responder.

– Então diga-me: não acha estranho não haver, no meio de tantos retratos, um retrato do camarada Presidente?

Era um fato. O retrato de Samora, presente em toda a parte para vigiar o andamento dos trabalhos revolucionários, manifestava uma gritante ausência naquela sala.

– Talvez o tenha no escritório – arriscou o Secretário.

– Qual escritório, qual quê!

Mesmo que lá o tivesse, não o tinha aqui na sala. E, nos complicados dias que eram os atuais, uma sala vogando sem um retrato de Samora que a guiasse era uma sala sem rumo, uma sala à deriva. Que tipo de decisões se poderiam tomar numa sala dessas?

E a abertura do Secretário em relação ao novo vizinho sofreu o primeiro abalo.

Entretanto, chegou Pedrosa com cervejas geladinhas, que serviu.

Josefate olhou as garrafas e cheirou a sua, desconfiado.

– Prove sem medo, camarada Mbeve – disse Pedrosa. – *Stella Artois*, do melhor. Cerveja importada. Há de desculpar-me mas isto não tem nada que ver com essa mixórdia que produzem lá na sua fábrica.

Josefate sobressaltou-se. Então não é que Pedrosa já descobrira que ele trabalhava na Fábrica de Cerveja?! Trocou um olhar cúmplice com Filimone, um olhar de confirmação.

Com as cervejas vieram também uns pratinhos com umas esferazinhas negras, pegajosas. Desta vez foi Filimone quem cheirou, franzindo o nariz.

– Prove à confiança, camarada Secretário – tornou Pedrosa. – É caviar importado, do melhor. Ainda há quem diga que dos nossos irmãos não vem coisa boa. Não sabem do que falam.

– O camarada devia era de provar umas bagias que cá temos – disse Filimone. Uma maneira de recusar aquele petisco suspeito sem parecer indelicado.

Pedrosa fez um trejeito de dúvida. Irônico e condescendente.

Beberam as primeiras e vieram as segundas, geladas na mesma. Continuaram falando de pequenas coisas, os dois atentos, Pedrosa dirigindo. Como bom anfitrião, procurava ser ele a fazer as despesas da conversa. Fazia-o com desprendimento, recorrendo àquele nosso velho método de descobrir novos ângulos – mais leves – de interpretação dos nossos problemas. De

rir para não ter de chorar. Perguntou pelas famílias respectivas, quis saber da rua, se já tinham construído um abrigo antiaéreo (e eles novamente entreolhando-se: até do fracasso do abrigo ele já sabia?), enfim, se a loja do bairro funcionava normalmente.
Filimone, para não ter de responder, contra-atacou:
– E o camarada, vive aqui sozinho? Não é casado?
Antes de responder, Pedrosa pediu licença para ir buscar nova rodada. Emborcavam com afinco, para matar a sede que o terrível calor atiçava. Só depois deste intervalo, que Josefate achou ter sido para ganhar tempo enquanto inventava uma resposta, Pedrosa respondeu. Fê-lo espalhando o olhar em volta, pelas paredes:
– Se vivo sozinho? Não propriamente, camaradas. Vivo com estes meus colegas aqui – e apontou os retratos, ao mesmo tempo que dava pequenos goles na cerveja importada e esboçava um sorriso também de importação.
Estava feita a confirmação. Mais rápido do que esperavam. Colegas?
– São seus colegas?
– Este aqui, sisudo – prosseguiu o diretor provisório – chama-se Imperialismo (vejam bem os seus dentinhos afiados, prontos a morder); não gosta de mim, detesta-nos a todos, ataca de surpresa.
Josefate e Filimone olharam o retrato, carrancudos. Tinham ouvido falar. Sabiam quem era.
– A seguir, aquele ali é o Taxa de Câmbio, que também nos é sempre desfavorável.
Seguiam-se outros, como o autoritário Planejamento ou, de óculos de aros grossos e olhar severo, o Contabilidade e o Auditoria. A um canto, com uma vestimenta mais modesta, o Sindicato. Pedrosa, com uma voz cada vez mais pastosa, nomeou-os todos um a um. Finalmente, tendo dado a volta completa, deteve-se no retrato do centro:
– Este é o Secretário-Geral. Chamo-lhe assim porque dizem que foi muito autoritário no seu tempo. E, também, por causa dos grandes galões, das medalhas ao peito e, claro, das suas barbas aguçadas.

Os dois olhavam, embasbacados. 'Até um Secretário-Geral ele cá tem em casa!', admirou-se Filimone. Josefate limitava-se a olhar o Secretário para ver se ele ficava finalmente convencido. 'Eu não disse, camarada Secretário?'
— Como podem ver, tenho aqui um Comitê Central todo inteirinho! — rematou Pedrosa com uma arrastada gargalhada, tocado já pelos importados vapores.
E foi buscar mais três cervejas.
Filimone arrepiou-se e comentou com Josefate num sussurro. O camarada tinha razão! Estava ali a dissidência, à distância de dez passos da sua residência! E foi nesta altura que se bandeou definitivamente para o lado de Josefate e das suas suspeitas. Um Comitê Central completo ali mesmo na sua rua, e a sede do Partido sem desconfiar de nada!

* * *

Saíram às arrecuas, um par de cervejas mais tarde. Cambaleando em direção a casa, tropeçando nos hibiscos e nas sombras. Alternando o avanço mais curto, que como se sabe é em linha reta, com lateralizações e curvas inconsequentes como se a Rua 513.2 fosse um mar revolto sacudindo dois barcos que metiam água. Um andar que ficava em Filimone pior que em Josefate, embora com a atenuante do Secretário do Partido estar de folga, e portanto menos obrigado à disciplina partidária que nas horas de serviço.
— Boa-noite, camarada! — diziam para a acácia de dona Aurora, sem esperar pela resposta.
Josefate entrou em casa aos tropeções, chocando com as paredes, e contou o sucedido com voz arrastada. Trazia com ele a prova do que há tanto suspeitava: Pedrosa não era o que parecia, Pedrosa era um homem perigoso. Bem diziam as crianças que naquela casa não se passava coisa boa! Filimone tê-lo-ia confirmado, não fosse ter prosseguido a estranha caminhada que os dois vinham fazendo, procurando também ele chegar a casa.
Seguiu-se uma discussão entre marido e mulher.

— Estás bêbado, Josefate! Estás bêbado e procuras enrolar-me! – vociferou Antonieta, acordando as crianças e pondo a casa em alvoroço.

Arminda, contrariamente ao que era hábito nas discussões dos Mbeves, não participou. Inquieta, perguntava-se que retratos seriam esses, como se eles representassem para si uma ameaça. Por mais que puxasse pela memória, não conseguia lembrar-se de presenças suspeitas na casa número 2, no tempo antigo.

— As crianças têm razão – insistia Josefate de olhar opaco, arrastando as palavras. – Vi-os todos perfilados nas paredes daquela sala. Com estes próprios olhos que a terra há de comer!

Antonieta duvidava de que aqueles olhos estivessem capazes de ver o que quer que fosse.

— Estás bêbado, Josefate! – repetia. – Estás bêbado e além disso estás a ficar igual ao Secretário, desconfiando de toda a gente. Que vergonha!

Ao lado, de olhos semicerrados, Arminda continuava a puxar pela memória, procurando situar-se no tempo de Capristanos e Monteiros. Ainda tentou pôr-se do lado de Josefate ao menos uma vez, mas o olhar furibundo de Antonieta levou-a a pôr-se no seu lugar. Tornou a refletir. Não se lembrava de movimentos suspeitos mas, a tê-los havido sem dúvida que o Inspetor Monteiro, sempre vigilante, os teria detectado.

E sugeriu:

— Por que não vão a casa do Secretário, perguntar ao Inspetor?

Antonieta olhou para ela um momento, em silêncio. Não é que era uma boa ideia?

E saiu porta fora, com as mãos nas ancas e o seu costumeiro andar autoritário. Josefate atrás, aos tropeções.

Bateram à porta, mas tiveram de esperar uma eternidade até que alguém ouvisse e viesse abrir. É que lá dentro estavam todos envolvidos noutra acesa discussão, Elisa e Monteiro zurzindo em Filimone e este defendendo-se como podia.

— A notícia das tuas asneiras ainda vai chegar à sede do Partido, marido! Depois quero ver como é! – gritava Elisa, do outro lado da porta.

– Com secretários como estes a vossa revolução há de ir longe, não há dúvida –ironizava o Inspetor.

Filimone, dada a sua condição, limitava-se a ripostar com guinchos agudos (tinha a voz fina, o Secretário), ou então calava-se, fechando os olhos e tapando os ouvidos com as mãos, desejando mais que tudo cair na poltrona ocupada por Monteiro.

Assim que Elisa ouviu e veio abrir, Monteiro escapuliu-se.

– Voz grossa, a tua! – comentou Antonieta ao entrar. – Ouvia-se lá da rua. Parecia voz de homem.

– Não era minha, era da visita –respondeu Elisa.

– Da visita?

– Quer dizer, daquele resquício que temos cá em casa...

– Ah! Sim. Esse. É ele mesmo que procuramos. Onde está?

– Fugiu assim que vos sentiu chegar. Nem sei por onde se foi.

Constrangedora a situação, se Mbeves e Tembes não conhecessem já os problemas privados uns dos outros. Os resquícios eram tímidos, esfumavam-se ao mínimo sinal de uma presença estranha dentro de casa.

Entretanto, Filimone, aproveitando a situação, arrastou-se até à almejada poltrona, finalmente vazia, e deixou-se cair em cima dela. Ansiava por um pouco de paz e de descanso.

– Filimone, meu marido! Não pense que você me escapa assim! – gritou-lhe Elisa.

Filimone fez uma careta, resignado.

– Deixa isso agora, Elisa – interrompeu Antonieta. – Há coisas mais importantes a tratar. Depois ajustas contas com ele.

Enquanto falava assim com Elisa, Antonieta encarava Josefate com severidade, como se lhe quisesse dizer que também os Mbeves tinham contas a ajustar. Mais tarde.

Explicou ao que vinham. Precisavam de tirar a limpo uma história que nascera com as crianças, crescera com Josefate, influenciara Filimone e ameaçava agora chegar à rua inteira. Um caso a necessitar de intervenção política.

– Intervenção política? Hoje? No estado em que está o meu marido? – resmungou Elisa. – Acho que a vizinha vai ter de esperar por amanhã.

— Paciência, terá de ser hoje mesmo.
O problema era urgente, Antonieta obstinada.
E por isso os Mbeves retiraram para o quintal onde ficaram matando mosquitos à palmada e praguejando no escuro, enquanto Elisa procurava convencer Monteiro a regressar, e Filimone ressonava na poltrona.
Após algum esforço, o Inspetor acabou por aceder. Todavia, surgiu novo problema pois tornou-se imperioso que Elisa convencesse Filimone a sair de cima da poltrona já que Monteiro, sentindo que necessitavam dele, se recusava a dizer o que quer que fosse sem estar convenientemente instalado. 'Ainda não aprenderam como se recebem as visitas, mas eu ensino-vos!', dizia. Embora resquício, Monteiro era um resquício de certa idade, doíam-lhe as costas, e ou falava sentado ou então nada feito.
Filimone, abanado e arrastado por Elisa, ofendeu-se também. Chegara primeiro, sentia-se no seu direito.
E estalou acesa discussão entre o resquício e Filimone, uma discussão que enveredava por um caminho muito diferente daquele que Elisa se esforçava por impor. Filimone afirmava que não saía dali por mais que os dois insistissem, pois fora o primeiro a sentar-se. Além disso, há muito que lidava com o maldito Inspetor, conhecia-lhe as reticências, achava até ingenuidade que se esperasse alguma coisa dele. 'Não me interessa nada do que você tenha para dizer!', rematou, ainda turvado pelos vapores do álcool.
Monteiro, sentindo onde estava desta vez a autoridade (era em Elisa), insistia que sem poltrona não chegaria a haver conversa.
Quem tinha razão? Quem não a tinha? Elisa, coitada, falava com um e com outro tentando resolver este aspecto preliminar para poderem passar enfim ao principal.
Mas voltava o argumento. Filimone dizia que estava em sua casa, Monteiro que a poltrona era dele.
— Não é não senhor!
— Ai não? Quem comprou a poltrona? Quem foi?
— O Inspetor nunca ouviu falar em nacionalizações? – quis saber Filimone.
Então ele explicava: a poltrona deixara de ser do Inspetor

precisamente no dia 3 de Fevereiro de 1976, dia das nacionalizações. O dia em que tudo aquilo que os moçambicanos haviam construído, e lhes tinha sido roubado, regressara finalmente à posse dos legítimos proprietários. Incluindo, claro, a poltrona.

Que proprietários? Essa era boa! Monteiro recusava-se a reconhecer valor de fato às nacionalizações, pelo menos não sem que antes Filimone apresentasse um comprovativo de ter tomado parte na construção da poltrona, e com tanto sofrimento como dizia.

Filimone, menos seguro, estendeu então as duas mãos com as palmas para cima. O Inspetor inspecionou-as com atenção e concluiu que o comprovativo não chegava.

— Esses calos podem muito bem ter sido feitos noutra atividade qualquer. Até a escrever podemos criar calos nas mãos. Por exemplo, a escrever cartas ao teu Partido, contando a vida dos outros na letra torta que é a tua — concluiu.

— Nada que você não tenha feito antes — redarguiu Filimone prontamente.

Elisa olhava para um e para o outro, espantada com o rumo que a discussão tomava.

— Basta! — gritou.

Foi nesta altura que bateram à porta. Elisa suspendeu o que estava para dizer e foi abrir.

Era novamente Antonieta.

— Então?

— Ainda estão a discutir as nacionalizações, vizinha.

Nacionalizações? Furiosa e toda picada pelos mosquitos, Antonieta fez menção de entrar para pôr ordem na sala.

— Eles vão ver com quem se metem!

— Não, vizinha! — apressou-se Elisa. — Não faça isso, se não o Inspetor volta a escapar-se e depois será quase impossível convencê-lo a regressar.

E enquanto Antonieta lhe concedia uma segunda oportunidade, regressando para junto do marido e dos mosquitos, Elisa investia novamente. Fê-lo com tanto afinco que conseguiu obter, desta vez, mais concretos resultados. Deve dizer-se que com a ajuda de Filimone que, tendo voltado a lembrar-se do Comitê

Central paralelo que Pedrosa albergava lá em casa, se arrepiou e levantou para pensar. Era preciso fazer qualquer coisa.

O álcool começava a evaporar-se.

Monteiro aproveitou a aberta para se acomodar na poltrona, já curioso também.

– Diz lá, Elisa, o que pretendes saber? – perguntou.

Elisa virou-lhe as costas e foi lá fora perguntar a Antonieta:

– Vizinha, o que quer que eu pergunte ao Inspetor?

Antonieta explicou.

Elisa voltou para dentro e colocou o problema. Depois, munida da resposta, saiu para a levar e trazer nova pergunta. Saiu, entrou, entrou, saiu, levando respostas e trazendo perguntas, enquanto os Mbeves combatiam os mosquitos. Mas Monteiro pouco adiantou. Lembrava-se, claro, do diretor da Companhia Colonial dos Citrinos, lembrava-se até de dois ou três (morriam depressa, talvez por chegarem já velhos ao posto), mas sempre os vira ali sozinhos ou então com vulgaríssimas esposas. Nada de mais. Desse tal Comitê Central paralelo nunca ouvira falar. Aliás, se tivesse, tinha-os mandado logo prender.

– No meu tempo não eram permitidos comitês centrais. Isso é coisa de comunistas!

De modo que a investigação deu em nada. Elisa ainda saiu e entrou algumas vezes, até que todos, dentro e fora, concluíram isso mesmo, que não era daquela maneira que chegariam a resultados. Por isso Antonieta e Josefate entraram, fugindo dos mosquitos e fazendo fugir Monteiro, de quem já não precisavam. E Filimone pôde enfim voltar para a poltrona, tentando conquistar o seu merecido descanso.

A nova situação obrigava a novas decisões. Decorreu então uma pequena reunião para se acertarem estratégias, finda a qual o grupo tornou a sair – Antonieta e Elisa na frente, Josefate e Filimone seguindo-as como podiam – dirigindo-se a casa de Pedrosa.

* * *

Era já tarde. Bateram. Tornaram a bater. Esperaram que se

acendesse uma luz lá em cima, num presumível quarto, e que lhes fosse perguntado da janela:
— Quem é?
— Somos nós.
Tornaram a esperar que os sons descessem as escadas, que se acendessem mais luzes cá embaixo, que fossem dadas duas voltas de chave em fechadura e, finalmente, que se abrisse a porta da entrada. Na frente, surgiu-lhes um Pedrosa com aspecto muito mais de provisório que de diretor, em tronco nu e estremunhado, embrulhado por uma capulana dessas que nem na loja de Valgy já haveria.
— Capulana de seda pura, importada — resmungou, notando que era para ela que as duas mulheres olhavam, invejosas.
Pelo adiantado da hora, por Pedrosa estar em mau estado e pela complexidade do problema, decorreram algum tempo e muitas tentativas antes que Antonieta conseguisse explicar ao diretor provisório ao que vinham. Ele que desculpasse como as coisas se passavam, o incômodo àquela hora tão tardia e, sobretudo, a sensível questão que lhe queriam colocar.
— Não faz mal — disse Pedrosa. — Estava mesmo a levantar-me quando vocês bateram à porta.
Levantar-se àquela hora? Quando todos se deitavam?
'Será que também adivinhou que nós vínhamos a esta hora?', interrogou-se Josefate. 'Na certa levantou-se para uma reunião noturna com os retratos', pensou Filimone.
Pedrosa explicou: é que lhe doía muito a cabeça (como devia estar doendo aos dois amigos que se escondiam atrás das mulheres, recuperando como podiam). Estava mesmo a levantar-se para tomar um Guronsan quando ouviu bater à porta.
— Guronsan?
Nunca tinham ouvido falar.
— Sim, um comprimido. Importado, claro.
— É droga?
— Não. É apenas um comprimido para acabar com a babalaze.
Admiraram-se. Usavam limão, água, muthluthlu de galinha ou de peixe com uma boa quantidade de piripiri, e muita, muita

paciência. De comprimidos para aquele fim nunca tinham ouvido falar.

Pedrosa convidou-os a entrar para a sala enquanto ia lá dentro buscar água para os comprimidos. Encheu três copos, atirou os comprimidos lá para dentro, deixou-os borbulhar e desfazer-se. Engoliu o líquido efervescente de um deles, de um trago só e estalando a língua, enquanto estendia os outros a Josefate e Filimone. Estes, um pouco a medo, bebericaram dos copos respectivos. O remédio revelou-se milagroso. Em breve Filimone recuperava a consciência política e Josefate a vergonha da figura que até aí fizera. Podiam enfim conversar.

Antonieta explicou: tratava-se apenas de satisfazer uma dúvida do Secretário, pequena dúvida que era de saber se o novo vizinho vivia mesmo sozinho.

Pedrosa confirmou. Sim, vivia sozinho por não ter ainda encontrado com quem casar.

As duas mulheres entreolharam-se: solteiro, aquele pedaço de homem? Ainda por cima diretor provisório?

Pedrosa achava até bizarra a questão, por já a ter esclarecido com os dois amigos durante a tarde, enquanto bebiam.

Embora Antonieta e Elisa fingissem aceitar, fingiam mal, espreitando por cima do ombro do dono da casa, na direção das paredes e dos retratos pendurados. Pedrosa não teve portanto outro remédio se não acender mais luzes na sala para que vissem tudo melhor, e voltar a apresentar os seus colegas. Foi nessa altura que as duas mulheres tiveram um primeiro contato com o tão propalado Comitê Central, enquanto Filimone e Josefate abanavam a cabeça satisfeitos, como se aquele exame significasse uma confirmação definitiva das suas conjecturas.

Antonieta e Elisa olharam os retratos um a um, com vagar e atenção. Por sua vez, todos os retratos enfrentaram o escrutínio com estoicismo, sem um piscar de olhos sequer. Embora alinhados como se estivessem numa interrompida sessão de trabalho, não se mexeram.

Concluída a vistoria, elas viraram-se para os maridos numa muda interrogação.

– É tarde, já dormem – tentou ainda Josefate.

– Ou então estão à espera da nossa saída para retomarem os trabalhos – arriscou Filimone.

Mas Antonieta e Elisa, embaraçadas e furiosas, pediram desculpa e saíram arrastando consigo Josefate e Filimone, enquanto Pedrosa, à entrada, abanava a cabeça e acendia um Marlboro importado.

14
Mbeve, o benfeitor

Um dia o saxofone avariou-se de vez. Começou por alternar loquacidades excessivas – por vezes debitando uma nota e a sua congénere de uma oitava acima em simultâneo – com o mais absoluto silêncio, inventando timbres novos e inéditos, quase sempre desagradáveis ao ouvido (agrada-nos normalmente aquilo que conhecemos). Por fim, todas essas vozes paralelas de repente se calaram, e os silêncios, que até então iam e vinham, instalaram-se numa base permanente, tristemente definitiva. Josefate Mbeve bem tentou, montando e desmontando, limpando bem, procurando mais apertadas ou lassas posições da palheta de bambu, novos ângulos de ataque, novas maneiras de insuflar as bochechas, diferentes colocações da língua. Nada! Traído pelo seu velho companheiro! O único som que dele conseguia tirar era idêntico ao da ventania vinda do Sul raspando nas árvores, o som sinistro que antecede as tempestades. Um suspiro cavo e fechado que se ficava apenas nisso, recusando abrir-se para dar lugar ao cristalino milagre da música.

Durante um tempo andou Josefate acabrunhado, avaro no dispêndio das palavras, remetido a um silêncio solidário com o do instrumento. Calada ficou também a família nessa altura, temendo que palavras desbaratadas em momentos impróprios desencadeassem a tal tempestade que o velho saxofone vinha prenunciando. 'Calem-se, crianças', murmurava Antonieta, 'não façam barulho que uma desgraça nunca vem só'. E até Arminda se colava às paredes, receosa daquilo que pudesse acontecer.

Era contudo poderoso o otimismo de Josefate, capaz de sobreviver a provações duras como esta. E acabou por suspirar com ironia amarga:

— A esta hora o português a quem devo as últimas prestações deve estar a rir-se lá no canto onde se foi meter.

Foi a última referência que fez ao problema. Ponto final. Poucos dias depois já o saxofone andava desmembrado em novos objetos com finalidades diversas, servindo de suporte às brincadeiras das crianças. O tubo central transformou-se em poderosa arma de minúsculos Gungunhanas contra um Mouzinho invasor, na batalha em que antigos vilões faziam agora de heróis, e vice-versa; o bocal era o monóculo por onde se espreitava o inimigo; a outra ponta, poderosa pá escavadora que aprofundava trincheiras e armadilhas para o surpreender, rendilhando em intricadas grutas o subsolo da Rua 513.2; e as válvulas, mortíferas munições acionadas por fisgas para ir quebrar o vidro de uma das poucas janelas ainda inteiras que o louco Valgy tinha no primeiro andar, de uma vez que fez de Kaúlza de Arriaga sem saber que fazia, comportando-se no entanto exatamente como o vilão se comportaria.

Josefate Mbeve tinha bom feitio, acomodava-se depressa às novas situações. De modo que, para surpresa geral, se revelou indiferente a este novo destino do seu velho companheiro. Se o saxofone ainda existisse, na certa o estaria agora limpando ou, se já estivesse limpo, por ele soprando para a rua das alturas da sua varanda da frente. Sem ele, permanecia calado neste último domingo do ano, orientando a imaginação e a sensibilidade – outrora presas a Monk e às suas melancolias – para a congeminação de inesperados e audaciosos planos.

Fugira do quarto, dos sonolentos roncos de Antonieta e das mordacidades da velha Arminda. Aspirava, como de costume, ao pacato domingo a que se sentia com direito. Deambulou pelo quintal inspirando com ruído o ar límpido da manhã. A sobrinha demorava com o chá, de forma que foi entrando distraído na garagem, naquele gesto maquinal de ver se estava tudo nos devidos lugares. E estava: pilhas de caixas de cerveja trepando descuidadas pelas paredes – doze garrafas cheias ou doze vazias em cada caixa – e poeira, muita poeira por toda a parte. Amaldiçoou o desleixo de ter deixado misturar vasilhame cheio e vazio pensando que bastaria simplesmente tomar o peso das caixas para as distinguir. Assim acontecera de fato a princípio, quando a quantidade era pouca, mas a coisa atingira já tais proporções que, para chegar a uma caixa cheia tinha hoje de tirar de cima dela uma boa dúzia de caixas vazias. Um tormento.

Olhando pensativo aquele cenário, Josefate foi percorrido por um vago mal-estar. E se alguém entrasse por ali adentro querendo saber o porquê de tanta cerveja, dos vestígios de tanto consumo? Como explicar o fato agora que o mercado andava mais seco do que nunca, com a baixa da produção? Encolheu os ombros e procurou afastar para longe essas ideias. Não se tratava de cerveja roubada mas apenas desviada, e há que ter em conta o rigor que têm as palavras, cada uma delas significando exatamente o que é suposto significar. Roubar teria sido entrar na Fábrica de Cerveja pela calada da noite para tirar de lá o que pudesse. Josefate não. Limitara-se a usar da proximidade que o fato de ser funcionário lhe proporcionava para, digamos assim, requisitar algumas caixas hoje, outras amanhã, pagando as primeiras, deixando outras para pagar mais tarde, e por aí fora. Aquela acumulação que ali havia, que agora vagamente o assustava, fora o tempo que a fizera. Ser-lhe-ia hoje difícil explicar como acontecera. O primo Antoninho, trabalhando com casas, tinha acesso a elas; o vizinho Nhantumbo, trabalhando no banco, tinha acesso a empréstimos bonificados ou lá o que era; que mal havia se ele, Josefate Mbeve, tinha acesso a umas cervejas?

De qualquer maneira, o raciocínio não o tranquilizou por completo. E foi o resto de intranquilidade que ainda subsistia, mais o coração generoso que dentro dele batia, que fizeram despontar esta ideia imprudente que vai pôr agora em prática e de que mais tarde se arrependerá. A princípio ainda vaga, muito mais nítida quando voltou a sair para o quintal.

* * *

– Chiquinho! Cosmito! – gritou para os filhos, já sentado no habitual banquinho e soprando para o chá que entretanto lhe chegara.

Crônica da Rua 513.2

— Vão buscar uma caixa de cervejas para levarmos ao senhor Costa!

Metia-lhe certa pena o Costa, coitado, sobretudo desde que a esposa se fora e ele ficara parecido com um cão sem dono dobrando silencioso as esquinas, em idas e vindas do trabalho.

Os rapazes entreolharam-se, intrigados. 'Negócios de adultos', pensaram. E fizeram como ele mandava, entrando na garagem, trepando por uma daquelas pilhas que tão bem conheciam por lá brincarem tantas vezes, e trazendo consigo uma caixa cheia de cervejas.

Pouco depois atravessavam a rua os três, com Josefate na frente para tocar à campainha do número 5; os filhos atrás, cada um segurando a caixa por uma orelha.

Basílio Costa abriu sem que fosse necessário tocarem duas vezes. Estava acordado desde cedo, ainda de roupão, os óculos de ver ao perto na ponta do nariz. Interrompera a escrita da carta semanal para a esposa, em que contava das pequeninas coisas que lhe enchiam os dias, quase todas relacionadas com as plantas do quintal, os piripiris que floriam, as velhas buganvílias trepando com o freio nos espinhos desde que ela se fora, a acácia da vizinha continuando a produzir uma sombra rala mas boa. Falara já na aventura coletiva do abrigo, no fracasso monumental que fora o literal afogamento da esperança que a rua havia posto naquela solução, deixando até transparecer um tom solidário com o pobre Secretário Filimone que, no fim de contas, era quem ficava com o problema em mãos e ainda o não conseguira resolver. Sabiamente, para evitar perturbações desnecessárias, omitira um certo temor que o assaltava, e à rua inteira, desde que a possibilidade de haver um abrigo fora colocada e retirada. Que fazer se o anunciado ataque chegasse? Deixava-se influenciar pelo receio geral que rondava sem ser declarado, no fundo esperando que as bombas soubessem fazer a destrinça entre quem era daqui e quem não era. Mesquinhas preocupações, concluíra absorto, com a caneta no ar.

Voltando à carta, desejara já à esposa um bom Natal e uma ótima entrada no novo ano que aí vinha, quem sabe se reforçada pela sua própria viagem de regresso, se as condições assim o permitissem (tinham por hábito acenar-se um ao outro com esta vaga possibilidade embora nenhum dos dois acreditasse nela). Vasculhava por fim na imaginação para achar o que mais dizer-lhe a modos de despedida, desgostoso com o esfriar da velha intimidade, quando Josefate bateu. Foi portanto abrir.

– Bom-dia, vizinho Costa! –disse Josefate alegremente. –Venho trazer-lhe um presente para que tenha com que comemorar. Não o Natal, que foi banido pelo poder popular – e Josefate baixava a voz e levava a mão à boca num trejeito de confidencialidade cúmplice e meio irónica – mas ao menos o ano novo que chega. Doze cervejas para poder entrar nele condignamente, uma por cada um dos meses que aí vêm!

As cervejas eram um bem raro, a sede uma urgência sempre postergada. Por isso o Costa atrapalhou-se, não sabendo o que dizer para vencer o incómodo que a situação lhe causava.

– Mas, vizinho Mbeve...

Josefate nem lhe deu tempo. Nem mas nem meio mas. Que não, que não era para pagar nem existia qualquer intenção oculta. Disse-o com os gestos largos de quem dá para o caso de o Costa suspeitar de que atrás da oferta vinha o pedido. Era só uma atenção de quem tinha facilidades em entrar na posse de cervejas mas não esquecia quão difícil era encontrá-las nos tempos que corriam. Ali estava uma dúzia delas para aplacar a sede e a solidão do vizinho. E, aproveitando a oportunidade para enviar cumprimentos à senhora Costa, Josefate ia já pedindo licença para se retirar, torneando os obrigados que o outro repetidamente lhe dirigia, magnânimo de mais para esperar por eles e os usufruir.

– Talvez uma garrafa de vinho quando o receber lá da sua terra, que vocês o têm muito e bom – acabou por dizer, mais para atenuar o desconforto do Costa que propriamente por desejar esse azedo líquido que, no que lhe dizia respeito, não tinha na garganta o impacto refrescante da cerveja. Defendia as suas cores, respeitava as do interlocutor.

Saiu assobiando, e pouco depois atravessavam novamente a rua os três, repetindo a operação. Desta vez batendo ao portão da casa dos Ferrazes, na outra ponta da rua.

Zeca Ferraz trabalhava na garagem limpando pacientemente as velas do *Opel* de Teles Nhantumbo que se recusava a arrancar havia dias, procurando descobrir se era dali ou de outro lado qualquer o problema. Viatura traiçoeira, trabalhando ou não conforme queria, por vezes não se apresentando ao serviço quando o dono mais precisava dela. Interrompeu o trabalho e veio ver quem era.
Josefate repetiu a introdução que fizera ao Costa, e Ferraz, limpando as mãos ao desperdício, disse:
– Mas para que se deu ao trabalho, vizinho Mbeve?! Não valia a pena!
– Claro que vale a pena! 'Tudo vale a pena se a alma não é pequena!' Não é assim que se diz? – Josefate vivera o tempo antigo, conhecia fiapos soltos da sua cultura.
Além disso, os amigos eram para as ocasiões. Amanhã seria ele a precisar e a vir bater à porta de Ferraz. Quando conseguisse comprar o automóvel de que bem precisava, por exemplo, para não ter de depender de boleias ou de um caprichoso machimbombo que tanto vinha como não vinha.
– Sempre que quiser, ó Mbeve. Amanhã e sempre que precisar!
E os Mbeves retiraram-se para prosseguir com a dominical tarefa. Enquanto isso, Zeca Ferraz, ainda surpreendido, correu a contar à esposa a novidade. Dona Guilhermina, como sempre, custou a embarcar.
– Isto não me parece bem – disse, coçando o queixo. – Então ele chega aqui sem mais nem menos para nos oferecer cervejas?! Aqui há gato!
– Qual gato, mulher! Lá estás tu com as tuas coisas! Vais ver ele é dos poucos que ainda preserva o espírito do Natal.
– Espírito do Natal? Isso já não existe, foi abolido. Como é que sabes que estas cervejas não são roubadas?
– Lá estás tu! Qual roubadas, mulher! Não sabes que ele trabalha lá na fábrica? Vais ver deram facilidades aos trabalhadores. E ele, generoso, quis reparti-las conosco.
– Vais ver, vais ver...' Não vou ver nada! O que vejo é que isto não me cheira nada bem!

Para dona Guilhermina o tempo atual não era um tempo de facilidades. Ninguém dava facilidades, só dificuldades. E recusou-se a tocar nas garrafas, como se receasse que dentro delas houvesse veneno.

Zeca Ferraz abanou a cabeça, olhando para o céu ('tu e os teus venenos, mulher...'), e regressou à garagem e ao *Opel* de Nhantumbo. Fugia de discussões.

No outro lado da rua, Josefate Mbeve prosseguia com o seu plano, com a ajuda das crianças. Desta vez foram cervejas para os vizinhos do lado, os Nhantumbos, num gesto que, além do sentido geral tinha o particular de ser um agradecimento diferido a quem mostrara gostar do grande Monk e de quem o interpretava. Passaram depois a casa do Comandante Santiago Muianga, no número 10. Chegaram lá em silêncio, Josefate ensaiando reverências, os filhos com medo mesmo.

– O Comandante tem feitiços – murmurou Cosmito.

– Está calado rapaz – ordenou o pai. – Não digas asneiras que o Comandante é gente séria.

Josefate, leal, não se esquecia de que fora o Comandante quem o isentara do trabalho coletivo da vigilância popular. Tocaram à campainha. Silêncio lá dentro. Silêncio também cá fora. E quando, com algum alívio das crianças, se preparavam para regressar, a porta abriu-se e um Comandante Santiago de olhar distante assomou à entrada. Josefate explicou ao que vinha enquanto os rapazes aguardavam com a caixa de cervejas na mão, protegidos atrás da figura maciça do pai.

O Comandante sorriu um sorriso cansado: é que, ao contrário dos restantes, as cervejas avivam-lhe na memória aquilo que ele quer esquecer. E o que ele quer esquecer enquanto ali está naquela casa – curta presença entre a ausência anterior e a seguinte – é o tempo que passa fora dela, no Pafúri ou em qualquer outro lugar, enfrentando a invasão inimiga. Enfrentando é como quem diz, pois o inimigo entra e sai, e os homens do Comandante matam ou morrem, conforme decide o destino. Nada disto sabem os vizinhos porque o Comandante sai de noite e regressa também de noite com a farda em desalinho e os cabelos um pouco mais brancos. Por isso é aquela casa silenciosa, ou porque ele está ausente ou porque, estando presente, é silencioso ele também.

– Obrigado, vizinho Mbeve. Que bem que calham estas cervejas! – disse, para ser simpático.

E os Mbeve retiraram-se.

Josefate era um homem bom, como tudo isto deixa provado. Queria agradar aos mais bem instalados sem com isso esquecer dos restantes. Levou ainda umas cervejas a Tito Nharreluga, que as vai beber de noite, ao jantar, às escondidas do patrão. Aceitou até provar uma bagia das de ontem (as de hoje não estavam prontas), para que naquilo os Nharrelugas pudessem ver uma troca e ficar mais descansados. Por isso e por gostar muito das bagias de Judite.

Finalmente, Pedrosa, a contragosto. As crianças ficaram novamente à distância, por prudência, enquanto Josefate arrastou a caixa até à porta, bufando e praguejando. Sabe que Pedrosa tem cervejas, talvez todas as que queira (onde as arranja, não faz ideia: quem trocaria cervejas por laranjas, que é a única coisa que a Companhia Colonial dos Citrinos sabe produzir?), mas é por isso que tem um prazer especial em oferecê-las. Por desaparecer o valor material da dádiva e ficar apenas o gesto, que é o essencial.

Pedrosa abriu, sorridente e fresco como sempre, com ar de quem acabara de barbear-se com uma Gillette importada e genuína ('Não há calor que ponha este homem a suar', pensou Josefate). Pedrosa agradeceu como os outros, como eles disse que não havia necessidade. E quando regressavam, Cosmito disse:

– Ele vai bebê-las com os retratos!

Josefate estacou por um momento, agastado com a ideia.

– Está calado, miúdo! – disse.

Mas depois sorriu: que diabo, era Natal! Dava de beber a todo um Comitê Central!

* * *

Terminados estes trabalhos, Mbeve regressou a casa para descansar o seu pesado corpo, sentando-se no banco, limpando o suor e aproveitando para pôr em ordem a contabilidade ('Seis caixas de cerveja, e não me posso esquecer de mandar recolher o vasilhame'). Estava ele fazendo contas e bebericando o seu chá quando ouviu uns berros alterados que vinham lá de cima. Atrás deles desceu Antonieta de cenho carregado, ainda amarrando a capulana ao amplo peito.

– Ouve lá, Josefate, é verdade o que eu ouvi? Que tu andaste por aí a espalhar confusão?

– Quem te disse isso, mulher? – disse Mbeve, paciente.

– Foi a Arminda que viu tudo lá de cima da varanda. Que andaste a fazer?

Ainda Arminda metendo-se na sua vida. Sempre atenta ao que se passava na rua, sempre pronta a interferir.

– Vamos subir – disse, após ligeira pausa. – Quero ouvir a história da boca dessa mulher. Tu aumentas sempre as coisas, Antonieta.

Mbeve ganhava tempo para limar as inverossimilhanças da sua versão das coisas, que entretanto preparava. Não por medo de Antonieta, claro, mas por falta de paciência para novas discussões. Além disso, olhava a benfeitoria da manhã com outros olhos, agora que a praticara. Verificava que aquele gesto simples de dar para se sentir bem, quase um capricho, não começava e acabava logo ali. Tinha afinal raízes escondidas e futuros difíceis de descortinar. Mal o concluíra e já havia falatório!

Chegados ao quarto procuraram por Arminda, cuja consciência pesada impedia de estar nos locais do costume, nem debaixo da cama nem sequer por detrás dos cortinados, o seu poiso favorito. Foi preciso alguma insistência de Josefate, que quase se convencia de que ela covardemente se esfumara, para que Arminda saísse afinal de dentro do armário, relutante e com um ar comprometido.

– Ouve lá, Arminda, o que andaste por aí a dizer? – quis saber Josefate.

– Eu? Nada! Só comentei.

– E comentaste o quê?

– Nada de especial, já disse. Vi-te a atravessar a rua para cá e para lá com os miúdos, umas caixas à cabeça, e comentei para Antonieta que vinha aí complicação.

Instinto e previsão, era o que Arminda alegava em sua defesa.

– Comentou, e se calhar tinha razão – atalhou Antonieta, intrometendo-se na conversa.

– Complicada ou simples, é uma coisa que não te diz respeito – disse Mbeve com os olhos postos em Arminda.

– Não fujas ao problema – disse Antonieta. – Quero saber que caixas eram essas.

Mbeve explicou. Eram umas caixas a mais que tinha lá na garagem, coisa pouca, e procurara simplesmente alegrar o fim de ano dos vizinhos, tão cinzento. (Omitia que era uma ação que minorava o remorso que sentira de manhã, ao visitar a garagem). O caso não tinha nada de mais.

– Ai isso é que tem! – novamente Arminda, metendo-se naquilo que não era da sua conta.

– Como assim? – Mbeve continuava a querer ganhar tempo. Sabia por experiência própria que Arminda arranjava sempre maneira de complicar aquilo que parecia simples, descobrindo novos e inquietantes contornos para as coisas. Além do mais, a megera conseguia sempre arrastar Antonieta para o seu lado, e isso irritava-o mais que tudo.

– Por exemplo, ofereceste cerveja a toda a gente?

– Sim, mais ou menos.

– Que mais ou menos? Ofereceste mesmo a toda a gente?

– Faltou apenas o Valgy, mas não foi por esquecimento. Ele é religioso, não bebe bebidas alcoólicas. – Josefate não sabia onde ela queria chegar mas já se defendia.

– Nesse ponto ele tem razão – disse Antonieta, procurando contemporizar.

– Tens a certeza de que só faltou Valgy? – continuou Arminda, implacável.

– Bom, já que me lembras, faltou também o Secretário Filimone. Mas esse foi por puro esquecimento.

– Ah! Esquecimento! Então vais ver quanto te vai custar esse esquecimento!

E explicou: mesmo que o Secretário não tivesse reparado, lá estaria o olho vivo de Elisa ou, pior, a sede de intriga de Monteiro para o fazer reparar.
– Pois – disse Josefate – são como tu.
Arminda ignorou o comentário e prosseguiu. Quando o Secretário soubesse o que se passara, sem dúvida que iria pôr-se a investigar. Iria querer saber de onde vinha essa cerveja que não passara pela loja do bairro e que, mesmo assim, chegara à boca de toda a gente menos à sua. E aí iriam todos ouvir das boas (Arminda incluía-se: passando grande parte da sua nova vida naquela casa, assumia a parte de responsabilidade que lhe cabia). Pensava Josefate que ela acreditava que ele se tivesse esquecido da pessoa principal? Se pensava, pensava mal. Estava muito, mas mesmo muito enganado!
Concedendo que tal tivesse acontecido, que tivesse sido mesmo um esquecimento genuíno, porque se esqueceu Mbeve do Secretário? Será porque nos esquecemos de dar ao Partido, habituados que estamos a que seja sempre ele a dar-nos a nós?
Era este o raciocínio de Arminda. A megera estava a tornar-se revolucionária! Mbeve tentou um último recurso:
– Então a revolução não é para dar a quem precisa? Esta rua anda toda cheia de sede, e é isso mesmo que vou dizer ao Secretário se ele vier pedir-me contas. Para revolucionário, revolucionário e meio!
– Isso é o que tu pensas – retorquiu Arminda prontamente.
– Espera e vais ver o que acontece!
Mbeve inquietou-se. Arminda tinha razão. A sua intuição, embora tortuosa e melíflua, acabava sempre por ser certeira.

* * *

O Secretário Filimone convocava todos para uma reunião lá na sede, a fim de apresentar os resultados do inquérito. Primeiro, fazia uma arenga interminável sobre as conquistas da revolução, a mais importante das quais era sem dúvida a da igualdade. 'No tempo do colono havia uns poucos que tinham quase tudo e quase todos que não tinham quase nada', dizia. 'E foi por causa destas injustiças que nós desencadeamos a luta armada, camaradas!' Como se ele, Filimone Tembe, que Mbeve sabia muito bem nunca ter saído de Maputo e arredores durante toda a vida, tivesse também andado no mato aos tiros contra o ocupante colonial! Filimone sempre a aproveitar-se da situação!

O pobre do Filimone ainda não tomara a iniciativa e na mente de Mbeve já se processava esta batalha!

Prosseguindo, Filimone deixava a generalidade do contexto para entrar no caso concreto da rua: 'E a que assistimos nós hoje em dia, cá no bairro? Digam lá, camaradas?' Sem querer, imprimia uma especial tonalidade à sua entoação para que ficasse parecida com a do Presidente Samora.

Filimone continuando a aproveitar-se!

Ainda um silêncio expectante, entrecortado aqui e além por alguns murmúrios de quem fazia as contas da resposta. E o Secretário prosseguia, sem esperar: 'Assistimos a uma situação em que alguns elementos querem desenterrar o passado de desigualdade, trazendo-o para o nosso seio. Distribuindo entre eles o pouco que há, deixando a maioria na maior das marginalidades, a morrer à sede e sem poder comemorar condignamente a chegada do novo ano. Foi para isto que nos sacrificamos tanto, camaradas? Foi para isto que lutamos?' 'Não!', respondia um coro organizado. 'Foi para isto, camaradas?', sublinhava ele ainda uma vez, tal como via fazer ao Presidente. 'Não!', repetia o coro, obediente.

Na frente, uma fila de acusados cabisbaixos: Costa e Ferraz de olhos no chão, limpando ainda da boca os vestígios do presente envenenado (dona Guilhermina, ao lado, dizendo para quem a quisesse ouvir que bem avisara o marido de que aquilo era um presente envenenado); Judite, habituada ao infortúnio, esperando conformada a decisão que puniria o marido; o louco Valgy rindo alarvemente, sem saber onde estava e por que estava, ou então ameaçando queixar-se ao seu embaixador zanzibarita. Logo ele, a quem o álcool não dizia respeito! Escapava o Comandante Santiago, ou porque estava no mato a combater os bandidos ou porque Filimone, prudente, evitava conflitos com os militares; e também Pedrosa, a quem os retratos pendurados haviam convencido a devolver as garrafas ainda cheias na sede do Partido, antes que de lá desencadeassem a ofensiva que estava agora acontecendo.

Um pouco afastado, em posição de destaque, um Mbeve abatido e despenteado, com o olhar vazio e rasteiro que convém num acusado.

'Por tudo isto é que vamos tomar medidas, camaradas!' O Secretário encetava a tirada final. 'Medidas corretivas, para que outros infiltrados como estes saibam o que os espera se os quiserem imitar nestas ilegalidades. E também para que estes cidadãos aprendam onde está a razão e regressem à nossa grande família. Por isso eles vão ser reeducados!'

Terrível veredito, que fazia com que as carnes fartas de Josefate tremessem e um gosto amargo lhe assomasse à boca.

Finalmente, vindos sabe-se lá de onde, dois ou três polícias avançavam para elevar a custo, pelos sovacos, um Mbeve já algemado e rendido, quase conformado. Ao lado, Antonieta, descomposta, usava os gordos braços para atirar ao ar uns gritos lancinantes.

***

— Estares para aí parado a olhar para o chão e a transpirar não ajuda nada, Josefate! — Era Arminda que lhe interrompia o devaneio mau. E por uma vez Mbeve agradeceu-lhe.

— E o que é que eu faço? — disse, numa interrogação que equivalia ao deitar da toalha ao tapete em mais um assalto do combate interminável que mantinha com a velha prostituta.

— O que tens a fazer é muito claro, homem — respondeu ela. — Pegas em uma, ou melhor, em duas caixas de cervejas e vais a correr levá-las ao Secretário Filimone Tembe antes que seja tarde!

Mbeve apressou-se a ir fazer o que a outra lhe dizia enquanto Antonieta, ao lado, anuía.

15
Cegonha Lda.

Teles Duarte Nhantumbo fugiu de casa de madrugada a conselho de Alberto Pedrosa, o seu vizinho do lado. Teles era chefe de seção no Banco de Fomento do Desenvolvimento, posto a que chegou através de uma ascensão meteórica devida tanto à retirada dos colonos – e à falta de quadros que ela criou – quanto às suas próprias capacidades de trabalho, que se situavam bastante acima da média.

Vimos já quanto os Nhantumbos eram polidos e arrumados. Todavia, embora simpáticos com os vizinhos, raras vezes eram eles a tomar a iniciativa: os Nhantumbos eram também muitíssimo reservados. Daí que recebessem quem lá fosse no quintal, sem convidar a entrar, de tal forma que nenhuma mulher se atreveria a pedir à Professora Alice que lhe acudisse nalguma precisão, nem os homens procuravam o Teles a não ser que fosse ele a entabular conversa. A vida era, para os Nhantumbos, uma questão de seguir um plano certo de sucesso, um plano privado feito de rituais a observar todos os dias, às mesmas horas. Família estranha, misturando qualidades – que sem dúvida as tinha – com o defeito apontado, se é que a reserva pode ser tomada como um defeito.

Evidentemente que, a par de tanta distância criada por essa reserva, tanta organização provocava a inveja dos vizinhos. Várias vezes alguns desses vizinhos tentaram tecer enredos que, desenvolvidos, podiam ter desembocado em charadas desgastantes, demolidoras mesmo para os visados Nhantumbos. Charadas complexas cuja chave se resumia numa palavra: inveja. Essa mesma inveja que tão bem sabemos cultivar! Neste caso não se incluía Josefate Mbeve que, vivendo mesmo ao lado, sabemos devedor ao ouvido aguçado de Teles Nhantumbo, à inclinação que também tinha por Monk e por Coltrane (o Teles, além das qualidades apontadas, era também um homem com cultura musical). Mas inveja, por exemplo, por parte do incansável Filimone, a quem exasperava aquilo que considerava o elitismo dos moradores do número 4. Acusava a Professora Alice de se fazer ausente nas dominicais sessões de limpeza da rua e recebia a serena desculpa dos afazeres da escola; acusava o Teles de faltar à coletiva vigilância e o Teles ficara retido no banco, na tarefa inadiável de fabricar ou gerir a riqueza de que todos precisamos a fim de furar o cerco que o imperialismo nos monta. Uma inveja, portanto, muito difícil de pôr em prática. E difícil porque os Nhantumbos, longe de ripostar, acatavam. Limitavam-se a avançar argumentos sólidos e irrefutáveis como quem pede desculpa. 'Peço perdão, camarada Secretário, mas estive ocupada com a educação das crianças para que elas, em crescendo, se transformem no homem novo que vai garantir o futuro da revolução'; ou então, 'Desculpe-me, camarada Filimone, mas reteve-me a tarefa de gerir e multiplicar a nossa riqueza para podermos lá chegar, ao tão falado desenvolvimento'. E por aí fora.

E como para lutar são precisos pelo menos dois contendores, estes sólidos argumentos, escondidos atrás de serenos anuimentos, faziam com que as questões dessem quase sempre em nada. 'Têm a cepa dos heróis do amanhã, conseguem ver o futuro', comentava Josefate. E Filimone, para quem o que estava para vir teria necessariamente de ser diferente daquele tipo de atitudes, não entendia e resmungava.

No banco, Teles trabalhava sempre muito e bem, como se levasse para lá a arrumação e disciplina que tinha em casa. E não se pode dizer que não recebesse por isso boa contrapartida, no respeito granjeado junto dos seus superiores e traduzido na referida ascensão na carreira. Brincando, diziam os colegas que chegaria um dia a diretor e – caso caísse nas graças do Partido como ali caía – mesmo a ministro.

Teles ensaiava um sorriso humilde e fingia que não era com ele. Que eram merecimentos devidos muito menos ao destinatário do que a quem os emitia.

É certo que também aqui, entre colegas, surgia a espaços a velha inveja, a inveja que estamos sempre prontos a exercitar em toda a parte. Por exemplo, certa vez em que o Teles dirigiu aos registros competentes um requerimento solicitando que ao seu nome de nascimento, Teles Duarte, fosse acrescentado, por meio de uma apostila, o nome do velho Nhantumbo, seu pai. Nada de mais nesta procura de consonância com os tempos atuais. Todavia, de cochicho em cochicho o caso chegou ao conhecimento geral e o pobre Teles passou a ser conhecido como o Teles Apostilado! Foi inevitável que acabasse por saber da alcunha, em alguma conversa baixa que surpreendeu. E que fez ele? Simplesmente sorriu o seu sorriso doce e não ripostou. Sempre a velha atitude de avançar pedindo desculpa!

Só que, por baixo de tanta pontualidade e dedicação, de tanta humildade, se escondia uma voracidade tal que nada que o Banco pudesse proporcionar conseguiria aplacar. Embora não o desse a perceber, Teles queria sempre mais. E conseguiu singrar nas águas cinzentas e lodosas da incompetência, das perdas e do funcionamento subsidiado – que nessa altura nos invadiam por todos os lados – primeiro com relativa desenvoltura e depois com a majestade de um veleiro! O processo era simples: enquanto às claras andava ao ritmo dos outros – embora, como foi dito, mais compenetrado – à socapa era muito mais veloz. Certa vez, fazendo voluntariamente as horas extraordinárias de sempre, e tendo-lhe surgido uma ideia, inscreveu o seu nome na conta de uma empresa de pesca cujo dono, um português seu amigo chamado César Gomes, havia já partido para outras paragens, descontente e inseguro com a evolução política. Teles passou a atirar para essa conta todas as migalhas que conseguia apanhar: a princípio, a percentagem dos pequenos favores que ia prestando a alguns empresários aflitos, que necessitavam de maior flexibilidade financeira do que aquela que o Banco estava capaz de proporcionar; depois, créditos do Estado destinados ao fomento do setor das pescas, que ainda os pobres pescadores estavam a tentar perceber como funcionavam e ele já engolia quase sem mastigar. Os balancetes surgiam certinhos, com as respectivas entradas e saídas – mais das primeiras que das segundas, deve dizer-se. Vista assim, nos papéis, tratava-se de uma empresa modelo que gradualmente se começou a destacar com a elegância de um moderníssimo iate no meio da multidão das canoas velhas e furadas que eram as restantes empresas do setor, quase todas chafurdando na lama, nenhuma completamente livre de uma falência mais ou menos próxima. Perante um tal contraste, Teles não conseguia evitar uma certa vaidade, uma sensação de conseguimento pessoal, achando-se já um verdadeiro empresário de pesca embora o fato de não conseguir distinguir uma garoupa de um xaréu lhe causasse ainda um certo constrangimento. Mas ali no Banco trabalhava-se com papéis, não com peixe, de modo que foi adiando as preocupações e a vontade de conhecer melhor as artes pesqueiras.

Teles tinha a doença das coisas bem feitas. Nada que ficasse a meio, que não fosse perfeito em todos os pequenos detalhes, lhe agradava. Por isso nem sequer jogava na loteria, com horror à possibilidade de uma mera terminação: só o pleno lhe bastava. Olhava aquela firma que César Gomes quase deixara morrer e que ele próprio reanimara *in extremis* – não só trazendo-a de novo à vida mas também instilando nela uma pujança a toda a prova – e sorria satisfeito. Foi nessa altura que concluiu que uma nova realidade merecia uma nova denominação (sempre o afã das renomeações, no caso dele apostiladas!). Não aconteceu assim com a moribunda Lourenço Marques, que se transformou na jovem cidade de Maputo? E com muitas das suas ruas? Estava ali um paralelo que era aconselhável seguir.

Sem o saber ainda, Teles fazia escola recorrendo a uma técnica que seria mais tarde utilizada até à exaustão. Pegou na César Gomes Lda. e alongou-a, por meio de uma apostila, para César Gomes e Associado Lda. Modesto, deixava que o seu comprido nome de três palavras se escondesse por detrás de um anônimo Associado colocado assim mesmo, em segundo lugar, para respeitar a correta ordem cronológica (se Gomes viera primeiro no tempo, na ideia e sua concretização, e ele em segundo, que continuasse a ser assim).

Com o passar dos meses e o acumular dos sucessos e dos fundos (com a crescente importância de Nhantumbo na sociedade, é bom de ver), surgiu nova apostila, assinada e reconhecida, voltando a alterar o nome da empresa. A lógica era simples e direta: pegou nas primeiras sílabas de cada um dos nomes envolvidos e com elas construiu a designação comercial, não resistindo aqui a fazer figurar o seu nome apostilado dado que a modéstia ia já exagerada. E olhava agora o produto final, luzindo no papel azul do documento oficial: Cegonha Lda., de César Gomes e Associado! César Gomes levava duas sílabas por elementar justiça – Ce + Go – por ter sido dele a ideia de partida. Quanto a Teles, o arquiteto modesto da empresa renovada, contentava-se com o *Nha* final de Nhantumbo, uma sílaba só, posta em último lugar. Cegonha Lda.!

E cegonha fazia mesmo todo o sentido pois lembrava ave de arribação voando alto como a empresa agora voava, bicando peixe como a empresa bicava. Lembrava também como o tal Gomes aqui arribou e daqui partiu. Teles quase sentia saudade, quase sentia vontade de que ele aqui estivesse para, modestamente, lhe mostrar o que fizera da empresa moribunda e arruinada!

* * *

Na altura em que a Cegonha Lda. foi criada, entrava a revolução na sua fase decisiva com a ofensiva presidencial contra a corrupção. As sirenes dos batedores do Presidente Samora silvavam por toda a parte, anunciando um cortejo que rodopiava pelas ruas da cidade como uma cobra doida que ninguém sabia onde iria parar para ferrar a sua mortífera mordedela. Os serviços andavam em polvorosa pondo em ordem velhos arquivos, sacudindo o pó a dossiês há muito encerrados. Ninguém estava seguro de conseguir escapar nem de quando chegaria a sua vez. E foi nesta maré de limpeza que o Diretor do Banco, procurando pôr a pesca em ordem, catando naquele lamaçal de inviabilidades e créditos mal parados, deu de caras com uma empresa que luzia acima das outras como um diamante: a firma Cegonha Lda., de César Gomes e Associado.

Esmiuçando um pouco mais, na mira de polir aquele diamante para que ele reluzisse em todo o seu esplendor caso o Presidente viesse e para ele olhasse, o Diretor notou alguns detalhes que o surpreenderam. Apostilado, lá constava, com todas as letras, um indivíduo do sexo masculino e nacionalidade moçambicana de nome Teles Duarte, apostilado Nhantumbo, portador de um determinado bilhete de identidade e nascido na Maxixe num qualquer dia de Fevereiro de 1949, presentemente residindo em Maputo no número 4 da Rua 513.2, casado com Alice também apostilada Nhantumbo, pai de dois filhos, promissor funcionário bancário acumulando com essas funções as de industrial de pesca.

Embasbacado, o Diretor passou a tarde folheando aqueles papéis para trás e para diante, subindo e baixando as sobrancelhas, comparando créditos e débitos, abanando aprovadoramente a cabeça ante uma contabilidade sem mácula. Lá estavam os gastos comedidamente feitos, quase sempre investimentos; lá estavam também os empréstimos bancários utilizados com rigor até ao último tostão. Até dava gosto!

Satisfeitíssimo, decidiu-se por fim a convocar o chefe de seção Nhantumbo à sua presença.

— Sente-se aí, Nhantumbo — disse-lhe assim que ele entrou, indicando a cadeira à sua frente, normalmente reservada às visitas importantes (os funcionários comuns falavam de pé, para que se encurtasse a estadia e o tédio que ela quase sempre provocava) — Que tal vão as coisas?

— Vão indo, camarada Diretor — respondeu o Teles, lisonjeado com a familiaridade.

— Chamei-o para lhe dar os parabéns. Não sabia que depois de tanta competência e dedicação, aqui demonstradas todos os dias, ainda lhe sobrava tempo para a pesca.

Estive a estudar o dossiê da César Gomes e Associado. Um primor!

Teles gelou. Apertou com força a caneta entre os dedos, amarrotou nas mãos os papéis que trazia. Pigarreou e preparou-se para o pior.

— Não diz nada? Deixe-se de modéstias, homem! — o Diretor conhecia-lhe o feitio. — Quem me dera ter tido uma ideia destas. Hoje estaria rico, embora tal não esteja na moda (se é que você me entende).
— Obrigado, camarada Diretor — acabou por dizer o Teles, mais aliviado.
— Há de convidar o seu sócio, esse tal César Gomes, a vir cá visitar-me. Quero ter o prazer de lhe apertar a mão pessoalmente. E num fim de semana desses convide-me também a ir ver a vossa frota. Não entendo nada de pesca mas gosto muito de barcos.
— Com certeza, camarada Diretor — respondeu o Teles maquinalmente, com um zumbido nos ouvidos e o pensamento às cambalhotas.
Onde iria desencantar um português, agora que eles se estavam tornando raros? Talvez o vizinho Costa, bem conversado, se prestasse a fazer o papel. E quanto aos barcos?
Ideias absurdas. Um aperto.
— Por agora pode ir, Nhantumbo — disse o Diretor, interrompendo-lhe as desorganizadas reflexões. — Amanhã voltaremos a falar no assunto. É que quero ter este dossiê em cima da mesa quando o camarada Presidente entrar por essa porta, um dia destes. Se se resolver a fazê-lo, é claro. Tenho a certeza de que vai ficar satisfeito.
E depois, com o Teles já de saída, falando para si próprio:
— Cegonha... Até que o nome é bem achado! Como é que não me ocorreu uma ideia destas?!
Teles fechou de mansinho a porta atrás de si, a fibra sintética do tecido da balalaica queimando-lhe nos sovacos e no pescoço. Faltava meia hora para encerrar o expediente, meia hora que ele preencheu arrumando minuciosamente a sua secretária. Depois, meteu-se no velho *Opel* e rumou a casa, como sempre. Fê-lo devagar, olhando o mar e invejando as tantas vezes que por ali passara sem uma réstia de preocupação que não fosse se o automóvel ia ou não avariar-se.
Entrou ensimesmado, sem nada dizer. A esposa Alice, como era seu hábito, também nada perguntou. Depois do jantar (comeu

pouco, quase nada), anunciou que queria ficar só na sala a fim de trabalhar um pouco, pôr em ordem uns papéis. Obedientes, a mulher e os filhos recolheram-se, deixando-o só. E Teles pôs-se então a fazer contas à vida.

* * *

Começou por agarrar-se à possibilidade de o Diretor lhe ter falado a sério, possibilidade essa que fazia todo o sentido. Afinal, tinha-se mostrado tão afável, quase íntimo, oferecendo-lhe a cadeira e tudo o mais. Talvez estivesse mesmo ansioso por mostrar ao Presidente uma casa arrumada, as sementes de uma política de crédito inteligente a frutificar por esse país fora. Acreditou neste pensamento agradável e deixou que ele bailasse pela sala durante um tempo.

Imaginou o Presidente entrando de rompante, envolto ainda num eco de sirenes, pequenino e empertigado no seu irrepreensível camuflado, uma mão no cinturão, a outra levantada com o indicador em riste. 'Então ó Diretor, como vão as coisas?', dizia, perscrutando o ar com o seu faro apurado, a mão abanando fria como uma guilhotina para cortar qualquer resposta de circunstância. Só o essencial lhe bastava. Nada de formalismos, só fatos. 'Está tudo em ordem? Posso ver?' E o outro, subserviente, passando o lenço pela testa: 'Sim, camarada Presidente'. Aquele olhar mágico e astuto sugando os pensamentos do interlocutor, deixando-lhe a caixa craniana oca como um dossiê sem folhas. 'Sim, camarada Presidente' era a única folha que sobrava, maquinal e gasta, agitada no ar como a bandeira branca da rendição antes mesmo do combate acontecer; como uma desesperada boia de salvação. Quantos milhões de 'Sim, camarada Presidente' terá o Presidente ouvido no seu ainda curto mandato, sins ditos na voz grossa e crua dos camponeses, sins unânimes do povo nos comícios, sins gritados nas paradas militares, sins suaves das secretárias, sins metálicos dos seguranças, sins já cautelosos e polidos dos velhos camaradas de luta, sins trêmulos e transpirados dos diretores – sempre sins, nunca nãos!

Crônica da Rua 513.2

Teles Nhantumbo sorriu na sala, gozando a divagação.

'Mostra cá, Diretor, quero ver mas é os teus papéis que os teus sins já eu conheço', dizia o Presidente. E punha-se a folhear os dossiês, o Diretor sem saber o que fazer às mãos, como aproveitar aquela trégua, desejando ardentemente espreitar-lhe sobre o ombro mas contendo-o o respeito. E pensando para si, com toda a força: 'Pare na Cegonha, camarada Presidente! Pare na Cegonha!' O Presidente, atento, folheava e dizia: 'Miséria! Só canoas furadas!', enquanto passeava os olhos por aquele cadastro de fracassos com um desinteresse estudado. Até que estacava de repente, faiscando uma curiosidade. 'Cegonha Lda.! Ora esta?!' E examinava aqueles papéis com mais cuidado, fazendo cálculos, voltando atrás para confirmar. Por fim dizia: 'Aqui está o exemplo, camaradas!', e todos batiam palmas, aliviados. 'Quero conhecer este Nhantumbo, quero dar-lhe o meu abraço!', prosseguia, virando-se para a pequena multidão de funcionários, diretores, ministros e seguranças. E o Diretor acenava discretamente para o Teles, e o Teles dava um modesto passo em frente de cabeça baixa e ombros descaídos, pronto a ser apontado, pronto a sentir a dolorosa mas agradável picadela da medalha de emulação socialista ao ser-lhe espetada no peito. Doce sangrar! 'Teles Duarte Nhantumbo, chefe de seção', anunciava o Diretor com a voz bastante mais segura. 'Eu próprio, camarada Presidente, para o servir e à causa da revolução', confirmava o visado, aquele mesmo peito inchado de orgulho e amor-próprio, só um tudo-nada triste por não estarem ali a sua Alice e os miúdos; e, já agora, todos os vizinhos da rua (como o Filimone abriria a boca de espanto!). E o Presidente: 'Parabéns, Nhantumbo!'. Ou melhor, camarada Nhantumbo! Chefe de seção Nhantumbo! Quase-diretor Nhantumbo! E, virando-se para os restantes: 'É de mais Nhantumbos como este que precisamos, camaradas. Temos de espalhar Nhantumbos pelo país fora! Nhantumbos não só do peixe, Nhantumbos também da carne, Nhantumbos do milho e do arroz! Nhantumbos do feijão! Nhantumbos da indústria! Nhantumbos, até, do algodão! É desta massa que se faz o Moçambique socialista do amanhã!' E as palmas explodiam envolvendo um Nhantumbo da modéstia, sempre de olhos no chão. Teles voltou a sorrir dentro da sala. Um sorriso modesto, mesmo ali na solidão.

Mas não é que o Presidente voltava à carga logo de seguida, sempre atento, sempre desconfiado?!: 'Chamem cá esse tal César Gomes que eu quero dar-lhe os parabéns pessoalmente! Eu sempre vos disse que há portugueses maus e portugueses bons, que a nossa luta nunca foi contra o povo português mas contra o regime fascista que os amordaçava a eles e nos espezinhava a nós! Quero abraçar esse português!' E todos na sala olhavam em volta, procurando descobrir o tal César Gomes, esse português camarada. Enquanto o faziam, Nhantumbo perdia ar como um balão furado, o suor em cordões a descer-lhe pelo rosto, manchando-lhe a balalaica nos sovacos e nas costas. Numa aflição, procurava em volta o socorro do Diretor. Este, sabendo já que o sócio não existia – ou existiria a uma distância tal que não lhe seria possível acorrer à presidencial convocatória – devolvia-lhe, em vez de socorro, um cenho carregado de quem já não encarava o herói mas o pobre Teles Apostilado. Carregado porque estava por sua vez pressionado pelo ministro de tutela que, quanto a ele, não sabia como descalçar esta apertada bota perante o Presidente. Enfim, mudavam todos de lado menos Nhantumbo, em volta de quem se formava agora o círculo numa suspensa interrogação. 'Onde está o César Gomes? Onde está esse português camarada?' E ele sem ser capaz de encontrar a resposta!

* * *

A luz apaga-se dentro da sala, lá fora, em toda a rua. Quiçá em toda a cidade. Teles desperta com o grito da escuridão. Mais um dos malditos cortes de energia! Às apalpadelas, procura uma vela e acende-a. Livrou-se ao menos daquela péssima divagação. É evidente que a hipótese boa não vai dar a parte alguma. Resta-lhe portanto a hipótese má.

Revendo os passos dados, a história recente, pequenas imprudências menosprezadas na altura surgem-lhe agora claríssimas, como fissuras fundas na superfície lisa do seu projeto. Lamenta então a ganância que teve. O discurso do Diretor, tão amigável, parece-lhe afinal de uma ironia feroz. 'Como é que não me ocorreu uma ideia destas?!', dizia ele, e afinal não era um elogio, não era sequer a inveja, era apenas o ultimar da armadilha para apanhar o ladrão! Amaldiçoando esse chefe frustrado e traiçoeiro, Nhantumbo conclui que de nada lhe servem as divagações agora que chega a madrugada e ele ainda progredindo em círculos, sem achar uma saída. Que fazer?

Abre a porta da entrada com cuidado (não vá Alice acordar) e sai para respirar, para afastar a tontura. É preciso achar uma saída!

É nesta altura que o luzir de um cigarro no escuro o sobressalta.

– Também a insônia o não deixa dormir, vizinho? – É o vulto de Alberto Pedrosa, encostado ao muro da frente. – Quanto a mim, já tomei um ou dois Valiuns (não há como um Valium importado para nos fazer serenar) e continuo desperto.

– Valiuns? – Nhantumbo nunca ouviu falar.

– Sim, Valiuns. Comprimidos para dormir. Quer experimentar um?

– Não, obrigado. Não preciso de dormir. Preciso é de achar uma solução para os meus problemas, e isso só o posso fazer se estiver bem acordado.

– Problemas? Faça como eu, encare de frente e vai ver que tudo se resolve. Nove em cada dez problemas são problemas que se resolvem!

– Se calhar o meu problema é esse décimo de que fala, um problema que veio para ficar.

– Não acredito! – Pedrosa é um otimista, não há nada capaz de o derrotar. E aproxima-se para saber que problema é esse.

Nhantumbo ainda gagueja, olhando o interlocutor e vendo nele um quase estranho. Não pode abrir o seu difícil problema à curiosidade de um quase estranho. Mas, pensando bem, que sentido há em esconder do vizinho uma história que estará nas bocas do mundo assim que o dia clareie?

– Que diabo – conclui. – Se quer ouvir eu conto-lhe.

E conta a Pedrosa a história do Presidente e da Cegonha.

Pedrosa ouve em silêncio, chupando o seu Marlboro importado. Depois, quando Nhantumbo se cala, lança a beata por cima da rua para a acácia de dona Aurora, clareia a garanta e diz:
– Excedeu-se, vizinho Nhantumbo. Levou a coisa demasiado longe. Não adivinhou quando devia parar.
– Eu sei.
– Se me tivesse contado há mais tempo talvez ainda o pudesse safar.
– Como? – Nhantumbo olha o vizinho como se fosse uma gorda boia, ele próprio o náufrago correspondente.
– Para já a coisa está mal feita desde o início – diz Pedrosa, rememorando os passos dados. – Não devia ter posto o seu nome verdadeiro na empresa, ainda para mais (e desculpe-me que lhe diga) com essa história da apostila que realçou o *Nha* de Nhantumbo, uma vaidade que soa a provocação. De certeza que o meu amigo está cheio de irmãos e de primos. Não é para isso que eles servem? Punha lá um a assinar em seu nome e a coisa teria andado muito melhor. Pelo menos levavam mais tempo a dar com o caso. É assim que fazem no estrangeiro.
Pedrosa é um homem viajado. Conhece o mundo.
Nhantumbo desfia mentalmente o rol de irmãos e de primos que tem, e a nenhum deles imagina fazendo esse papel. A nenhum teria podido confiar uma coisa daquelas. E esse pensamento de alguma forma o conforta.
Pedrosa prossegue:
– Depois, uma coisa tão perfeita é claro que mais tarde ou mais cedo iria cheirar a esturro. Tinha antes de ter feito pequenos levantamentos, gastos inconsequentes. Um automóvel novo, por exemplo, que o seu *Opel* já não está apto a andar nas nossas ruas, só nas ruas da amargura. Devia ter deixado o traço de alguém com dúvidas, progredindo às apalpadelas como progredimos quase todos. Em suma, muito mais altos e baixos para não sobressair. Desculpe a franqueza, vizinho Nhantumbo, mas foi a vaidade que o deitou a perder.
– Isso não me serve de ajuda – corta Nhantumbo com azedume. – Isso já eu sei.

— Mesmo com o mal feito — prossegue Pedrosa com vagar — talvez ainda houvesse saída se tivesse falado com o seu Diretor.

Toda a esperança que Nhantumbo depositara em Pedrosa e numa solução milagrosa se transforma agora em surda irritação.

— Isso já eu sei — repete.

— Tinha-lhe proposto uma fatia grossa, sociedade, sei lá! E talvez ele tivesse embarcado. Juntos mais facilmente despistariam a coisa. Mas não, vaidoso que é...

— Já sei! Já sei! — atalha Nhantumbo. — Mas o que é que faço?

— Olhe, se fosse eu punha-me a milhas porque me cheira que hão de vir buscá-lo.

Não passa de uma sugestão. Nhantumbo, contudo, olha para ele e vê nela uma certeza. Uma certeza que todos os cenários e operações contabilísticas já não conseguem alterar. 'Hão de vir buscar-me', pensa. 'Talvez daqui a pouco, mal nasça o dia e eles entrem ao serviço'.

Vira as costas a Pedrosa, sem mesmo se despedir, e volta a entrar silenciosamente em casa. Tira o maço de dólares do esconderijo da sanefa, divide-o em dois, torna a pôr lá metade para Alice, coitada, e sai com as chaves do velho *Opel* na mão. Perde algum tempo a tentar pô-lo a trabalhar, sem resultado. Abandona-o e segue a pé pela rua fora, estugando o passo na esperança de conseguir a boleia de algum madrugador.

Encostado ainda ao muro, Pedrosa, fumando novo Marlboro importado, lança-lhe um silencioso adeus.

16
Lojas vazias

Com o correr do tempo foi-se a loja de Valgy empobrecendo, sem que ele conseguisse repor o que de lá saía. Os portugueses levaram quase tudo: dois cortes de brocado aqui, cem gramas de cravinho além, e muitas, muitas saudosas capulanas. Em saquinhos e pacotes iam os produtos partindo, e Valgy sem conseguir preencher as falhas nas prateleiras! Enrodilhavam-se os circuitos de importação a tal ponto que começaram a romper-se. Primeiro, os mais longínquos e intricados, sedas chinesas, brocados de Bombaim e Madras, antes expeditamente descendo terras e atravessando mares para surgir aqui frescos como se tivessem acabado de sair dos mágicos teares que os teciam, agora passando a chegar enrugados e rotos, raros, antes de desaparecerem de todo.

Metia dó ver Valgy esticando para o escuro do teto a vara de madeira com o gancho na ponta, abaná-la, aguardar, e em vez do suave e costumeiro esvoaçar da borboleta de pano despencava-lhe em cima o hirsuto ninho de alguma pomba municipal acompanhado de uma chuva fina de poeiras depositadas ao contrário do que manda a natureza; ou então descia o som surdo de uma revoada de morcegos de sono perturbado. Metia dó ver Valgy sacudindo incomodado essa poeira que lhe conspurcava a alva *djelaba*, ao mesmo tempo que se lamentava perante a desapontada cliente:

– Tente noutro lado, *madame*, que aqui não podemos fornecer-lhe o que procura.

Já não havia panos para mostrar, nem sequer *madame* para ver que quem solicitava era uma humilde mulher das nossas, de capulana e lenço a condizer, a cesta de palha a tiracolo. E ela, desculpando-se da irreverência de ter pedido o que não havia, caminhava agora para a porta da saída com um silêncio de pés nus pisando a pedra do chão da loja.

Novamente a sós, Valgy percorria com os olhos o compartimento, procurando a quem culpar.
– Titosse, assim é impossível! Você anda a roubar-me! – desabafava.
Mas era falar por falar. Valgy sabia que não era assim, que era apenas o circuito de importação enrodilhando-se, os barcos custando a atracar, os comboios custando a partir lá de onde vinham, a República fechando as portas, ensimesmando-se. Tentava fugir à verdade por não ter como encará-la.
Nharreluga, percebendo o desespero do patrão, relevava.
Depois, chegou a vez de produtos de percurso mais simples e direto como os condimentos da nossa irmã Tanzânia aqui tão perto que, se furavam esse malévolo bloqueio que não tinha autores visíveis nem culpados, chegavam no entanto em quantidades tão diminutas, e com tanta papelada agarrada – guias de desembaraço, certificados de origem, cartas de porte, garantias bancárias, comprovativos não se sabe de quê – que Valgy ficava de cabeça confundida e ânimo revoltado.
– Se fosse mais novo, sei bem como seria! –ameaçava.
Mas hoje não faria qualquer sentido a imagem de um *dhow* de contrabando chegando-se à praia pela calada da noite, ao arrepio do olho atento do Secretário Filimone. Os tempos eram outros, muito distantes dos mistérios de Unguja e Pemba, dos seus escuros mangais. Além disso – ai de Valgy! – aquilo que ele solicitava não cabia no escalão dos bens de primeira necessidade!
– Tempero é luxo! – exclamava. – Panos são luxo! Tudo é luxo! Onde é que nós vamos parar?!
– Calma, patrão Valgy.
E Nharreluga, com espírito prático, apresentou-lhe a expedita solução a que recorriam as lojas vizinhas para poder sobreviver. Trouxe mesmo alguns segredos para o patrão aprovar: pó de caril que afinal não passava de milho moído c outros ingredientes para lhe conferir a cor aproximada; capins vulgares que recebiam pomposos nomes; achares de limão onde quase não constava o limão. 'Tudo fabrico nacional, patrão!'
– Onde está o cheiro, nessa mixórdia, Titosse? – rugia Valgy,

o purista, abrindo as insatisfeitas narinas. – Você não sabe que tempero primeiro é cheiro, depois cor e sabor, e em terceiro lugar a leveza com que se dissolve na língua?

Nharreluga sabia, desanimado. Estava só a tentar ajudar. E continuou a lutar à procura de alternativas, desdobrando-se em esforços para que tudo voltasse a ser como dantes. Batia às portas requeridas, fazia as longas e lentas filas necessárias e por vezes voltava mesmo em triunfo com alguns rolos do tecido de antigamente, que o patrão inspecionava com um cuidadoso apalpar de cego; ou com uma saquinha de cominhos onde ele enterrava o seu nariz adunco e vigilante, pesando depois os prós e os contras enquanto o sacudia.

Nharreluga, ansioso, ficava à espera de um veredito que chegava indireto e mudo, num olhar que acariciava o pano quase com saudade, numa fremência das narinas que significava o reconhecer de um cheiro antigo, um prazer julgado já morto.

– Não está mal, Titosse. Não está nada mal.

E por momentos tudo parecia voltar ao que fora, Nharreluga sentindo o agradável calor da segurança, o patrão chegando mais cedo e entusiasmado, uma pequena multidão acotovelando-se à porta de entrada, saindo pela de saída, satisfeita.

Mas era curto o interregno, não dando sequer para disfarçar a tendência maior. E coube por fim a vez às capulanas e às frutas nacionais, também elas se fazendo raras ou mirrando.

– O que é isto, Titosse? Ninguém produz? – indignava-se Valgy. – Ou será que comem as tangerinas todas lá em Cumbana e não chega para nós?

– Parece – respondia o empregado.

– Política! Tudo é política! Falam, falam mas ninguém trabalha!

E Valgy saía de rompante pela porta errada, já pouco se importando com as forças do além. Deixando para trás um Nharreluga atarantado, sem saber se fechava a loja, se esperava.

* * *

Claro que a desgraça de Valgy não passava despercebida na

Rua 513.2. Viam-no sair e chegar acabrunhado, haviam-se afeiçoado ao a *xiphunta*, conheciam e apiedavam-se dos seus esforços. Também todos procuravam – sem achar – o que comprar, e por isso sentiam o problema de quem queria vender e não tinha como.

Um dia, vendo-o passar a pé e alterado, Pedrosa convidou-o a entrar. Valgy relutou: nada tinha para dizer àquele quase desconhecido que resolvera plantar-se ali em frente, no número 2, sem dúvida para de lá observar melhor a sua decadência e a reportar ao Partido, ou então à ex-esposa.

'Pedroso não passa de um espião', disse-o várias vezes a quem o quisesse ouvir, sobretudo ao pobre Nharreluga, que era quem mais tempo passava com ele e o ouvia. 'Os filhos do Mbeve é que têm razão: na casa desse Pedroso não se passa coisa boa'. 'Não é Pedroso, patrão, é Pedrosa'. 'Arre, Titosse! É Pedroso sim senhor. Afinal ele é homem ou mulher? Pedrosa é nome de mulher!'

Mas Pedrosa tanto insistiu, dizendo que tinha boas notícias para lhe dar, que Valgy acabou por aceder, entrando desconfiado naquele antro. Passaram à sala, sentaram-se, e o comerciante ficou olhando os retratos pendurados. Via-os pela primeira vez, podia enfim confirmar o que há tanto tempo os outros vinham apregoando. Era verdade: havia um grupo de espiões naquela casa!

Pedrosa começou com a conversa dos tempos difíceis, que não impressionou Valgy. Conhecia esses tempos como ninguém, permaneceu fechado como uma ostra. Decidira que, se o outro o queria levar a algum lado que fosse na frente, abrindo o caminho. E Pedrosa, cheirando alegremente a *Old Spice*, uma colônia importada, não se importou de abrir esse caminho, contando que também a ele os problemas afligiam ('Difícil de acreditar', achou Valgy, o das narinas aguçadas, aspirando o cheiro da tal colônia).

Se Valgy reparasse, veria que é impossível alguns estarem bem no meio destas águas estagnadas, disse Pedrosa. Águas estagnadas? Valgy não via águas estagnadas nenhumas. Não chovera, continuava a entrar e a sair de casa sem molhar os pés, não sabia ao que Pedroso se estaria referindo.

– É verdade – insistia Pedrosa.

Estando mal os lojistas, estavam também mal os clientes, sem ter o que comprar. Mas havia mais: se Valgy olhasse para montante, neste rio que é o comércio, se o fizesse com atenção (poucos o faziam), veria que também para os produtores os tempos não sorriam. Ele, Pedrosa, por exemplo: Valgy nem imaginava as dores de cabeça que tinha. Por vezes era a seca mirrando as árvores, os frutos nascendo engelhados como se fossem já velhos, ou nem sequer chegando a nascer; outras, era o bicho que lhes dava, e o diretor provisório perdendo a batalha da papelada de importação do pesticida!

Valgy agitou-se na cadeira. Essa batalha da importação conhecia ele de cor.

Finalmente, quando tudo parecia correr pelo melhor, os frutos inchando-se de um sumo amarelo e brilhando nas árvores, vinha então o problema – quiçá o mais terrível porque mais inesperado – de não ter como vendê-los.

– Eu sei que não é fácil o vizinho entender-me: não é produtor. Mas imaginemos um produtor cheio de produto para colocar. O vizinho Josefate, por exemplo (sei que também não é produtor, mas imaginemos por um momento que o fosse), porque razão pensa o amigo Valgy que lhe deu a loucura de distribuir presentes de ano novo daquela maneira, como se a mercadoria não tivesse valor?

– Por bondade – respondeu Valgy prontamente. – Porque é assim na revolução.

– Engana-se. Não digo que não seja bondoso nem revolucionário, talvez seja, mas não foi por essa razão. Foi simplesmente porque estava cheio de cervejas como eu estou cheio de laranjas. Deu-lhe por isso uma loucura e resolveu despachá-las.

Intimamente, Valgy discordou. Continuava a achar que Josefate o fizera por ser revolucionário. Continuava também sem saber onde o Pedroso queria chegar.

Pedrosa, paciente, explicou. Ele tinha um problema parecido com o do Mbeve. A campanha fora boa, correra tudo como o previsto, as laranjas eram tantas que não tinha onde guardá-las (a propósito, Valgy que não se esquecesse, à saída, de levar para casa um par de sacas de presente). Tinha-as no armazém, tinha-as até no escritório e em casa, empilhadas pelos cantos. Não sabia mais onde pô-las. Que fazer com tanta laranja? Pensara, claro, entregá-las às lojas como sempre, mas um dos seus conselheiros, mais exatamente o Contabilidade (e apontava um dos retratos pendurados na parede) dissera-lhe que tivesse cuidado. Os lojistas não tinham dinheiro com que pagar (outra vez o estado dos tempos, que andavam maus) e o resultado seria certamente um buraco nas contas da empresa (o Auditoria franzira o sobrolho ante aquela perspectiva).

Valgy admirou-se com o exército de ajudantes que Pedroso tinha. E ele que só tinha Titosse!

Como se não bastasse, o Planejamento ele próprio, aquele ali engravatado (e Pedrosa apontava outro retrato), alertara-o para um risco ainda pior. Estava previsto um encaixe de xis toneladas, e se ele se pusesse a ultrapassar as metas estabelecidas, inundando o mercado com um mar de laranjas, talvez o triplo ou o quádruplo da quantidade superiormente decidida, desencadearia uma crise de consequências imprevisíveis.

– Por isso é preciso agir com prudência – concluiu Pedrosa. E, em voz mais baixa: – E também com descrição: é que as paredes têm ouvidos.

E como Valgy olhasse os retratos em volta, atemorizado, percebendo finalmente alguma coisa, Pedrosa sentiu-se na obrigação de precisar:

– Não são estes, são outros.

Valgy olhava o interlocutor e os retratos, os retratos e o interlocutor, sem saber o que dizer.

– De modo que eu e os meus colegas aqui – prosseguiu Pedrosa, voltando a apontar os retratos – resolvemos tentar um novo projeto, fazer-lhe a si uma proposta.

Proposta?

Explicou: forneceria laranjas a Valgy em regime de exclusividade e à consignação.

– Consignação? – embora comerciante experiente, Valgy não sabia o que era isso.

Se não conhecia, Pedrosa explicava. Era um termo importado. Aprendera-o nas muitas viagens que fizera ao exterior – Sevilha, Algarve, São Paulo – para ver como funcionava o negócio das laranjas e quais os métodos que ali usavam. Em suma, consignação queria dizer que Valgy recebia as laranjas e ia pagando à medida que as conseguisse vender.

– E se elas apodrecerem entretanto? – Valgy lidava há muito com fruta, embora ela não fosse a sua especialidade. Sabia que um dia pode estar vistosa, no seguinte trair nos sem aviso com o seu fétido cheiro e a sua cor macilenta.

Se elas apodrecessem Valgy pagaria metade do valor, Pedrosa o resto, ficando assim dividido o prejuízo. E nesse ponto entrava a confiança, que é a verdadeira alma do negócio. Pedrosa confiava em Valgy e por isso lhe fazia a proposta. Partia do princípio de que Valgy também confiava nele, aceitando-a.

Pedindo tempo para pensar, o comerciante saiu acenando reverentes despedidas a Pedrosa e aos retratos, e arrastando as duas sacas prometidas de que se não esquecera. Menos por vontade de as comer que para inspecionar a qualidade do produto antes de se decidir a fazer aquele negócio.

* * *

Os dias passam. Na loja, aumenta enormemente o buraco do telhado e a escuridão cerrada vai dando lugar à enganadora luminosidade da decadência. São já muitas as pombas municipais que entram por ali, envolvendo-se por vezes em acesas lutas de que resultam chuvadas de penas e esterco que sujam o balcão.

– Já viu como está este balcão, senhor Titosse? Onde estamos nós com a cabeça? – ruge Valgy, atribuindo ao desleixo do empregado a sujidade. Fazendo-o para não ter de admitir o resto.

Outras vezes, chove uma cambraia que afinal ainda havia e se soltou e desceu, incomodada com as disputas surdas das aves. Fermentou durante meses na escuridão das alturas e agora, num estertor, ilumina-se e adeja solitária até pousar na frente do nariz de Valgy, em cima do balcão. Manchada de esterco de pomba, perdendo a cor que antes tinha, embotando. E o monhé, não tendo a quem vender peça tão rara e tão cara, levanta-a em braços como se levantasse uma criança moribunda.

Tito Nharreluga, sempre atento, nota até uma lágrima escorrendo pela face deste homem propenso aos dramas, e entristece-se também.

Se as preocupações de Valgy se soltam dos tecidos é para caírem nos temperos. Os temperos existem não só para a descoberta dos sabores mas também para desafiar o tempo. Penetram nos alimentos para os fazer durar e, com isso, responder à nossa busca de intemporalidade. Na loja, vive-se contudo o tempo atual e os temperos vão rareando, tal como faltam também os clientes. Tempo de hoje, contrário da intemporalidade. Valgy, com o seu faro apurado, descobre com surpresa o verde do mofo infiltrando-se nos cominhos que ainda sobram, manchas de fungos perturbando a tonalidade suave do gengibre.

–Titosse! – clama ele pelo culpado.

Quando não é mofo ou fungo conspurcando o que parecia ser eterno, são caixas vazias, quando muito com restos de pó nos seus cantos. Ou então, apenas o rastro dos cheiros envelhecendo. Chegará um tempo em que, de tanto Tito limpar, nem sequer isso. Um tempo em que apenas a memória sólida de Valgy lhe permitirá olhar as caixas e dizer: 'Aqui já houve cravinhos, ali noz-moscada'. Quanto ao povo comprador, pelo andar das coisas é inevitável que entre por uma das portas sem conseguir adivinhar o que a loja ali vendeu no passado.

Estantes vazias, caixas vazias.

* * *

Numa radiosa manhã, Tito irrompe esbaforido pela loja:
– Patrão Valgy! Patrão Valgy!

São as laranjas de Pedrosa que chegam. Afinal, o Pedroso bem-cheiroso cumpriu com o prometido! Valgy corre para a entrada a receber a carrada, com a mesma reverência com que antes recebia os cetins e as cambraias.

— Depressa, Titosse, mete a mercadoria cá dentro que com este sol ainda se estraga!

E patrão e empregado reatam uma intensa atividade. É preciso separar as laranjas pelos seus calibres, poli-las para que fiquem brilhando, expô-las da melhor maneira, torná-las apetitosas ('Depressa, Titosse! Cuidado, Titosse!').

E quando entra a primeira cliente, Valgy atende-a anunciando o produto com a veemência de outrora:

— Veja-me estas laranjas, *madame*! Aprecie! Vieram de muito longe!

Mentindo, traça-lhes o historial e o percurso. Em algum ponto de África, recôndito, os caroços explodiram dentro da terra, de lá saiu um grelo de um verde vivíssimo que se fez talo e foi preciso regar com a escassa água que havia, e enxertar, e continuar a cuidar com desvelo para que finalmente os frutos despontassem e crescessem. Depois, houve que descobrir a altura certa da colheita, frutos ainda verdes para que pudessem amadurecer no caminho e chegar aqui no exato ponto em estes estão, mas não demasiado verdes que não chegassem a vingar. Foi nesta altura que os benzeram os feiticeiros para que pudessem sobreviver aos trabalhos do transporte pelos caminhos do mato.

— Ah, esses caminhos!

E Valgy descreve em pormenor as sacas de laranjas recém-colhidas transportadas à cabeça pelos caminhos da savana e da floresta, homenzinhos suados rompendo pelo capim-elefante que lhes chegava ao ombro, as sacas parecendo barcas vogando por cima de um mar verde-pálido; os homenzinhos torneavam as árvores, enterravam os seus grandes pés na lama, atravessavam rios de corrente impetuosa correndo o risco de serem levados por ela, as sacas abrindo-se, as laranjas espalhando-se, pequenas esferas brilhantes descendo velozmente as águas de um afluente para um rio maior que é por sua vez afluente de outro ainda maior, e por aí fora até chegarem à foz e se perderem para todo o sempre no mar infinito.

Abre os braços magros e deixa insuflar-se a *djelaba* para frisar a tragédia.

Caso a travessia tivesse sido feita com sucesso, passavam as sacas das costas desses exaustos heróis para o lombo de incansáveis burros que trotavam por subidas e descidas até quase rebentar, a pele grossa disparando espasmos furiosos para manter em respeito as varejeiras; destes para carroças tiradas por juntas de bois que chiavam monotonamente, transportando a preciosa carga por caminhos encharcados, arenosos, caminhos sinuosos que desembocavam na origem de estradas propriamente ditas onde a esperavam caminhões para a levar até cidades pequenas, de onde saía um comprido comboio para as trazer delas, silvando e espalhando fumo, até aqui.

Todo esse esforço de homens e animais e máquinas desafiando a natureza, toda essa coordenação para que as pequenas laranjas possam chegar aos privilegiados – pouquíssimos – que as irão comprar.

Quando a cliente, exausta, pensa que a viagem chegou ao fim, o comerciante volta à carga. Começavam, neste ponto, o segredo e a arte.

– A política – diz Valgy, abrindo muito os olhos e fazendo um ar misterioso.

É que eram tão poucas as laranjas que sobreviviam, apesar dos cuidados, dos esforços e das benzidelas, que só raros comerciantes conseguiam ter algumas sacas para vender.

– A política e os contatos. Conhecer este porque tem acesso àquele e por aí fora. Não vale a pena dizer mais, penso que já compreendeu aonde eu quero chegar.

Aproveitasse a *madame*, pois estava talvez em presença da última remessa.

– É hoje ou nunca!

Ou o comboio descarrilava ou o caminhão avariava ou os bois morriam de coração explodido pelo esforço, os burros devorados pelas feras, ou os pobres homenzinhos se deixavam afogar e levar pelas águas para parte incerta, provavelmente escorregando de rio em rio até chegar ao mar (não notava a cliente, em certos dias, as águas da baía mais alaranjadas, das laranjas que lá iam dar?); ou ainda as laranjas mirravam nas árvores do pomar recôndito, da seca que fazia e até vinha anunciada nos jornais. Uma dessas coisas terríveis acontecia para tornar estas laranjas as últimas e mais preciosas.

Valgy pega numa, esfrega-a na manga da *djelaba* e eleva-a no ar para que o sol possa arrancar da sua pele os reflexos necessários que encadeiem *madame*. Embasbacada, esta olha as laranjas com ar de quem não sabia que frutos tão pequenos pudessem conter tantos e tão terríveis segredos. Quanto a Nharreluga, olha o patrão Valgy com surpresa e com orgulho.

***

Inevitavelmente – porque o povo é falador – espalha-se a notícia das laranjas milagrosas de Valgy. E todos acorrem, formando uma fila comprida e sinuosa feita de gente verdadeira mais de pedras e de cestos, objetos e sinais que substituam os ausentes, aqueles que foram além mas voltam já, e é como se estivessem. De repente, alguém avança três lugares quando não devia e estalam as discussões.

– Titosse, põe ordem nessa gente! Cliente meu é gente educada!

E por uma vez Tito Nharreluga tem o imenso poder de dizer a todo o povo como deve ser, tal como faz um dirigente de verdade. Embora sem farda, é ele quem, com um gesto autoritário manda avançar quem deve avançar, ou parar à porta se a loja já está cheia. Para que Valgy, atendendo um cliente de cada vez com os vagares necessários a um bom negócio, possa fazer como era feito antigamente.

***

Certa vez, Valgy chegou mais alterado e distante. Como sempre, Tito levantou-se dos degraus e cumprimentou-o. Entraram os dois e também uma modesta *madame* de pés descalços e cesta vazia, o olhar errando em volta, procurando o que comprar. Forçosamente, pousou-o nas laranjas que era a única coisa que havia. Mas Valgy, ao contrário das outras vezes, permaneceu quieto e calado atrás do balcão.

– Patrão Valgy, patrão Valgy, conte-lhe a história das laranjas! – segredou-lhe Nharreluga. Achava que essa história tornava as laranjas irresistíveis.

Mas Valgy vira, ao chegar – e sentira isso no magro peito como uma punhalada – que as lojas vizinhas também vendiam as laranjas do Pedroso. Pedroso bem-cheiroso e mentiroso, prometendo exclusividade mas alargando essa tal consignação às lojas da rua inteira! E essa visão secara-lhe o discurso. Como repetir a história que Nharreluga pedia, agora fantasiosa, em vez da verdadeira e vulgar em que as laranjas saíam afinal dos pomares do Pedroso no Umbelúzi aqui tão perto, passavam a ponte no Cacimates, percorriam a normalíssima estrada da Matola, baixavam-se no Infulene, entravam pela Malanga, transpunham a colina do Alto Maé e desciam suavemente até à Baixa? A Baixa que é de todos, tanto de Valgy como dos comerciantes vizinhos? Intimamente amaldiçoando Pedroso, que com a mesma desenvoltura lhe fornecia a ele e à concorrência, Valgy deixou acastanhar e engelhar os frutos, desinteressando-se deles e de tudo o resto. E com o passar dos meses passou também a época e as laranjas rarearam até desaparecerem de todo. E tanto a loja de Valgy como as lojas vizinhas voltaram a entristecer-se.

Lojas vazias.

* * *

Nova manhã clara em que Valgy chega na boleia do *Ford Capri* do senhor Costa. Para depararem ambos, patrão e empregado, com o fim.

Valgy tira a chave, mete-a na fechadura, empurra as duas portas – a de entrar e a de sair – e estas chiam nos gonzos. Choveu de noite, há poças no chão de pedra, tão grandes como as que existem lá fora. Como se aqui, tal como em casa, no número 3 da Rua 513.2, Valgy fosse o açambarcador da água toda que existe, e a sua loja uma ilha solitária!

Valgy entra devagar, olha em volta, as mãos nas ancas. Prateleiras vazias, caixas vazias. Frascos vazios e um cheiro indefinido que já nem traz à lembrança o esplendor dos cheiros do passado. Com o apagar dos cheiros, apaga-se também a memória. Só o presente agora importa. Cru, luminoso e pesado.

Valgy, ainda com as mãos nas ancas, as velhas sandálias mergulhadas numa poça de água, diz:

– Acabou-se, Titosse.

– Acabou-se o quê, patrão?

– Acabou-se tudo. Os panos, os temperos e as frutas. Acabou-se o meu telhado, acabaram-se até as laranjas do Pedroso.

Tudo isso Tito já sabe. Anui.

– Acabou-se também a minha paciência. Acabou-se o teu emprego, Titosse.

Não há revolta naquelas palavras, talvez apenas alguma amargura. Palavras ditas de mansinho, que inundam Nharreluga de uma inesperada sensação de liberdade. Acabavam-se também os dias passados a tratar dos papéis de importação, a pedinchar; acabavam-se as manhãs solarengas à espera do patrão, sentado nos degraus; acabavam-se as interrogações, se o patrão vinha ou não vinha no *Ford Capri* do senhor Costa, envergando um fato de três peças ou a sua louca *djelaba*. Tudo isso perdeu agora a importância.

– Acabou-se tudo sim senhor, patrão Valgy.

Por Valgy perpassa uma ligeira surpresa. É que já se habituara a um Titosse lutador, que o desafiava e nunca desistia das coisas. Mas, assim como chega, também essa surpresa se vai. Valgy, que já fez as contas, mete a mão no bolso da *djelaba* e tira de lá o dinheiro que deve a Nharreluga, um pequeno rolo de notas amarrotadas.

– Aqui estão os teus meticais.

Palavra nova que quer dizer um dinheiro novo, o nosso dinheiro. Dinheiro que não merecia o destino de circular neste contexto. Passa esse dinheiro novo ao empregado e com isso se quebra a improfícua ligação: Tito liberta-se de ser Titosse; Valgy volta a encerrar-se na condição de *a xiphunta* a tempo inteiro.

Saem da loja os dois, o empregado na frente, o patrão atrás para poder fechar as portas uma derradeira vez.

17
Duas mulheres diferentes

Elisa, distraída, vai descascando uma manga gorda e madura com os dentes. Morde a casca com dentadas lentas e certeiras, puxando-a depois em tiras. Chupa bem chupadas as pétalas de casca que se desprendem, antes de as atirar para o chão já secas e inúteis. Costuma comer as mangas de maneira diferente, fazendo-lhes um furo na ponta com os dentes e depois massageando o fruto com vagar para que vá amolecendo e libertando o sumo, ao mesmo tempo que o chupa pelo pequeno orifício. Método eficaz, uma vez que, finda a operação nada mais resta que um invólucro mirrado e seco, um saco de casca dentro do qual o grande caroço dança. Mas hoje, não. Hoje está com fome e fá-lo assim mesmo. Vai puxando a casca com os dentes até que, concluídos os preparativos, tem na mão uma polpa pronta a comer às dentadas, carnuda e nua, amarelo-viva e sumarenta, tão sumarenta que o líquido lhe escorre pelos braços até aos cotovelos. Olha-a satisfeita, sabendo pelas cascas que já chupou que se trata de uma manga boa e doce. Prepara a primeira dentada.

Está sentada no quintal das traseiras da loja do bairro, o espaço da cooperativa das costureiras. Distraída do que a cerca, concentrada na operação de comer a manga. É uma hora da tarde e está um calor de rachar. Incomoda-a o ar úmido e quente que tira rigidez à capulana ainda ontem lavada e passada a ferro, hoje já enrugada e molengona, pendendo, cheirando a umidade e ao cheiro do seu próprio corpo. Chega uma ponta ao nariz e franze-o, incomodada. Terá de a lavar outra vez, pensa.

Está sentada à frente da máquina de costura, descalça. Os chinelos de borracha foram fugindo cada um para seu lado como se fossem pequenas osgas rastejantes, também elas molengonas. Procura-os, tateando com os pés descalços, e não os encontra.

Tem preguiça de se baixar para os procurar com os olhos e as mãos, de forma que se deixa ficar assim mesmo, descalça. Afasta com gestos bruscos a mosca mole que zumbe à sua volta, atraída pelo cheiro doce da fruta.

Está à sombra da mangueira do quintal. Gigantesca mangueira daquelas cujos ramos nem vale a pena tentar contar, tantos eles são. Sombra espessa, cinzento-escura, um pequeno refúgio noturno em pleno dia de sol vivo. Distraída.

Dona Guilhermina Ferraz aproxima-se de mansinho, por trás. Não é claro se o faz com o intuito de surpreender a rapariga ou se este jeito silencioso de andar é mesmo o jeito que tem. Dá a volta, dissimulada pelo tronco grosso da mangueira. Atenta. Em vez do ronronar da máquina de costura, cujo pedal Elisa devia estar acionando com os seus pés descalços, dona Guilhermina escuta apenas um silêncio riscado pelo zumbido da mosca insistente, e nada mais. Nem sequer uma ligeira brisa fazendo as folhas da mangueira suspirar de quando em quando. Apenas aquele zumbido e uma voz zangada ao longe, repreendendo uma criança.

– Outra vez, Elisa?!
– Aiuéé! – exclama ela, sobressaltada.
– Outra vez assim parada?
– Estava no intervalo, a comer manga.
– Isso vejo eu! Mas como no intervalo, se este é o teu turno? Não sabes o que é um turno?
– Sei sim, dona Guilhermina. Mas era só um pequeno descanso.
– Mas o turno foi inventado exatamente para não haver pequenos nem grandes descansos, para que a produção esteja sempre a ter lugar! Descansa apenas quem está fora dele.

Elisa ouve, paciente, esperando que a reprimenda chegue ao fim para poder morder a manga. Sabe muito bem tudo isso, já o ouviu inúmeras vezes. Distraiu-se, foi apanhada e pronto.

– E esta mancha amarela, o que é? – insiste dona Guilhermina.
– Onde?
– Aqui mesmo! – diz, apontando uma peça de caqui a caminho de ser bata de funcionária da loja, pousada em cima da

máquina de costura. – É mancha de manga! Sabias que isto nunca mais sai?
Elisa molha o dedo na língua e esfrega com ele o pano, tentando fazer desaparecer aquele sinal.
– Não piores a situação, rapariga. Deixa que eu depois tento resolver.
– Desculpe, dona Guilhermina. Não fiz por mal.
– Pois é, o mal é esse, nunca fazes por mal! O problema é que um dia destes lá terei de voltar a fazer queixa de ti ao teu marido. Um dia ainda seremos os dois forçados a despedir-te, rapariga. Não tens emenda.
Elisa amua, franzindo o cenho. Coloca a manga em polpa, cor de brasa viva, sobre um pedaço de jornal, onde fica amolecendo e endoidecendo as moscas. Limpa as mãos à folhagem e recomeça a pedalar furiosamente com os seus pés descalços. O som da máquina sobressalta algumas rolas que debicavam ali perto como se fossem galinhas, e que agora se afastam desajeitadamente. 'Vou dar-te as tuas batas mais depressa do que pensas', murmura Elisa para dentro, enquanto a máquina ronrona veloz e ela transpira por todos os poros.
Ao lado, com a tesoura e a fita métrica na mão, dona Guilhermina abana a cabeça em desaprovação.

* * *

É grande o poder que dona Guilhermina tem sobre Elisa, coitada. Este que agora vimos, de dizer ou não ao Secretário Filimone como se comporta a costureira da cooperativa, e se deve ou não ser despedida; mais o outro, lá da Igreja para onde dona Guilhermina levou a rapariga, desta vez às escondidas do Secretário.
Por que acedeu Elisa? Talvez porque temos sempre de guardar segredos daqueles que nos estão mais próximos e nos são caros, para que assim possam continuar a sê-lo. Tendo alguma coisa a esconder de Filimone, Elisa sente insegurança sempre que o vê aproximar-se; e insegurança é respeito, e também amor. A outra razão, poderosa, podemos encontrá-la na força

que têm as palavras de dona Guilhermina, na maneira como os enredos que ela tece são capazes de prender e cativar. Elisa é crédula, já o sabemos, e por isso dona Guilhermina não teve dificuldade em conquistá-la. Começou por fazê-lo como se isso quase não lhe interessasse.

– Quando acabares o trabalho, fechas tudo e levas-me a chave pois não tenho tempo de vir cá buscá-la – disse-lhe dona Guilhermina.

– Aonde? – quis saber Elisa.

– Podes levar-ma à Igreja. Estarei lá ao fim da tarde a ajudar o Padre.

E foi assim que Elisa lá foi, da primeira vez.

A cena passou a repetir-se. 'Fechas tudo e levas-me a chave'. E Elisa, sem precisar de perguntar, já sabia onde levá-la.

Umas vezes chegava antes da missa e assistia aos seus preparativos, ao manusear do bem raro que era a hóstia, feita de uma farinha quase inexistente; do bem raríssimo que era o vinho. Outras, já a missa ia a meio e Elisa, de chave na mão, era obrigada a esperar. Tanto esperou que passou a saber do que ali tratavam, da ordem da liturgia, do conteúdo da homilia, de como o Padre comentava as intenções da autoridade instituída sem chegar contudo a desafiá-la abertamente. Talvez fosse esta conspiração mansa, feita em surdina dentro das quatro paredes daquele fresco refúgio, aquilo que a atraía. Contestando-se a ordem em vigor, contestava-se necessariamente o seu representante, o Secretário Filimone e seu marido, com quem andaria porventura amuada.

Mas depois passava-lhe o amuo, fazia as pazes, e as vindas à Igreja espaçavam-se. Lá tinha então dona Guilhermina de pedir-lhe novamente para trazer as chaves, lá tinha de fazê-la esperar.

Durante a espera, Elisa ficou também a saber da força que tinha dona Guilhermina neste outro contexto. Da força que ela tinha em toda a parte. Estava-se na Igreja e era ela quem, na sombra, dirigia. Estava-se na cooperativa e igualmente nada era decidido sem a presença da senhora. Até em Filimone, seu marido, Elisa notava uma ponta de respeito por aquela mulher.

Foi por isso, tanto dona Guilhermina a atraí-la quanto Elisa a chegar-se, fascinada e curiosa. E quando deu por isso, estudava já o catecismo na esperança de vir um dia a ser batizada.

E dona Guilhermina? Por que será que dona Guilhermina é tão amarga? Será que o tremendo esforço que faz para viver esta vida a esgota e deixa seca por dentro? Ou, pelo contrário, ela é tão seca à partida que o trabalho de ajudar os outros não passa de uma tentativa de umedecer a consciência? Contradições e mistérios.

Dona Guilhermina é uma equilibrista que caminha no fio alto que divide os seus dois mundos. Tornou-se imprescindível em ambos e por isso ninguém a interpela. É como se houvesse duas Guilherminas e não uma só dentro daquela casca tensa. Como o consegue, ninguém sabe porque cala dentro de si o segredo dessa convivência. Zeca Ferraz, o marido, preocupa-se a espaços, sobretudo quando tem um trabalho demorado que lhe deixa a cabeça livre, a divagar. Esfrega o carburador e pensa. Pergunta-se se a mulher não esconderá as respostas num certo caderno de capas negras, como fazia antigamente o gordo Marques. Mas não. Dona Guilhermina guarda tudo na cabeça. Não é dada a escritas a não ser as da contabilidade – das batas e dos vestidos na cooperativa das costureiras, das hóstias e dos donativos na Igreja. O seu caderno é a vida que leva, é aí que anota os feitos de personagens reais, para não esquecer. Se o Marques escrevia senhor Soromenho, dona Guilhermina diz Filimone, o Secretário; se o gordo mecânico anotava o que lhe tinha tentado dizer mister White, dona Guilhermina pensa no que lhe diz o Padre.

Por isso o Padre, velho e solitário, não pode dispensar esta mulher. Os tempos são difíceis, a voz dele é frágil, dificilmente conseguindo que as palavras da homilia saiam daquelas quatro paredes. É dona Guilhermina quem as leva para a rua e para o bairro de caniço que se esconde atrás dela. É ela, a seca equilibrista, quem transita entre os dois mundos, forçando-os a conviver. Reconhecendo na fila da loja uma alma crente a quem premiar com as benesses que a política cria; conquistando com orgulho um empedernido militante partidário, ensinando-lhe a percorrer o caminho sinuoso que serpenteia por entre as casas e vai dar à Igreja.

* * *

A Igreja de dona Guilhermina. Essa Igreja que o Secretário Filimone ronda, sem se decidir a lá entrar. Lugar desconhecido e fechado, sempre fresco e penumbroso, que não se opõe nem adere aos poderes públicos, optando antes por uma via paralela. Quantas vezes o Secretário ali parou, hesitando se devia ou não convocar o Padre para o trabalho da vigilância popular, para as reuniões de domingo, para a escavação do malfadado abrigo! Parava, pensava e seguia adiante sem chegar a decidir-se, adiando sempre esse confronto para ocasião mais propícia. E por quê? Por dona Guilhermina e por Elisa, pelo respeito que lhe merecem as forças que desconhece; enfim, por falta de uma diretiva clara, e por escrito, do Partido. Como se este, apesar de destemido no confronto com o inimigo, seja ele qual for, também respeitasse forças que não consegue ver e o incomodasse o reconhecimento público desse respeito.

E o Secretário continua a rondar essa Igreja, estudando-lhe os pormenores e refletindo.

– Senhor Secretário Tembe, como está? – diz-lhe o Padre.

Escondendo atrás da pergunta uma falsa modéstia, uma maldita mania de superioridade, acha Filimone. E o que ouve é 'Entre, entre, que esta casa também é sua, é uma casa de todos. Ou será que tem receio de fraquejar e se converter?' Sempre esta ironiazinha aguda que dói dentro de Filimone como se fosse uma dor de dentes. Mas o Secretário contém-se. Não quer ainda este combate, não tem orientações claras do Partido para o levar a cabo.

– Fica para outro dia – responde.

Fica para outro dia que eu hoje tenho pressa, camarada Padre (camarada para que não fiques sem o troco). E segue o seu caminho, sentindo o olhar frio do Padre escorrendo-lhe nas costas.

Dona Guilhermina podia, é claro, mediar este princípio de conflito, impedindo-o de crescer. Podia dizer ao Padre que o

Secretário, embora revolucionário, passa os dias a tentar proteger e educar o seu rebanho; e a Filimone que, se olhasse bem veria que o Padre tem uma costela claramente socialista, tratando a todos por igual. Falaria assim com os dois, o rebanho popular balindo no meio, e estaria tudo resolvido. Mas dona Guilhermina lida com um como se desconhecesse o outro, qualquer alusão à outra parte merecendo da sua um tenso piscar de olhos e uma desconversa, uma sábia e nervosa retirada. O mundo dispõe-se assim e dona Guilhermina, modesta, não está ali para o mudar. O Partido na loja, na cooperativa das costureiras e nos espaços públicos; a Igreja e o murmúrio das rezas nos seus domingos privados.

Será que dona Guilhermina ainda acaba por trazer os crentes para a luta social? Ou, pelo contrário, vai a Fátima para cumprir velho sonho à frente de uma delegação partidária? Perguntas cujas respostas só no futuro podem ser encontradas.

* * *

O Secretário e dona Guilhermina dão-se bem, apesar desta vida paralela que ela leva. Foi dona Guilhermina quem mais ajudou no abrigo, é ela quem mais ajuda na loja, dando conta das entradas, deitando um olho às mulheres que controlam os produtos, organizando as filas de moradores, mantendo em dia a contabilidade. Dona Guilhermina é uma camarada sem o ser. Com uma única ressalva: foi ela quem levou Elisa para a Igreja, e o apuramento desse caso será feito um dia, assim surja a oportunidade.

Não que o Secretário se preocupe com a entrada do sobrenatural em sua casa: embora respeitando-o, Filimone é um homem de inabaláveis convicções e a revolução é, para ele, aquilo que mais importa. Preocupa-o antes o contrário, que esses novos hábitos lhe levem a mulher para fora de casa durante o dia (já bem basta a cooperativa das costureiras, esse lugar onde ela se vai aos poucos emancipando). Pergunta-se o que fará Elisa lá fora enquanto descura os deveres domésticos. E, enquanto se pergunta, invade-o uma onda de ciúme e irritação nos piores dias, um vago agastamento nos restantes. E como se tudo isso não bastasse, o

Secretário chega a casa muitas vezes para dar com o Inspetor Monteiro esparramado na sua poltrona e dizendo, mesquinho:

– Filimone, olha que a tua mulher passou o dia todo na rua! A fazer o quê não sei, pois só posso responder pelo que se passa dentro das quatro paredes desta casa!

Elisa desta vez reage, abandonando a neutralidade e insultando o Inspetor. Bem diz o marido que ele não passa de um reacionário intriguista, sempre pronto a provocar divisões entre aqueles que estão unidos. É assim que ele agradece o acolhimento (uma maneira de dizer) que lhe dão naquela casa?

– Até que enfim me dás razão – apoia Filimone. Mas, não conseguindo conter-se: – Diz-me cá, onde andaste tu o dia inteiro?

E Elisa deixa Monteiro e levanta o nariz para Filimone, em desafio. Ai quer saber? Quer mesmo saber? Então que pergunte à sua amiga dona Guilhermina, se não está contente. Não é com ela que costuma trocar segredos e urdir maquinações?

– Ou então vem atrás de mim até à cooperativa, se queres ver aonde vou! Já agora, ajudas-me no trabalho, que eu trabalho e não é pouco (omite o tempo passado a chupar as mangas que pendem da árvore, por cima da máquina de costura).

Fará Filimone ideia de quantas batas ela coseu hoje?, prossegue Elisa. Claro que não! E não faz ideia porque enquanto ela trabalha há gente que passa o dia a fazer política, que passa o dia, na verdade, a passear-se de um lado para o outro, a meter-se na vida dos outros.

Monteiro ri, satisfeito.

Filimone, coitado, fica sem saber o que dizer. Manda calar o Inspetor, farto da gargalhada dele; manda calar Elisa, farto da falta de respeito. Custa-lhe o rumo que as coisas tomam, acha que o mundo devia ser mais simples: dentro de casa, uma sala sem os resquícios do antigamente, Elisa tomando conta; lá fora, os pobres melhorando a sua vida e os camaradas dirigentes explicando com clareza o caminho a ser seguido. Vagueia pela sala, fingindo-se ocupado, dizendo para si que não liga mas na verdade ligando, e muito. Na verdade sentindo um calor subindo-lhe às faces, sem saber que parte dele é ódio ao Inspetor, que parte é ciúme por ver Elisa saindo e entrando a seu bel-prazer. Sem conseguir fazer essa destrinça. 'A mboa está mal preparada, a couve está crua!', ou 'O quintal está cheio de lixo!', são acusações que já fizeram ninho na sua boca, de tanto as repetir. Elisa, por sua vez, já as despiu do sentido que elas têm, não as entendendo ou não querendo entender, guardando apenas o timbre monótono que as reveste.

– Sabes bem que nunca fui boa cozinheira! – diz, respondona. – Sabes isso desde o início. Se falas assim é porque te cansaste de mim!

Filimone cala-se outra vez, outra vez sem saber o que dizer. Sem saber dizer-lhe que o problema, tal como ele o vê, é precisamente o contrário de se ter cansado, é sentir a falta dela dentro de casa. Gostar dela é, de certo modo, uma fraqueza que lhe diminui a autoridade. Dizer-lho seria diminui-la ainda mais. Por isso terá de ser Elisa a adivinhá-lo. Cala-se, também, por não querer discutir o assunto da Igreja.

* * *

Elisa, por sua vez, está longe de se sentir inocente. Morde-lhe alguma culpa de não ter dado ainda um filho a Filimone. Culpa da sua barriga que é de má qualidade, pensa. Certamente que o marido sofre com esta espera, talvez seja mesmo ela que o faz ser tão político a tempo inteiro, tão engajado. E neste ponto é ela quem se cala.

Ficam assim as duas interpretações separadas pelo silêncio, impedidas de se encontrar. Ficam assim: Elisa esperando que Filimone fale, Filimone esperando que Elisa diga qualquer coisa. Enquanto isso, o Inspetor Monteiro, cansado do silêncio que se instalou, retira-se e deixa alguma paz naquela casa.

Mas a justiça faz dizer também que não é por causa da barriga de Elisa que Filimone se desespera. Político nato que é, tem arreigada dentro de si uma quinquenal paciência: já que não foi neste, talvez no próximo quinquênio a barriga magra da mulher se decida a dar-lhe um filho. Um rapaz a quem ele ensinará como se escavam abrigos, como se faz a vigilância popular. Um pequeno Filimone que se tornará tão competente quanto ele o é. 'Um pequeno Filimone que ponha os pequenos Mbeves na linha', pensa o Secretário, com um sorriso amargo iluminando-lhe as feições.

Elisa, ao lado, entende à sua maneira aquele sorriso sem que sejam necessárias as palavras. E sorri também. 'Talvez no próximo quinquênio', pensa, esperançada, preparando-se para fazer as pazes.

18
A justiça dos pequenos privilégios

– Não empurrem! Chega para todos! – diz dona Guilhermina Ferraz com voz nervosa, tentando controlar uma agitada fila de povo. Cada qual com seus cartões na mão.

Ao lado, um pouco recuado, o Secretário Filimone observa o movimento.

Fazem uma fila só, comprida e retorcida como uma grande cobra-mamba antes de se perder rua fora, com várias voltas que só quem lá está percebe o que são. A boca à porta da loja do bairro, o rabo na distância.

– Preparem-se, camaradas! A fila da esquerda é a fila do cartão azul! A da direita, a do cartão branco! – grita o Secretário Filimone. – Quem não tem cartão azul não vale a pena estar à esquerda, perde o seu tempo!

O cartão azul significa o racionamento por meio do qual todos nós, independentemente de quem formos, ganhamos direito ao mesmo cabaz de produtos que nos permitirá atravessar o mês sobrevivendo: farinha de milho, açúcar e feijão, óleo e sabão. Quanto ao cartão branco da cooperativa, dá acesso aos extras que chegarem: manteiga ou laranjas de Pedrosa, um molho de pequenos peixes se for um mês de sorte, de promessas se de azar. Agitamos no ar esses cartões brancos e azuis como se fizéssemos parte de uma multidão saudando a passagem de alguém importante, na verdade fazendo-o para comprovar a legitimidade da nossa condição.

Duas cobras-mambas, pretende o Secretário, uma azul e outra branca. Duas filas com dois significados. E tudo volta ao início, a fila desfeita num mar de gente agitada, um único mar e não dois, um mar que bate o pé e desafia.

Protestos do povo, que tem fome e quer comer. Queremos saber o porquê de duas filas, uma azul e outra branca, quando estava já feita uma só, uma só cobra-mamba esfomeada, pronta a avançar e a morder aquilo que conseguisse apanhar. Queremos saber o porquê de duas manhãs perdidas em vez de uma só.

Dona Guilhermina Ferraz, sagaz, segreda qualquer coisa ao Secretário, fazendo-lhe ver as agruras do caminho que escolheu. 'Simplifiquemos, camarada Secretário. Simplifiquemos ou isto ainda acaba mal!'

E as autoridades cedem. Que se faça então uma só fila como o povo quer, um único ralo para escoar este mar agitado.

Volta a formar-se a cobra-mamba esfomeada, serenam os ânimos. Os trabalhos podem começar.

Antonieta Mbeve, volumosa, é a primeira a avançar. Acompanhada dos dois filhos mais velhos, em cada mão dois cartões, quatro ao todo: dois brancos e dois azuis. Antonieta acorda sempre tarde, já sabemos que é preguiçosa, mas os filhos Chiquinho e Cosmito estão ali desde manhãzinha, ensonados e resmungando, guardando o primeiro lugar na fila. Quatro cartões, dois brancos e dois azuis.

– Por que quatro cartões – quer saber o Secretário – se a família Mbeve é só uma? – Quando muito deviam ser dois.

A razão é simples, responde Antonieta. É que além de representar os Mbeves como seria normal, representa ainda o vizinho Valgy que hoje não pode fazer-se presente.

Filimone abespinha-se. Se Valgy não se dá ao trabalho de cá vir, se evita misturar-se com o povo, também não merece a sua parte. Perde o direito a ela.

Atentos, ouvimos o Secretário e concordamos. Não queremos aqui elitistas nem os problemas que eles sabem criar, problemas que fazem com que a fila se arraste em vez de andar.

– O camarada Secretário tem razão! Tira fora! Vamos mas é andar para a frente!

– O camarada Secretário tem razão – repete dona Guilhermina, como se fosse um tenso eco que representasse a nossa própria voz.

Mas Antonieta Mbeve, de mão na anca, responde:

– A senhora não se meta onde não é chamada, mamã Guilhermina! Você não é a verdadeira autoridade! – Fala em voz alta, para que todos possam ouvir e envolver se. Quando acha que tem razão, Antonieta Mbeve não teme o povo nem sequer a autoridade.

O Secretário que deixe o monhé em paz que ele nunca fez mal a ninguém. Como é que o Secretário, que sabe sempre tudo, não sabe que Valgy é como é? Até as crianças o sabem ('Valgy a xiphunta! Valgy a xiphunta!'). Há muito que se desligou deste mundo, pior ainda desde que a sua loja fechou as portas. Desde então que passa mais tempo escondido em casa ou sentado nas alturas do telhado. Como quer o Secretário que ele ligue a miudezas, que veja lá de cima os minúsculos cartões, e se interesse? Os malucos também têm fome, também precisam de comer! Quem manda fazer uma sociedade assim complicada? O abastecimento é um direito! Agora aguentem!

Agora que Antonieta ripostou, surgem novas opiniões. É que o povo é muito e há-o com todos os gostos e inclinações. Multiplicam-se os murmúrios e os acenos apoiando esta segunda posição.

– Deixem o monhé em paz, vamos mas é andar com os trabalhos! – dizem alguns entredentes, numa impaciência que soa a um surdo agastamento, dentro em breve nova ameaça.

Filimone, bom político, percebe logo o caminho que as coisas podem tomar. Por esta vez fecha os olhos à pequena ilegalidade. Mas vai dizendo, para que Antonieta não pense que o derrotou:

– Está bem, nós somos compreensivos, estamos só a alertar. Da próxima vez, camarada Antonieta, veja se convence o camarada Valgy a vir cá pessoalmente buscar o que é dele. Aqui não há procurações: de uma maneira para uns, da mesma maneira para todos. Agora já não é como antigamente, agora é o tempo da igualdade!

De forma que o caso passa. Antonieta e Chiquinho levantam e pagam o abastecimento dos Mbeves, Cosmito o de Valgy. E a fila pode prosseguir o seu caminho.

* * *

Mais tarde, Antonieta irá ela própria entregar os produtos ao coitado, aproveitando até para lhe fazer uma limpeza à cozinha

e não recusando a farinha e o óleo que Valgy lhe oferece todos os meses de presente, em paga pelo favor. Valgy é mais chegado a um arroz cozido com um pouco de caripate, precisa do sabão para manter alva a *djelaba*, mas não saberia o que fazer ao óleo e à farinha.
— Leve, dona Antónia, eu insisto. Isso não fica cá a fazer nada.
— Não sou Antónia, sou Antonieta — corrige ela.
— Antonieta não é nome, é diminutivo — insiste Valgy, o obstinado. — Só Antónia é que é nome verdadeiro. Vocês estão sempre a complicar!
Antónia ou Antonieta, tanto faz para o que interessa. Antonieta agradece, abanando a cabeça num gesto de comiseração. Pobre vizinho Valgy!
Por dois motivos sai Antonieta da casa de Valgy sempre intrigada. Primeiro, porque o louco lhe devolve mais de metade do que ela leva, e que é dele de pleno direito. 'De que viverá ele?', pergunta-se Antonieta uma vez em cada mês.
— Vive das rezas — apresta-se a dizer Cosmito que, de cima da acácia de dona Aurora Pestana onde costuma brincar com os amigos, o vê sempre solitário, falando para as alturas.
— Está calado, miúdo! — responde ela. — Rezar não é falar sozinho; rezar é falar com alguém. Mais respeito!
O segundo motivo da interrogação de Antonieta tem a ver com o açúcar. Ela nota, naquela entrega mensal, que, embora lhe devolva o resto Valgy guarda sempre o arroz, o sabão e o açúcar. Dos dois primeiros conhece o destino, por lhe limpar a cozinha. Mas do terceiro nem vestígio. Gulosa que é, várias vezes Antonieta se insinuou ao açúcar de Valgy (com alguma vergonha, é obrigada a reconhecer), mas ele, desentendido já de tudo o resto, também neste particular se faz desentendido do desejo da vizinha. Açúcar, nada!
'Que fará ele com o açúcar?', pergunta-se uma vez em cada mês.
— Dá-o ao Maninho — diz Cosmito prontamente.
As crianças sabem tudo.

* * *

Sempre que Antonieta vira costas, cumprido o dever mensal de vizinha solidária, Valgy, parecendo absorto, regressa à sua ocupação de vigiar atentamente a rua tentando descobrir atrás da acácia os espiões enviados pela esposa que fugiu, ou então pelo Partido. Na maior parte dos casos vê apenas as crianças, que passam gritando: 'Valgy *a xiphunta*! Valgy *a xiphunta*!'

Valgy já não reage, sabe que nunca conseguiria apanhá-las. E depois delas passarem, eis que passa também o pequeno Maninho Nharreluga, ficando sempre para trás na corrida para a praia. '*Vági phunta*!', grita ele mais baixo, sem os pulmões que os mais velhos têm, mas correndo muito também. Todavia, o muito neste caso é pouco que os seus passos são pequenos, e quando Maninho grita é não só para tentar ser como os outros mas também para esconjurar o perigo que sente rondando-lhe as costas. Vai gritando e vai correndo, quase sem sair do mesmo lugar. '*Vági phunta*!'

Os mais velhos já se perderam nas dunas, presos a novas brincadeiras, e Maninho ainda correndo e passando lentamente pela porta de Valgy. Passando e gritando num sussurro: '*Vági phunta*!, *Vági phunta*!' É então que a sombra de Valgy cresce atrás da criança, que as mãos compridas do monhé se aproximam velozmente para a agarrar.

Da primeira vez que tal aconteceu, Maninho apavorou-se. Porventura achou que chegava o fim de uma vida ainda tão curta, se é que as crianças conseguem pensar no futuro. Esperneando, foi levado para dentro daquela casa assombrada, e se ninguém deu o alarme foi porque era cada um por si a caminho da praia, sem olhar para trás. Lá dentro, Valgy, de olhar tresloucado – uma mão segurando o bracinho da criança, o comprido dedo indicador da outra cruzando os lábios cerrados – fez-lhe sinal que se calasse. Em seguida, tateando pela banca da cozinha, achou o cartucho pardo do açúcar que Antónia Antonieta trouxera e não lograra levar, e passou-lho para as mãozinhas pequenas sem uma palavra. Apenas aqueles olhos girando furiosos, ameaçando saltar das órbitas. E quando largou Maninho foi como quem larga um passarinho, como quem põe no chão um brinquedo de corda e o fica a ver correr. E Maninho correspondeu à louca expectativa, correndo mesmo dali para fora com o cartucho nas mãos, sem ousar olhar para trás. Foi só à sombra da acácia de dona Aurora, já à entrada de casa, que Maninho sentiu enfim que escapava. Parou, olhou em volta e não viu Valgy. Abriu o cartucho e provou, deixando até cair algum açúcar pelo chão. Depois, mais devagar, entrou para levar o resto à mãe Judite, habituado que estava a entregar-lhe tudo aquilo que achava.

A cena passou a repetir-se todos os meses, sempre que o abastecimento chegava pela mão solidária de Antonieta Mbeve. Como se tudo fosse um jogo: 'Valgy *a xiphunta!* Valgy *a xiphunta!*', e as crianças correndo em direção às dunas da praia; '*Vági phunta! Vági phunta!*', e as manápulas de Valgy perseguindo e agarrando Maninho, provocando nele a gargalhada nervosa do esperado susto, antes de lhe ser passado para as mãos o doce cartucho pardo que tanto intrigava Antonieta.

Judite, sabedora deste pacto entre Maninho e Valgy, administra-o com justiça, açucarando o chá da criança até ao fim do mês, numa altura em que os restantes Nharrelugas o bebem já bem amargo. E ao descobrir o segredo, descobriu também a sutil maneira que Valgy encontrou de prolongar a ligação aos Nharrelugas, mesmo depois da loja que tinha ter fechado as suas portas.

* * *

Segue a fila. Entra o dinheiro, abatem-se os carimbos sobre os cartões de cada um – azuis e brancos, a comprovar a legitimidade da transação – e saem os produtos: sabão, óleo, farinha, arroz e feijão no cartão azul; um molho de peixes e laranjas de Pedrosa no cartão branco. Mas, três ou quatro pessoas aviadas e tudo volta a emperrar. Que será desta vez?

A Professora Alice Nhantumbo está presente, tem os dois cartões na mão e dinheiro na dobra da capulana, mas nos registros consta que faltou ao trabalho coletivo de um domingo que passou. Terrível segredo que o seu tenso olhar segura a custo; irregularidade que ela quer fazer passar despercebida.

Para a fila.
— Está certo, camaradas? — é a filimônica vigilância investindo novamente.

Está certo que enquanto penávamos todos, cavando neste chão duro o abrigo que nos iria salvar do ataque inimigo (não fosse a água tê-lo inundado), está certo que enquanto tudo isso acontecia esta senhora ficasse em casa descansando? E que agora venha aqui colher os frutos como se tivesse cavado ela também? Está certo, camaradas?

Muitas perguntas que são sondagens, pedidos de confirmação. Dona Alice Nhantumbo espera as respostas da decisão popular, de olhos postos no chão.

A indignação do Secretário tem o seu fundamento na fuga à regra, um desvio que fragiliza e confunde os resultados do seu trabalho e da nossa organização. Cartões azul e branco mais trabalho de domingo mais dinheiro, tudo somado, igual a comida. Uma soma à qual, no registro de dona Alice Nhantumbo, preguiçosa, falta uma parcela. Sem dinheiro, talvez ainda pudesse levar fiado que a pobreza pode afligir a qualquer um, sabemos disso; sem cartões, talvez se pudesse mesmo emitir uma guia em dois exemplares que os substituísse, o primeiro exemplar para o cartão azul, o segundo para o cartão branco, os dois legalizados por uma rubrica do Secretário Filimone. Mas, sem trabalho de domingo, abrindo-se esta grave brecha nas fileiras que deviam estar cerradas à chegada do inimigo, como será? Alguém é capaz de dizer como será?

O povo reflete para ser capaz de dar a resposta. Vem-nos à ideia a tempestade trazida pelo inimigo, as palhotas em chamas, os cães a uivar, as panelas entornadas por cima do fogo, o fim do mundo acontecendo. Murmúrios na fila. Uma parte segue o Secretário e o seu sentido de rigor e de justiça. Quem se achou bem de fora enquanto todos cavavam, que continue nessa mesma posição. Além disso, é menos um a emperrar o andamento da fila. O sol vai alto, a demora para além da conta.

— Tire-se fora!

Mas, como sempre, a outra metade do povo inclina-se para o lado da prevaricadora, coitada. Sobretudo agora que lhe fugiu o marido para parte incerta, e que ela tem de despender o mesmo esforço para metade do resultado, ou então o dobro do esforço para o mesmo resultado. Além disso, passaram já muitos domingos, correu já muita água dentro do buraco do abrigo, e a ameaça apregoada vai perdendo a força, voltando a reduzir-se a uma folha timbrada arquivada numa gaveta, envelhecendo. Quase não pensamos nela quando nos vem a fome. E esta parte do povo reflete e olha Filimone, achando que o melhor que ele tem a fazer é esquecer o buraco onde tanto trabalho se gastou inutilmente; onde se vão criando os mosquitos e dentro do qual, se tivermos azar, podem cair as nossas crianças e partir alguma perna. Por outro lado, quem sabe se amanhã não nos calha a vez a nós de não poder vir ao domingo? O camarada Secretário compreende, questões de força maior, uma doença, uma urgência, um chamado a outro lugar. E a pergunta é devolvida ao Secretário: como será dessa vez, camarada Secretário?

Silêncio.

Chega a vez da fala da Professora Alice. A sua história é simples, não há muito que explicar. Acordou cedo nesse domingo de que o Secretário Filimone tanto fala. Não ficou a dormir como se pensa, nem a tomar chá deitada em cima da esteira ou sequer a trançar o cabelo. É professora, corrigiu os trabalhos dos alunos um a um, que todas as crianças têm direito a uma atenção particular. Umas escrevem bem, com letra redonda e frases claras, debitando o que lhes é pedido, sabendo aonde querem chegar. Outras, nem tanto: espremem gatafunhos tortuosos e demorados, fugindo com eles das respostas, enveredando por inesperados atalhos muito diferentes dos caminhos recomendados. Quase sempre esses desvios esforçados pretendem dizer qualquer coisa, quase nunca é erro puro. O segredo, explica a Professora Alice, está em entender e descobrir que atalhos serão esses, e onde se pretende chegar. Exatamente, ou quase, como aqui. Esta fila de povo é como a escola, cada curva da cobra-mamba é cada caso, cada caminho a sua escrita respectiva. Alguns acordam cedo porque os seus pais e avós já o faziam, percorrendo a fria madrugada de enxada às costas. A outros, custa-lhes mais. Os primeiros cavaram o abrigo antiaéreo como se cavassem a terra para plantar, custa-lhes menos; é mais a continuidade de um trabalho anterior. Aos segundos, custa muito a novidade. Não sabem como se pega no cabo da enxada, não cresceram a inspirar o cheiro particular da terra e da manhã, a beleza que ele comporta. Há que aprendê-lo, é certo, mas leva o seu tempo.

A Professora Alice perdeu-se naquela concentração de descobrir em cada caso um caso, a razão de cada curva do caminho das crianças; levou muito tempo querendo saber exatamente o que cada uma tinha a dizer, aonde queria chegar, para no final poder classificar com justiça. Este trabalhou bem e leva um prêmio. Aquele trabalhou mal mas leva um prêmio também, pelo esforço denotado. Finalmente, houve um outro que não trabalhou, e o mais a que pode aspirar é a uma nota baixa, talvez mesmo uma punição. Por que não faz o Secretário Filimone na mesma? É apenas uma sugestão.

Quando ela levantou os olhos do trabalho, era já tarde, o povo regressava cansado daquela mina a céu aberto, daquela futura lagoa. E é tudo, não há mais.

Nova pausa. Novo atraso.

O Secretário Filimone surpreende-se com a lição: embora parecendo o contrário, não tem medo de aprender. Ele que pensava que a Professora Alice era preguiçosa, que enquanto os outros cavavam ela ainda ressonava! Entende agora a ponte que ela quis fazer, nota até certas parecenças entre os respectivos rebanhos: o dela com complicações de adulto, o seu com simplicidades de criança.

— Essa fila anda ou não anda? — gritam lá de trás.

— Anda — acaba ele por dizer. — Mas para a próxima, camarada professora, veja se deixa a correção dos trabalhos para outro dia.

A fila anda. Avança Judite, os cartões protegidos dentro de um velho saco plástico, tudo em dia, pagando com o dinheiro das bagias. Cinquenta bagias por um saco de farinha que lhe permitirá fazer sessenta, e assim, de dez em dez, prossegue a mulher este trabalho paciente de inundar a rua inteira de bagias.

Avança o criado do já diretor Pedrosa na sua farda nova de

empregado, e o povo admira-se, abre até alas para ele passar. É que esta moda antiga, de empregados fardados, já nada tem que ver com o passado; é uma moda do futuro, mostrando as metas que pretendemos atingir, aquilo que queremos ser.

Do passado avança o senhor Costa, a quem cabe agora a vez. Dá o passo em frente e apresenta os seus cartões. Por fora a concreta humildade que descobriu no presente, por dentro a vaga humilhação que persiste do passado. Os cartões estão em ordem, o trabalho de domingo também, o dinheiro não é problema.

– Avance, camarada Costa, que é a sua vez!

* * *

Nestes dias, a loja do bairro tem o ar de uma fábrica de distribuição. Enquanto o povo passa lentamente pela manhã, avançando e parando, parando e avançando, sempre resmungando, dois homens de troncos suados e brilhantes entram e saem velozes com sacas à cabeça – de arroz, de farinha de milho, de açúcar e feijão – fazendo o percurso entre as traseiras e o caminhão. A expressão que trazem não permite descobrir a distinção que farão entre a pequena quantidade que lhes caberá no final, e esta, mais geral, que transportam à cabeça num incessante vaivém ritmado por gemidos e canções. Lá dentro, com o seco golpe de rins que conclui cada uma destas curtas viagens, vão empilhando pirâmides de sacas que são miragens de fartura, uma quase concreta abastança.

Pena sermos muitos, sermos demais! Fossemos poucos e caberia tanto a cada um!

Em seguida, nos bastidores atrás do balcão, duas mulheres quase tão gordas quanto Antonieta Mbeve o é, suando em bica – os seios brilhando meio dentro e meio fora das batas apertadas que Elisa coseu enquanto chupava mangas e ouvia as censuras de mamã Guilhermina – vão desfazendo as pirâmides para pesar as quantidades que cada um merece, e que cabem em saquinhos mais pequenos alinhados pelo chão. No ar, competem os vários cheiros com o cheiro acre do suor destas mulheres:

o peixe amolecendo dentro das cestas (cartão branco), o pó irrespirável da farinha derramada pelo chão, o enjoativo exalar do açúcar úmido, a crueza das barras de sabão (cartão azul). Enquanto enchem um saquinho atrás do outro com grande rapidez, estas mulheres trocam um curto olhar entre si, fugaz mirada. Qual o significado dessa mirada? Talvez queira dizer que também elas têm gente lá em casa, extensas famílias para alimentar. Caber-lhes-ia em princípio o privilégio da dispensa de fazer a fila, talvez mesmo da dispensa do trabalho coletivo de domingo (estariam fazendo outro trabalho de interesse popular). Mas isso não basta, tendo em conta a dureza da tarefa, a atenção que têm de dispensar a esta longa e complexa operação. E arrancam pequenas vantagens dos momentos de agitação que o vaivém dos carregadores cria, das distrações provocadas pelo respirar da grande fila, da grande cobra-mamba que espera esfomeada, lá fora.

Ainda há pouco, enquanto Filimone perguntava por Valgy e todos se interessavam em saber, aproveitou a primeira para enviar, por um dos filhos, dois quilos de açúcar para casa. Açúcar ilegítimo, frio e trêmulo das mãos que o transportaram, mas ainda assim capaz de açucarar. Pouco depois, enquanto Filimone repreendia a Professora e todos escutavam, foi a vez da segunda retirar do monte uma barra de sabão, enfiando-a sabiamente na dobra da capulana. Sabão desviado, criminoso, mas ainda assim capaz de ensaboar. Todas estas manobras fazendo parte de uma distribuição paralela à distribuição principal, através da qual se compensam as injustiças da lei que é cega. Através da qual se restabelecem os equilíbrios.

* * *

Mais à frente, ao balcão, é dona Guilhermina Ferraz quem dirige as operações, sob o olhar atento do Secretário Filimone. É ela quem confere a satisfação dos requisitos: trabalho de domingo mais cartões e mais dinheiro – e ainda uma presença lenta ali na fila que dure toda a manhã – e fica cada um de nós capacitado a que nos seja feita justiça, habilitado ao meio quilo que for, e por cabeça. Um casal com quatro filhos mais um primo e uma sobrinha, quatro quilos; uma avó viúva com dois netos, quilo e meio. O camarada Costa ou Valgy, meio quilo cada um.

Dona Guilhermina estala os dedos de diferentes maneiras, conforme o caso – três sinais para quilo e meio, meio quilo um sinal só – e as duas mulheres, bufando e transpirando, vão colocando os saquinhos de produtos em cima do balcão.

Dona Guilhermina chegou a esta posição pela virtude natural que tem de arrumar coisas e organizar pessoas, sabemos disso. Já era assim na Igreja, alinhando os meninos da catequese e pondo-os a cantar afinadinhos, zelando pelos paramentos do Padre, mantendo a contabilidade das oferendas. Já era assim antes disso, na sua própria casa, não só por feitio mas também pela fraca relevância do marido, sempre enfiado na garagem às voltas com cambotas e cilindros, ou folheando um inútil caderno cheios de segredos. Uma fraca relevância que era necessário compensar, e por isso é assim agora, a sua absoluta autoridade só se curvando perante a autoridade suprema do Secretário Filimone.

Dona Guilhermina e o Secretário Filimone. Em contrapartida destes trabalhos, também os dois têm direito aos seus pequenos privilégios. Mas privilégios mais claros, legitimados pela sábia interposição de terceiros. 'Ó camarada fulano, leva este saco a casa do camarada Secretário!', diz dona Guilhermina em voz alta, para que pareça rotina e lei e ninguém ouse questionar. 'Ó camarada sicrano, leva aqueles pacotes a casa da camarada Guilhermina!', retribui o Secretário, gritando as suas ordens. Cada um agredindo ternamente o outro com os favores que acha que ele merece.

Também diferente é o benefício concreto que cada um deles colhe, embora sempre interposto. O Secretário Filimone pouco sabe do que Elisa fará com os produtos. Quanto a dona Guilhermina, grande parte do que traz leva depois para a Igreja. A farinha, o açúcar e até ovos, em meses excepcionais, são para fazer os bolos que distribui aos sábados pelos meninos da catequese. E não esqueçamos que é a partir da primeira, misturada com água normalíssima, que se fazem as hóstias da comunhão.

***

Crônica da Rua 513.2

Perdido na reflexão dos problemas que cada caso levanta, o Secretário Filimone nem deu pelo avanço da fila. Passaram incólumes pequenas facilidades e ajustamentos, o que sem dúvida contribuiu para a agilidade do processo, traduzida agora no emagrecimento da cobra-mamba, no seu rápido escoamento pelo ralo que é a porta da loja, de lá saindo o povo mais ou menos satisfeito. Sobraram apenas pequenas ilhas de moradores descontentes, sem acesso às quantidades que achavam que mereciam: um novo primo recém-chegado do campo que não foi averbado num dos cartões, o branco ou o azul, e que por isso ficará sem os meios quilos respectivos; ou então foram a farinha e o sabão que se esgotaram antes que se esgotasse a cobra-mamba esfomeada. Ilhas atentas, que se questionam se tal aconteceu por deficiência técnica na divisão, se por causa daqueles pequenos desvios, todos juntos formando esta situação de uns terem beneficiado conforme estava previsto, outros não. Mas são ilhas pequenas, a sua voz é fraca, incapaz de mobilizar mais amplos consensos. E o Secretário é hábil e passeia-se no meio destas ilhas misturando doçura com rispidez, invocando outras lógicas e justiças que estão para além da compreensão curta de quem se sente injustiçado e procura mesquinhas reparações, de quem ignora a justiça mais geral e as dificuldades que a sua aplicação comporta.

Aos poucos, enquanto dona Guilhermina encerra a contabilidade, o Secretário desfaz estes pequenos coágulos um a um, faz-lhes ver a situação, até que no final nada mais resta que vestígios desirmanados do combate que se travou ali o dia inteiro – restos de farinha e sabão, restos de açúcar e feijão, sacas vazias inertes, cascas polvilhando o chão.

Ainda não é, contudo, o fim. Vêm depois os outros, velhos andrajosos sem uma Antónia Antonieta que olhe por eles, quase todos loucos, gente sem cartões brancos ou azuis que possam acenar mas a quem a humanidade de dona Guilhermina não esquece. E recolhem em silêncio, nesta segunda distribuição, os restos que afinal ainda há e que têm este valor tão necessário.

Os atores desta peça mensal e tão fundamental – o Secretário Filimone e dona Guilhermina, as gordas mulheres dos saquinhos, os empilhadores de pirâmides – podem enfim abandonar o palco e cerrar o pano, regressar a casa para um merecido descanso. Conferirão os ganhos, comparando-os com o esforço dispendido, e sorrirão satisfeitos ou encher-se-ão de tristeza na tarde que se acaba.

Mais tarde, caída a noite, virão cães e gatos, insetos e formigas, e finalmente organismos tão pequenos que já nem se podem ver, e portanto nomear. Para que o local fique tão limpo que só com muita dificuldade alguém diria que de fato tudo isto aconteceu.

19
O tilintar das garrafas

A polícia chegou à porta número 6 ao fim da tarde. Foi a sobrinha quem primeiro os viu. A princípio eram quatro, três dos quais fardados e um à paisana, que devia ser o Inspetor. Depois, quando tiveram consciência da dimensão da tarefa, utilizaram o rádio para mandar vir um caminhão e mais alguns. Com a chegada da polícia foram também chegando os vizinhos, que formaram uma pequena multidão do outro lado da rua, sob a velha acácia de dona Aurora Pestana. Pressentiam que algo de muito grave estava para acontecer.

O Inspetor bateu as palmas à entrada do portão, desdenhando da existência de uma campainha ainda em perfeito estado de funcionamento. Gesto grosseiro e deveras desnecessário pois Josefate Mbeve já vinha vindo, apertando as calças e tremendo ligeiramente das bochechas como acontece sempre que se enerva.

– O que há camaradas? Em que posso ajudar? – foi sondando.
– Josefate Mbeve? – perguntou friamente o Inspetor.
– Sim.
– Estás preso por desvio de bens do Estado!

Anunciada a condenação, explicados os motivos e identificado o réu, era agora necessário encontrar provas que o incriminassem, justificando-se assim toda aquela operação. O Inspetor era um legalista, não gostava de encerrar um caso sem que no respectivo dossiê figurassem as provas necessárias. Ainda que por vezes fosse forçado trocar a ordem às alíneas, como no caso vertente, no final tinha de estar tudo impecável para que não viessem depois inspeções ou sacudidelas da história importuná--lo. Pôs-se a caminhar em círculos no quintal, como se aguardasse que de algum lado lhe viesse uma intuição; Josefate acompanhava-o de perto, curioso de ver que intuição seria essa. Ainda em tronco nu, recitando uma ladainha imperceptível eivada de desculpas e justificações. O Inspetor estacou por fim, pensativo, e subitamente dirigiu-se para a garagem, seguido de um Josefate cada vez mais alarmado, um frio espalhando-se-lhe pela barriga.

Abertas as portas, a luz do sol que ainda havia penetrou para deixar ver, empilhadas, as conhecidas dezenas e dezenas de caixas de cerveja. Algumas cheias, a maioria vazias.

O pensamento de Josefate disparou. Quero que entendas o que de fato se passa aqui antes que tudo evolua de tal forma que não possa voltar atrás. Quero que saibas que nunca fiz mal a ninguém. A minha mãe, lá no Xinhambanine, pode comprová-lo: conhece-me desde pequeno como todas as mães conhecem os filhos, mesmo se estes mudam quando crescem (há sempre qualquer coisa que fica igual e elas têm a arte de saber que coisa é). Ela lá e a minha Antonieta aqui mais perto. Basta falar com a minha Antonieta assim que ela desça para se inteirar desta desgraça que tanto me envergonha e não sei como sair dela. Até Arminda me defenderia caso viesse a ser necessário, embora seja avessa à polícia. E mesmo Filimone, o Secretário, cujo depoimento será do maior valor, não só pela posição que ocupa mas até pelas quezílias que às vezes temos tido, que o poriam em princípio contra mim. E, por favor, não fales alto Inspetor, que não sei como serei capaz de lidar com a vergonha que isto já cria dentro de mim e vai criar ainda mais quando se souber na rua inteira. Pensa antes de falar, e fala baixo para que ninguém nos possa ouvir.

O Inspetor deixou que a expressão sisuda que tinha desde que chegara fosse afastada por um largo sorriso de triunfo, enquanto ouvia as atabalhoadas explicações que Mbeve ia ensaiando. Que podia ter havido utilização indevida de uma ou duas caixas, não o negava, mas a maioria estava ali por não haver espaço onde guardar mais vasilhame lá no armazém da fábrica, agora que a produção estava experimentando uma crise por não haver com que encher todas aquelas garrafas, por não haver o que distribuir. Tudo se acumulava onde pudesse e calhasse. Quase acrescentou que, em certo sentido até prestava um serviço à dita fábrica disponibilizando-lhe um armazém a custo zero por simples boa vontade, mas achou demasiado arriscado entrar por essa via, que não sabia onde iria desembocar.

– É melhor estares calado, Mbeve – também achou o Inspetor, adivinhando-lhe os pensamentos, enquanto ordenava aos polícias que começassem a transportar o vasilhame, a prova concreta do crime, para o caminhão que entretanto chegara e aguardava lá fora. – Já ouviste falar em sabotagem econômica? – Em atentado contra a economia?

– Mas, Inspetor...

– Está calado, Mbeve. Roubar uma vez é um crime, roubar duas vezes são dois crimes, três são três, e por aí fora até se completar o rol inteiro. Ainda não sei o que é pior, se seres acusado de um grande crime de sabotagem econômica, se de centenas de pequenos crimes de roubo de garrafas cheias de cerveja. O juiz escolherá!

Josefate estremeceu. Palavras fortes, essas, que prenunciavam muita coisa má, muito pior do que aquilo que estivera na sua intenção. Quisera simplesmente beber uns copos e oferecer outros tantos aos vizinhos – como aliás eles próprios podiam comprovar – acabou por conceder. Não mais que isso. Reconhecia a má conduta; desconhecia, e mesmo se surpreendia agora como pudera chegar a tal quantidade e volume. Na certa por não visitar a garagem com mais assiduidade, caso em que se teria assustado há mais tempo e certamente encontrado uma solução. Se o Inspetor fosse compreensivo e considerasse caso a caso, uma garrafa ou, vá lá, uma caixa atrás da outra, eram até desvios pequenos. O problema é que, repetidos no tempo esses pequenos gestos tomavam tais proporções que até ele próprio, Josefate, vendo agora com outros olhos como via, se admirava. Não havia como negá-lo.

– Cala-te que te enterras, Mbeve – disse o Inspetor entredentes, enquanto investigava. – É ao juiz que deves explicações, não a mim. Não ouves a rádio? Não ouves o Presidente Samora repetir o que acontece aos corruptos como tu? Sanguessugas agarradas às empresas do Estado, chupando a riqueza do povo! É por isso que a nossa economia está como está, é por isso que ela não avança!

Josefate ainda pensou em ir lá dentro ao frigorífico buscar uma cerveja gelada que abrandasse a sanha do Inspetor; chegou mesmo a abrir a boca para solicitar permissão para tal, mas acabou por ficar quieto. Compreendeu que tudo o que dissesse ou fizesse só em si próprio encontraria compreensão. Para o Inspetor, agravaria ainda mais as coisas.

Passou então a fazer lamentoso contraponto com as reprimendas do interlocutor que, por sua vez, frisava, para que não houvesse mal-entendidos, que eram reprimendas apenas paralelas à condenação que mais tarde sem dúvida viria. E Josefate gemia baixinho, os olhos no chão, as imensas carnes descaídas como se tivessem perdido todo o viço que antes tinham.

A seu lado, a gorda Antonieta, entretanto arrancada ao pesado sono pela agitação de Arminda, gemia também mas num tom mais agudo que, se não se sobrepunha pelo menos incomodava o discurso do Inspetor.

– Bem dizia a avó, lá no Xinhambanine, que negócios com o Antoninho não valiam a pena – arengava ela. E, imitando a voz da velha: – 'Esse Antoninho é malandro desde pequeno, não é agora que vai mudar!' Bem dizia ela!

Palavras sábias, as da velha, às quais ninguém ligou importância na altura em que deviam, entusiasmados que se achavam com a casa nova. Palavras que deviam ter funcionado como um aviso, sobretudo para Josefate, coitado, agindo muito mas refletindo tão pouco! E ainda por cima o aparecimento do Antoninho para lhe alimentar esse perigoso entusiasmo. 'Se não podes sozinho, Josefate, arranja quem te ajude e escolhe os instrumentos apropriados!', dizia-lhe, convocando princípios que eram como armadilhas, facas de dois gumes. E os tais instrumentos acabaram por ser as cervejas que pareciam de Josefate mas afinal não eram, pelo menos não eram completamente. E agora deixariam de ser de todo. Bem dizia a avó, lá no Xinhambanine!

O que Antonieta queria explicar ao Inspetor, no seu palavreado confuso, é que a cerveja não servira apenas para o mal, para os vícios do primo Diretor e, indiretamente, para os Mbeves poderem entrar naquela casa e naquela rua. Servira também para matar a sede dos vizinhos, sem qualquer compensação. Bem avisara Arminda que era muita petulância e risco querer resolver sozinho a sede de uma rua inteira.

– É que o meu Josefate olhava para eles e via-os tão sedentos, coitados. O meu Josefate é assim, senhor Inspetor: decide sem pensar nem consultar, empurrado apenas pelo seu próprio coração!

No final de contas, para o pobre Josefate fora quase nada. E Antonieta voltava a emitir um chiado agudo que funcionava como um refrão das suas desesperadas explicações.

– Manda calar a tua mulher, Mbeve. As coisas já estão mal como estão – rosnou o Inspetor, irritado.

– Bem dizia a avó, lá no Xinhambanine! Bem nos avisou que tivéssemos cuidado com o Antoninho! – volveu Antonieta, chorosa.

– Se a tua mulher não se cala ainda a levo conosco para a prisão!

– Cala-te Antonieta, não piores as coisas! – disse Josefate.

– Ouve cá, ó Mbeve, quem é esse tal Antoninho de quem ela tanto fala?

– Ninguém, camarada Inspetor – respondeu Josefate apressadamente. – É só alguém da família a quem é preciso avisar.

Felizmente o Inspetor desinteressou-se desta ramificação do caso que, de outro modo teria tomado mais amplas e graves proporções.

* * *

Até quase à meia-noite esteve a polícia a esvaziar a garagem de Josefate e a carregar o caminhão. Até quase àquela hora tilintaram as garrafas, transportadas por vultos que mal se viam. E cada tilintar soava aos ouvidos dos vizinhos como uma espécie de sineta agourenta, um anúncio da prisão de Josefate. Cada tilintar, recebia-o Josefate como uma pequena punhalada no seu gordo peito, de modo que, lá para o fim da noite, quando se ou viam os últimos tilintares, o coitado jazia prostrado com o peito ensanguentado como um Cristo negro e gordo que dizia ter apenas pretendido fazer o bem e se dera mal com isso.

Entretanto, na rua, o ajuntamento foi esmorecendo. Verificando a escassa probabilidade de um desfecho mais dramático, foram-se os vizinhos retirando um a um, esgotadas as conversas dos pequenos grupos que o acontecimento atraíra. Mais tarde, cada qual em sua casa, aperceber-se-iam de que o caso chegava ao fim pelo tilintar geral do caminhão que retirava – como se o movesse um motor de vidro – e pelos gritos lancinantes de Antonieta Mbeve, que sofria a partida do marido, cabisbaixo e algemado, como se lhe estivessem arrancando um dente a sangue-frio. Como se fosse já viúva.

Algum tempo depois, já o alvoroço serenara, chegou o Secretário Filimone. Fora à sede do Partido entregar um relatório, demorara-se o resto do dia na cidade e por isso perdera a oportunidade de jogar um maior protagonismo na operação que envolveu a prisão de Josefate Mbeve. E disso mesmo se lamentava, achando estranho que a polícia entrasse na rua sem o conhecimento das autoridades locais. Enquanto assim raciocinava, a lembrança das duas caixas de cerveja que recebera tarde – mas recebera e bebera – trazia-lhe agora um gosto amargo à boca e um desagradável frio à barriga. E se Josefate se pusesse na prisão a contar coisas sem interesse, isto é, não como obtivera a cerveja mas por quem a distribuíra? Como seria? Todavia, nem por isso se coibiu Filimone de convocar Antonieta a desoras para, ali mesmo à porta, desenvolver um inquérito paralelo ao inquérito do Inspetor, como se quisesse dar a entender ter recebido um mandato central para aprofundar a questão. Fungando, Antonieta resistiu-lhe com grande valentia. Que Filimone fosse inteirar-se do acontecido lá para onde quer que lhe tivessem levado o marido e que a deixasse em paz.

– Deixa lá, mulher – disse-lhe Arminda mais tarde, no quarto. – Precisas de reagir, tens crianças para cuidar e tudo o mais. É preciso ir à luta.

Antonieta era uma mulher com um feitio muito próprio. Começava a gritar de repente, mas também de repente se calava. Quando parecia que o infortúnio a fulminara definitivamente, depressa se descartava dele. Arminda tinha razão. Acalmou-se, respirou fundo e preparou-se para ir à luta.

* * *

Na manhã seguinte, recomposta, Antonieta dirigiu-se à velha casa de Xinhambanine para avisar a mãe de Josefate. A velha ouviu em silêncio o desfiar do rosário das desgraças. Ponto por ponto, com todos os pormenores. Era dura, não se deixou abater. Sem dúvida que refletia enquanto ouvia em silêncio as informações de Antonieta, pois logo que esta as deu por concluídas, afirmou:
— Foi culpa do Antoninho!
Antonieta surpreendeu-se com a certeza da avó:
— Como, culpa do Antoninho?
— O meu Josefate é assim desde criança.
E explicou: quando queria uma coisa não se preocupava com os meios. Mas tinha bom coração. Fora o Antoninho que o desviara do caminho certo, desde criança que o fazia. Lembrou que quando eram miúdos o Antoninho se aproveitava de Josefate, menino já muito gordo e com um apetite insaciável, tentando-o com o assalto à fruta dos vizinhos, madura, pendendo apetitosa das árvores. Quando o caso corria mal, já se sabe quem lestamente se escapava e quem ficava para trás e se deixava apanhar.
— Era assim em crianças, é assim agora — concluiu. — Só a idade é que mudou.
Em seguida, a velha enrolou uma capulana nova com o lenço a condizer, pendurou o saco de palha ao ombro e ordenou a Antonieta:
— Vamos!
— Vamos aonde?
— Ensina-me o caminho, filha. Vamos ter com o Antoninho!
— Mas, mãe?! Ele é Diretor, não podemos ir assim de qualquer maneira. É preciso marcar audiência e tudo o mais.
Mas não havia argumento que demovesse a velha:
— Não sei nada disso de audiências. Sou velha, nunca aprendi. Só quero falar com ele. É isso que vou fazer!
Foi isso que de fato fizeram. Chegaram ao prédio com vista para a Catembe, subiram, sentaram-se e esperaram o tempo que foi preciso.

O Diretor sobressaltou-se quando lhe anunciaram quem era. A visita só podia significar problemas, talvez com a casa nova; talvez tivessem despejado os primos Mbeves sem o avisar, o que era mau sinal. A Secretária que dissesse às senhoras para esperarem, que inventasse uma desculpa qualquer enquanto ele tentava telefonar a quem lhe pudesse esclarecer o assunto.

'Que disparate!', pensou, enquanto discava um número com o indicador trêmulo, a outra mão procurando a língua para umedecer os dedos a fim de conseguir folhear melhor a lista telefônica em busca de números alternativos. 'Que disparate, eu, um diretor com o lugar consolidado, ter medo de um problema que ainda nem sequer conheço, de umas pessoas que, coitadas, não me podem fazer mal!'

Mas esta lógica que ele forçava não conseguia afastar de todo o medo, já não propriamente das duas pobres mulheres mas dos inesperados resultados de um favor mal feito. Favores eram em si um problema, favores mal feitos um grosso problema. 'Corrupção e nepotismo', 'Atribuição indevida de residência', 'Abuso de poder', imaginava ele como causas do processo sumário da sua exoneração, do seu despedimento com justa causa, da sua guia de marcha para o desemprego ou, pior, para a reeducação. Entretanto, continuava a folhear a lista telefônica sem encontrar quem procurava: 'Pomar, Pombal, Pombe, Pondeca, Pondja, Pondza, Ponguane, Popesco, Porra! Porra! Porra!' Ninguém estava nos respectivos escritórios, todos fora. 'Esta gente é que devia ser chamada à pedra. Depois vêm dizer-me que o país não anda. Pudera! Com uma produtividade destas como haveria de andar?! Era a eles, não a mim, que deviam rondar'. Todos numa reunião, a lanchar, no hospital, no funeral de um parente, em serviço no estrangeiro, de férias, deixando nos gabinetes umas secretárias insolentes a deduzir das respostas que davam. Que não sabiam de nada, ele que aguardasse ou deixasse recado. Como recado, se era um assunto privado? Então que voltasse a telefonar mais tarde, que deixasse o número para poder ser contatado, que fizesse como entendesse, e de certeza que enquanto o diziam deviam estar sentadas nas poltronas dos chefes mastigando a sandes do meio da manhã, assoprando para dentro da chávena para arrefecer o chá e sabe-se lá o que mais! 'Vamos por um lindo caminho! Esta é a ofensiva que se devia fazer e não faz, é este o inimigo interno que não se combate e devia combater!'

Inventou mil e um pequenos afazeres, papéis para assinar, fazendo tempo, evitando as duas mulheres até que de algum lado lhe chegasse uma resposta, uma informação qualquer que o tranquilizasse, uma inspiração. E os malditos continuando ausentes, prolongando a sua ansiedade, deixando-o à mercê das secretárias. Aquilo era chatice da grossa, com certeza!

Entretanto, as duas mulheres esperavam. Esperaram toda a manhã. Antonieta, impaciente, transportando o seu pesado corpo para lá e para cá: para a janela de onde se via a Catembe, para a parede onde o retrato do Presidente Samora as observava com um enigmático sorriso, aguardando o momento próprio de intervir, um dia destes e de surpresa, essa iminência anunciada nas sirenes agourentas do cortejo motorizado. Quanto à avó, carrancuda, parecia fazer caretas que eram afinal apenas tiques da idade, de olhos fixos na porta por onde lhe disseram que haveria de surgir o Diretor. O primo Antoninho.

De onde ele de fato surgiu já perto da hora de almoço, sem maneira de as evitar e tentando um ar casual, de quase surpresa:

– Tia! Cunhada! Que bela surpresa! Ninguém me disse que eram vocês. Se soubesse tinha interrompido o meu trabalho há mais tempo para não vos fazer esperar! Esta minha Secretária é uma incompetente, não sabe anunciar as pessoas pelos nomes. Então, digam lá, a que se deve esta visita?

Antonieta explicou o sucedido, embora à sua maneira. Josefate estava em casa, quieto como sempre (o primo Antoninho conhece-lhe o feitio), mais agora que o saxofone se finou e ele deixou de ter de sair de casa a não ser para o trabalho; estava assim como ela dizia, tranquilo, quando a polícia chegou de rompante para o prender. A princípio pensou-se que era um mal-entendido, que o Inspetor tivesse ido ali ao engano, explorando uma errada informação, atrás de algum malfeitor que morasse perto, alguém com quem Josefate fosse parecido, talvez até com o mesmo nome: Mbeves há muitos hoje em dia (como se os Mbeves que havia se tivessem multiplicado). Mas depois viu-se que não pois o maldito dirigiu-se a ele pelo seu nome completo, não outro qualquer, precisamente Josefate Mbeve, chegando até a adivinhar onde Josefate guardava a cerveja. Sem dúvida foi denúncia de algum invejoso, de alguém que quer tramá-lo. Pelo menos foi isso que achou a Arminda.

— E quem é essa Arminda? — perguntou Antoninho, inquieto com a multiplicação dos intervenientes.

Sem dúvida alguém para complicar ainda mais a vida complicada que já tinha. Mais gente, maior o problema.

Antonieta quase explicava, quase dizia quem era Arminda, mas acabou por sacudir a cabeça e desistir da explicação, achando que nem o primo nem a avó estavam em situação de segui-la num enredo ainda mais confuso do que aquele que interessava. E rematou o seu raciocínio:

— Inveja sim! O primo Antoninho não sabe como são os machanganas? Vêm aqui para a cidade e já querem mandar mais que nós. Não suportam o sucesso de um ronga!

Antoninho sabia. Compreendia.

Ao lado, a Secretária aguçava o ouvido, interessada nesta história que, suspeitava, mais tarde ou mais cedo envolveria o Diretor. Tribalistas! Então aqueles ali não ouviam os discursos do Presidente? Não sabiam que o tribalismo acabara, machanganas e marongas sendo um povo só?

A avó, por seu turno, calada no canto, olhava fixamente o Antoninho. Não queria saber dessas guerras. Esperava a sua reação.

O Diretor tranquilizou-se. Não era nada com a nova casa dos primos Mbeves, não era portanto nada com ele. É que às vezes os favores mal feitos, em vez de seguir em frente voltam atrás transformados em problemas. Por um momento assustara-se mas estava à vista que não era caso para tanto. 'Como pude assustar-me daquela maneira? Tenho de aprender a controlar-me!' E já com a pose de Diretor, já condescendente, encostou-se para trás na cadeira. Tinha até uma nova paciência para ouvir as desgraças das duas mulheres.

— Coitado do primo Josefate — ainda disse, sondando o resto da história mas já mais distante e desinteressado.

Ai era assim? Era só isso o que ele tinha a dizer? Chegou a vez da avó, que entrou fundo.

O Antoninho sabia como era o Josefate desde pequeno, sempre brincalhão, sempre crédulo. Quantas vezes o Antoninho fez malandrice e foi Josefate quem pagou! Estava lembrado? Tiravam os ovos do rabo das galinhas dos donos, roubavam os dois a fruta (sempre a ideia fixa da fruta!) mas quando eram descobertos já o Antoninho se escapara. E era Josefate quem apanhava, coitado (e à velha quase chegava um sorriso de saudade desses tempos). Foi assim no passado, voltava a ser assim no presente.

Como assim? Ela queria então saldar contas tão antigas?

— Espera, rapaz, deixa-me falar! — A velha esquecia-se de que Antoninho era diretor.

Por exemplo, visse bem: quem bebeu a cerveja quase toda que Josefate desviou, hã? Não esta que a polícia apanhou na garagem mas a outra, a primeira, aquela das festas de diretor? Aquela que falta e, portanto, a polícia ainda procura? Quem foi, hã?

A cerveja quase toda era evidentemente um exagero, até porque aquilo que Antoninho bebera não podia ter deixado vestígio na garagem dos Mbeve. Contudo, o argumento da velha funcionou. Afinal a polícia não estava satisfeita com a cerveja que já tinha? Ainda queriam mais? Antoninho alargou o nó da gravata, cheio de calor.

— Não se liga o ar condicionado neste escritório? — vociferou.

— Está ligado — respondeu a Secretária.

Afinal havia mesmo problema. Engolia agora em seco, ainda sem entender mas já com medo de descobrir onde a maldita velha queria chegar.

Mas não, não era isso. Ela não vinha pedir contas dessa cerveja. Afinal, não era nada com ela, eram negócios do filho, já adulto, em idade de aprender à sua custa. Mas, pondo-se a pensar, e sabendo como sabia que Josefate era medroso, muito medroso mesmo, achava que quando apertassem o filho ele começaria a falar. O Antoninho lembrava-se de como Josefate falava quando eram miúdos e ele era apanhado com a fruta? Aquela que o Antoninho também comera antes de fugir? Josefate dizia tudo, contava tudo mesmo. E agora, na esquadra da polícia, voltaria a ser assim tal e qual, mal o apertassem. Nome, fulano de tal; local de nascimento, Vila Luísa, agora Marracuene, no ano colonial tal do dia colonial tal; filho dela própria e de fulano de tal, já falecido, coitado; de profissão atual empregado na Fábrica de Cerveja. 'Ah, cerveja!', interromperia o Inspetor, aproveitando a deixa. 'É aí mesmo que queríamos chegar!' E começariam a falar em cerveja. Não de cerveja em geral, mas daquela, particular, que há muito andava mal parada e eles a persegui-la. A cerveja de negócio privado, a cerveja que abria portas, portas de casas onde morar. De onde vinha essa cerveja? Josefate, claro, que também não era parvo, começaria por fazer-se desentendido. O outro insistiria um pouco e o filho continuaria a desconhecer-lhe o paradeiro. Mas por fim, depois de muito apertado, acabaria por confessar sobre a cerveja da garagem. 'Dessa já eu sei, já a temos. E antes disso?', quereria saber o Inspetor. 'Antes da existência da garagem, a cerveja que continua a faltar?'

– Chegarão a um ponto em que ele não poderá mais resistir, Antoninho. Ele é medroso, vai entregar-te – concluiu a velha sombriamente, como se enunciasse um presságio. – Vai entregar o teu nome!

O Diretor estremeceu.

Antoninho. 'Quem é esse tal Antoninho?', perguntaria o Inspetor ao prisioneiro. 'Vá, fala, não piores as coisas'. E Josefate falaria. E, aos poucos, eles montariam o cerco, chegar-se-iam mais perto. Conversariam com a Secretária ('Essa mesmo curiosa, que não deixa de olhar para nós!'), fora do escritório, à saída, quando ela fosse de regresso a casa. Certamente que a Secretária teria contas a ajustar, pequenas desatenções, rudezas, coisas que podem acontecer todos os dias pois não há diretor neste mundo que ande sempre de bom-humor tratando bem as secretárias.

Antoninho olhou para o lado. Lá estava ela, a dita Secretária, à porta da sala. Seguindo a conversa cada vez mais interessada.

– Afinal não tens nada que fazer além de escutar as conversas

dos superiores? – explodiu, autoritário. – Por isso é que o expediente anda sempre tão atrasado!
– Desculpe, camarada Diretor. Estava só a ver se precisavam de alguma coisa, um chá, um café... – disse ela, recuando.
– Alguém quer alguma coisa?
Ninguém queria.
– Sai daqui, deixa-nos sós!
A Secretária retirou-se com um meio sorriso a bailar-lhe nos lábios. Gostando já da velha.
O cerco apertava-se. Antoninho voltou a alargar o nó da gravata, transpirando.
– Bom – acabou por dizer – Não se preocupem que eu vou ver o que se pode fazer. Afinal somos da mesma família, temos de ser uns pelos outros. Vão para casa que eu logo digo alguma coisa.
O quê, não sabia. Não fazia ideia do que lhes iria dizer. Do que iria fazer.

* * *

As duas mulheres despediram-se e regressaram; a Xinhambanine a avó, Antonieta a casa, ambas para esperar. Não havia mais nada a fazer, só esperar. Esperar por Antoninho e pelas suas falsas promessas, mesmo assim promessas. Esperar que a polícia se cansasse do caso. Esperar, enfim, que Josefate, mais magro mas todo inteiro, regressasse a casa.

Antonieta esforçou-se muito nos meses que se seguiram, quando o dinheiro começou a escassear. Não entrava o salário do marido, suspenso enquanto durava o processo; não havia o rendimento paralelo da cerveja. O do saxofone ainda menos, que soprar Josefate já só soprava as meias verdades com que procurava fugir às perguntas do Inspetor, lá na prisão.

Entretanto, Antoninho – é justo reconhecê-lo – afadigava-se a tentar resolver o problema do seu primo que, como se viu, acabava por ser também um pouco seu.

20
A grande viagem de Tito Nharreluga

Um dia, Tito Nharreluga não voltou. Saiu por volta do meio-dia, para fazer o quê Judite não sabia. Sabia só, como disse ao Secretário Filimone, que o marido costumava sair assim calado, sem dizer aonde ia nem o que o levava a esses locais desconhecidos. Judite foi queixar-se dessa ausência quando ela era já velha de dois ou três dias, dois ou três dias em que Tito não voltara a casa nem sequer para jantar. Ninguém fica dois ou três dias sem comer a menos que seja forte a razão.

O Secretário quis saber se havia essa razão:

– Como foi, mulher? Discutiram?

Não, não haviam discutido dessa vez.

– Não será que ele bebeu e anda ainda à procura do caminho de casa?

Não. Tito não era homem de beber dessa maneira a não ser quando acontecia o raríssimo caso de alguém batendo à porta com uma dúzia de cervejas para lhe oferecer.

A estas e outras indagações de Filimone não apresentou Judite, portanto, qualquer esclarecimento que facilitasse a necessária providência. De modo que chegou como queixosa e se sentia já culpada, culpada dos silêncios com que retorquia às indagações do Secretário.

– Você não sabe nada, mulher?! – insistia ele, irritado. – Como posso assim ajudá-la?

– Não sei, camarada Secretário – respondia ela baixinho, ansiosa por ver-se livre dali.

– 'Não sei! Não sei! Não sei!' – exasperava-se ele, procurando imitar-lhe a voz.

'Não sei' era certamente a expressão adequada à figura de Judite, se é que temos, cada um de nós, uma expressão que nos resuma aos olhos dos outros. Judite sabia tudo acerca de muito pouco (de bagias, por exemplo), mas não sabia nada acerca de quase tudo. Daí o seu ar sereno: o paradeiro do seu homem era apenas mais uma coisa das muitas que não sabia.

Nem ficaria a saber, pelo rumo que as coisas ali tomavam, achou ela, sem se atrever a dizê-lo ao Secretário. 'Vai mandar-me esperar', pensou.

– Vai para casa e espera – disse-lhe Filimone.

Judite levantou-se, deu a mão aos filhos – que trouxera como que para comprovar que a necessidade de saber não era só dela, ou então por não ter onde os deixar – e saiu tal como entrara, sem saber. Disposta a esperar.

E, todavia, a serenidade desta mulher era varrida a espaços pelo vento agitado de um pressentimento. Judite sabia alguma coisa. Sabia que, desde que fora despedido da loja de Valgy, Tito andava diferente. Antes ainda havia um equilíbrio, a impaciência dele em casa sendo compensada pela paciência que era obrigado a ter na loja do monhé. Mas com o fim dos produtos e o consequente despedimento, desaparecera também esse freio e Tito voltara a deixar-se tomar pela velha insatisfação que há anos o atormentava, ao mínimo pretexto aflorando à superfície. Já nem a praia o conseguia domar.

Para justificar as suas ausências, Tito começara por dizer que andava à procura de emprego. Mas como nunca o achava (descontando duas ou três vezes em que carregou umas sacas para uma loja da Baixa – coisa pequena, de começar e acabar logo), Judite achou que era esse seu problema outra vez, roendo-o por dentro. E confiou no tempo, na espera, para que o problema se fosse embora.

Nharreluga voltava com pequenas coisas e ela preocupou-se, perguntando-se onde as arranjava. De uma vez foi uma saca de arroz inteirinha, e ela quis saber.

– Não te metas nos meus assuntos, mulher – respondeu Tito de mau humor. – Afinal queres o arroz ou não queres?

E ela dissera que sim. Queria dar de comer às crianças, queria até comer ela própria. Só não queria que ele se metesse em mais problemas.

— Então, se não queres mais problemas deixa-me em paz!

Ausente sim, muitas vezes, mas raramente Nharreluga fora assim ríspido com ela. De modo que Judite achou por bem calar-se embora continuasse atenta àqueles movimentos inéditos do marido. Trazia de tudo um pouco, falava de projetos que tinha, promessas que lhe haviam feito, muitas vezes com uma intensidade e um entusiasmo que pareciam à mulher um mau prenúncio. E ela permanecia atenta, calada, preocupando-se sozinha e alegrando-se com ele, batendo a massa das bagias quando havia farinha para as fazer, refletindo ou fugindo de pensar. Tudo isso ao mesmo tempo.

Era assim dentro de casa. Lá fora, ninguém se intrigava porque o que Nharreluga trazia era comida, e pouco de cada vez, e a comida mastiga-se e desaparece sem deixar traço.

Entretanto, Nharreluga errava pelas avenidas da cidade. Procurava pontas que, desfiadas, justificassem essas suas investidas. Inundado de um ceticismo feito de promessas por cumprir, construído pela tal distância entre si e os seus projetos, entregava-se a pequenas manobras que pressagiam péssimos desfechos para quem está por fora e pode ver. Não ele, que estava por dentro e não via. Tal como não via, também não escolhia: apanhava duas pequenas laranjas de uma banca do bazar se notava o dono distraído; saía das lojas da baixa com os bolsos mais volumosos e uma candura no rosto. Por duas ou três vezes levantara suspeitas, mas era jovem e bem constituído, capaz de resolver esses percalços correndo a bom correr, saltando muros e atravessando quintais onde espalhava uma vaga agitação de cães ladrando, galinhas fugindo espavoridas e sem direção, um chocalhar de latas e um restolho de arbustos, ecos dispersos que confundiam os perseguidores. Deixava para trás um rumor de comentários e pouco mais. Os proprietários das lojas, sedentários, habituados a esperar pelos clientes e não a ir atrás deles, não conseguiam acompanhá-lo nestas correrias; ou, se o faziam era sem a perseverança que conduz a resultados.

Nharreluga ignorava as barreiras, habituado à falta delas no campo onde cresceu. Corria como quem corre na penumbra do palmar, serpenteando ágil por esse labirinto. Esquecia-se do que Judite lhe ensinara: de que aqui era a cidade.

Quando concluiu que a ausência do marido era bem capaz de se tornar definitiva, Judite começou por procurar o patrão Valgy. Desde os tempos em que o marido lá trabalhara que os Nharrelugas olhavam o comerciante como se olha um protetor. Além disso, como se sabe, Judite geria o pacto secreto e açucarado que o filho Maninho tinha com o monhé.

– Com licença, patrão Valgy.
– Que queres, mulher?
– Viu o Titosse?
– 'Viu o Titosse! Viu o Titosse!' Como posso ter visto o Titosse se ele mora em tua casa? – respondeu Valgy, o mal disposto. – Não sabes que a minha loja se acabou? Lá só há ratos e pombas, e chuva quando calha chover. Sem a loja, como posso ter negócios com o Titosse?

Judite sabia. Perguntara por perguntar.

Valgy também respondera por responder. E porque os assuntos dos Nharrelugas o incomodavam. Culpava o Governo de lhe ter fechado a loja mas sentia-se culpado de ter fechado as perspectivas a Titosse. Além disso, gostava da criança deles, tinha pena de a ver passar na rua arrastando lenha para a fogueira.

– Não vi! Se calhar ele roubou e fugiu! – rematou, quase acertando.

Judite pediu desculpas e retirou-se, enquanto o monhé ficava para trás de porta aberta, ruminando imperceptíveis monossílabos em urdu. Quem sabe, procurando justificações para a sua atitude de insultar para não expor nem descobrir fraquezas.

E foi só depois deste diálogo, achando que Valgy era capaz de ter razão, que Judite se dirigiu ao Partido para pôr o problema ao Secretário Filimone.

* * *

Num início de tarde, uns dias antes, Nharreluga cruzava a Avenida Mao Tsé Tung (ou Mao Zedong? – Para o saber teríamos de perguntar, a quem o fez, que nome foi dado a essa avenida quando deixou de ser de um Massano-qualquer-coisa). Olhava para toda a parte, atentíssimo e saltitante como todos os pequenos ladrões, mas havia alguma ingenuidade nesta sua atenção que só abarcava o pequeno mundo imediato, deixando escapar o mais vasto em volta. De modo que quando se deu conta de que desta vez seria diferente, era já tarde, já não havia muros nem quintais que pudesse interpor entre si e o novo perigo que não vira chegar. Um perigo que tinha a forma de um, dois, vários homens fardados espalhados pelos passeios, interrogando toda a gente, e para Nharreluga era como se falassem já de si: 'Conhecem um tal Nharreluga? Viram por aqui o Nharreluga? Um moço magro que fala pouco e gosta de fardas?'. Ninguém, dos inquiridos, parecia conhecê-lo. Quando muito tinham ouvido falar de um vulto saltando muros e atravessando quintais, nada de mais concreto. E por isso a patrulha continuou pergutado: 'Viram por aqui um camponês que corre pelas ruas da cidade como se corresse pelos carreiros do mato? Que tira coisas das prateleiras das lojas como se subisse aos coqueiros dos donos para tirar os cocos lá de cima? Que não olha portanto a meios para vencer a distância que o separa dos sonhos?'. E tanto a patrulha perguntou, e a toda a gente, que foi forçoso que chegassem junto dele e também lhe perguntassem.

Nharreluga nada tinha a responder, nem sequer podia mostrar os papéis que lhe pediram que mostrasse (nunca, de resto, Valgy lhe dera papéis, mesmo nos tempos áureos da loja, quando de lá saíam cambraias de toda a espécie, temperos e frutas). Remexeu nos bolsos que sabia de antemão vazios, só por ter visto ser esse o gesto dos restantes cidadãos e de repente ter querido muito ser igual a eles. E a patrulha cansou-se de esperar que ele concluísse essa procura, que agora todos sabiam ser inútil. E foi quando os soldados se distraíram por um momento, ruminando a impaciência da espera e procurando já a quem interpelar a seguir, que Nharreluga arriscou a jogada de um agora ou nunca, um tudo ou nada. Saltou veloz, procurando imitar uma gazela fugitiva, mas pobre dele que não conseguiu mais do que parecer-se com os pequenos porcos peludos da sua terra, que chiam e esbracejam mas correm tão devagar! E uma coronhada deitou-o por terra, ainda ela não conseguira saltar o primeiro muro para fugir pelo primeiro quintal. E continuaram a faltar-lhe argumentos para explicar esta sua nova situação, muito mais delicada do que a anterior.

Ninguém lhe perguntou se roubara (e ele se apressaria a mostrar os bolsos desta vez vazios). Mandaram antes, com gestos bruscos, que subisse para um caminhão cheio de Nharrelugas como ele, rurais invasores silenciosos da cidade, de olhos brilhantes e fixos como pequeninos espelhos que, se não refletiam inocência tampouco pareciam perceber alguma culpa. Não lhe disseram se podia ao menos ir a casa despedir-se de Judite e das crianças. Nharreluga também nem sequer perguntou. Assim, quando o sol se pôs, o cheiro doce do cacimbo foi apagado pelo fumo acre dos escapes de uma formidável coluna de caminhões carregados como cachos, partindo rumo ao Norte.

* * *

Viajam durante toda a noite, talvez para que as aldeias por onde passam não perguntem quem são, para onde vão. Para trás vai ficando Maputo, a grande cidade, e dentro dela Judite perguntando calada, sem perguntar, com Maninho e Cindinha à sua ilharga.

Nharreluga não saberia o que dizer-lhes.

A escuridão apaga os lugares – Marracuene e a vista majestosa do Incomáti se espraiando; a Manhiça e o seu humilde arco do triunfo, que obriga os caminhões a baixar-se antes de entrar; a Palmeira e o seu velho coqueiro, nesta altura ainda de pé, ainda sobranceiro, falando do alto da sua idade para a vastidão da planície. No escuro, sem conseguir ver, guia-se a coluna pelos cheiros e num dado cruzamento quase se perde, atraída para um descaminho pelo cheiro doce da cana-de-açúcar crescendo em Xinavane. Mas prossegue a sua rota na direção do cheiro da castanha de caju assando na Macia, da castanha já assada que os camponeses, ainda vultos indistintos, atiram para os caminhões como quem atira arroz nos casamentos. Como se se atirasse arroz também nos funerais.

Adiante, descem a suave encosta de Chicumbane e sentem o cheiro do estrume e a brisa do Limpopo na baixa do Xai-Xai, larga como um oceano; passam a ponte e atravessam a tripa comprida que é essa cidade, na altura quieta, metade baixa, metade alta, todos dormindo. Passam Nhamavila e Chizavane, e, em Chidenguele, a igreja sobranceira à estrada toca os sinos num monótono rebate para assinalar que eles ali vão, sem que se saiba para onde vão. Chegam a Madendere e à sua reta sem fim, e transpõem a fronteira. É do outro lado, em Zandamela, sob as suas mangueiras centenárias, na altura também ainda de pé, que começa finalmente a clarear a alvorada rosada num fulgor silencioso.

Os lugares por onde passam, ainda estremunhados, segredam-lhes os seus nomes e Nharreluga confirma com a cabeça, como que dizendo que sim, que toma conhecimento deles para saber mais tarde por onde regressar.

Depois de Chissibuca, quando chegam ao Quissico, Nharreluga sente o cheiro do mar e ouve o murmurar dos coqueiros ao longe, numa planície que é como uma velha pele manchada pelas manchas líquidas das lagoas. Sabe, por causa da maresia, que está já na sua terra, e por isso começa a adivinhar as suaves curvas do caminho antes mesmo delas acontecerem. A tranquila e sorridente Helene; Inharrime e a promiscuidade entre a terra e o mar, um velho hotel desfazendo-se sem os convidar a entrar; Nhacoongo, vivendo virada para a estrada; Cumbana, a terra da fruta, origem secreta e verdadeira das tangerinas do poeta; Lindela, na bifurcação, a alternativa da direita trazendo-lhe um cheiro intenso a casa, o cheiro de seu pai.

Empoleirado no caminhão, Nharreluga quase grita para o meio da escuridão, na vaga direção de Jangamo: Pai! Estou aqui! Sou eu, Tito, o teu filho! Aqui vou nesta viagem da qual desconheço o destino e a finalidade (eu, que sempre quis viajar para me encontrar e conhecer, viajo agora para me perder no desconhecido!). Não me procures mais em Maputo, pai, porque parti. Não peças ao professor que me escreva cartas, cartas que começam com um 'Meu filho, sou eu, o teu pai, e estou a cumprimentar-te', e que prosseguem desta maneira: 'Aqui estamos quase todos bem, só a tua mãe é que tem uma dor nas costas e por isso não tem ido à machamba. Ela diz que é do pilão mas eu acho que é da seca. Se chovesse, o ar refrescava e as costas dela voltavam ao que eram antes. Se chovesse, a nossa vida avançava de uma outra maneira'. Não peças ao professor porque as cartas virão sem destino, e cartas sem destino são bocados de papel com umas palavras em cima que não servem a ninguém. Ficarás tu a pensar que as recebi, eu convencido de que já não pedes ao professor que mas escreva ou então que morreste. E ninguém que me dê a notícia!

Mas a coluna, surda a este derradeiro apelo à paternidade e à tradição, prossegue pela alternativa da esquerda, fugindo para diante numa cega obstinação. Maxixe e o seu confuso acordar, e o caminho conhecido terminou. Dos lugares por onde passam só silêncio chega agora aos ouvidos de Nharreluga. Morrumbene, Malova, Massinga, e tudo é desconhecido, nomes e lugares só de ouvir falar. Conhecê-los-ão outros Nharrelugas que ali vão, que os há de quase todas as terras do caminho, todos tendo ido a Maputo tentar a sua sorte e agora regressando.

Mais à frente, mudam as árvores e secam os matos. Aos poucos vão surgindo no escuro pequenas aldeias calcinadas, primeiro negras do fumo, depois brancas da cor da cinza e da morte. Todas elas fazendo parte do novo mapa que se vai desenhando, o mapa da guerra. Rio das Pedras, Unguana, Nhachengue, Mavanza. Assustam-se os olhares dos cativos, endurecem os dos soldados. Os motores trabalham mais baixo para não acordar forças que é melhor que estejam adormecidas, as armas disparam os seus reflexos metálicos para alumiar o caminho. Vem descendo aos poucos o cheiro do inimigo, adocicado e enjoativo, confundindo-se já com o nosso cheiro, fundindo-se os dois destinos. Cheline, Mapinhana, Maimelane, Macovane, Malanguene. Os lugares continuam a segredar os seus nomes – ou a memória que sobrou deles – aos viajantes, mas para Nharreluga isso agora é indiferente. Não os conhece, não os retém.

Passam o desvio de Vilanculos, passam o desvio de Inhassoro, passam o desvio de Govuro, outros tantos refúgios que a coluna poderia ter procurado em vez de prosseguir como insensatamente faz. E, por fim, o grande rio Save, poderosa divisão, a frescura da sua água sobressaindo num lugar que há muito vai secando.

* * *

A coluna para perto de um descampado, enrolando-se em volta de um imenso embondeiro que é como lava de madeira que irrompeu do chão com violência, um lenhoso movimento congelado assim mesmo, enquanto acontecia. Um tumor da natureza. Há soldados por toda a parte, correndo e falando alto, cumprindo ordens. Nharreluga e os companheiros descem e são levados para junto da estranha árvore para esperar o tempo que for necessário. Embora ninguém lhes tenha dito, sabem que não é ainda o termo da viagem. Que fazem apenas uma paragem antes de prosseguir. Que a viagem não tem fim.

Nos cantos do descampado, alguns camponeses vendem tímidas frutas e o que quer que se possa comer. Quem dos prisioneiros tem dinheiro, compra; quem não tem, saliva e imagina. Passa um longo tempo antes que chegue um soldado junto deles. Levantam-se e perfilam-se num rigor que intuem e que é quase militar (por sua vez, os soldados parecem-se cada vez mais com prisioneiros). Eretos e rígidos, os braços esticados ao longo do corpo, os pés juntos e o olhar fixo na frente, é esta a posição dos prisioneiros.

O Comandante Santiago Muianga passeia-se devagar, as mãos atrás das costas, por entre as filas dos cativos viajantes. Deixa-se prender pelas pequenas coisas de cada um, ao acaso, procurando daí deduzir quais terão sido os historiais respectivos. Este tem uns sapatos que não condizem com a figura; aquele usa uns pequenos óculos de míope, sem dúvida das inúmeras leituras que fez, sendo hoje impossível apurar-se que leituras terão sido essas; um terceiro não revela qualquer sinal que destoe do conjunto, o que o torna singular. E eles, imóveis como estátuas, deixam-se sondar, uma maneira como outra qualquer de confessarem as biografias que trazem. É tarde, a viagem foi longa, os prisioneiros e os soldados estão cansados.

De súbito, algo aconteceu e o Comandante Muianga interrompe a lenta inspeção. Algo lhe chamou a atenção, um reconhecimento. Olha um prisioneiro e parece-lhe ser alguém. Estaca à sua frente. Diz-lhe:

– Quem és tu? – e já quase sabe a resposta.

– Tito Nharreluga, província de Inhambane, localidade de Conguiana, também chamada de Barra.

Antigamente pescador e catador de lenha para uma voraz fogueira, depois marido de Judite, aquela mulher das bagias que toda a gente conhece ou devia conhecer. Como se fosse pai de dois filhos, Cindinha e Maninho, antes morando na cidade de Maputo, Rua 513.2, e cheio de sonhos que se foram perdendo, gastos pelos dias, caídos do caminhão enquanto vinha, dispersos pela estrada tão comprida, sem outros que lhe restem para semear no caminho que ainda falta percorrer. Amigo de viajar sem ser desta maneira, pedindo pouco mas não este destino que lhe querem dar.

O Comandante interrompe-lhe a prestação das contas de uma vida, para não se incomodar:

– Eu sei, sei quem tu és. Sai da formatura e vai ali para aquela sombra. Mais tarde falo contigo.

Nharreluga obedece, deixa os companheiros e vai para a sombra esperar. O tempo que for preciso. Esperar e perguntar-se o que lhe quer o vizinho-Comandante, o ex-vizinho-soldado; que segredo lhe quer arrancar, logo a ele que deixou de ter segredos. Que propostas lhe irá fazer? A de uma viagem só para si, diferente da viagem que vem fazendo com os restantes prisioneiros? E não sabe ainda se estas interrogações fazem parte de uma esperança, se de um temor.

Concluída a inspeção, o Comandante Santiago aproxima-se. Vem vagaroso, talvez refletindo no que vai dizer sem contudo chegar a conclusões.

– Tu moras naquela casa estragada quase em frente à casa do Secretário Filimone, não é verdade?

— Sim — responde Nharreluga, intimamente discordando do tempo do verbo. Morava. Desde ontem que lá não mora mais.

— Como é que te foste meter neste problema?

Nharreluga não consegue responder porque desconhece o problema de que o Comandante fala. Fica, por isso, em silêncio.

Quanto a Santiago, pouco mais tem a perguntar. O poder de quem enviou o prisioneiro é maior que o seu, embora seja imenso o poder do Comandante ali no mato. O que está feito, portanto, ele não pode desfazer. Pode, todavia, ajudar nas pequenas coisas. Pode, por exemplo, levar um recado a Judite para que esta, ficando a saber onde se encontra o seu homem, tenha enfim uma resposta que satisfaça o Secretário. Pode até, vagamente, tentar saber para onde ele vai, para que mais tarde não seja tão difícil de lá voltar, se o castigo tiver terminado e for o dia do regresso.

A tudo isto responde Nharreluga que sim, distante, como se soubesse da força do destino que lhe querem dar. Como se esse destino estivesse já dentro dele.

Quanto ao Comandante, não é só com Nharreluga que fala quando oferece a sua ajuda. Fala também consigo próprio, num diálogo paralelo ao principal, feito também em voz alta, de tal maneira que os dois diálogos se confundem. Estivesse Nharreluga mais presente e sem dúvida se confundiria, sem saber qual dos dois diálogos estava o Comandante levando a cabo. Dizendo sempre que sim, faz Nharreluga as vezes de prisioneiro e, também, de consciência do militar.

E esse diálogo interior desenvolve-o Santiago pontuado de interrogações e desalento. Não percebe a necessidade de tão grande esforço, de tão grande operação. Estando aquelas paragens povoadas de tantos mortos — e dos seus espíritos agitados rondando por cima das cabeças dos vivos — para que trazer mais mortos-vivos, porque o Comandante sabe que os vai ver morrer aos poucos à medida que os dias passam e o caminho avança?

Duram pouco, os dois diálogos. Santiago nada mais tem a perguntar, nem a Nharreluga nem à sua própria consciência.

— Podes retirar-te, vizinho. — 'Vizinho' e não 'ex-vizinho',

diz, classificando o interlocutor no passado porque Nharreluga não parece ter, neste limbo que é o seu presente, e nem sequer no futuro, qualquer classificação. – Podes retirar-te e boa sorte.
Nharreluga faz a vénia a que obriga a sua condição. Dirige-se para junto dos companheiros que estão já subindo para os caminhões.
– Espera! – diz o Comandante, assaltado por uma indecisão; ou então pela necessidade de que algo fique claro no entendimento do prisioneiro.
Nharreluga volta-se.
– Vou ver o que posso fazer por ti – diz. Falando para a sua consciência.
Nharreluga acena com a cabeça, por delicadeza.
– Vai, podes ir.

* * *

A coluna parte. Com um rugido de motores, atravessa a ponte e penetra no outro lado. A partir de agora já não há sequer lugares que possam segregar os seus nomes desconhecidos, testemunhas que confirmem que a fila dos condenados passou por ali. Só o desfilar monótono das pedras e de uma vegetação tão seca quanto elas. E pares de olhos espreitando, na realidade do mato ou no medo de quem avança. Nharreluga não saberia dizer mais tarde quanto tempo dura esta nova etapa da viagem. Como outros, chegou ao limite das forças e deixa-se dormitar, realidade e sonho decorrendo juntos como em paralelo haviam decorrido atrás os dois diálogos do Comandante Santiago Muianga. E está fazendo este intercâmbio entre realidade e sonho quando ocorre a emboscada. Quando, depois de uma curva da estrada, ela se abate sobre os caminhões carregados de prisioneiros.

Violentas explosões irrompem do chão e do ar ao mesmo tempo, produzindo sons que, no sonho do prisioneiro são os sons de etéreas cambraias soltando-se do alto para pousar suavemente perto do patrão Valgy, umas atrás das outras. Sons crus e cavos ligados entre si pelos alinhavos mais leves de enfáticas armas automáticas, que soam ainda aos dedos do patrão tamborilando no balcão. Sons debruados de gritos de aflição e pragas, as pragas de Valgy saindo furioso, batendo com a porta de sair ou de entrar, deixando atrás de si a loja imersa em escuridão.

É enorme a confusão, os fumos estão por toda a parte, deixou de haver cativos e soldados, e Nharreluga não sabe em qual dos patamares despertou, se na realidade do sonho que estava tendo ou no sonho desta realidade verdadeira. Os caminhões são como grandes elefantes perseguidos por caçadores perseverantes. Uns quedam-se ali mesmo na estrada, já feridos de morte e incapazes de prosseguir; outros, deixam-na e internam-se às cegas pelo mato, silvando no fumarento esforço dos seus motores, numa nova viagem desarvorada e sem destino.

Também a saga de Nharreluga passou a ter, a partir desta etapa, duas versões. Duas versões que dividirão os vizinhos que ficaram, de um lado da rua 513,2 defendendo-se uma, do lado oposto jurando-se que foi a outra que de fato aconteceu. Duas versões, portanto, divididas por uma poderosa fronteira de 513,2 metros de comprimento e 5,132 de largura.

No percurso simples da primeira versão, este ainda quase jovem começou por alimentar fogueiras vorazes que nunca se apagam, seguiu por praias onde sopra sempre o vento empurrando as aves, por lojas onde essas aves são panos esvoaçando, prisioneiros; passou ao lado de pomposas fardas com galões, amou uma mulher e perfilhou os seus dois filhos antes de acabar assim mesmo, da forma mais simples, no meio da curva de uma longínqua estrada. Só isso e nada mais.

A segunda versão é mais comprida. Nela, o caminhão que levava Nharreluga deixou a estrada cheia de fumos e gritos como se quisesse inventar um novo caminho só para si. Desgovernado, atravessou valetas e capinzais, caminhos secos cheios de espinhos e pedras, até estacar meio tombado contra um morro de muchém, cercado pela poeira que ele próprio levantara. Foi nessa altura que chegou o inimigo para os vir buscar. Dos que ficaram para contar, uns não tinham a certeza de ter visto Nharreluga entre aqueles que foram levados, para onde não se sabe; outros asseveraram que sim, que estava lá. Destes últimos, alguns nada mais puderam adiantar, por muito que se quisesse saber, enquanto outros garantiram que por essa altura Nharreluga estava já transfigurado e era perigoso. Fora levado com alguns dos companheiros numa longa fila indiana, pela segunda vez prisioneiros. Subiram montanhas, atravessaram vales, cruzaram rios, internaram-se em florestas, desafiando de tal forma a geografia que as forças do Comandante Santiago Muianga foram incapazes de os achar. Não conseguiram mais que vasculhar os restos calcinados da coluna que saíra de Maputo e descansara no Save, antes de prosseguir para a armadilha mortal que há muito estava montada, esperando apenas que ali chegassem para se desencadear.

Será que Santiago, olhando as ossadas, se lembrou do seu vizinho? Uma lembrança que era também um sopro gélido na sua própria consciência? Terá ele inspecionado os crânios que ali jaziam em busca do verdadeiro, aquele que albergou o olhar e as ambições de Nharreluga enquanto vivo? Talvez. E como não os achou terá partido na perseguição da coluna pelo intricado percurso, até acabar por baixar os braços e desistir. Sem saber o que dirá ao Secretário Filimone; sem saber como o dirá à Judite das bagias.

* * *

Nharreluga chegou finalmente a esse local que Muianga não conseguiu alcançar. Visto por nós é um local parecido com o inferno; visto por eles não passa contudo de um refúgio. No primeiro dia esperou – esperança vã – que o Comandante Santiago Muianga o viesse aqui buscar, se não por outra razão ao menos em nome de uma velha vizinhança, pois que se habituara já a uma ordem anterior, custava-lhe experimentar esta nova. No segundo dia lembrou Judite (foi ela que o resgatou do campo para o introduzir na cidade). Sucederam-se contudo as noites, cansaram-se os dias e a esperança, tudo se foi esbatendo e embotando. Durante meses, Nharreluga acartou água e lenha, cozinhou sempre que lhe mandavam fazê-lo. Obedecendo à nova autoridade, esqueceu o velho patrão Valgy e pela segunda vez deixou de ser Titosse.

Por vezes, quando tudo parecia estar sereno, rebentavam diálogos agitados: alguém de entre os captores notara um olhar diferente, inventara uma insolência insuportável de um dos cativos. Que olhar era aquele? Que desafio? E soava um tiro só, um tiro que diminuía o já magro contingente. Nharreluga aprendeu a rir-se destes momentos, aprendeu mesmo a oferecer-se para retirar do terreiro esses companheiros sem vida, invólucros sem préstimo algum. E os captores sorriam agradados, notando em Nharreluga essa sua nova energia. Agradando-lhes, Nharreluga esquecia aqueles a quem um dia agradou, vizinhos da rua, Judite e as crianças. Deixou então de ser Tito.

Já não era Titosse, já não era sequer Tito. Quem era Nharreluga afinal?

Diz-se que usava agora as mulheres do povo que apanhava, tal como, excitado, comia carne crua. Diz-se que deixou de falar por nada ter a dizer. Não dormia, sempre vigilante.

'Tito Nharreluga morreu!', diz a primeira versão. 'Tito Nharreluga renasceu!', responde a segunda.

21
Amor e dissidências econômicas

Fora a fartura ocasional de um cortejo que tenha escolhido passar por ali, são cada vez mais raros os automóveis na Rua 513.2: alguém de fora perseguindo um endereço apontado num papel, a carrinha das entregas trazendo o abastecimento para a loja, o jipe militar do Comandante Santiago chegando ou partindo pela calada da noite, o *Ford Capri* do senhor Costa persistindo em alongar o passado para lá do razoável, e pouco mais. Nem sequer o *Opel* de Teles Nhantumbo, agora esventrado e exangue na garagem de Ferraz, sem um dono que lhe incuta o alento necessário para voltar a percorrer distâncias. Cada vez mais, tudo se resume ao coletivo machimbombo que passa ao fundo da rua, já sem o velho sorriso Pepsodent espalmado nos costados. Apenas uma funda seriedade.

Em consequência, já não se ouve o polifônico funcionar de motores nessa convivência a que chamamos tráfico. Cada motor, ouvimo-lo nós desde o princípio até ao fim, solitário, como se fosse um lamento vindo de longe e partindo também para longe, nesta reta longa que é a nossa vida. Assim mesmo, nessa monotonia: como se demorasse a chegar, fazendo-se depois presente com grande intensidade, e finalmente arrastando o tempo e a dor de uma lenta partida.

Em consequência também, vai rareando o trabalho de Ferraz, rareando o seu bom-humor.

* * *

O mecânico dobrou o jornal que acabara de folhear e lançou para dentro da garagem um olhar carregado de preocupação. Acabara de ler, com todas as letras, que entrava em vigor o racionamento dos combustíveis. Cartões para que as máquinas bebessem como os cartões que havia para os homens se poderem alimentar, brancos e azuis. E menos combustível significava ainda menos automóveis a passar; menos automóveis portanto a necessitar de reparação.

A garagem estava vazia, excetuando o *Opel* do fugitivo Nhantumbo que ali ganhava teias de aranha fortes como raízes; e um irrelevante caderno de capas negras, pulsando no escuro. Era o golpe de misericórdia.

Ferraz atirou o jornal para um canto, pegou num manual de carburadores que precisava de estudar (obstinado, não desistira de saber se era dali o mal do *Opel* dos Nhantumbos) e dirigiu-se a casa. Precisava de um bom banho, de jantar, de dormir. De esquecer por hoje a sua vida. Entrou pela cozinha, destapou a panela que fervia no fogão e espreitou lá para dentro, para ter ideia do que o aguardava ao jantar. Só então se dirigiu à sala, onde decorria uma forte discussão.

– Vai já vestir-te, Beatriz! – gritava dona Guilhermina – Não sabes que é pecado andar assim?

Falando com a filha, olhava com rancor o gordo Marques sentado a um canto de braços descaídos, o lábio superior perlado de suor e o velho coração como se fosse o motor do *Studebaker* do senhor Soromenho a vencer uma subida. Dona Eulália, ao lado, tricotava e lançava miradas furtivas na direção do marido, abanando resignada a cabeça: não havia nada a fazer, estava-lhe no sangue.

Dona Guilhermina repreendia a filha porque se preocupava. Não sabia de onde vinha a beleza que ela tinha assim tão arreigada, uma beleza que confundia com pecado. Olhava o marido e via-o careca, de estômago protuberante e perninhas arqueadas; olhava-se a si própria e reconhecia o que se habituara a ver na sucessão de espelhos do correr da sua vida: uma cabeça demasiado pequena, uns olhinhos salientes, uns lábios finos sob um nariz aquilino. Juntava o que era seu e o que era do Zeca, e não conseguia descortinar de onde diabo teria vindo aquela aura, aquela luminosidade que permanentemente envolvia a sua Beatriz. Falava muito deste assunto com o Deus das alturas, pedindo-lhe que casasse bem a filha, pois que uma beleza assim era como uma maldição, meio caminho andado para a perdição. Estabelecia com Ele diálogos que assumiam uma forma singular: dona Guilhermina jamais pedia, fazia antes contratos. 'Se Vossa Excelência me der isto eu dou-lhe aquilo', e por aí fora. Contratos diretos, sem intermediações, pois que, para ela o Padre da Igreja não passava de um igual, habilitado apenas ao conhecimento dos segredos leves, nunca ao dos mais profundos.

– Vai vestir-te, Beatriz! – tornou ela.

– Deixa a miúda, Guilhermina. Olha, e deixa-me também a mim em paz que preciso de entender aqui uma coisa – disse Ferraz, pondo os óculos e abrindo o manual.

– Pai, ajuda-me nesta conta – disse Beatriz.

– Eu ajudo – disse prontamente o gordo Marques, o *Studebaker* arfando ainda na subida, enquanto dona Eulália tricotava e abanava a cabeça.

Pararam todos de fazer o que faziam e viraram-se para o Marques que, contrafeito, se viu obrigado a precisar:

– Referia-me ao manual de carburadores aqui do Zeca. No meu tempo eu percebia muito de carburadores.

Mais que a filha, mais até que o gordo Marques, era o marido que dona Guilhermina visava quando se empenhava nas suas censuras. Por isso as discussões dos Ferrazes começavam sempre por Beatriz, passavam aos Marques e acabavam invariavelmente no essencial, que era a incapacidade do Zeca Ferraz de levantar uma represa que impedisse a decadência que inundava aquela casa. Dona Guilhermina acusava o marido de passar os dias deambulando na garagem, lendo e relendo um certo caderno, remexendo no *Opel* dos Nhantumbos que nem tinham sequer com que pagar-lhe, entrando e saindo da cozinha. Enquanto ela, apoiada na Igreja e em Filimone, se esforçava por fazer a família funcionar. Via o santuário de Fátima cada vez mais distante. Por este andar, nem sequer o da Namaacha!

Entretanto, aproveitando alguma trégua, a jovem Beatriz escapulia-se em direção à praia. E, para lá chegar tinha necessariamente de passar em frente ao portão de Pedrosa, no número 2.

Que, lá de cima, olhava aquela figurinha elegante e suspirava. Nos olhos via o fulgor de duas joias, no peito um par de rijas laranjas.

* * *

Durou pouco o esplendor das laranjas – as outras – de Pedrosa, tão suculentas e brilhantes que pareciam importadas. Laranjas que, enquanto existiram impressionaram quase tanto quanto os seus fatos de fazendas caras, os seus *after-shaves* que mais ninguém usava, as suas cervejas vindas de longe. Olhávamos e não invejávamos, apenas víamos nele o futuro que seria nosso um dia. Durou essa referência viva – essa imagem concreta daquilo que queremos ser – enquanto partiram para exportação ou chegaram às nossas lojas essas luzidias laranjas. Atravessando mares e florestas cerradas, rios impetuosos ou a mais vulgar estrada da Matola.

Um dia, porém, tudo acabou. Ou melhor, foi-se acabando sem que se soubesse o porquê. Atropelavam-se as muitas razões e era difícil apontar os culpados. Pedrosa defendeu-se como pôde. Começou por responder às interpelações oficiais sobre a escassez do estratégico produto alegando que a razão estava na seca. 'Como na seca?', quis saber o Ministério. Havia alguma seca, é certo, mas era uma seca que justificava apenas, digamos, trinta ou quarenta por cento das perdas, não a totalidade da produção.

Pedrosa convocou então os seus retratos, para construir o argumento da resposta, e o redigir. Quem olhasse de fora – como tantas vezes Chiquinho e Cosmito fizeram – veria apenas o Diretor circulando na sala com passos apressados, entre paredes cheias de homenzinhos pendurados. Lá dentro, e após alguma discussão, acharam estes homenzinhos que sim, que trinta por cento das perdas podiam bem derivar da seca que nos fustigava. Dos restantes setenta, grande parte – acusaram duramente – era por conta dos gostos caros do Diretor, da sua mania das importações, desse vício que tinha de se perfumar e bem vestir para admirar os vizinhos. Para admirar Beatriz?

– Uma tentativa, também, de os educar a todos... – achou Pedrosa, fazendo-se desentendido.

Fosse como fosse, mesmo que dessa parte, digamos, dez por cento pudessem ser legítimos enquanto despesas de representação (é aceitável que um diretor procure mostrar ao povo como será o futuro), sobravam pelo menos cinquenta ou sessenta cujas causas não estavam na seca nem nas suntuosidades. Onde estariam?

Opinou o Contabilidade, sob protesto do Sindicato, que uma parte valente estava na fraca produtividade dos trabalhadores, no seu vício de inventar justificações para as ausências ou para os gestos lentos com que entretinham as tardes. Disse o Planificação que era preciso ter em conta as modalidades de importação de fertilizantes, intricadas, assim como os labirínticos caminhos da compra de pesticidas, embora fosse difícil apurar as percentagens que esses motivos mereciam. Quase todos concordaram.

Finalmente, havia ainda a complicada questão das requisições partidárias. É que se sucediam as reuniões de trabalho (havia muito que decidir sobre o andamento da revolução, sobre como remover os obstáculos que se lhe atravessavam no caminho), essas reuniões fazem sede e, sendo a cerveja escassa e o álcool de mau tom durante as horas de serviço, recorria-se normalmente ao sumo de laranja para as fazer andar. E falar em sumo de laranja era o mesmo que falar nas laranjas do Diretor Pedrosa. Chegavam as cartas oficiais à CCC EE, no Umbelúzi, quase sempre com a reza de um mesmo teor: "Camarada Diretor Pedrosa, por ocasião da realização da reunião tal ou da sessão tal, vimos por este meio solicitar o fornecimento de trezentos quilos de laranjas", e por aí fora até às saudações revolucionárias e à unidade, trabalho e vigilância, e Pedrosa não tinha como escapar dessa. Faltava-lhe o atrevimento de apresentar uma fatura.

Vinha pois da seca, dos hábitos caros do Diretor, dos hábitos lentos dos trabalhadores, da burocracia enredada e, finalmente, das oficiais requisições, a crise de liquidez que a empresa experimentava. Literalmente, a CCC EE estava à beira de secar. E embora Pedrosa pudesse alegar a seca propriamente dita, não se atreveria a mencionar as restantes razões por que secava o sumo. De forma que ficou incompleta a explicação que deu, quando a pediram, e com isso endureceram as relações entre a

empresa e o ministério de tutela. Entre este e o Diretor Pedrosa.
 Seguiu-se uma fase de duras negociações, com auditorias e convocatórias sumárias, enfim, um pesadelo que só terminou quando um dia chegou a já esperada carta de despedimento. Num curto espaço de tempo, Pedrosa passara de diretor provisório a diretor de fato, e de diretor de fato a ex-diretor.
 Conseguiu, todavia, limitar as perdas, pois que com a sua saída deixava também de existir a CCC EE, entretanto falida e dissolvida, passando a casa número 2 diretamente para as mãos do Estado e deste para as do antigo inquilino, que continuou lá morando já na qualidade de cidadão desempregado. Estranho desfecho no qual o Secretário Filimone suspeitou ter havido mão do Diretor Antoninho, embora sem se ter atrevido desta feita a investigar.

* * *

Se antes Ferraz se defendia dos maus humores de dona Guilhermina refugiando-se na garagem, aos poucos aprendeu a ripostar:
 – Como podes acusar-me de uma crise que é do país inteiro? – perguntava. – Tenho a culpa de que não haja automóveis para reparar? Que não haja sequer combustível para que eles possam avariar-se ao andar?
 Por estas alturas já Beatriz prudentemente se escapara para a praia, um cometa levando atrás de si uma cauda etérea feita de suspiros dos vizinhos. Um dos quais, um importado e perfumado suspiro.
 A dona Guilhermina, pragmática, pouco interessavam as justificações. Se o Zeca olhasse em volta, se se dispusesse a largar um certo caderno e um certo automóvel (ambos sem préstimo nem solução), se se decidisse enfim a sair à rua como toda a gente, veria que, a par da crise de todos os dias também todos os dias se abriam possibilidades de se sair dela.
 – Como, possibilidades?
 Dona Guilhermina exemplificou uma delas: segundo o Secretário Filimone, o Estado dispunha-se a fornecer barcos de pesca a quem quisesse pescar. O Zeca devia ao menos tentar.

– Como, tentar? – perguntou Ferraz cautelosamente.
Vinha do Chókwè, do interior. Exercia a arte concreta do apertar e desapertar coisas, afinar. Desconfiava da escorregadia superfície do mar, da imprevisibilidade dos seus humores.
– Tentar tentando! – retorquiu ela, agastada.
Adquirindo um dos tais barcos, contratando pescadores, sabia lá! A única coisa que sabia é que o via zanzando por ali enquanto ela própria passava o dia fora, num trabalho, ou melhor, em dois ou três trabalhos propriamente ditos.
E foi assim que o mecânico Ferraz, depois de arrancado à garagem e encostado à parede, foi empurrado para a pesca.
O Secretário Filimone – por especial atenção a dona Guilhermina, sua parceira em tantas tarefas – abriu o caminho a Ferraz ajudando a colocá-lo em boa posição na lista dos beneficiários da atividade pesqueira de pequena escala, fornecendo as guias e os atestados necessários. No curto espaço de um mês o resto das economias dos Ferrazes saltou de dentro do colchão onde estava apodrecendo para cobrir a primeira prestação de um barco de fibra de vidro novinho em folha, com 5,132 metros de cumprimento. No curto espaço desse mês o barco estava mesmo ancorado ao fundo da rua, embalado pelas ondas suaves da maré da baía e expondo-se vaidosamente à curiosidade dos vizinhos. Razão do novo orgulho da casa dos Ferrazes. Ao mesmo tempo, dona Guilhermina contratava um mestre marinheiro e alguns pescadores, o que aliás não foi difícil tendo em conta o desemprego que grassava no bairro de caniço que espreita o mar em bicos de pés, por cima do ombro da rua.
A viagem inaugural foi um acontecimento. O barco deu uma lenta volta para se deixar ver, e depois ganhou distância para procurar profundidades onde se pudesse achar o peixe. Ferraz, à proa e acenando, foi perdendo gás à medida que o barco avançava, balançando. Enjoou, amaldiçoou o cheiro da maresia e a ideia que o fizera embarcar naquela aventura. 'Antes a inatividade e o desemprego', pensou, pois que nas alturas de um enjoo damos tudo para estar num outro lado qualquer, desde que seja em terra firme. Mesmo se numa garagem cheirando a óleo e de

braços caídos, sem ter porque levantá-los. Os marinheiros riam à socapa daquela fragilidade do novo patrão, ao mesmo tempo que acenavam para os muitos xitatarrus espalhados pela baía que, assim cheia de sol, com águas mansas e densamente povoadas, parecia afinal mais segura.

Onde o mestre marinheiro achou que havia peixe, lançaram a rede à água. Uma rede novinha em folha, de malha fina para apanhar a magumba que nesta altura do ano é ainda pequena. Esperaram, conversando coisas de entreter o tempo. Mais os marinheiros, pois Ferraz, sem episódios de mar que dessem consistência à sua fala, remetia-se ao silêncio. Por isso e também pelo resto de enjoo e pela nova sensação de ser patrão.

Afinal não havia ali peixe, e o mestre marinheiro achou que deviam tentar noutro lugar. Ligou-se o motor, acelerou-se, mas o barco permaneceu imóvel, resmungando vãs intenções de se mover. Como mesmo no mar Ferraz continuasse a ser mecânico, espreitou e viu a hélice inerte, apesar do ruído do motor. Desconfiou logo do problema que seria. Mas, como resolvê-lo ali ao largo, sem as ferramentas que tinha deixado na garagem? Limitou-se a mexer em coisas e a praguejar como faria qualquer outro, enquanto os marinheiros passavam de uma justificada expectativa (Ferraz era mecânico e patrão) a uma muda decepção. Baldados todos os esforços, Ferraz deu ordem que se movessem dali a remos, mas a ninguém ocorrera trazer remos num barco novo com um motor novinho em folha. Foi a vez de Ferraz se decepcionar, e fê-lo insultando os marinheiros e sobretudo o mestre, pela incompetência demonstrada. Era tarde, haviam já partido os xitatarrus de volta a casa, não tinham no horizonte quem os pudesse ajudar. De modo que não tiveram outro remédio se não deixar-se escorregar numa deriva ansiosa, seguindo a costa com os olhos e esperando não se afastarem muito dela. Ferraz enjoou pela segunda vez, achou que chegava o seu dia. Pensou em Beatriz que ficava órfã, viu a pobre Guilhermina já viúva. Entretanto, foram deslizando, escureceu, mas felizmente que a maré começou a encher, trazendo uma corrente de feição que os levou lentamente por trás da ilha Xefina até ao lugar de

Montanhane, passava já da meia-noite. Encalharam. Desembarcaram e puseram-se a caminhar com água pelos joelhos e os pés enterrando-se no matope do mangal. Percorreram uma longa distância na direção de uma luz que, afinal era o fogo aceso de um acampamento de pescadores, onde os quase-náufragos foram recebidos. Um dos pescadores mostrou particular simpatia pelo desafortunado grupo, e respeito por Ferraz, capturando até uma das galinhas que tinha – a quem chamava pelos nomes, como se fossem animais de estimação – a fim de a matar para que o exausto patrão tivesse o que comer. Respondia esse pescador pelo nome de Meia-Face, por em tempos um xiphefo ter tombado e pegado fogo ao caniço da palhota onde dormia. O acidente desfigurara-lhe metade do rosto e, se sobreviveu, ficou contudo horrivelmente desfigurado: enquanto o lado direito era capaz de exprimir o que lhe ia na alma e de mostrar respeito por Ferraz, o outro, sempre inerte e enrugado, não chegava a constituir uma expressão. Comeram, enquanto tentavam não ser comidos pelos mosquitos; tentaram dormir, e de madrugada puseram-se a caminho pela praia fora, Ferraz com pressa de chegar a casa e serenar a família, os restantes atrás, transportando às costas o motor do barco. Com eles ia o Meia-Face, já contratado por um Ferraz tomado de euforia mansa por se ver novamente em terra firme.

* * *

Nas idas e vindas à praia a mando de dona Guilhermina, para ver se via chegar o barco do pai, Beatriz passou repetidas vezes à porta de Pedrosa que, fumando na varanda os seus últimos Marlboros importados, seguia distraidamente aquela silhueta harmoniosa, as duas joias tremeluzindo junto ao chão, eivadas de preocupação. As duas rijas laranjas.

Foi por esta altura que o ex-dirctor começou a deixar de lado os seus problemas mais recentes para pôr naquela passagem uma nova atenção. Procurava o rasteiro olhar da rapariga para nele fixar o seu. Foi também por esta altura que ela, notando esses gestos, passou a aperfeiçoar os seus, meneando as ancas de uma maneira nova e parando para falar com uma amiga em baixo da acácia de dona Aurora, mais para se deixar ver do que propriamente por ter o que dizer.

Pedrosa sorria, divertido e agradado.

Não quer isto dizer que fosse ele quem controlasse e ela a controlada. Várias vezes o experiente ex-diretor ensaiou na solidão da sala a sua primeira frase ('Já há notícias do teu pai?', por exemplo) perante um perplexo séquito de retratos pendurados, não chegando contudo a encontrar coragem de sair e proferi-la. 'Ainda não é o momento', concluía. 'Deixemos as coisas amadurecer mais um pouco'.

Entretinha aos dois esse jogo de fingimento, Beatriz fingindo a naturalidade de quem não era notada, Pedrosa a despreocupação de quem não reparava. Um fingimento que era uma maneira de prolongar o momento, como se ambos soubessem que era o melhor de suas vidas; o momento em que cada um deles queria mais do que aquilo que já tinha. Pedrosa, mais sabido, detentor de conhecimentos importados, cria na inevitabilidade dos passos seguintes e por isso tinha a paciência de esperar por eles na varanda, levassem o tempo que levassem. Quanto a Beatriz, via aquilo como uma novidade divertida, uma fuga às monótonas discussões que tinha em casa, um inédito calor. Era o fato de não a atrair a previsão de futuros – próprio da idade – que a levava a prolongar aquele presente.

Ardia ali uma branda fogueira sem que mais ninguém reparasse.

* * *

Recuperado o barco, recuperado do susto e veementemente instado por dona Guilhermina a quem depressa passara a sensação de viuvez, Zeca Ferraz retomou a atividade pesqueira embora sem voltar a entrar no mar. Mudou-se para uma pesca de arrasto, que lhe permitia ficar na praia observando enquanto o barco saía largando rede, descrevia uma curva a pouca distância e regressava. Mas o que saía na rede, depois de puxada com canções e muito esforço, eram pequenos peixes desirmanados, alguns camarões e muitas alforrecas, algas e lixo. Pouca coisa que prestasse. 'Assim não vamos longe', concluiu. Havia que perder o medo.

O barco teve mesmo de voltar a sair para o largo, levando agora o Meia-Face, homem de confiança, como novo contramestre. Largavam quando a maré vazava, voltavam quando a maré enchia. Seguiam pois o respirar da maré, mais que as horas do dia.

Beatriz, ajudando o pai, levava à praia o chá dos pescadores de madrugada, ou ia lá espreitar se o barco já vinha regressando, ao cair da noite. Quase sempre tinha de esperar um tempo interminável pois que no mar alto, à entrada da baía, os pescadores esperavam também que os peixes se decidissem a cair nas redes. Faziam-no fumando cigarros de palha e conversando, rindo ou mantendo silêncios estendidos e privados. Urdiam planos, como se verá. Enquanto isso, Beatriz esperava sentada na duna, ou ia e voltava. De qualquer maneira passando sempre em frente à varanda do número 2, onde Pedrosa fumava os seus cigarros.

Nos dias maus, o barco trazia uma caixa de magumba ou nem isso; nos outros, três ou quatro. O negócio estagnava e Ferraz estava longe de se sentir satisfeito. É que, muitas ou poucas, todas as caixas de magumba seguiam direitinhas – e a preço certo e magro – para a empresa estatal que zelava pelo setor.

– Isto não são lucros, são trocos! – lastimava-se Ferraz, enquanto dona Guilhermina refletia.

De fato, os lucros eram pior que irrisórios, eram risíveis para quem, como ele, arriscava a vida no mar (uma maneira de dizer), para quem arriscava pelo menos o barco e o equipamento. Quanto aos pescadores, chefiados pelo Meia-Face, cada um arriscava a sua própria vida.

Durante um tempo achou Ferraz que a solução estava em aumentar a produção. Introduziu novos métodos, pedindo aos seus homens que deixassem as redes no alto mar quando regressassem. Talvez que ficando montada de noite a armadilha, os peixes, cegos pela escuridão, se deixassem enredar. Mas, largadas assim sem dono, as redes ficavam à mão de apanhar dos pescadores dos xitatarrus que, muito ou pouco, furtivamente roubavam o que lá tivessem dentro. Pesca de arrasto, redes em alto mar, tudo falhava. E a produção normal do ir e vir do barco continuava a emagrecer!

Dona Guilhermina, sempre mais lesta e sagaz do que Ferraz, desconfiou um dia das razões desse emagrecimento, que não estavam apenas na avareza do mar ou na voracidade da empresa estatal que zelava pelo setor. Havia ali mais qualquer coisa! E congeminou um plano.

Certa tarde, como sempre, Beatriz divisou o barco regressando e correu a avisar o pai, que se dirigiu à praia para controlar os procedimentos da chegada. Ferraz conferiu o peixe que chegou – a mesma caixa magra de sempre – enquanto os marinheiros ancoravam e desaparelhavam o barco. Despediu-se deles e ficou a vê-los partir para o merecido descanso. Só que, em vez de regressar também ele a casa, foi obrigado a ficar por ali por dona Guilhermina, que entretanto chegara. Anoiteceu. Os Ferrazes pareciam dois furtivos amantes atrás das dunas, no escuro das casuarinas.

– Estamos à espera de quê, mulher?

– Estamos à espera de uma coisa que eu cá sei – respondeu ela. – Veremos se tenho ou não razão.

Da varanda, Pedrosa via os dois vultos, fumava o seu cigarro e intrigava-se.

Escureceu ainda mais e os Ferrazes continuaram a esperar, o Zeca perguntando e dona Guilhermina pedindo paciência. Era já perto da meia-noite quando viram cautelosos vultos aproximando-se do barco ancorado (quase a seco, a água não chegaria sequer aos joelhos), e começando a remexer dos lados, puxando qualquer coisa. Foi nessa altura que dona Guilhermina, a sagaz e destemida, lançou um berro agudo e atirou-se para a frente em veloz correria, uma atitude que a sua idade e o seu aspecto não diriam ser possível. A Ferraz não lhe restou se não segui-la, sem perceber o que estava acontecendo. Em cima, na varanda, Pedrosa abria a boca de espanto, deixando cair o cigarro, e precipitava-se para a praia a ver o que aquilo era.

Tendo sido a primeira a partir, dona Guilhermina foi também a primeira a chegar perto do barco, agarrando-se ao primeiro vulto que encontrou e não mais o largando. Logo em seguida acercou-se o ofegante Ferraz, que tratou de apontar a lanterna que trazia à face do troféu da sua esposa. Ou melhor, à meia face, pois que se tratava do Meia-Face em carne e osso, metade indiferente ao que acontecia, a outra metade expressando o pavor de se ver assim desmascarado. Surpresa também dos captores, e até de Pedrosa que chegava, embora já atrasado para ajudar a capturar os restantes ladrões, que por isso se esfumaram dentro da noite, correndo a bom correr. Afinal os pescadores capturavam mais peixe do que aquele que declaravam, só que o traziam em sacos amarrados por cordas e mergulhados na água para não ter de dar conta dele ao patrão!

Levaram o produto e o Meia-Face para a sede do Partido, onde ficaram toda a noite: o primeiro lentamente apodrecendo, o segundo metade gemendo o infortúnio, metade dormitando. De manhã, depois de convenientemente apertado, o Meia-Face contou o que todos já sabiam, ou seja, quem eram os outros ladrões, que eram os restantes marinheiros. E as autoridades foram procurá-los nas suas palhotas, um a um, para que todos recebessem as necessárias punições.

Depois deste episódio, voltaram as coisas ao normal. Era um tempo em que, apesar de todo o esforço feito de as empurrar para a frente, as vidas não saíam do mesmíssimo lugar. Ferraz debateu o problema com dona Guilhermina e com a sua própria consciência, e acabou por perdoar ao Meia-Face. Afinal, havia que ter em conta a parte boa do pobre homem, e o naufrágio ainda estava fresco na memória de Ferraz. Quanto à parte má, fora sem dúvida a fome que a levara a revelar-se. Retomada a faina, voltou a melhorar um pouco a produção. Não, todavia, em quantidades que fizessem grande diferença. Era afinal pouco o que os ladrões levavam, numa altura em que de tudo havia sempre pouco, só a fome é que era muita.

— Não vamos longe — augurou Ferraz, sombrio, certa vez em que terminava a revisão das contas. Os óculos na ponta do nariz.

Foi nesta altura que dona Guilhermina, sempre ela, voltou com nova ideia.

— Se todos os outros fazem, também tu podes fazer! — disse para o marido.

— Posso fazer o quê?

Era simples. Se havia três caixas para entregar à empresa estatal que zela pelo setor, Ferraz entregaria apenas uma, à mistura com lágrimas de crocodilo, lamentações sobre o peso do destino e a avareza do mar.

— Quanto às duas que restarem, vendemo-las no bairro popular a quem estiver disposto a pagar melhor do que te paga essa maldita empresa que zela pelo setor! – concluiu.

Ferraz admirou-se com o risco que a mulher estava disposta a correr. Após tantos anos de convivência, afinal ainda havia nela muito que descobrir!

— E se o Secretário Filimone nos apanha?

— Não apanha, desde que saibas fazer as coisas.

Dona Guilhermina vivia os seus mundos não miscíveis, fazia dentro de cada um o que havia a fazer. Quanto ao Secretário Filimone, achava ela, pensaria duas vezes antes de atravessar o mundo político que era o seu para vir a este duro mundo econômico pedir-lhes satisfações. Zeca que confiasse na sua maneira de equilibrar as coisas: algum lucro para a Igreja a fim de aplacar a crença; algum peixe para a loja a fim de afagar a política. E, também, para que Elisa Tembe tivesse o que fritar para o jantar de Filimone.

***

Com os acontecimentos recentes, perdeu Pedrosa muito do encanto e da admiração que por ele o Secretário secretamente ainda nutria. Afinal, Josefate Mbeve sempre tinha razão: o agora ex-diretor não era mesmo aquilo que parecia. Felizmente, porém, esses privados sentimentos não foram substituídos pela desconfiança e pela intriga. Isso porque, um dia, Pedrosa viu Filimone da varanda onde fumava, e convidou-o a entrar.

— Entre, camarada Secretário, venha tomar uma cerveja.

Filimone entrou mais seguro. Não era provável que Pedrosa tivesse ainda condição de lhe servir os estranhos petiscos importados. Passaram à sala.

— Cerveja boa, camarada Pedrosa – observou Filimone. – Só que diferente.
— É, camarada Secretário. Os tempos são outros. Infelizmente já só lhe posso servir da nossa, já não tenho da importada.
Era verdade. Até já só fumava Palmar, cigarros nacionais.
Enquanto o ouvia, o Secretário olhava a sala em volta, agora mais desmazelada. Alguns dos retratos jaziam pelo chão, espalhados ou em pequenas pilhas. Os que ainda sobravam pendurados haviam perdido muito da antiga seriedade, do antigo rigor: olheiras fundas, colarinhos abertos, cabelos despenteados. Os tempos eram mesmo outros!
— É, camarada Secretário. Como vê, estou a desfazer-me do meu Comité Central. Já não quero nada com esta gente! – disse Pedrosa.
Filimone estava embasbacado. O camarada Pedrosa deixara de ser diretor, e portanto camarada, mas não queria isso dizer que se tivesse bandeado para o outro lado. 'Vive uma crise, coitado!', pensou Filimone. E não conseguiu deixar de sentir certa pena do vizinho.
Os tempos não permitiam que continuassem a emborcar como se as reservas de cerveja fossem inesgotáveis. Tomada a primeira e única, Filimone agradeceu e despediu-se. Pedrosa acompanhou-o à porta, acendeu um cigarro nacional com uma careta e ficou por ali, pensativo.
Quase o deixou cair da boca quando viu quem atravessava a rua para o vir cumprimentar sem mais preâmbulos. Era Beatriz Ferraz.
Olharam-se nos olhos pela primeira vez. Pela primeira vez Pedrosa viu de perto o luzir das duas joias, sentiu a fremência e a fragrância das rijas laranjas. E a rapariga, com uma grande coragem que só a inocência, quase insolência permite ter, disse:
— Obrigado, senhor Pedrosa.
— Chama-me Alberto – gaguejou ele. – Por que me agradeces?
— Por ter salvo os meus pais dos ladrões, lá na praia.
Esperta, a rapariga. Pegando num pretexto como quem pega na ponta de uma coisa qualquer, e a desfia.
— Não fiz nada de especial – disse Pedrosa, com um olho meio fechado pelo fumo do cigarro.

Mas havia mais na coragem dela, uma coragem que raiava o desespero. Beatriz escapara-se de casa com as mãos nos ouvidos, não suportava mais discussões. O pai saíra na noite anterior com o Meia-Face, para vender as duas caixas de peixe que não tinham sido entregues na empresa estatal que zela pelo setor – caixas desviadas. Quase tinham sido surpreendidos pela polícia no bairro popular, Zeca tivera de fugir à pressa por cima das cercas, rasgara a camisa nas micaias, voltara cheio de arranhões. E jurava que não tornaria a sair assim pela calada da noite, como se fosse um bandido. A mãe gritara-lhe que quem não arrisca não petisca, chamara-lhe covarde, e ele fechara-se na garagem desde manhã, recusando-se a falar, não querendo sequer almoçar. E Beatriz estava muito infeliz com tudo aquilo.

Pedrosa ouviu do princípio até ao fim. Depois de refletir um momento, disse:

– Vamos a tua casa. Eu falo com ele.

E seguiram os dois muito juntos para casa dos Ferrazes, cruzando uma Rua 513.2 embasbacada. Faziam um belo par.

Uma vez lá chegados, Beatriz, já recomposta, anunciou:

– Mãe! Está aqui o Alberto para falar com o pai!

Alberto? A aguda intuição de dona Guilhermina fervilhou. Mas apenas disse:

– Faça o favor de entrar, senhor Pedrosa. E se quer mesmo falar com esse pescador de águas secas, o melhor é ir à garagem. Ele recusa-se a sair de lá.

E foi assim que Pedrosa chegou às falas com Ferraz, dentro da garagem. A princípio uma conversa difícil pois Ferraz, neófito na dissidência, via Filimone por toda a parte e tinha medo. Mas Pedrosa, com muita arte, foi-o amolecendo:

– Não se preocupe, camarada Ferraz. Também eu tenho problemas, e sérios. Também eu sou um dissidente econômico!

E explicou-lhe a situação com base numa imagem da sua autoria, já clássica, a que chamava a teoria das laranjas.

– Imagine, camarada Ferraz, um tchova carregado de laranjas, estacionado à sombra da acácia dessa tal dona Aurora que eu não cheguei a conhecer. Milhares de laranjas amontoadas ali à sombra. Olhemos, camarada Ferraz, as de cima: cheias e redondas, reluzentes, quiçá dulcíssimas. E compremos algumas: 'Camarada, dê-me aí três quilos de laranjas!'

Ferraz encarava Pedrosa, sem ver aonde ele queria chegar.

Pedrosa continuou:

— O vendedor, camarada Ferraz, enterra a mão naquela montanha proferindo palavras amigáveis ('Estou a ver que o mais-velho gosta muito de laranja...'), encômios falsos ao produto, para nos manter distraídos ('Só mesmo três, mais-velho?...'). Enterra a mão naquela montanha e, se nos deixamos embalar vai retirando as laranjas de baixo, raquíticas, amassadas, esmagadas pelo peso das outras que lhes estão por cima, impedidas de apanhar sol e conservar a cor e a frescura. É essa a desordem da nossa ordem, tudo ao monte, uma hierarquia apenas nas palavras e na política, uma completa falta de hierarquia na economia!

— E depois? — perguntou Ferraz. Isso já ele vagamente sabia.

— Olhemos agora a árvore das laranjas, uma bela laranjeira das baixas do Umbelúzi, carregada de frutos, cada um deles brilhando e cheio de sumo no lugar que a natureza lhe destinou. — E passava à conclusão: — Não vê onde eu quero chegar, camarada Ferraz?

Ferraz não via.

— É simples, e eu vou direto ao assunto. Temos de ocupar o nosso lugar, doa a quem doer. Nós não queremos sufocar num monte sem hierarquia, ou queremos? Claro que não! Queremos antes brilhar, pendurados no lugar que cabe a cada um! O camarada Ferraz pesca a magumba porque quer ser pescador, ou seja, arranja o produto. Eu, que sou um vendedor sem laranjas, vendo-lhe a magumba que pescou. Nós somos as laranjas boas do alto, camarada! Para si acabam-se os riscos, essa coisa de andar de noite furtivamente. Quanto a mim, reentro em atividade!

Finalmente, Ferraz via!

Passado um pouco saíam os dois da garagem de braço dado, e Beatriz sorria convencida de que o almejado namoro tinha sido finalmente oficializado. Dona Guilhermina, quanto a ela, achou que tinha mais do que uma razão para se sentir satisfeita.

22
O *Nguluvi*

Hoje de manhã não passaram as crianças. Não passou Maninho. Valgy espreita pela janela e vê apenas a rua ardendo atrás do vidro partido, como se o sol a estivesse cozinhando. Fita de areia branca. Torna a espreitar, naquela sua ansiedade, e nem sinal das crianças. Talvez já tenham passado de língua de fora a caminho da praia, sem sequer forças para gritar o costumeiro 'Valgy *a xiphunta*! Valgy *a xiphunta*!', debaixo da rodela de fogo que é este sol que hoje nos castiga.

Valgy não consegue conter-se e vem cá fora espreitar, vai mesmo até à praia ver se as vê brincar. Criou-se esta situação em que o velho doido as ameaça mas não consegue passar sem elas. Talvez que, se o virem o jogo possa recomeçar. Ontem foi dia de distribuição do abastecimento, o saco pardo de açúcar está na banca da cozinha à espera de Maninho.

Sobe à duna e olha a praia, espreita à esquerda e à direita: nem traço das crianças. Apenas os corvos deixando-se levar pelo vento, a penumbra fresca debaixo das casuarinas. E, ao fundo, diminuída pela distância, Judite. Figura solitária e dobrada sobre o chão, catando amêijoas para o jantar. O mês foi fraco, ontem o cartão branco não deu direito a peixe; mesmo as bagias estão-se tornando raras, por não haver farinha com que as amassar. Aos poucos, vamos esquecendo as bagias de Judite. Cestas vazias. Tabuleiros perdendo os cheiros.

Valgy desce a duna em passo apressado, e a *djelaba* alvíssima é uma vela enfunada por um vento de través. Nas suas passadas largas, chega perto da mulher.

Desde os trágicos acontecimentos que quase não se falam. Ela porque não imagina o que teria a dizer-lhe, ele porque não saberia o que perguntar-lhe. Falam agora.

— Dona Judite, onde está Maninho?
— Deve estar em casa, patrão Valgy.

E Valgy fica por perto, observando a mulher, custando-lhe a desprender-se mas sem saber como ficar. Observando os gestos rápidos e precisos do catar da comida que se esconde dentro do areal.

Judite, incomodada com a presença, ou então porque já tem que chegue para o jantar, molha as amêijoas na água do mar para as avivar. Depois, põe a panela à cabeça e enceta a caminhada de regresso a casa, sem sequer se despedir. Apenas um ligeiro aceno cheio de altivez. Como se a vulnerabilidade que o desaparecimento de Nharreluga acentuou a levasse a desdenhar de hierarquias que ela própria antes construía e respeitava. Ou então como se tivesse achado uma maneira de culpar Valgy da desgraça. A viuvez endureceu-a.

Valgy fica só, encolhendo os ombros e inspirando o ar da tarde. Das crianças, continua a não haver traço. Em cima, o céu escurece com rapidez, não só devido ao dia que se acaba mas também por umas nuvens escuras, vindas do sul. E quando começa a chover é uma bátega grossa, pesada, que eriça a areia e enruga o mar. Ainda assim o monhé fica impassível, as pernas ligeiramente afastadas, como se a chuva não o perturbasse. Embora escorram fios dela pelas extremidades aguçadas do seu corpo, o nariz adunco, o queixo saliente, os pontiagudos cotovelos dos braços dobrados para poder ter as mãos à cintura. Como se estivesse, de olhos aguados, inspeccionando a natureza. A *djelaba* de fino algodão, molhada, cola-se ao seu torso magro fazendo sobressair as linhas certíssimas das costelas, pauta de música onde se penduram as notas de uma perplexidade cada vez mais desconsolada.

Suspende-se a bátega por um momento, chega a trovoada rouca e sacudida. Ouvindo o som, Valgy olha o céu e vê ali uma grande cambraia cujos desenhos fossem as manchas marcadas pelas nuvens rebeldes, uma cambraia que mãos enormes estejam rasgando com fúria para que possa produzir-se este som assim assustador. Uma cambraia que é uma mortalha que nos cobre a todos nós, parece-lhe.

Mas não é tal. É apenas Nharreluga, o *nguluvi*, tossindo para aclarar a garganta antes de falar.

* * *

– Patrão Valgy! Patrão Valgy!
É um chamado grosso, voz de trovoada, que espalha o nome do monhé por toda a natureza. Valgy, apavorado, cai de joelhos como se estivesse orando ao Deus dos brancos. Incomodado, logo se levanta sacudindo a areia e olhando em volta, não vá alguém tê-lo visto naquela posição; e, também, por querer descobrir de onde vem a voz.
Continua a trovejar. A chuva dá mesmo sinais de voltar.
– Patrão Valgy! – volta a voz – Não te assustes, sou eu, Titosse!
– Onde estás? – responde Valgy – Por que me ameaças? Não te fiz mal algum!
– Calma, patrão Valgy! Venho em paz!
E o *nguluvi* explica a Valgy porque veio, e o que pretende. Mudou de casa quando deixou o seu estado de mortal, habita agora ali na praia, que bem podia ser o número 1 que a Rua 513.2 misteriosamente nunca chegou a ter (estava-lhe reservado desde o início, parece agora). Habita nesse número que tanto pode ser o primeiro como o último, sem teto que o proteja. Nem é preciso, dado o novo estatuto que tem.
Valgy treme de medo com a novidade: sempre foi um homem solitário em sua casa, sem as sombras que têm os Mbeves ou os Tembes. Sem retratos pendurados que tivesse trazido de Zanzibar para o ajudar no negócio, como tem Pedroso. Valgy só tem demônios interiores. Além disso, habituou-se – nos tempos em que a loja da baixa abria as suas portas – a olhar Titosse como se olha um empregado. Estranha vê-lo agora dando ordens.
Porque são ordens o que Nharreluga quer que Valgy cumpra:
– Primeiro, quero que guardes bem este segredo, que o guardes de toda a gente, que nunca digas que falaste com o *nguluvi*.
– Nem mesmo a dona Judite, a sua esposa, senhor Titosse? – quer saber Valgy, espantado.

— Sobretudo a Judite. E não me chames senhor, patrão Valgy, que eu nem sequer vivo estou.

E Nharreluga explica. Tem um trabalho a fazer, um trabalho que não condiz com o compromisso que uma família forçosamente exigiria. Um trabalho que requer a leveza de um homem só.

Pensando com saudade numa certa sul-africana que se perdeu no tempo, Valgy não está certo se a falta de família é leveza, se um pesado fardo.

Explicada a primeira ordem, que é de guardar segredo, o *nguluvi* passa à segunda.

— Quero que sirvas de meu instrumento, que chegues aonde eu não puder chegar. Serás os meus olhos quando eu precisar de ver, o meu braço quando precisar de agir. Quando for preciso punir.

— Como assim?

— Quero que espreites o Comandante Santiago: a que horas entra e quando sai, com quem fala, que hábitos tem.

No fundo, o *nguluvi* quer saber se o Comandante ainda procura um ex-vizinho com quem falou à sombra de um embondeiro, lava de madeira que irrompeu do chão com violência, lenhoso movimento congelado assim mesmo, enquanto acontecia. Um tumor da natureza, na margem do grande rio Save. Quer saber se Santiago ainda procura esse ex-vizinho nesse lugar onde se despediram, ou se o esqueceu mal viraram costas, na altura em que lhe desejou boa sorte. Quer saber que sorte era essa que lhe desejou, se é esta que agora tem, a grande infelicidade de se ter transformado em *nguluvi*.

— Quero saber se o Comandante Santiago é ainda o ex-vizinho e quase amigo que me procura, se já o maldito que me esqueceu!

Mal chegue a próxima tempestade, em dia como o de hoje, que o patrão Valgy volte aqui mesmo à praia, que estará deserta, para dizer o que conseguiu apurar sobre o assunto.

Quando Valgy pretende saber das razões do estranho pedido, curioso, só uma trovoada de sons sem palavras lhe responde, sons que rasgam a celestial cambraia que nos cobre a todos e agasalha ao *nguluvi*. Só essa resposta lhe chega, ela e a chuva que regressa para eriçar ainda mais o areal.

* * *

Nos dias que se seguiram, notaram os moradores grande diferença em Valgy. Se encontrava Judite vendendo na rua umas bagias mais magras e raras, portanto mais caras, parava em frente da mulher como se quisesse comprar um par delas e punha-se a tremer, cerrando os lábios como se as palavras que tinha dentro fizessem força para sair e ele fizesse força para segurá-las. Acontecia assim sempre que a via: parava, cerrava a boca com toda a força que tinha e as palavras giravam lá dentro loucas por se soltar, como se fossem os ossos de uma carne já comida e não tivesse onde cuspi-los. De tal modo que Judite passou a evitá-lo, sem saber que intenções o monhé teria mas tendo já medo delas.

Valgy perdera aquele olhar vago que os loucos têm, de quem está num determinado local como pudesse estar noutro qualquer. Tinha-o agora mais focado. Saía de casa mais vezes, sobretudo de noite, e palmilhava a Rua 513.2 para cima e para baixo, indo e vindo das imediações da casa do Comandante Santiago.

– Estranho, o comportamento do camarada Valgy – disse o Secretário Filimone certa vez, vendo-o passar apressado em frente à acácia de dona Aurora, as mãos atrás das costas e o nariz adunco apontado ao chão. – Não acha, camarada Pedrosa?

Estavam os dois à sombra da dita acácia, conversando.

– Pode ser, camarada Secretário – respondeu Pedrosa, puxando uma fumaça do cigarro.

– Pergunto-me que objetivo tem... – murmurou o Secretário, sempre desconfiado. – Há quem diga que persegue a viúva de Nharreluga... Deve ser por causa das bagias...

Desconfiado e ciumento.

– Acho que não, camarada Secretário. Acho que não tem objetivo algum. Deve ser apenas a loucura dele entrando em nova fase.

Mas a aguda intuição de Filimone duvidava. Via a loucura como coisa sem fases, uma massa só, pegajosa. Além disso, habituara-se a ver Valgy saindo de casa apenas para caminhar para jusante em direção à cidade, no tempo do negócio. Nunca o vira subindo a rua assim contra a corrente, em direção ao seu início. Por isso estranhava.

– Ele tem um objetivo, camarada Pedrosa. Pode crer.

De fato tinha. O objetivo de espiar o Comandante Santiago a mando do *nguluvi*. Valgy chegava à porta do número 10 olhando em volta, para se certificar de que ninguém reparava. Agachava-se dentro de um hibisco e punha-se a espreitar o quintal do Comandante, ou mesmo para dentro das janelas. Quem passasse e visse o hibisco mexendo, sempre que Valgy mudava de posição para melhor fazer o seu trabalho, pensaria que era o vento batendo ali e provocando um restolhar, e seguiria adiante sem desconfiar. Quanto ao espião, embora muitas vezes espreitasse apenas uma casa vazia, houve outras em que deu com o Comandante chegando ou partindo, trocando ríspidas palavras com os seus soldados, ou então caminhando no escuro da sala como se refletisse. Em nenhum momento, contudo, dando o ar de que a memória do falecido Nharreluga lhe estivesse roendo a consciência.

Pelo menos assim pareceu a Valgy, e foi isso que transmitiu a Nharreluga na vez seguinte em que veio a tempestade. Santiago não sentia a falta de Nharreluga, não parecia arrostar com o peso de qualquer culpa.

Ao *nguluvi*, ente indefinido em trânsito para o estado de divindade, ficaria mal um mero impulso de vingança. Por isso, para o controlar, rasgou Nharreluga a celestial cambraia com uma ira a custo segurada, disso resultando um novo trovejar e provocando o desperdício de um pano assim precioso uma dor de alma em Valgy, o antigo comerciante de tecidos. O *nguluvi* faiscava dos olhos tentando conter-se, e dessas explosões de luz e som ficava o céu com uma cor de ferida seca e as vidraças abanavam, fazendo com que os moradores se encolhessem ainda mais no interior de suas casas. Era a tempestade acontecendo.

Apenas Valgy, valente como são os loucos, continuava na praia sem arredar pé, aguardando a ordem seguinte. Uma ordem que, quando chegou parecia afinal mais fácil de ser cumprida. E que lhe veio quando o *nguluvi* finalmente serenou.

Que o patrão Valgy fosse ter com Judite, disse ele, e lhe contasse dos acontecimentos, nomeadamente da transição por que o seu falecido marido estava passando. E que a convocasse ali mesmo à praia pois havia muito que conversarem. Apenas isso, mas que bastou a Valgy para saber que Nharreluga mudara de ideias quanto à esposa, o que lhe agradou sobremaneira. Há tempos que o monhé lutava para prender aquele segredo que queria soltar-se de cada vez que via a mulher das bagias, sempre triste e solitária. Deixá-lo sair era para si um alívio. Sê-lo-ia também para ela, certamente.

E Valgy partiu quase sem se despedir, deixando o *nguluvi* a sós com as suas barulhentas ruminações, que produziam estrondos e vertiam águas. Correu à porta do número 7, trepou à acácia de dona Aurora e, dali mesmo de um ramo alto pôs-se a chamar baixinho:

– Dona Judite! Dona Judite!

Era já tarde, não queria atrair quem não tinha a ver com o caso. Atraiu contudo a Maninho, que dormia no quarto da frente, aquele que dá diretamente para a acácia. E este, vendo que a acácia afinal falava, e com voz humana, assustou-se.

– Mãe! Mãe! – chamou.

– Dona Judite! Dona Judite! – continuava o monhé, lá de fora.

Judite, sobressaltada, deitou as mãos aos fósforos, acendeu o xiphefo e veio espreitar.

– Quem está aí?

– Sou eu, dona Judite, Valgy!

E contou-lhe as novidades. Começou atabalhoado, explicando que falara com a tempestade que, ouvindo o que ele tinha a dizer sobre o comportamento do Comandante Santiago, ou a ausência dele, quase se enfurecera, rasgando a grande cambraia que nos cobre a todos nós para se conter; e vinham daí, desse rasgar, os grandes trovões sentidos há pouco em toda a rua.

Cambraias rasgadas? Judite teve pena do patrão Valgy. Estava ainda pensando na loja que perdera, coitado; era a falta dela, dos panos que antes lá tinha, que lhe estava agravando a maluqueira.

Mas, aos poucos, o que Valgy dizia começou a fazer um mais sólido sentido. O falecido falara com ele usando a voz da tempestade, era isso. E queria falar com ela quanto antes.
— Venha, dona Judite! — urgiu Valgy. — Venha comigo à praia que a tempestade está a voltar a crescer! É Titosse, ansioso por lhe falar!
Judite, dividida, pediu um momento para pensar.
Por um lado, o respeito e pena que sentia pelo patrão Valgy, e a maneira como ele contava, que a levavam a acreditar e a tentavam a segui-lo; por outro, o temor que ganhara do monhé nos tempos mais recentes, sobretudo quando a abordava para tremer à sua frente, e roer segredos duros como ossos já sem carne, tudo isso a levando a duvidar se seria boa ideia ir com ele até à praia; ainda por cima em noite de tempestade. Tudo isso mais a dúvida natural que todos nós teríamos, habituados que estamos a ler as tempestades como zangas do céu, que encantam mas podem também fazer mal. O seu Nharreluga de volta? Seria?
Mesmo que fosse verdadeira a fantasia do patrão Valgy, como podia Judite acatar aquela ordem? Conhecia os antigos humores e impaciências do falecido, imaginava como seriam agora, ampliados pelos novos poderes que tinha. Por isso pediu aquele tempo e voltou a entrar em casa. Precisava de pensar.
Entretanto, cá fora, Valgy esperou encostado à acácia, não escondendo uma crescente impaciência, enquanto o rasgar dos trovões, cada vez mais alto, era um sinal da impaciência do *nguluvi*, que aguardava também.
Judite não os fez perder mais do que o tempo necessário. Embora fosse uma mulher que evitava precipitar-se para não ter depois de arrepender-se, gostava mais de tentar chamar a si o destino que de ir atrás dele. Por isso voltou a sair e passou por Valgy com toda a pressa, pedindo-lhe que esperasse um pouco mais, só um pouquinho, enquanto ia ali e já voltava. E atravessou a rua para bater à porta do Secretário Filimone.

* * *

Noite estranha, em que, apesar da chuva espessa e do estrondear dos trovões, uma multidão de vultos circula pela Rua 513.2 nas mais desencontradas direções; para trazer ou levar recados, para contar ou ouvir segredos.

Filimone vem abrir, apenas nos seus calções de dormir. E ali mesmo à porta, iluminados pelos clarões e fustigados pelo som que rasga o céu, ouve de Judite a encruzilhada em que ela se acha e a urgência que tem em optar, para sair dela. Se vai ou não ter com o *nguluvi*, que a chama. Filimone ouve com atenção. Diabo de problema aquele, ainda por cima às horas em que é posto. Tudo pode acontecer a um Secretário do Partido! Depois, manda esperar enquanto entra para se vestir e refletir. E como só sabe pensar em voz alta, também Elisa e o Inspetor Monteiro ficam a saber do caso. A primeira, vinda do quarto para perguntar que confusão era aquela; o Inspetor, levantando-se da velha poltrona e interrompendo o cochilo bom por que estava passando.

– Parece que há um *nguluvi* lá na praia – diz Filimone a Elisa, para justificar a agitação àquela hora.

Elisa tem aversão aos espíritos e ainda mais às tempestades. Quanto a Monteiro, quer saber o que é um *nguluvi*, e sobe-lhe o tom de voz quando pergunta. Ficou-lhe o vício antigo, ao mínimo sinal pretende entrar imediatamente em funções.

Ninguém lhe responde.

– Parece que esse *nguluvi* é o marido da Judite das bagias, e que quer falar com ela hoje mesmo, lá na praia – torna Filimone, sempre para Elisa, enquanto abotoa a camisa.

Um trovão desaba do céu nesse momento, como se fosse uma confirmação. É isso mesmo que o *nguluvi* pretende: Judite.

Elisa estremece.

– Diz a Judite que não vá – diz em voz sumida. – E tu, Filimone, fica aqui.

– Qual quê! – interrompe o Inspetor. – É melhor que vá para ver que marosca é essa, e depois que torne aqui para no-la contar. Esses feitiços não existem, são sempre invenção de alguém!

Trata-se da policial curiosidade do Inspetor, dando ordens

e exigindo relatórios. Mas não só. É também um certo ciúme aflorando, como se só os feitiços coloniais fossem legítimos e os atuais não passassem de suspeitas maquinações. No fundo, talvez Monteiro tema a existência de mais candidatos a sentar o rabo na velha poltrona, caso Filimone tema ou se apiede desse tal *nguluvi* e resolva tirá-lo da chuva e trazê-lo para casa.

Entretanto, Filimone debate-se. Quem terá razão? Elisa, com a sua prudência e o seu temor? Ou o maldito Inspetor? Sabe que não pode colocar o problema ao Partido: já teve uma experiência infeliz, os camaradas só acreditam no concreto; não quer que lhe mandem reler orientações para aclarar as ideias. Pensa em seguir o conselho de Elisa e desistir, em chegar à porta e mandar Judite para casa esperar pela manhã, altura em que discutiriam a questão com outro cuidado. É que os *tinguluvi* são irascíveis, amigos de desrespeitar a autoridade (sublinha a reflexão com uma mirada rancorosa ao Inspetor, que encolhe os ombros sem saber que mal terá feito agora). Chega mesmo a desapertar alguns botões da camisa, para a voltar a despir.

– Estás com medo, ó Tembe?! – torna o Inspetor. – Metes o rabo entre as pernas e se esse aldrabão te aparece à porta ainda o convidas a entrar e o sentas na poltrona!

Volta ao Secretário o sentido do dever, e com ele alguma vergonha. Tal como antes combatemos o ocupante em todas as suas formas, e em certo sentido continuamos a combatê-lo (nova mirada a Monteiro), a nossa obrigação é combater agora o inimigo interno – venha ele em que formato vier – e não fugir-lhe ou trazê-lo para dentro de casa e sentá-lo nas nossas nacionalizadas poltronas. Volta a apertar os botões. Não há como não ir à praia a saber o que se passa. É esse o seu dever!

Sai, fazendo-se surdo aos apelos de Elisa ('Não vás, Filimone! Fica, meu marido!'), encontra Judite ainda esperando à porta e faz-lhe sinal que o siga.

Atravessam os dois a rua, vultos quase invisíveis iluminando-se a espaços sempre que um clarão acende o céu e o correspondente trovão rasga o escuro. Vultos quase invisíveis piscando, chegando perto da acácia de dona Aurora Pestana.

Valgy sai de junto da árvore com um olhar inquisitivo, incomodado com a espera e ainda mais com a presença do Secretário. Como é? Judite vai ou não vai? E por que não veio sozinha?
É Filimone quem responde à sua muda inquirição:
– Ela veio com a autoridade! Vamos, camarada Valgy, mostre-nos o caminho. Não há tempo a perder!
Mas Valgy não arreda pé. Evita olhar o Secretário nos olhos, como se o quisesse riscar daquele enredo. Está preso à promessa que fez ao *nguluvi*.
– Então, patrão Valgy, vamos ou não vamos? – é Judite quem pergunta.
– O *nguluvi* falou numa pessoa, não em duas – insiste Valgy.
– Não há conversa que a autoridade partidária não possa testemunhar – diz Filimone. – Ou será que querem fazer alguma coisa às escondidas do Partido?
Valgy encolhe os ombros, só lhe resta caminhar em direção à praia. Os outros dois seguem-no. A trovoada cresce. Maninho, da janela, acompanha os três vultos até que se perdem para lá das casuarinas, atrás das dunas. Casuarinas negras, dunas negras. Dunas brancas sempre que, pouco antes do som do trovão rasgar o céu, o clarão correspondente as ilumina.
Chegados por fim ao local, o Secretário Filimone resolve recorrer à sua autoridade sem mais delongas:
– Camarada Valgy, chame o seu amigo!
– *Nguluvi* Titosse! *Nguluvi* Titosse! – obedece Valgy – Já aqui estamos! Não nos vê? *Nguluvi* Titosse!
Silêncio.
– Então? – pergunta Filimone.
– É melhor esperarmos. Ele há de achar a altura certa de falar.
Esperam os três um tempão, no mais absoluto silêncio. Os homens, porque não há diálogos que consigam funcionar muito tempo ao som dos trovões. Judite, porque mesmo sem trovões estaria calada e esperando. Se já houve muita coisa que mudou desde que ficou viúva, muito mais – suspeita agora – pode ainda mudar. Ficam assim os três enquanto o céu rumina os seus barulhos: longínquos uns, já quase só ecos, e outros mais próximos

e violentos, como se os quisessem atemorizar. Ficam assim até Filimone achar que já é de mais.

— Camarada Nharreluga! — grita ele para o escuro, interpelando corajosamente o *nguluvi*.

Silêncio.

— É melhor esperar... — repete Valgy, o prudente.

Mas o Secretário já chegou ao seu limite:

— Camarada Nharreluga! Ordeno-te uma última vez, em nome do Partido Frelimo, que intervenhas!

Silêncio novamente, apesar do poderoso argumento.

— Deve ser por sermos três quando ele convocou apenas um...

— Qual três! Qual um! Quem é ele para convocar?! Quem convoca é o Partido!

— É melhor esperar...

Mas o Partido não espera.

— Vamos embora, Judite! — diz Filimone. E, virando-se para Valgy: — Se quiser esperar, espere sozinho, camarada Valgy.

E afasta-se arrastando a mulher, os dois galgando as dunas piscantes, negras e brancas, em direção a casa. Quase sempre negras, aclarando-se apenas de cada vez que o *nguluvi* se resolve a enviar mais um dos seus sinais luminosos, acompanhado de perto pelo estalar de uma celestial imprecação.

O vento alterna o som de latas batendo com o de uma triste matilha a uivar. Sacode a chuva. Mas apesar da fúria dos elementos, Valgy, o obstinado e fiel, não arreda pé. Felizmente que não tem de esperar muito pois, mal os outros viram costas chega-lhe o chamado:

— Psiu! Patrão Valgy! Patrão Valgy!

— Estou aqui, Titosse. Por que não apareceste há mais tempo, quando todos te chamávamos? É que ficaria confirmada tanta coisa...

Um arrepiar da cambraia deixa adivinhar um franzir do cenho, lá muito em cima. Um *nguluvi* nada tem a confirmar.

— Eu disse-te que queria falar com a minha mulher, não com o Secretário! — e Nharreluga frisa o seu mau humor com mais um ou dois coriscos.

— A culpa não é minha, é do Secretário que está sempre a

meter o nariz em toda a parte. É culpa também de Judite, que o foi chamar.

— Já esperava — diz o *nguluvi*, tossindo alto os seus trovões. — Judite sempre foi muito teimosa, só faz o que tem na ideia. Pelos vistos não mudou.

O pior é que o *nguluvi* vai ter de voltar a alterar os planos. Começou por tentar apurar um arrependimento do Comandante Santiago para que esse sentimento o ajudasse a humanizar-se. Inviabilizado esse caminho, tentou outro, convocando uma Judite que talvez lhe adoçasse o sobrenatural coração. Talvez que a esposa, com o sussurro quente do seu respirar, com a sua pele cheirando vagamente ao cheiro almiscarado das bagias, despertasse em si antigas urgências já quase esquecidas, urgências em regressar. Mas também isso falhou pois que em vez do almejado cheiro lhe chegou antes o cheiro nervoso, oficial e mais político do Secretário. Tudo falhou, e o *nguluvi* reflete agora num terceiro caminho, mais direto e aziago.

— Podes ir, patrão Valgy. Já não preciso de ti — diz.

E Valgy, o obediente, recolhe a casa. Cruzando-se no caminho com Pedrosa, que fuma cá fora o costumeiro cigarro brilhando perto do chão como brilham lá em cima, entre as nuvens, as primeiras estrelas depois da tempestade.

* * *

Entretanto, sabendo Elisa do acontecido soube também Antonieta, e até Arminda de Sousa. E sabendo Antonieta, soube dona Alice Nhantumbo, a professora. Tal como, tendo Pedrosa conhecimento do caso entre uma baforada e outra, todas no escuro, teve-o também Zeca Ferraz, o seu novo sócio, e sobretudo a esposa deste, dona Guilhermina. O Comandante Santiago Muianga, sempre chegando ou partindo, foi o último a saber que Nharreluga viera para se vingar.

23
Epílogo: muros altos

Por estes dias vive dona Guilhermina o melhor período de suas vidas (porque tem várias, enquanto se equilibra com segurança no seu alto fio, olhando lá de cima a rua). A loja é quase uma rotina, os coágulos de gente descontente é o Secretário quem tem de os desfazer recorrendo a sábia e multifacetada argumentação feita de compreensões e paciências, e também de leis e regras que só ele se lembraria de desenterrar; em último caso até, de concretas ameaças. Enquanto tudo isso se processa, ela confere as contas das vendas e passa mentalmente em revista como devem estar acontecendo as suas outras vidas, antes de sair para se certificar.

Deixa a loja com a satisfação do dever cumprido, em direção à Igreja; passando, de caminho, pela cooperativa das costureiras onde Elisa, com um pequeno segredo no ventre que ainda desconhece, aciona ferozmente o pedal da máquina de costura e não há sequer o perigo de que manchas amarelas caiam no vestido de casamento da jovem Beatriz. Já não há mangas, passou o tempo delas. Dona Guilhermina verifica atentamente o avanço da obra e permite-se até dirigir um certo sorriso a Elisa, enquanto colhe a sua segunda satisfação.

– Amanhã te trarei a renda para aplicar na gola do vestido – diz-lhe. –Tenho-a em casa, está quase pronta.

E sorri ainda uma vez, pensando nas mágicas mãos de dona Eulália Marques, que a estão quase terminando.

A terceira satisfação irá dona Guilhermina buscar junto do Padre, quando este lhe disser como decorrem os preparativos do casamento: de onde as crianças da catequese, sementes do futuro, farão o coro; onde se sentarão os convidados, em especial o Secretário Filimone Tembe, se Deus nos conceder a graça de o convencer a vir.

— Virá! — diz dona Guilhermina. — Virá e será ele o padrinho! Só depois passarão às traseiras, onde, debaixo de duas frondosas mafurreiras, terá lugar o copo de água. Fá-lo-ão para acertar todos os detalhes, quem faz o quê, como se disporão as cadeiras e os convidados que irão sentar-se nelas. Fá-lo-ão enquanto deambulam lado a lado por ali, como se estivesse acontecendo uma peripatética confissão, ela ensinando e confessando o Padre. Falarão nas iguarias que serão servidas, nas bebidas que seriam mais fáceis de obter se fosse ainda o tempo de Josefate Mbeve e das suas conhecidas generosidades, mas que na mesma se obterão. Falarão nisso tudo, prepará-lo-ão ao pormenor porque não há como uma boa cerimônia para nos dar a sensação de que agarramos o tempo. Dona Guilhermina agarrou o tempo. Por isso, com estes trabalhos quer ter ideia do radioso bocado de futuro que a aguarda, colhendo assim esta sua terceira satisfação.

Muito mais satisfações terá dona Guilhermina para colher, nestas suas vidas que estão correndo todas de feição. Embora, por estar na Igreja, apenas possa adivinhar o que mais estará de bom acontecendo longe dali. E o que ela adivinha é que Zeca Ferraz estará aumentando a produção e o rendimento, sobretudo agora que deu na empresa estatal que zela pelo setor uma doença idêntica à que já dera na CCC EE. Talvez sejam os peixes que se estão tornando raros, ou o mar avaro, ou os pescadores mais lentos, ou o diretor mais vaidoso e exigente, ou as redes e as palamentas mais difíceis de importar. Ou então é tudo isso mais as incontornáveis requisições partidárias, buscando-se agora o peixe para comer enquanto se bebe o sumo, nos intervalos das reuniões. Certo é que o seu Zeca estará prosperando, enviando pelo Meia-Face as caixas de peixe que tirou de um mar que é afinal mais generoso. E que este, meio compenetrado e meio indiferente, as estará entregando no número 2 a Alberto Pedrosa, que as recebe entre um beijo na namorada e uma fumaça — novamente de Marlboro — na varanda.

Entre beijos e fumaças, e a recepção do produto, Pedrosa acha ainda um tempinho, normalmente já noite escura, para receber a visita de velhos e novos diretores, médicos e engenheiros, comerciantes e políticos, empresários prósperos e ávidos seja de peixe ou de carne, ou dos produtos importados que ali irão achar num salão de paredes nuas, onde já não constam quaisquer retratos. Foram despencando um a um para não presenciar este negócio de futuro.

O que dona Guilhermina não adivinha, por ser um segredo bem guardado, é que, vendo assim chegar e partir os automóveis da gente importante, Ferraz saliva e deseja que algum se constipe ou fique coxo, que uma pedra aguçada lhe fure as patas (*Merde!*). Chega-lhe essa funda saudade de vedantes e cambotas, de velas e carburadores, uma saudade até de um velho caderno que agora, na garagem abandonada, o gordo Marques, a Buba e a Brigitte Bardot estarão furtivamente folheando.

* * *

Arminda sobressalta-se. Da janela por onde espreita vê o Meia-Face passando com caixas vazias à cabeça, tornando de uma entrega em casa de Pedrosa. Olha aquele homem dividido e vê nele o Capristano, metade do rosto deixando transparecer o infortúnio que lhe coube em sorte, a outra metade sempre rindo de lhe ter caído em cima o fogo de um xiphefo, o fogo da revolução. Olha-o e vê ali o velho Capristano da última fase, quando já lhe dera o mal. Arrepia-se, como se tivesse sentido um frio. É sem dúvida um aviso, um sinal de que tudo está novamente para acontecer. De que terá de partir, de voltar a fazer o percurso de uma estrela, agora ainda menos que cadente: uma estrela apagada e rastejante. Para onde, Arminda desconhece. Teve a sua valia enquanto pôde estar do lado de Antonieta nas guerras domésticas que esta levava a cabo com o marido. Mas Josefate Mbeve regressou da prisão como se tivesse sido o destino quem roubara a fruta e fugira, nos matos de Marracuene, e ele, como sempre, quem ficara para trás e se deixara apanhar. Magro e triste como uma magumba seca, num estado de apatia que inquieta as duas mulheres. Arminda fica sem préstimo neste armistício, Antonieta sem a visão do futuro que os homens quase sempre trazem às famílias.

Apatia quando se alheia, porque quando regressa ao mundo Josefate é agora um homem a quem não passaria pela cabeça distribuir cervejas pelos vizinhos, mesmo que ainda as houvesse na garagem; ou assoprar velhas e disparatadas melodias mesmo que tivesse um saxofone novo em folha de latão resplandecente. Já pouco resta a Josefate, nem sequer o dedo de prosa por cima do muro pois o vizinho Teles só raramente visita a casa e a família, e fá-lo sempre de noite para iludir as autoridades, sempre furtivo, sempre enrolado numa capulana como se fosse uma desconhecida mulher, para gáudio das crianças. 'Mamana Nhantumbo! Mamana Nhantumbo!', cantam elas como antes cantavam o *a xiphunta* Valgy, para embaraço da Professora Alice.

Antonieta, preocupada, vive agora de lançar silenciosas miradas a um marido taciturno, e de mandar calar as crianças. Gasta-se muito mais nisso que a trocar irrelevantes impressões com uma velha prostituta reformada. Em consequência, Arminda também se faz mais rara, vai-se deixando secar. E tanto seca que as rugas se vão suavizando e ela começa a parecer um deserto liso e homogêneo, quase uma pele de bebê muito branca e inexpressiva. Tal como a tartaruga da casa, que só muito espaçadamente se digna a sair do buraco do quintal onde se esconde de Chiquinho e de Cosmito, também Arminda se vai tornando ausente, cada vez mais uma lembrança, um véu translúcido como aqueles que houve um dia à venda na loja de Valgy. Uma velharia por quem, nos tempos que correm, aos Mbeves raramente ocorre perguntar.

* * *

Passa o tempo. Esbatem-se as memórias, os ódios e alegrias que existem dentro delas. Só ao Partido cabe esse importante papel de as identificar e preservar. E o Partido, na Rua 513.2, é Filimone. Por isso, na casa do lado permanece intacto o rancor que o Secretário nutre por Monteiro. Só que o Inspetor, tal como a velha Arminda, também vai perdendo o vigor. Começou, é certo, por se avermelhar de cólera quando soube da existência e das maquinações do *nguluvi*; tinha a cultura dos lugares certos que cada um de nós deve ocupar na escala da rua e da sociedade, indignava-se que um qualquer *nguluvi* pretendesse ocupar o seu.

Mas ninguém consegue travar o tempo com as mãos, ainda que sejam garras afiadas como as de Monteiro. E, aos poucos, foi o Inspetor perdendo a cor, ganhando o tom leitoso da sua velha gabardina. De tal forma que hoje, para quem o veja de repente, parece que vai nu.

Da mesma forma se foram embotando os seus pequenos gestos, já não insulta e quase não opina. Já, também, não disputa a velha poltrona a Filimone, sentando-se no chão das esquinas sem um protesto se a encontra ocupada. Não tarda, não passará de uma sombra cor de leite, de um leve cheiro fétido, um cheiro antigo que o cheiro do *nguluvi*, mais ativo e nacional, irá aos poucos afastando.

A falta daquelas discussões deixa mais tempo ao Secretário para exercer o seu papel. Imiscui-se por isso na vida dos outros, escreve cartas que dão corpo a essas suas intromissões. Foi esse o caso quando a esposa do senhor Basílio Costa, lá longe, recebeu uma carta de conforto na caligrafia trêmula e esforçada que anos a fio tanto irritou o Inspetor. Uma carta carimbada e assinada que, pela primeira vez, a velha senhora não pôde deixar envelhecer uma semana. Porque a morte, sendo o fim, não envelhece nem sequer exige, na sua meridiana clareza, uma resposta.

Dias difíceis também para Judite, coitada, a quem Valgy passou a interpelar frequentemente, de cada vez com uma mensagem nova e diferente. O *nguluvi* era divindade recente, ainda em transição, deixava-se tomar por vícios meio divinos e meio humanos como o ciúme, queria impor a Judite um esforço de mulher vivida e, ao mesmo tempo, um comedimento de vestal. E Valgy era o seu braço, chegando aonde ele não conseguia chegar. Por isso um dia Judite partiu, fugiu. Pôs-se a caminho numa certa noite silenciosa e cheia de estrelas, em que o *nguluvi* estaria portanto repousando. Soube-se que partira, e à pressa, pelos dois cartões – o branco e o azul – que deixou abandonados junto à acácia de dona Aurora, e através dos quais se pôde mais tarde reconstituir o percurso da vida que ali viveu. Quantos saquinhos de farinha levantou, e em que meses; quantas bagias com eles fritou. Levou com ela apenas uns parcos haveres, a velha panela e os seus dois filhos, além do costumeiro lamento de dona

Aurora Pestana ('Então, será que ninguém dá uma oportunidade à rapariga?') e uma guia de marcha emitida pelo incansável Secretário, fiel amigo de sempre a quem tinha preso pela boca. Na caligrafia trêmula e esforçada, rezava assim essa guia: "A quem possa interessar, segue desta Rua 513.2, rumo a um futuro desconhecido, uma camarada de nome Judite das Miraculosas Bagias (Filimone, homem de princípios, apunha-lhe um apelido que fizesse ressaltar o essencial). Roga-se a quem a receber que lhe forneça uns saquinhos de farinha, coisa pouca, para que ela possa prosseguir com a sua inexcedível arte de amassadeira e fritadeira. Ficareis vós beneficiados com o mistério e nós aqui salivando". Unidade, trabalho e vigilância, o tal carimbo da enxada e da kalash, e uma assinatura ilegível querendo significar Francisco Filimone Tembe, Secretário.

Com esta nova ausência é o *nguluvi* obrigado a pôr de lado o ciúme e a eleger outra vez a vingança, passatempo favorito dos deuses e dos quase deuses.

* * *

Vão-se uns e chegam outros. E o *nguluvi* está cada vez mais presente, nos enigmáticos recados que envia por Valgy ou, mais diretamente, nas trovoadas e chuvadas que neste mês de Dezembro se tornaram tão frequentes. Caem as chuvas com fragor, a Rua 513.2 é um lamaçal onde os moradores se debatem e desesperam. E a casa de Valgy uma ilha solitária onde só a nado ele entra ou sai.

O futuro está para lá das águas e das lamas, nos espaços recônditos que cada um consegue descobrir. No caso de Valgy – e desde que tomou contato com a divindade – o futuro existe neste presente e é enlameado. Ocupa-se com os recados que recebe do além como antes tratava as laranjas vindas de longe: fantasiando uns como fantasiava as outras. Percorre a rua com a fina *djelaba* colada pela água às magras costelas, certíssimas linhas que trazem penduradas as notas de um febril e doentio sentido de cumprimento do dever. Transforma as mensagens diretas e cruas do *nguluvi* em exigências sinuosas, difíceis de entender e, portanto, de acatar.

Visto assim de fora, a partir do hibisco do jardim, o Comandante Santiago Muianga palmilha a sala para cá e para lá enxotando as moscas, falando com elas. Gestos desarticulados e veementes de quem se deixa possuir. Mas, se pudéssemos estar na pele do Comandante concluiríamos que, na verdade, o que ele procura é interpelar o *nguluvi*, chegar à fala com ele. Pouco lhe importa agora que o inimigo entre ou saia, e que os seus soldados matem ou morram conforme decide o destino. É com o *nguluvi* que pretende falar e por isso os gestos de quem enxota as moscas em pleno ar. Passou tantos dias nisto, para cá e para lá dentro do escuro da sala, que até Valgy, o incansável espreitador, quase se cansava de esperar.

Mas eis que hoje, ao som desta poderosa trovoada, deixa a sala de rompante – quase chocando com o monhé que dormita dentro do hibisco – e corre para a praia. Agora ou nunca, num tudo ou nada.

– Sai cá para fora, miserável! – grita de cima da duna negra para um céu de breu, cor de ferida seca quando iluminado.

Beatriz e Pedrosa, de mãos dadas na varanda, espreitam e abrem a boca de espanto.

– Sai cá para fora, miserável! – repete o Comandante.

Só raios e coriscos lhe são respondidos, de quem arrota antes de jantar uma celestial iguaria.

– Sai cá para fora, maldito! – torna.

E Valgy, atrás de uma casuarina, arregala os olhos com aquela falta de respeito por Titosse.

O *nguluvi* digna-se por fim a aparecer. Pigarreia, cumprimenta, surpreendido com a audácia. Quase se defende, mas logo se lembra de qual é o seu papel.

– Finalmente te tenho diante de mim – diz. – Finalmente posso ter respostas mais diretas.

Falam então de muita coisa. O *nguluvi*, do ódio que tem às fogueiras desde a infância e de como Santiago, com os seus soldados, não se coíbe de as espalhar pelas terras afora. Viu-as até no cruzamento de Lindela, não sabe se terão consumido a seus pais, um velho esperançado no tempo e uma velha cheia de dores nas costas. Esperando os dois a chuva.

O Comandante retorque prontamente que as fogueiras não são obra sua; são de quem, investindo contra a nossa paz, o obriga a acendê-las.

Passam então a discutir a nova acusação, que é a da distância que todos os dias crescia entre onde estava um certo rapaz com ambições, e onde estavam as suas realizações.

O Comandante responde com a distância que também existe entre si e os seus projetos. De como quer casar como o outro casou, ter filhos como o outro teve (diz meia verdade, referindo os filhos de Judite). E, enfim, que quanto maior é o posto, maior a ambição e portanto a distância para se chegar onde se quer chegar.

O *nguluvi* até concede que assim possa ser, mas não é isso o principal. O principal é saber porque Santiago deixou partir o ex-vizinho por uma estrada já desconhecida, quando o fez. E aviva-lhe a memória, para evitar subterfúgios: estavam à sombra de uma estranha árvore, lava de madeira que irrompeu do chão com violência, lenhoso movimento congelado assim mesmo, enquanto acontecia. Quer saber que sorte era essa que o Comandante lhe desejou, porque quando acaba a verdade que une dois homens deve ao menos ficar a lealdade.

Santiago, encabulado, nada tem a responder.

Insatisfeito com este silêncio, o *nguluvi* insulta e ofende com mais um par de trovões. E Santiago, que é homem valente, incapaz de engolir um desaforo, responde com a arma que tem.

Por isso se surpreendem os que assistem à altercação de longe: o par de namorados, Valgy, até os pescadores de Ferraz, que regressavam da faina e agora fogem esbaforidos largando a magumba pelo areal. Surpreendem-se todos porque pensavam estar assistindo ao amainar da tempestade, aos últimos resmungos celestiais do falecido, mas afinal o que ouvem são os sons de um corajoso Santiago repetidamente disparando, para o céu cor de ferida seca, a sua pistola.

Pedrosa corre a chamar Filimone, Filimone corre a chamar os soldados que se apressem a fazer uma manobra de envolvência que permita capturar, desarmar e prender o seu louco Comandante.

* * *

Crônica da Rua 513.2

Podaram hoje as buganvílias da distante viúva do senhor Costa. Perderam o viço rebelde que tinham, voltaram a ser ralas e alinhadas. Passou o tempo da chuva e das tempestades. O *nguluvi* finalmente serenou.

Um a um, foram partindo os moradores da Rua 513.2 para lugares desconhecidos. Alguns vieram para cima de nós, os do bairro popular que espreita o mar em bicos de pés, por cima do ombro dela. Veio Filimone sem a poltrona, o Inspetor Monteiro jamais voltará a ter onde se sentar: as palhotas são exíguas, não haveria espaço onde a colocar. Veio também a Professora Alice, e daqui ficará aguardando as visitas periódicas de uma mamana de apostilados sapatos altos, tropeçando nos nossos carreiros como se andasse sobre pedras grossas, espreitando o mundo de dentro das nossas micaias. Os Mbeves também partiram, de volta à casa da mãe de Josefate no antigo Bairro de Xinhambanine, hoje Bairro Luís Cabral. Levavam consigo um par de puídas balalaicas, deixaram enterrados, algures no quintal do número 6, restos desirmanados de um velho saxofone por onde foi soprada a alma rouca do grande Monk com um capa só, por um incompreendido e moçambicano Coltrane.

Nas velhas casas, agora rejuvenescidas, crescem alinhadamente os muros onde antes cresciam irreverentes buganvílias, alguns deles chegando à desmesura de uns 5,132 metros de altura para que, atrás deles, uma nova privacidade por nós desconhecida possa ir fermentando. Medida assaz desnecessária pois não se sabe que resquícios ali pudessem acoitar-se: não saberiam falar a nova língua.

Tudo isto vê a maré mansa ao passar. Espraiando-se pela fina tira de areia que arde sob o sol cru, qual rio descendo para formar um grande lago à porta de Valgy, no número 3. Orgulhosa ilha solitária.

Onde está o mundo que antes tínhamos na mão, e que hoje nem de cima da acácia de dona Aurora se vê?

Muros altos.

Glossário

a xiphunta: louco, em língua Tsonga.

bagia: bolo frito, salgado, feito à base de farinha de grão-de-bico ou outras farinhas.

balacate: folha comprida a partir da qual se faz um chá, também chamado chá-príncipe.

balshão: preparado culinário goês.

capulana: tecido moçambicano, bastante colorido, usado como vestimenta, enfeite e decoração.

chibalo: trabalho forçado.

chutney: preparado culinário goês.

dagga: marijuana; maconha.

dhow: barco de origem árabe muito utilizado em toda a costa do Oceano Índico.

dia não (estar em "dia não"): quando as coisas nos correm todas mal ou estamos de mau-humor.

djelaba: roupa tradicional árabe, espécie de bata longa e larga com mangas compridas, usada por homens e mulheres no norte da África e em países árabes do Mediterrâneo.

fato-macaco: macacão; roupa de trabalho em uma só peça.

fato: [1] acontecimento; [2] peça ou conjunto de peças de roupa; terno: fato de três peças; fato impecável.

fralda: parte de baixo da camisa ou blusa; no Br. fralda é roupa de criança.

Kalash: designação abreviada ou coloquial da arma automática Kalashnikov.

khota-khota: (Malaui) marijuana; maconha.

kombela: em língua Tsonga, do verbo Ku kombela: pedir.

machimbombo: ônibus; autocarro.

mboa: cozido à base de couves.

mulungo/mulungu: homem branco.

muthluthlu: preparado líquido de carne ou peixe, cozidos em água e sal.

nguluvi: (plural, tinguluvi), na crença genérica do Sul, o morto cuja voz se manifesta no seio da família ou comunidade a que pertenceu, usualmente com o propósito de se vingar.

saguate: donativo; presente.

sipai / sipaio / cipaio: soldado ou policial indígena de baixo escalão e recrutamento local, que servia de auxiliar nas administrações coloniais portuguesas em nível local. A origem da palavra é turca ou indiana (designa a mesma figura nas forças militares inglesas na Índia colonial).

tchova: carreta puxada à mão, que serve para o transporte de mercadorias.

titatarru: pequeno barco de pescadores feito a partir do tronco da palmeira, típico da baía de Maputo.

uswa: papas grossas de farinha de milho.

xiphefo/xipeto: candeeiro.

O autor

JOÃO PAULO BORGES COELHO, moçambicano, é escritor, historiador e professor titular de História Contemporânea na Universidade Eduardo Mondlane, em Maputo, Moçambique.

Sua obra de ficção é publicada desde 2003, com edições de seus romances, contos e novelas em Moçambique, Portugal, Itália, Colômbia e agora no Brasil.

Vários de seus livros foram premiados como *As visitas do Dr. Valdez*, *Crónica da Rua 513.2*, *O olho de Hertzog* e *Ponta Gea*.

As visitas do Dr. Valdez é seu primeiro livro publicado no Brasil (Ed. Kapulana, 2019), seguido de *Crônica da Rua 513.2* (2020), também pela Editora Kapulana.

Obras

Akàpwitchi Akaporo: armas e escravos. Maputo: INLD, 1981. [Col. Banda Desenhada - v. 1]

No tempo do Farelahi. Maputo: INLD, 1983. [Col. Banda Desenhada - v. 4]

Namacurra. Maputo, 1985. [banda desenhada]

As duas sombras do rio. Alfragide: Editorial Caminho, 2003.

As visitas do Dr. Valdez. Alfragide: Editorial Caminho, 2004.

Índicos Indícios I. Setentrião. Alfragide: Editorial Caminho, 2005.

Índicos Indícios II. Meridião. Alfragide: Editorial Caminho, 2005.

Crónica da Rua 513.2. Alfragide: Editorial Caminho, 2006.

Campo de Trânsito. Alfragide: Editorial Caminho, 2007.

Hinyambaan. Alfragide: Editorial Caminho, 2008.
O olho de Hertzog. Lisboa: LeYa, 2010.
Cidade dos espelhos. Alfragide: Editorial Caminho, 2011.
Rainhas da noite. Alfragide: Editorial Caminho, 2013.
Água – Uma novela rural. Alfragide: Editorial Caminho, 2016.
Ponta Gea. Alfragide: Editorial Caminho, 2017.

Prêmios

2005 – Prémio José Craveirinha (pelo livro *As visitas do Dr. Valdez*, de 2004).

2006 – Prémio BCI de Literatura (pelo livro *Crónica da Rua 513.2*, de 2006).

2009 – Prémio Leya (pelo livro *O olho de Hertzog*, de 2010).

2012 – Doutor *Honoris Causa*, pela Universidade de Aveiro, Portugal.

2018 – Prémio BCI de Literatura (pelo livro *Ponta Gea*, de 2017).

fontes	Gandhi Serif (Librerias Gandhi)
	Montserrat (Julieta Ulanovsky)
papel	Pólen Soft 80 g/m²
impressão	BMF Gráfica